Teufelstaler

„Der Teufel hat Gewalt, sich zu verkleiden, in lockende Gestalt…"
William Shakespeare (1564 - 1616)

Albrecht Sommerfeldt

Teufelstaler

Historischer Thriller

Marcus & Eliane Sommerfeldt
Weberstraße 23
22083 Hamburg

ISBN: 9798729584147

Kapitel 1

29. April 1618

Die Füße des jungen Mannes stapften forsch über das harte Pflaster der Steinstraße. Besorgt blickte er nach oben in den bleigrauen Himmel, wo dunkle Wolken träge waberten. Ein Gewitter lag in der Luft. Er blickte seufzend nach oben und beschleunigte unwillkürlich seine Schritte.

Der Torwächter des Steintors, dem die gepflasterte Straße seinen Namen gegeben hatte, zog argwöhnisch eine Augenbraue nach oben, als er ihn passierte und zielstrebig durch das massive Stadttor schritt. Zwar würde das Tor noch eine ganze Weile offen sein und der Anbruch der nächtlichen Dunkelheit noch auf sich warten lassen, aber die unheilverkündenden Wolken hatten den frühen Abend bereits in ein diffuses Dämmerlicht getaucht.

Die Bewohner Hamburgs vermieden es, dieses Tor bei Dunkelheit zu passieren, wenn es denn nicht zwingend notwendig war. Zumindest die ehrlichen und anständigen Bürger versuchten es so zu halten. Das verhielt sich anders mit anderen Toren, aber hinter dem Steintor lag St. Georg und St. Georg betrat man besser bei helllichtem Tag oder ließ es am besten einfach ganz bleiben.

Auch der abendliche Wanderer hätte sich gerade deutlich bessere Orte vorstellen können, an denen er sich aufhalten wollte. Eigentlich hatte er diesen Gang schon nach dem Mittag machen wollen, aber eine tumbe Witwe in der Nachbarschaft hatte es für eine gute Idee gehalten, von einer Stiege zu fallen, und ihn so am heiligen Sonntag zur Arbeit genötigt. Dennoch wollte er das Versprechen, das er sich selbst gegeben hatte, nicht schon gleich beim zweiten Mal brechen und so hatte er sich ungeachtet der Verspätung aufgemacht.

Ein Windstoß von Ost ließ ihn trotz der mäßigen Temperaturen frösteln. Vor allem trug er ihm den Übelgeruch in die Nase, für den diese Gegend berüchtigt war. Er schauerte kurz und zog sich das Halstuch über Mund und Nase. Als Badergeselle war er nicht eben empfindlich, aber die hiesige Mischung hatte ihre ganz eigene, abstoßende Note.

Menschen sah er keine und selbst Gebäude befanden sich nur wenige auf den schmutzigen Wiesen und Weiden. Und das hatte seinen guten Grund. Hier befand sich der vor knapp zehn Jahren neu errichtete Köppelberg, auf dem die Hinrichtungen mit dem Schwert, Strick oder gar Rad vorgenommen wurden. An solchen Tagen kamen dann auch Schaulustige in Scharen, um das Spektakel zu begaffen. Daher war der Köppelberg auch von einem Wassergraben umgeben, der vom Henker und seinen »Kunden« auf dem Schinderwagen über eine Zugbrücke überquert werden musste.

Jetzt war es hier jedoch menschenleer. Lediglich eine halb verweste Leiche schaukelte zur Abschreckung sanft unter dem gemauerten, dreibeinigen Galgen. Einige Vögel saßen auf Kopf und den Schultern des Hingerichteten und labten sich an seinem Fleisch. Gelegentlich gerieten sie darüber in Streit und stoben wie eine Wolke aus Pulverdampf auseinander.

Irgendwann würden die Henkersknechte die Überreste verscharren. Die Erde hier war durchsetzt mit den Leichen von Gehenkten, Pestkranken, Selbstmördern und Habenichtsen. Armesünder- oder Seuchenfriedhof nannten die Hamburger das unheilige Gebeinfeld auch. Zumeist wurden die Toten ohne Sarg, Kreuz oder Zeremonie unter die Erde gebracht und das oft so flach, dass einige ordentliche Unwetter gelegentlich Teile von ihnen wieder zutage förderten.

Letzteres erweckte auch das Interesse der zahlenmäßig stärksten Einwohnerschaft der näheren Umgebung – den Schweinen. Nach der Pest von 1565 durften Schweine nicht mehr in der Stadt gehalten werden und wurden auf Weiden und in Stallungen, den sogenannten Schweineköven, neben dem Galgen ausgelagert. Gerade nach stärkeren Regenfällen musste man auf der Hut sein, dass sich die Tiere nicht von mehr als Eicheln, Grünzeug und Käfern ernährten.

Mit der Errichtung des Köppelbergs zog auch noch die Abdeckerei hierher und komplettierte das traurige Ensemble aus Tod und Verwesung.

Die Gegend vor den Toren Hamburgs hatte ihren Namen vom gleichnamigen Lepra-Hospital, das aber mittlerweile ein Armenstift war. Das Hospital befand sich aber um einiges nördlicher und blieb daher vom Anblick und Geruch der hiesigen Einrichtungen weitgehend verschont.

Anständige Bürger mieden die Gegend jedoch nicht nur wegen des steten Pestilenzhauchs, den die Erde ausatmete, sondern weil es hier auch nicht geheuer sein sollte. Für jeden gebildeten Christenmenschen lag es auf der Hand, dass diese Ansammlung von Sündern und mit Krankheit Gestraften nicht im Einklang mit dem göttlichen Schaffen sein konnte.

Der abendliche Wanderer war gegenüber solchen Gedanken vielleicht schon von Berufs wegen etwas abwägender eingestellt, dennoch war ihm alles andere als wohl, als er über das menschenverlassene Feld schritt. Sein Weg führte ihn zielstrebig zu einer Gruppe knorriger Bäume, die etwas abseits standen.

Die Äste hatten ihre Blätter zwar noch nicht zur Gänze ausgetrieben, dennoch schluckten die Bäume einen guten Teil des ohnehin spärlich gewordenen Lichts. Nach wenigen Schritten hatte er endlich sein Ziel erreicht. Vor einem einfachen Holzkreuz, das von einigen kopfgroßen Steinen gehalten wurde, blieb er stehen.

Er nahm sich die Filzmütze ab und wischte sich unwillkürlich über das kurzgeschnittene Haar, das trotz seines vergleichbar jungen Alters bereits eine große kahle Stelle aufwies.
»Guten Abend, Meister«, murmelte er etwas unbeholfen zur Begrüßung und räusperte sich verlegen.
»Ich wollt Euch ja eigentlich früher besuchen, aber die Trine Hausmacher ist von der Stiege gefallen, da hab ich sie mir ansehen müssen«, erklärte er entschuldigend und machte eine Pause, als ob er eine Antwort aus dem Grab erwartete.
»Den Arm hat sie sich verknackst und den Kopf ordentlich aufgeschlagen, aber ich habs gut richten können, Meister, Ihr wäret sicher zufrieden gewesen!«, erklärte er nicht ohne Stolz in der Stimme.
»Aber ich wollt Euch ja jeden Sonntag besuchen, da wollt ich nicht gleich beim zweiten Mal eine Ausnahme machen«, erklärte er seufzend und lehnte sich rücklings an einen Baum.
Seinen Meister hier in der ungeweihten Erde zu wissen, versetzte ihm immer noch einen Stich ins Herz. Dabei hatte dieser es noch glücklich getroffen. Als Selbstmörder hätte er von den Henkersknechten eigentlich bei den anderen Leichen nahe des Galgens, gänzlich ohne christliche Würden, verscharrt werden müssen. »Eselsbegräbnis« wurde diese ehrlose Art der Bestattung bezeichnet.
Es war Max Grave, dem Henker, zu verdanken, dass dem Badermeister zumindest ein wenig Würde für seine letzte Ruhestätte gegönnt war. Grave galt selbst als ein vorzüglicher Heiler und war seit Langem mit dem Bader bekannt oder gar befreundet. Er sorgte für eine Bestattung abseits des Leichenfelds, ein einfaches Kreuz und überredete gar einen Priester entgegen der Vorschriften ein paar Worte zu sprechen.
Dennoch war es eine traurige Zeremonie, die dem guten Mann nicht gerecht wurde, erinnerte sich der Besucher. Er selbst, der

Henker und der Priester waren die einzigen Anwesenden gewesen und hatten im Dämmerlicht verstohlen durch die Bäume gelugt, ob sie nicht beobachtet wurden.

Die Kinder des Baders waren nicht anwesend gewesen. Christina hatte wohl die Scham nicht überwinden können, dass ihr Vater den Tod durch die eigene Hand gefunden hatte, und Rasmus und Sibylle waren beide nicht in Hamburg. Der Besucher seufzte traurig. Nach dem frühen Tod seiner Eltern war der oft raue Meister beinahe wie ein Vater für ihn gewesen und dessen Sohn Rasmus wie ein älterer Bruder.

Auch ein guter Lehrer war er ihm immer gewesen. Selbst im fortgeschrittenen Alter vermochte seine Hand ein Sägeblatt so schnell und sicher durch den Knochen eines zerquetschten Oberschenkels zu führen, dass es eine wahre Freude war, ihn bei der Arbeit zu sehen. Im Krieg als Feldscher hatte er das gelernt und gern betont, dass es auch für seinen Gesellen das Beste wäre, eine Weile im Feldlazarett zu arbeiten. »Weil man dort in einem Monat mehr lerne als in Hamburg in einem Jahr«, hatte er stets erklärt.

Es war nicht zu glauben, dass dieser aufrechte und hartgesottene Mann vor dem Leben geflohen sein soll trotz der heimtückischen Krankheit, die seine Lunge plagte. Doch der junge Mann hatte ihn selbst in seiner Arbeitsstube hängen sehen. Fast eine Elle hoch über dem Boden, ein dunkler Fleck eingetrockneter Pisse auf den Dielen unter seinen Stiefeln.

Eine Weile blieb er stumm und blickte nur beklommen auf das schlichte Grab. Dumpfes Grollen und Donnern kündigten das aufwallende Gewitter an und Tropfen prasselten auf das Blätterdach des Hains.

»Im Badehaus ist auch alles tadellos, auch wenn es ohne Euch für mich und die Knechte viel Arbeit ist, aber Ihr braucht Euch keine

Sorgen machen, Meister«, erzählte der Besucher in beruhigendem Tonfall.

»Das Amt drückt gerade mal ein Auge zu, dass ich ohne Meister im Haus behandle. Ewig werden sie das nicht machen, aber wenn …«, erklärte er sachlich, als ein Blitz die Gegend erhellte und nur wenige Atemzüge später ein lauter Donnerknall erschall.

»Nichts für ungut, Meister, aber ich werd dann jetzt mal los und komm Euch nächsten Sonntag wieder besuchen.«

Eben war er im Begriff sich umzudrehen, da hielt er inne. Seine Hände fingerten ein schlichtes Holzkreuz aus einem Beutel und er trat näher an das Grabkreuz heran.

»Beinahe hätte ich das vergessen. Es lag in Eurem Schlafgemach und hatte doch Eurer Frau gehört. Ich dachte, es würde Euch freuen, wenn Ihr es hier hättet.«

Der Besucher lächelte milde, beugte sich nieder und hing das einfache Schmuckstück über das Grabkreuz. Dann zogen sich seine Brauen fragend zusammen. Von Nahem betrachtet sah die Erde hier aufgewühlt aus. Seine Lippen pressten sich hart aufeinander. Hatten Schweine hier nach dem Verstorbenen gewühlt? Er ignorierte den anschwellenden Regen und kniete sich auf die nasse Erde.

Ja, das Erdreich war auf ganzer Länge des Grabes aufgeworfen worden. Aber Schweine hätten alles wüst durchwühlt und nicht nur genau über dem Grab die Erde aufgeworfen. Was sollte das bedeuten? Der Badermeister wurde vor elf Tagen hier begraben und letzten Sonntag hatte sein Geselle ihn das erste Mal besucht. Da sah das Grab noch unversehrt aus.

Ein neuerlicher Blitz riss ihn aus seinen Gedanken und der bald folgende Donner ließ ihn erschrocken zusammenzucken. Er spürte, wie sich sein Herzschlag beschleunigte und seine Lunge etwas mehr Luft einforderte. Das hier konnte nichts Gutes bedeuten. Nervös biss er sich auf die Unterlippe. Hatte jemand versucht die Leiche zu stehlen oder es gar getan? Er wusste, dass die Universitäten stets auf der Suche nach Material für die anatomischen Vorführungen waren, und ordentlich begrabene Christenmenschen kamen dafür nicht in Frage. Nur hatte Hamburg keine Universität und keine anatomischen Vorlesungen. Er beschloss, mit Max Grave, dem Henker, darüber zu reden.

Da machte sein Auge etwas zwischen den Bäumen aus. Eine hell gekleidete Gestalt. Sein Herz machte einen unangenehmen Hüpfer.

»Heyda, was willst du hier?«, rief er bangen Herzens zwischen zwei keuchenden Atemzügen. Doch die Gestalt antwortete nicht. Stattdessen kam sie näher. Sie trug ein weißes Gewand, so viel konnte er selbst bei diesem Licht erkennen, doch für eine Frau war der unheimliche Besucher eigentlich zu groß und breitschultrig.

Hastig bückte er sich und riss einen fast armdicken Ast hoch. Er hob den schweren Knüppel zum Schlag bereit und machte mit wackligen Beinen einen Schritt zurück.

»Ich warne dich!«, rief er der Gestalt entgegen, während er weiter zurückwich, doch seine Stimme zitterte und klang alles andere als bedrohlich. Dann stieß er mit dem Rücken gegen einen Baum. Hastig schob er sich vorbei, stolperte jedoch über eine Wurzel und schlug rücklings der Länge nach auf den Boden. Instinktiv ließ er den Knüppel los, um sich abzufangen, dennoch trieb ihm der Aufprall die Luft aus dem Leib. Keuchend taste er nach dem Ast, während er sich nach der Gestalt umschaute.

Da stand sie. Keine zwei Ellen vor ihm. Es musste ein Mann sein, der ein schmutziges Nachthemd trug oder ein Leichengewand …

Dann ein neuerlicher Blitz, der die ganze Umgebung in taghelles Licht hüllte. So nahe, dass der ohrenbetäubende Knall erklang, während es noch hell war.

Wäre es doch dunkel geblieben. Das Licht hatte nur ein oder zwei Atemzüge angehalten, dennoch brannte sich das Bild der Gestalt in seinem Kopf ein, als hätte ein boshafter Maler es dort mit größter Liebe zum Detail hineingemalt. Das zerrissene, mit Erde und Dreck beschmutzte lange Hemd, die unordentlichen grauen Haare und der schmutzige Bart. Die verzerrte, blasse Totenfratze mit den weit aufgerissenen Augen und Lippen. Der hässliche blaue Streifen um den Hals … Kein Irrtum möglich, wer hier vor ihm stand, die Hand anklagend auf ihn gerichtet, war Ulrich Steinschneider. Sein toter Meister.

Sein Innerstes krampfte sich schmerzhaft zusammen. Er spürte nicht einmal, wie er seine Beinkleider benässte und sich ein panischer Schrei seiner Kehle entrang. Dann verblasste das Licht und er konnte die Gestalt nur noch schemenhaft vor sich erkennen. Noch immer schreiend sprang er auf die Beine und stolperte durch die Bäume auf die Weiden.

Mit Todesangst in der Brust rannte er durch den Regen über das durchgeweichte Feld und blickte sich hastig um. Gerade sah er die blasse Gestalt zwischen den Bäumen hervortreten. Der Tote folgte ihm, wurde ihm klar, als ein harter Aufprall ihn stoppte und er den Boden unter den Füßen verlor. Oben war unten und unten war oben, bevor er schreiend aufschlug. Benommen stemmte er sich auf alle viere und blickte nach hinten. Er war in vollem Lauf gegen einen Zaun gerannt und hatte sich über diesen überschlagen.

Wacklig kroch er rückwärts, während er mit pochendem Herzen versuchte, den Toten in der Dunkelheit auszumachen. Da stieß er gegen etwas Weiches und es fühlte sich nicht an wie Holz oder Stein … Er ruckte panisch herum und blickte in ein monströses Gesicht mit aufgerissenem Maul und furchteinflößenden gelben Zähnen.

Der junge Mann war kein Kämpfer, aber Todesangst verlieh ihm Mut und Kraft. Wild schreiend drosch er mit seinen Fäusten auf das Wesen ein. Doch es war nur ein Schwein, das ob des unerwartet aggressiven Angriffs durch den Eindringling laut schreiend das Weite suchte.
Er sprang hastig wieder auf die Beine und setzte seine kopflose Flucht fort. Beim Verlassen des Geheges erkannte er jetzt auch den Zaun und setzte wie ein flüchtendes Reh über ihn hinweg. Seine Lunge brannte und jeder Atemzug stach ihm in die Seite. Er hatte beschlossen sich nicht mehr umzusehen. Es führte zu nichts und noch einmal wollte er nicht blind in ein Hindernis hineinrennen.
Vor sich sah er bereits den Umriss des Steintors und beschleunigte noch einmal mit verzweifelter Anstrengung seinen Lauf.
»Kriegst nen nassen Arsch, was?«, rief der Wächter gehässig, der vor dem Regen Schutz unter dem Torbogen gesucht hatte.
»Wird auch Zeit, ich wollte gerade schon …«, setzte er erneut an, konnte seinen Satz jedoch nicht zu Ende führen. Der junge Mann, der zu vorgerückter Stunde die Schweineköven von St. Georg besucht hatte, rannte blindlings weiter und gegen ihn wie von allen Teufeln gehetzt.
Der Wächter wurde erst gegen die massive Wand und dann zu Boden geworfen, während der Rückkehrer unbeirrt in die Stadt preschte.
»Bist du toll, du Hurenknecht?«, rief der Torwächter ihm wütend hinterher, doch der Flüchtende konnte ihn schon längst nicht mehr hören. Er sollte nicht mehr anhalten, bis er die Tür seiner Kammer hinter sich schloss und eine Truhe davorschob. Dort wartete er zitternd, bis am nächsten Morgen die Sonne aufging. Ein Kreuz in der Linken und ein schweres Amputationsmesser in der Rechten.

Kapitel 2

21. Mai 1618

Die scharfe Klinge schnitt bedächtig durch die blasse Haut des Unterarms, eben gerade tief genug, um die Muskulatur nicht zu beschädigen. Routiniert wurde die Haut entfernt, bis der Muskelstrang gut sichtbar frei lag. Der Arm wurde vom Dissektor, der in diesem kleinen Kreis gleichzeitig die Rolle des Demonstrators wahrnahm, dem Dozenten auf der Lehrkanzel präsentiert.

Dieser schien jedoch eher mäßig ob des Körperteils interessiert. Der Anatom schaute nur kurz von seinen Büchern auf und unterbrach dabei höchstens einen Atemzug seine Lesung. Während er klangvoll fortfuhr aus Vesalius' »De Humani Corporis Fabrica« zu rezitieren, wurde das Körperteil dem sichtlich interessierteren Publikum präsentiert.

Die Zuschauer, die sich im kleinen Auditorium um den Sektionstisch drängten, bestanden heute weitgehend aus Studenten der Medizin. Anders als bei der Öffnung einer vollständigen Leiche im großen anatomischen Theater zog die Sektion eines einzelnen Unterarms kaum zahlendes Publikum an. Aber Leichen für die Seziertische waren rar. Auch wenn die Öffnung einer Leiche zu anatomischen Zwecken schon länger den kirchlichen Segen erhalten hatte, galt es doch als entehrender Vorgang, für den sich kein achtbarer Bürger bereiterklärte. Wollte man keine unrechtmäßigen Wege zur Beschaffung des Studienmaterials gehen, blieb den Professoren und Studenten nichts anderes übrig, als auf den nächsten Hingerichteten oder Selbstmörder zu warten. In kargen Zeiten war da die unfreiwillige Spende eines Unterarms durch einen vorm Hochgericht verurteilten Dieb ein willkommenes Ereignis.

Unter den Blicken der dicht gedrängten Studenten legte der Dissektor den Arm zurück auf den Seziertisch und setzte das Messer wieder an, während der Anatomieprofessor auf der Kanzel unbeirrt mit seiner Lesung fortfuhr.
Ein rundlicher Student mit unzähligen Sommersprossen stieß seinem Nachbarn unmerklich den Ellenbogen in die Seite und beugte sich leicht zu ihm. »Rasmus, ein Joachimstaler, dass er gleich wieder mit Galenos und der Viersäftelehre anfängt?«, flüsterte er ihm spöttelnd ins Ohr.
Der Angesprochene lächelte schief, während sein Blick weiter auf den Seziertisch gerichtet blieb. »Vergiss es, ich spiele nur, wenn ich gewinnen kann«, antwortete er ebenfalls im Flüsterton.
»Auch wenn Vesalius' Erkenntnisse scheinbar im Widerspruch zu den bewährten Lehren Galenos' zu stehen scheinen, ist jedoch zu berücksichtigen …«, ertönte es da bereits in monotoner Stimme vom Pult des Anatomieprofessors. Die beiden Studenten brauchten nicht einmal aufzusehen, um zu wissen, dass dabei sein rechter Zeigefinger in etwa auf der Höhe seiner Schläfe erhoben war. Beide grinsten nur mühsam unterdrückt, bevor sie der Vorlesung wieder folgten.
Unter den Beschreibungen des Professors über Elle und Speiche des Unterarms setzte der Dissektor die Knochensäge an, um das Gesagte bildhaft zu unterstützen. Vor dem Studenten mit den Sommersprossen räusperte sich ein hochgewachsener Mann und es befand sich hörbar ein mühsam unterdrücktes Würgen in dem Geräusch.
»Ist dir nicht wohl, Kayser? «, flüsterte der rundliche Student dem Mann von hinten über die Schulter.
»Halt dein Maul, Hufschläger!«, zischte der Mann, dessen Kleidung unter seinem studentischen Habit auf einen beachtlichen Wohlstand hindeutete.

»Wenn dir nicht wohl ist, solltest du vielleicht etwas zu dir nehmen, ein kleines Mahl könnte helfen«, flüsterte der Sommersprossige launig. Der hochgewachsene Kayser musste zweimal schnell hintereinander seinen neugierig hervorschauenden Mageninhalt zurückdrängen, bevor er sich wieder unter Kontrolle hatte. Einige der umstehenden Studenten kicherten unterdrückt.
»Er ist so ein Arschloch!«, murmelte Hufschläger nur für seinen Nachbarn hörbar und Rasmus nickte unmerklich.
Als der Dissektor erneut den Arm vor dem Pult präsentierte, drehte sich der hochgewachsene Kayser halb um. »Im Gegensatz zu euch Hungerleidern ist die Schlachterei hier eben unter meiner Würde. Vielleicht sollte dein Freund Steinschneider besser wieder selber das Messer anlegen, dann könnte er sich auch die Bakkalaureatsprüfung leisten!«, zischte er boshaft nach hinten.
Der sommersprossige Hufschläger wollte zu einer bissigen Erwiderung ansetzen, aber sein Stehnachbar winkte mit zusammengebissenen Zähnen ab. »Lass gut sein«, murmelte er und wich unbeteiligt dem Blick des Professors aus, der ob des Gemurmels prüfend über die Studenten glitt.
Rasmus Steinschneider kannte diese Spitzen bereits zur Genüge. Er war zwar bei Weitem nicht der einzige finanzschwache Student an der Prager Karls-Universität, aber seine Vergangenheit als Badergeselle machte seine Stellung an der medizinischen Fakultät besonders prekär. Während die akademischen Ärzte Diagnosen stellten, Kuren anwiesen und Medikamente verschrieben, arbeiteten die zünftig ausgebildeten Bader, Barbiere und militärischen Feldschere als Chirurgen und Heiler direkt am Patienten. Selbst wenn sie dabei zu hohem Ansehen gelangen konnten, zählten sie doch zu den unehrlichen Berufen und waren den gebildeten Ärzten deutlich unterstellt. Auch der Dissektor, der so kunstfertig den Arm sezierte, entstammte einem der

chirurgischen Handwerke. Für die meisten Professoren wäre es weit unter ihrer Würde gewesen, selbst das Messer anzusetzen.
Rasmus verdrängte die Schmähung und konzentrierte sich stattdessen wieder auf die Sektion des Unterarms. Nach zwei Jahren Studium der sieben freien Künste und nun fast drei Jahren Medizin stünde die erste Zwischenprüfung an. Da war jede Übung beinahe so wertvoll wie die Münzen für die Prüfungsgebühren.
Das vorgetragene Traktat von Vesalius kannte er zwar bereits auswendig, aber die praktische Offenlegung des menschlichen Körpers war auch mit seinem chirurgischen Hintergrund immer wieder eine Offenbarung. Lebende Patienten waren üblicherweise mit einer derartig eingehenden Betrachtung nicht einverstanden.
Dennoch war er froh, als der Professor den heutigen Vortrag beendete und die Untersuchung des komplizierten Aufbaus der Hand auf morgen vertagte. Rasmus hatte heute noch Verpflichtungen gegenüber seinem Onkel, der dem Hamburger hier in Prag Kost und Logis bot und dessen Fürsprache vermutlich nicht unwesentlich für seine Aufnahme an der Karls-Universität war. Und diesen Verpflichtungen wollte er rechtzeitig nachkommen, denn Jaro von Birkenstein war für seinen leicht entflammbaren Jähzorn bekannt oder eher schon berüchtigt.
Unter den stechenden Blicken Kaysers, der immer noch ein wenig blässlich wirkte, verließ er gemeinsam mit seinem Kommilitonen Hufschläger das anatomische Auditorium.
»Die Pocken sollen diesen Kayser holen«, knurrte Hufschläger, während sie durch den Gang schritten. Rasmus nickte abwesend.
»Warum hast du es denn so eilig?«, wollte sein Begleiter wissen.
»Ich muss zum Karolinum wegen meines Onkels. Vorgestern Nacht hat er sich so über einen kläffenden Köter aufgeregt, dass er selber runter ist statt den Diener zu schicken. Dann wollt er der Töle wohl nen saftigen Tritt verpassen und am Ende lag er

fluchend im Nachthemd auf der Straße und hat sich den Fuß gehalten.«
Hufschläger lachte kurz auf. »Und dann?«, fragte er mit unverhohlener Schadenfreude.
Rasmus zuckte die Schultern. »Hat die halbe Straße zusammengeflucht, während er zurückgehüpft ist. Ich hab ihm gesagt, dass er den Fuß gleich in kaltes Wasser stecken soll und dann hochlegen. Er hat sich stattdessen mit Schinken und Branntwein getröstet und mich mit meinem ›Baderlatein‹ weggescheucht. Jetzt ist der Knöchel so dick wie sein Knie und hat jeden Tag eine neue Farbe.«
Sein sommersprossiger Begleiter lachte kurz, aber laut auf, während sie zügig durch den altehrwürdigen Gang schritten.
Rasmus zog stattdessen eine saure Miene. »Jetzt trag ich natürlich die Schuld«, seufzte er. »Da studierst du seit vier Jahren daher, tust schlau und sollst ein Arzt werden und taugst doch nicht einmal für einen verknacksten Fuß!«, versuchte Rasmus die aufgebrachte Stimme seines Onkels nachzumachen und fuchtelte wild mit den Armen. »Seitdem benutzt er mich als eine Art menschlichen Krückstock. Pure Gehässigkeit, nicht dass er nicht einen richtigen Stock oder zumindest einen seiner Angestellten dafür nehmen könnte.«
»Gibt Schlimmeres«, urteilte Rasmus' Begleiter grinsend.
Der Hamburger unterbrach seinen eiligen Stechschritt und griff den Kommilitonen beim Habit. »Selbst auf den Abort, Hufschläger! Er schreit nach mir, wenn er sich entleeren will!«, erklärte der Student verzweifelt. Seine hellblauen Augen weit aufgerissen wie die eines jungen Landsknechts, der das erste Mal die Gräuel der Schlacht erblickte.
Sein Freund schüttelte lachend die Hände ab und rieb sich schließlich eine Träne aus dem Augenwinkel. Rasmus schien der Sachverhalt jedoch sichtlich weniger zu erheitern.

»Was sucht dein Onkel eigentlich im Karolinum? Er wird wohl kaum eine Vorlesung besuchen«, wollte Hufschläger wissen.

»Ständeversammlung«, erklärt Rasmus knapp, während sie ins Freie traten.

»Potzblitz, der König hats doch verboten, dass sie sich versammeln«, staunte Hufschläger.

Rasmus nickte wieder.

»Das wird Ärger geben! Ich mein, noch mehr Ärger als in den letzten Wochen. Vielleicht lösen die Königlichen die Versammlung auf. Darf ich dich begleiten?«, fragte Hufschläger aufgeregt, während sie bereits in Richtung des Karolinums unterwegs waren.

»Sicher, zur Not musst du mir tragen helfen, wenn mein Onkel rauskommt«, entgegnete Rasmus lapidar.

»Vermutlich springt er dann doch lieber einbeinig, als sich von einem Katholischen aus Bayern stützen zu lassen«, widersprach Hufschläger und sein Kommilitone nickte zustimmend.

»Ich hoffe, die ganze Sache legt sich wieder. Zumindest bis ich mein Bakkalaureat habe«, seufzte Rasmus.

›Die Sache‹ war der stetig anschwellende Konflikt zwischen den protestantischen böhmischen Ständen und dem katholischen Kaiser in Wien, dem Böhmen als Teile des heiligen römischen Reichs deutscher Nationen unterstand. Seit Martin Luther vor hundert Jahren die Reformation ausgelöst hatte, gab es im Reich immer wieder Unruhen, Machtkämpfe und Kriege zwischen den protestantischen Fürsten auf der einen und dem Kaiser und den katholischen Fürsten auf der anderen Seite. Zwar wurde im Augsburger Reichs- und Religionsfrieden von 1555 den Fürsten freie Religionsausübung für ihr Territorium zugestanden, doch das beendete das Tauziehen keineswegs. Während die protestantischen Fürsten nach Absicherung ihrer Religionsfreiheit und mehr Unabhängigkeit vom Kaiser strebten, versuchte die

habsburgische Kaiserdynastie ihren Machtanspruch und den wahren Glauben im Reich zu erhalten.
Als im Juni 1617 der erzkatholische Erzherzog Ferdinand, Cousin des amtierenden, kränkelnden Kaisers Matthias, zum König von Böhmen gewählt wurde, spitzte sich die Lage dort zusehends zu. Entgegen der durch einen Majestätsbrief zugesagten Religionsfreiheit begann Ferdinand nach seiner Ernennung umgehend mit Rekatholisierungsmaßnahmen in seinem neuen Herrschaftsgebiet. Eine protestantische Kirche in Braunau wurde geschlossen, eine weitere in Klostergrab gleich ganz abgerissen.
Auf eine Protestnote der böhmischen Stände reagierte Ferdinand mit dem Verbot der Ständeversammlung. Ein Affront und Rechtsbruch gegenüber den protestantischen böhmischen Ständen, die sich ohnehin nur lose dem Reich zugehörig fühlten. Wie der heutige Tag zeigte, gaben die böhmischen Stände jedoch nur wenig auf dieses Verbot.
»Tagen sie noch?«, fragte Rasmus einen Studenten, der gerade das Karolinum verließ. Dieser nickte nur über die Schulter und eilte weiter. Erleichtert atmete Rasmus auf und ging mit seinem Kommilitonen in den mächtigen Universitätsbau und steuerte auf die Aula Magna zu. In gebührendem Abstand zu den beiden Türwachen warteten sie schließlich an eine Mauer gelehnt und lauschten den dumpfen Stimmen, die durch die schweren Türflügel drangen.
Doch kaum hatten sie sich in Warteposition gebracht, da brandeten die Stimmen hinter den Türen merklich auf wie ein Bienenschwarm, in dessen Nest man mit einem Stock stocherte. Einzelne wütende Aufrufe mischten sich in die Kakophonie und selbst die beiden Türwächter blickten irritiert über ihre Schulter.
»Hört sich nicht so an, als wenn sie auf eine diplomatische Lösung aus wären«, urteilte Hufschläger. Wie um ihm beizupflichten, mischte sich ein wütendes Poltern und Scheppern unter die Rufe.

Der ausgebrochene Tumult schien auch am Inventar nicht spurlos vorüberzugehen.
Rasmus nahm seine speckige Ledermütze ab und kratzte sich nachdenklich am Kopf. »Hört sich eher so an, als würden in der Aula Magna in nächster Zeit keine Vorlesung stattfinden«, mutmaßte er.
»Vielleicht wollen sie Ferdinand doch etwas entgegenkommen. ›Besser eine Wüste regieren als ein Land voller Ketzer‹, soll er doch gesagt haben«, warf Hufschläger trocken ein.
Rasmus grinste kurz schief über den Scherz seines Kommilitonen, doch bevor er etwas erwidern konnte, flogen die beiden Türflügel auf. Die beiden Wächter brachten sich gerade noch mit einem Sprung in Sicherheit, bevor die sichtlich aufgebrachte Menge aus dem Saal stürmte. Ungehalten stapften die Adligen und wohlhabenden Bürger mit hochrotem Kopf aus dem Saal, lautstarke Schmährufe gegen die katholische Liga, Kaiser, König und deren Prager Statthalter rufend. Manche Hand lag bereits instinktiv am Degengriff. Einem Kaiserlichen, der ihren Weg kreuzte, würde es wohl übel ergehen.
Kaum war der Strom des wütenden Mobs abgerissen, da schallte eine raue Männerstimme aus dem geleerten Auditorium: »Rasmus, du Hamburger Quacksalber, wo steckst du?«

Kapitel 3

22. Mai 1618

Die schwieligen Hände des Mannes langten zum Tisch und griffen das letzte Stückchen Speck vom Teller. Einige Fliegen, die sich an der Fettschicht auf dem Tonteller gelabt hatten, stiegen hastig bei der Störung auf. Dabei waren eigentlich sie die heimlichen Herrscher des Hauses und der gesamten Umgebung.

Beiläufig schoben sich die Finger mit den schwarz geränderten Nägeln das geräucherte Fleisch in den Mund. Der Speck hatte schon eine ganze Weile auf dem Teller gelegen, aber keiner seiner beiden Tischgenossen hatte es gewagt, Alfred Wasner das letzte Stück streitig zu machen. Der Abdecker war nicht nur kräftig von Statur, sondern auch roh im Gemüt und verteilte schnell einmal ein paar Maulschellen. Erst recht zu dieser vorgerückten Stunde und wenn der Alkohol seine Augen glasig gemacht hatte.

Alfred kaute geräuschvoll, nahm einen tiefen Schluck aus dem Bierhumpen und rülpste herzhaft.

»Schenk nochmal ein, Hauke!«, forderte er seinen Knecht auf und deutete auf die Steingutflasche mit dem Kornbrand. Der dürre Hauke Bremer schob die drei Schnapsbecher zusammen, entkorkte die Flasche und goss vorsichtig ein dünnes Rinnsal in den ersten Becher. Der Abdeckerknecht gab Acht nichts zu verschütten, was bei dem Dämmerlicht des blakenden Kienspans und in seinem angetrunkenen Zustands keine einfache Aufgabe war. Doch selbst der erste Becher sollte sich nicht einmal bis zur Hälfte füllen, als die Flasche geleert war.

»Hol noch eine!«, forderte Alfred mit bierschwerer Zunge seinen Sohn Philipp auf.

»Heute wird gefeiert!«, stellte er klar und schlug zur Bekräftigung mit der Hand auf die Tischplatte, sodass das Tongeschirr klapperte. Die Geschäfte waren gut für ihn gegangen in den letzten Tagen und davon wollte er was haben.

Als Abdecker war er für die Entsorgung des verendeten Viehs, aber auch der verreckten Hunde und Katzen zuständig. Sie zerlegten die Kadaver hier in der Abdeckerei und verscherbelten, was auch immer sich zu Geld machen ließ. Häute und Felle an die Gerber, die Knochen an die Seifensieder und das faulende Fleisch an die Salpetersieder. Aber auch mit Sehnen, Klauen, Horn und Haar konnte man ein paar Groschen verdienen. Das eine oder andere ließ sich gar als Medizin für die häusliche Dreckapotheke verkaufen und damit ein gutes Geschäft machen. Zumindest mit denen, die daran glaubten. Die verwesenden Reste vergruben sie hier auf den umliegenden Wiesen oder warfen es den Säuen auf dem benachbarten Schweineköven zum Fraß vor.

Eine üble Drecksarbeit, die noch dazu gefährlich war. Die verwesenden Kadaver brachten oft allerlei Krankheiten mit sich, allen voran der Milzbrand, der dem Abdecker schon seine Frau und einen Knecht genommen hatte. Kein Wunder, dass die Stadt die Abdeckerei vor die Stadtmauern neben Richtstätte, Armenfriedhof und Schweineköven verbannt hatte.

Wie alle Abdecker galt auch Alfred Wasner von Berufs wegen als ehrlos und seine Gesellschaft als unglücksbringend. Freunde oder gar ein Weib fand er nur unter seinesgleichen. In Hamburg unterstand er dem Henker, in kleineren Städten und Gemeinden waren Scharfrichter und Abdecker oft ein und dieselbe Person.

Zumindest machte ihm niemand sein Amt streitig. Freiwillig suchte kaum jemand die Gesellschaft des Abdeckers, seiner Knechte oder gar der übelkeitserregenden Abdeckerei auf. Das mochte manchmal auch seine Vorteile haben. »Unfreiwillig Reisende«, die einen Konflikt mit der hiesigen Ordnungsmacht hatten, zahlten oft stattliche Summen für eine Unterkunft in einer

schäbigen Dachkammer, in der sie nicht behelligt wurden und wo niemand neugierige Fragen stellte.
»Wo bleibst du mit dem Schnaps, verdammter Bengel?«, bellte der Abdecker ungeduldig und schlug zur Bekräftigung seiner Forderung noch zweimal mit der Hand auf den groben Holztisch.
»Ich find keinen mehr, Vater!«, rief der Fünfzehnjährige, während er angestrengt die Vorräte durchsuchte.
»Kann nich sein, ich hab die Ursel geschickt zwei Flaschen zu kaufen«, stellte der Abdecker klar.
»Vielleicht hat sie mit dem Geld ja was Besseres anzufangen gewusst«, ätzte Hauke.
»Das wagt das Weib nich«, knurrte Alfred, aber es klang nicht zur Gänze überzeugt.
Der Knecht zuckte die Schultern und machte eine vielsagende Geste in Richtung der leeren Flasche.
»Geh die Ursel aus ihrer Kammer holen!«, befahl der Abdecker seinem Sohn.
»Es ist doch schon Nacht, Vater«, entrüstete sich dieser.
»Sieh zu, dass du sie ranbringst, wenn du nichts mit dem Gürtel willst«, raunzte sein Vater und hastig machte sich Philipp auf.
Kurze Zeit später erschien er allein wieder. »Die Ursel ist nicht in ihrer Kammer«, erklärte er mit eingezogenem Kopf. »Vielleicht ist sie auf dem Abort oder im Stall bei den Viechern, die sind schon den ganzen Abend unruhig«, versuchte der junge Mann den drohenden Wutausbruch seines Vaters abzuwenden.
»Oder sie ist mit dem Geld fortgelaufen, weil du ihr zu oft unter den Rock gegriffen hast«, mutmaßte der Knecht und kicherte böse.
»Das ist mein Haus, hier greife ich hin, wo immer ich will!«, stellte der Abdecker bestimmt klar und stand auf. Sein Sohn und sein Knecht sahen ihn verständnislos an.

»Nehmt euch eine Lampe, wir suchen sie und Gnade ihr Gott, wenn sie keine gute Ausrede hat, warum sie nicht in ihrem Bett und der Schnaps im Schrank ist«, knurrte der Abdecker und griff sich einen daumendicken Stock, der an der Wand lehnte.
»Wollen wir wirklich noch raus in die Nacht, sie wird sicherlich gleich wiederkommen«, wand sich Hauke nun sichtlich verunsichert.
Alfred lachte schallend. »Da schau einer sich diese Bangbüx an, siehst wieder die Toten draußen schleichen, hmm?«, stichelte der Abdecker.
»Ich weiß, was ich gesehen habe«, trotzte der Knecht, wich aber dem Blick des Hausherrn aus.
»Was gesehen?«, wollte Philipp wissen.
»Nichts, was dich was angeht«, knurrte der Knecht.
»Oh, unser zäher Hauke hier hat die letzte Zeit die Toten wandeln sehen«, erklärte der Abdecker spöttisch.
»Spottet nicht darüber! Ich hab nur ›einen‹ gesehen, aber das zweimal. Sogar sein Leichenhemd trug er noch … Ich sage euch, es geht hier nicht mit rechten Dingen zu in den letzten Wochen und das ist bei all den verscharrten Gottlosen und Mördern ja auch kein Wunder. Auch die Tiere merken es!«, erklärte der Knecht und knetete nervös seine knotigen Hände.
Alfred beendete die Rede seines Knechts mit einer unwirschen Handbewegung. »Das einzig Ungeheure hier passiert, wenn ihr nicht macht, was ich sage! Und jetzt bewegt euren Arsch gefälligst mit mir raus und sucht die Ursel! Du gehst raus zum Abort, Hauke. Philipp und ich suchen in der Werkstatt.«
Wenig später öffnete Philipp knarrend die Tür zum Arbeitsraum und leuchtete mit der Laterne in die Dunkelheit. Augenblicklich verstärkte sich der Geruch von geronnenem Blut, Fäkalien und Verwesung, der immer von der Arbeitsstätte des Abdeckers ausging. Doch beide hatten sich schon lange daran gewöhnt,

zumindest soweit dies möglich war. Glücklicherweise war es noch recht kühl, selbst für Mai. In der schwülen Hitze des Augusts würde der Fäulnisgestank nahezu unerträglich werden.
»Ursel?«, fragte Philipp halblaut in das Dämmerlicht hinein.
»Ursel, beweg sofort deinen Arsch hierher!«, bellte nun der Abdecker und schob seinen Sohn weiter in den Raum hinein. Langsam, wie es Menschen im Dämmerlicht nun einmal grundsätzlich tun, gingen sie zwischen den Arbeitstischen mit den martialisch aussehenden Werkzeugen, den Trögen mit fauligem Fleisch und einigen abgezogenen Häuten umher. Unzufrieden brummend blickte der Abdecker hinter den großen Karren, auf dem eine verendete Kuh lag, die sie diesen Abend gerade noch von einem Bauern abgeholt hatten. Doch die Magd war nirgends zu sehen.
Die Tür hinter ihnen knarrte und beide schraken zusammen, doch es war nur der Knecht, der seinen Kopf samt Laterne durch die Tür steckte.
»Auf dem Abort ist sie nicht und auch um das Haus herum hab ich sie nicht sehen können, aber ich mein, da ist etwas im Wäldchen, ein Feuer«, berichtete der Knecht zögerlich.
»Ein Feuer?«, fragte der Abdecker ungläubig, denn in dieser Gegend machte sicherlich kein Wanderer seine Nachtrast. Jeder Mensch mit Verstand würde noch bis zum Stadttor gehen.
»Meint ihr, das ist die Ursel?«, fragte Philipp.
»Sinn ergibt das ja keinen, aber da sie nicht hier ist und recht merkwürdig war die letzten Wochen … Wir sehen nach!«, entschied Alfred.
»Ich weiß nicht recht … Vielleicht sind es ja Wegelagerer«, stammelte der Knecht.
»Hasenfuß! Denkst ja nur an deine laufenden Toten. Wir sind drei kräftige Kerle. Wisch dir die Scheiße aus der Hose und komm!« Die Ansprache des Abdeckers ließ keinen Widerspruch zu.

Entschlossen griff er sich ein schweres Haumesser, mit dem er sonst Fleisch, Sehnen und Knochen von Pferden und Rindviechern zerteilte, und stapfte zur Tür. Auch der Knecht griff eine der schweren Klingen und Philipp nahm mit einem klammen Gefühl im Bauch das Beil, mit dem er noch am Nachmittag das Holz gehauen hatte.
»Ich weiß nicht recht …«, murmelte der Knecht, während sie sich dem Wäldchen näherten, und griff seine Waffe so fest, dass seine Knöchel weiß hervortraten.
»Ich glaube, da geht jemand am Feuer«, flüsterte Philipp, der deutlich bessere Augen hatte als die beiden älteren Männer.
»Werden wir ja gleich sehen«, knurrte der Abdecker, während sie zwischen die Bäume traten. Das Knacken und Rascheln des Waldbodens bei jedem Schritt kam ihnen überlaut vor, als sie sich langsam dem Feuer näherten.
Irritiert blieb Alfred dann stehen, sodass seine zwei Begleiter mit den Laternen hinter ihm fast in ihn hineingelaufen wären. Er starrte zum Lichtschein in der Finsternis und schüttelte den Kopf.
»Schaut fast aus, als wankt da jemand um das Feuer«, murmelte er und ging dann langsam weiter.
»Das kann nichts Gutes bedeuten«, flüsterte der Knecht und zuckte zusammen, als der Ruf eines Waldkauzes durch das Wäldchen hallte.
Als sie sich durch die Bäume und Sträucher dem kleinen Feuer bis auf gute zehn Schritt genähert hatten, erstarrten sie und blickten ungläubig auf die Szenerie. Die Gestalt wankte nicht, sie tanzte. Auch wenn es ein absurder Tanz war. Die Arme ausgestreckt wog sie sich wie eine Fahne im Wind und machte nur träge Schritte ohne jede Ordnung. Eher wie ein Blatt am Baum denn ein ordentlicher Tanz. Sie war zur Gänze nackt und ihre Haut und ihr Haar schimmerten dunkel und glänzten ölig. Sie drehte ihnen den Rücken zu, dennoch erkannten sie eindeutig, dass es sich um eine

Frau handeln musste. Sie schien sie nicht zu bemerken, sie zuckte nicht einmal zusammen, wenn ihre nackten Füße die Glut des Feuers streiften und Funken aufstoben.
Da sog der Knecht scharf die Luft ein. »Da!«, rief er und deutete zu einem Baum gut zwei Schritt vom Feuer entfernt. Eine Sau hing von den Hinterläufen herab von einem dicken Ast und sie schien der Länge nach geöffnet worden zu sein.
»Das ist Hexerei!«, keuchte der Knecht und wich einen Schritt zurück.
Der Abdecker brummte ungläubig, blickte dennoch unschlüssig zwischen der getöteten Sau und der nackten Tänzerin umher. Dann fasste er sich ein Herz und ging forschen Schritts vorwärts. »Heyda, was treibst du hier? Bist du toll?«, rief er laut, wohl auch um sich selbst Mut zu machen. Doch die Gestalt reagierte nicht und er ging näher auf sie zu. Jetzt erkannte er, dass die dunkle Farbe der Gestalt eher ein dunkles Rot war und verdächtig nach Blut aussah.
»Bist du es, Ursel?«, fragte er laut, aber es war ein merkliches Zittern in seiner Stimme. Doch noch immer reagierte die Frau nicht.
»Dreh dich um, sag ich!«, verlangte er harsch und stieß die Frau derb zwischen den Schulterblättern. Erst jetzt hörte sie mit ihrem absonderlichen Tanz auf und stand still. Anfangs sah es so aus, als würde sie nun in dieser Pose verharren, doch dann drehte sie sich langsam um. Der Abdecker keuchte auf und wich unwillkürlich zurück. Es war Ursel, seine Magd. Vom Kopf bis Fuß war sie mit Blut besudelt, als hätte sie darin gebadet. Es klebte glänzend auf ihr, tropfte aus ihren Haaren und verströmte den süßlichen Geruch des Todes. Ihr Oberkörper war von tiefen Schnitten überzogen, selbst über ihre Brüste liefen die Verletzungen. Doch noch angsteinflößender war ihr Gesicht. Die Augen weit aufgerissen, als blickte sie geradewegs in eine andere Welt, und sie

schien keine Angst zu empfinden. Ihr Mund war zu einem grimassenhaften Grinsen verzerrt, der Kopf schiefgelegt, die Glieder merkwürdig schlaff wie bei einer unbenutzten Marionette. Mechanisch führte sie die Linke zum Mund. Alfred erkannte voller Schrecken, dass es ein Herz war, das sie dort hielt. Oder zumindest noch ein halbes. Auf eine Art und Weise, die merkwürdig obszön wirkte, biss Ursel ein weiteres großes Stück aus dem blutigen Organ heraus und kaute den zähen Muskel schmatzend mit offenem Mund. Der Abdecker sah Fetzen rohen Fleischs zwischen ihren Zähnen und an ihren Lippen hängen.
»Hexe!«, keuchte er auf.
Die Frau lachte nahezu tonlos mit offenem Mund auf, sodass Blut und Fleischreste auf ihn spritzten. Dann vollführte sie eine ungeahnt schnelle Bewegung mit der rechten Hand. Etwas blitzte im Feuerschein und plötzlich klaffte ein großer Spalt im Gesicht des Abdeckers. Er zerteilte seine linke Wange, die Nase bis auf den Knochen und auch das rechte Auge. Alfred war so von dem unheimlichen Anblick gefangen gewesen, dass er die Hippe, das gekrümmte Messer, mit dem Ursel sonst Unkraut und Ruten schnitt, in ihrer Hand nicht gesehen hatte.
Einen Herzschlag brauchte er, um zu realisieren, was passiert war, dann ließ er schreiend das Haumesser fallen und schlug sich die Hände vor das Gesicht. Blut und eine gallertartige Masse quollen zwischen seinen Fingern hervor, während er gequält schrie.
Die Magd kicherte nur und ließ erneut die scharfe Klinge durch die Luft fahren. Sie wäre dem Mann wohl durch die Gurgel gegangen, doch da er bereits die Hände vor dem Gesicht hatte, durchtrennte sie lediglich das Fleisch seiner Unterarme. Er taumelte panisch zurück, während die nackte Magd ihm beinahe behäbig nachsetzte und mit der Klinge seine Handrücken bis zum Knochen öffnete.

»Macht sie tot!«, schrie der Abdecker wie von Sinnen und machte blindlings einige Sätze zurück, bis er an einen Baum stieß. Der Kopf der Frau drehte sich langsam zum Knecht. Sie lachte irr und ging mit ihren eigentümlich fließenden Bewegungen auf ihn zu. Das war zu viel für Hauke Bremer. Schreiend setzte er durch die Bäume in die Nacht hinein, doch eine tückische Wurzel beendete nach wenigen Schritten seine kopflose Flucht. Der Aufprall auf dem Boden trieb ihm die Luft aus der Lunge und ein trockenes Knacken zeugte davon, dass eine Rippe den Kampf gegen eine armdicke Baumwurzel verloren hatte.

Ursel wandte sich indes wieder dem Abdecker zu, der sich nach dem Aufprall auf den Baum stöhnend aufrichtete, die Hände noch immer vor das blutige Gesicht geschlagen. Langsam ging sie auf ihn zu, doch etwas ließ sie innehalten. Sie drehte sich nach links und sah den Sohn des Abdeckers mit erhobenem Beil auf sich zukommen. Doch mit seinen zitternden Händen schlug er zu unwirsch zu. Das Blatt streifte nur ihren Kopf, der Stiel fuhr krachend auf ihre Schulter, wo er Knochen zerknackte und ihr das Messer aus der Hand trieb.

Der Angriff war so ungestüm gewesen, dass er mit dem Schlag in sie hineinstürzte und beide zu Boden gingen. Philipp sah das verzerrte Gesicht der Magd direkt unter sich, wie sich ihre blutverschmierten Kiefer öffneten und schlossen und sie ihn wild anblickte. Das Beil hatte er verloren, aber er fühlte etwas Hartes an seiner Hand. Ein Stein! Er riss ihn hoch und schlug ihn der Frau gegen den Kopf. Doch ihr Blick schien ihm nur noch wirrer zu werden, die Augen noch weiter aufgerissen. Er schlug erneut zu und noch ein drittes Mal. Dann endlich sackte ihr Kopf kraftlos zur Seite.

Kapitel 4

23. Mai 1618

»Mach dich endlich grade, Quacksalber!«, schnauzte der hünenhafte Mann mit dem imposanten grauen Schnauzbart.

»Ja, Herr Onkel«, ächzte Rasmus unter dem Gewicht seines Begleiters. Die lange Humpelei hatte das Gemüt seines Onkels nicht gerade aufgeheitert, befand Rasmus verdrießlich.

»Und sieh gefälligst zu, dass wir den Anschluss nicht verlieren!«, ergänzte der Hüne kurz darauf.

»Natürlich, Herr Onkel«, keuchte der Medizinstudent und versuchte angespannt seine Rückenwirbel unter dem Gewicht seines Onkels in Reih und Glied zu halten. Dem Wunsch von Jaro von Birkenstein war auch ohne sein protestierendes Rückgrat schon schwierig genug nachzukommen, denn der stetig anwachsende Pulk, in dem sie gingen, stapfte sichtlich entschlossenen Schrittes durch die Prager Straßen vorwärts.

Eine merkwürdige, beinahe bedrohliche Zielstrebigkeit schien die Männer an diesem Morgen vorwärts zu treiben. Nur gelegentlich machten geknurrte Äußerungen über Kaiser, König, die katholische Liga und die ungeliebten Prager Statthalter die Runde. Doch wer Augen im Kopf hatte, erkannte schnell, dass die Ruhe äußerst trügerisch war. Die Lunte dieser stetig voranrollenden menschlichen Bombe brannte bereits. Hätte es daran noch einen Zweifel gegeben, räumten die Rapiere, Pistolen und gar vereinzelten Flinten und Musketen diesen aus dem Weg.

Jaro von Birkenfels hatte sogar seinem Neffen aufgetragen, sein Rapier zu gürten, als er ihn heute am frühen Morgen unversehens aus dem Bett gescheucht hatte. Oder genau genommen von einem Diener scheuchen ließ. Ein im Übrigen wenig erfreulicher Moment für den Studenten. Als laufende Krücke für seinen übellaunigen Onkel zu fungieren war ohnehin keine erbauende

Aufgabe, doch an diesem Morgen hatte er zudem eine längere »studentische Sitzung« mit Hufschläger im Kupferkrug hinter sich. Das morgendliche Bellen seines Onkels hatte zwischen seinen Ohren wie Kriegsfanfaren in einer Bergschlucht gehallt. Auch beim Barbier hätte er es vorgezogen sich die Zunge statt des blondstoppeligen Kinns schaben zu lassen.

Sein Onkel hatte ihm nicht einmal geantwortet, wohin ihr Weg sie führte, als sie sich dem zähnefletschenden Mob angeschlossen hatten, doch Rasmus konnte es sich auch denken. Sie steuerten geradewegs auf Hradschin und damit die Prager Burg zu, was nichts Gutes bedeuten konnte. Als sie sich dem Zug angeschlossen hatten, waren es noch wenige Dutzend Männer gewesen, doch an jeder Kreuzung war die Gruppe weiter gewachsen. Mittlerweile mochten es gar hundert oder zweihundert Köpfe sein. Edle Kleidung, selbstbewusste Mienen und wertvolle Waffen zeugten davon, dass die Männer von Stand oder zumindest recht wohlhabend waren. Rasmus meinte das eine oder andere Gesicht von der letzten Ständeversammlung wiederzuerkennen. Mit einigem Abstand folgten ihnen auch neugierig etliche Prager Bürger, doch hielten sie respektvoll, oder vielleicht auch vorsichtshalber, Abstand.

Ganz vorweg marschierten Matthias Thurn, Albrecht Jan Smiřický von Smiřice und Graf Andreas Schlick. Matthias Thurn hatte bereits auf der Ständeversammlung mit seiner Rede die ungewohnt aufgeheizte Stimmung im Karolinum entfacht, hatte Rasmus von seinem Onkel gehört.

Für Mai war es erstaunlich kühl heute und so fiel Rasmus auf wie eine gerupfte Gans mit seinen abgewetzten Stiefeln, dem speckigen Lederkoller und den Flicken auf Hemd und Hose unter all den Wohlgeborenen in Pelz und Samt.

Beunruhigt blickte sich Rasmus um, der Zug war vermutlich schon auf mehrere hundert Köpfe angewachsen, wenn nicht noch mehr, falls man die Bürger mitzählte, die den Zug begleiteten. Rasmus hatte es trotz der Kühle den Schweiß auf die Stirn getrieben und das lag nicht nur an der Anstrengung, den Lastesel für seinen Onkel zu spielen. In der Burg weilten die kaiserlichen Statthalter und dieser kriegerische Besuch war wie ein glimmendes Pulverfass.

Die Burgwachen waren über den unerwarteten Aufmarsch so verdattert, dass sie nicht einmal versuchten die Eindringlinge aufzuhalten. Wortlos traten sie beiseite und ließen den Zug passieren. Angeführt von Matthias von Thurn und Graf Andreas Schlick, stapften sie durch die Burg. Rasmus keuchte wie ein Schlachtross, als er seinen Onkel die Treppen hinauf stützen musste. Über die Köpfe und Hüte hinweg sah er, wie eine zweiflügelige Tür aufgestoßen wurde und die Menge in den dahinterliegenden Sitzungssaal strömte. Die anwesenden Männer, Rasmus machte fünf an der Zahl aus, unterbrachen irritiert ihre Sitzung und forderten die Eindringling auf, sich zu erklären.

Anfangs noch erstaunlich besonnen erklärte die Delegation ihre Unzufriedenheit über den Vertragsbruch zur Religionsfreiheit und den Repressalien der letzten Monate. Doch bald wurde die Stimmung hitziger und wie nicht anders zu erwarten, wurden den beiden katholischen Statthaltern Jaroslav von Martinitz und Wilhelm Slavata wüste Vorwürfe gemacht. Diese wiesen selbstredend alles zurück, doch eher mit mäßigem Erfolg. Die Stimmung der protestantischen Stände heizte sich derart auf, dass eher die Atmosphäre eines Standgerichts aufkam.

»Verräter«, »Feinde der Stände« und »Feinde des Vaterlandes« waren nur einige Titel, die Martinitz und Slavata entgegengebracht wurden. Auch Jaro von Birkenstein stimmte so lautstark in die aufbrausende Kakophonie mit ein, dass Rasmus auf dem rechten Ohr nur noch gedämpft hörte. Der Burggraf von Sternberg und Böhmens Kanzler von Lobkowitz versuchten vergeblich zu intervenieren, während ein anwesender Schreiber sich bereits vorsorglich zitternd unter dem Tisch verkroch.

»Man werfe sie nach altböhmischem guten Brauch zum Fenster hinaus!«, rief jemand und zu Rasmus Erschrecken kam tatsächlich Bewegung in die Menge. Sternberg und von Lobkowitz wurden aus dem Saal gedrängt, während die Statthalter Martinitz und Slavata an Händen und Füßen gepackt wurden. Jemand riss ein Fenster auf und der sich wild wehrende Martinez wurde entschlossen hinausgeworfen, oder eher gezwängt, denn das Fenster war recht eng. Als Graf Slavata das gleiche Schicksal drohte, versuchte dieser sich noch verzweifelt am Fenstersims festzuhalten, aber ein kräftiger Hieb mit der Muskete zerknackten seine Finger wie morsches Holz und besiegelte seinen Fall endgültig. Selbst dem unschuldigen Schreiber ging es in der explosiven Stimmung an den Kragen und einen kurzen Atemzug später verschwand auch er zappelnd und schreiend in dem schmalen Fenster.

Rasmus schluckte. Sie mussten hier gute zehn Mannslängen über dem Boden sein, das konnten die Männer kaum überleben. Die Menge jubelte grimmig, eng um das Fenster gedrängt, bis sich plötzlich eine verwunderte Stille über sie legte. Rasmus konnte von seiner Position nichts erkennen, aber als die Meute am Fenster erstaunt aufrief und hektisch Musketen und Pistolen durch das Fenster abfeuerte, nahm Rasmus an, dass die drei Opfer wohl doch nicht das Zeitliche gesegnet hatten.

Vielleicht hatte die schräge Burgmauer oder ihre dicken Mäntel den Fall gebremst. Jetzt versuchten die aufgeregten Böhmer mit Bleikugeln das Versagen der Schwerkraft zu korrigieren. Rasmus vermutete jedoch, dass keiner von ihnen in dem wüsten Gedränge vor dem Fenster auch nur einen halbwegs gezielten Schuss anbringen könnte. Auch Rasmus' Onkel fuchtelte mit einer Radschlosspistole herum, aber auf seinen Neffen gestützt war es

ihm unmöglich, in dem Gedränge nahe genug ans Fenster zu kommen, um auf die Fliehenden schießen zu können.
Als sich der Pulvernebel verzog, blieb eine seltsame Mischung aus Triumph und Enttäuschung im Sitzungssaal zurück. Und ein ganz übles Gefühl im Bauch eines Hamburger Studenten.
Jaro von Birkenstein war dafür für seine Verhältnisse auf dem Rückweg in bester Laune und stellte mehrfach euphorisch fest, dass sie es »diesen dreckskatholischen Stiefelleckern einmal so richtig besorgt hatten«.
Rasmus hingegen fragte sich, was der kriegerische Akt nach sich ziehen würde. Für die Stadt, die traditionell protestantische Universität und damit auch für ihn. Etwas Gutes konnte es kaum sein. Kaiser Matthias und vor allem der erzkatholische König Ferdinand von Böhmen würde diesen gewalttätigen Angriff nicht unbeantwortet lassen.
»Weißt du, Fischkopf …«, begann sein Onkel im Dozententon, den massigen Arm weiter auf der Schulter seines Neffen abgestützt, »die Defenestration hat hier eine lange Tradition!«
»Schön, dass Ihr die alten Werte so achtsam pflegt, Onkel«, stöhnte Rasmus, der sich fragte, ob es ein gutes oder schlechtes Zeichen war, dass seine Rückenschmerzen einem merkwürdig dumpfen Taubheitsgefühl gewichen waren.
Sein Onkel überhörte seinen Einwurf und fuhr fort: »Schon vor zweihundert Jahren haben wir den Bürgermeister, vier Ratsherren und ein paar Handvoll mehr aus dem Burgfenster geworfen, das hat sich bewährt!« Zur eigenen Bestärkung nickte er heftig und zwang Rasmus damit in die Knie.
»Wir sind wohl da, Herr Onkel«, stellte Rasmus mit nur mühsam unterdrückter Erleichterung fest und öffnete die Tür. Sein Onkel verlor keine Zeit, um in den heimatlichen vier Wänden nach Brot, Bier und Schinken zu schreien, während er sich von seinem Neffen in die gute Stube schleppen ließ.

»Setz dich, Quacksalber, du hast dir einen Brandwein verdient«, erklärte von Birkenstein gönnerisch und wedelte mit seiner Hand in Richtung eines Stuhls. Rasmus setzte sich still seufzend, während ein Diener Krüge und Teller auftrug.
»Komm her, Trine, ich muss dir erzählen, wie wir den Katholischen Flügel gemacht haben!«, rief sein Onkel aufgeregt, als dessen unscheinbare Frau die Stube betrat.
»Sicher«, antwortete sie abwesend und blickte unschlüssig zu Rasmus.
»Du hast eine Nachricht von deiner Schwester erhalten«, erklärte sie mit belegter Stimme und hielt ihm steif ein Schreiben hin.
»Danke, Frau Tante. Ich werde es gleich morgen früh lesen«, gähnte Rasmus und bog stöhnend seinen Rücken durch.
Doch seine Tante räusperte sich unsicher. »Rasmus, dein Vater ist tot.«

Kapitel 5

1. Juni 1618
Die schlichte Öllampe schien bestenfalls unentschlossen, den kleinen Stall zu erhellen, und zeichnete stattdessen lieber gespenstische Schatten auf Wände und die Gesichter der beiden Gestalten.
Ihre Augen blickten müde drein und beide hatten das schwer gewordene Kinn auf den gefalteten Händen abgestützt. Der kräftige Mann kratzte sich im stoppeligen Gesicht, während sein halbwüchsiger Sitznachbar gähnend mit der Müdigkeit kämpfte.
Als die gerundete Kuh sich unruhig auf die Seite legte, blickten beide das Tier erwartungsvoll an, doch wenig später stand das Tier nervös wieder auf.
Der Halbwüchsige rieb sich die geröteten Augen.
»Hilft es, wenn wir die Blase aufschneiden, Vater?«, fragte er hoffnungsvoll und deutete auf die Vorwölbung, die dem trächtigen Tier schon seit mehreren Stunden aus der Scham hervortrat. Der Bauer schüttelte den Kopf.
»Nein, das hilft ihr nur beim Verrecken!«, erklärte er bissig. »Musst Geduld haben«, ergänzte er noch achselzuckend und sein Sohn seufzte schicksalsergeben.
»Ist ja nur, weil … weil heute ist doch heiliger Sonntag und die Kirche«, murmelte der strohblonde Halbwüchsige.
»Um Feiertage oder die Nachtruhe haben sich die Viecher noch nie gekümmert«, knurrte der Bauer. »Und überhaupt, seit wann treibst dich denn mit solcher Inbrunst zur Andacht?«, wollte der Bauer wissen.
Der Blondschopf zuckte unschlüssig die Schultern.
»Ist wohl mehr die lütte Erika von den Hansens als der Herr Pastor, die dich zur Kirche zieht, oder?«, mutmaßte sein Vater mit

einem schiefen Grinsen. Erneut zuckte der Halbwüchsige die Schultern. Doch diesmal eher etwas verlegen.
»Ist ja nicht so, dass …«, begann er, doch ein hörbares Schnaufen der trächtigen Kuh zog die Aufmerksamkeit der beiden auf sich. Die hervorgetretene Blase riss und eine harnartige Flüssigkeit floss aus dem Tier. Mit einem erneuten Schnaufen legte sich die Kuh in das Stroh.
»Wird sie jetzt kalben?«, fragte der Blondschopf aufgeregt.
Sein Vater winkte ab. »Sie fängt ja erst an, das kann noch gut und gerne bis morgen früh gehen«, erklärte er. »Hat sich ja ohnehin Zeit gelassen, das Vieh. Hätte ja schon vor ein paar Monaten kalben sollen und nich mitten im Sommer«, brummte der Bauer.
»Da sind schon die Klauen«, freute sich der Bursche.

Doch sein Vater sollte Recht behalten. Es sollte noch eine ganze Weile dauern, bis schließlich ein massiger, von Schleim und Haut bedeckter Kopf hervortrat. »Was für ein Kawenzmann!«, rief der Bauer freudig aus. »Weiß nur noch nicht, wie ich den satt kriegen soll, auf den Weiden steht ja schon das Korn …«, grübelte er halblaut und kratzte sich am Kinn.
Dann erkämpfte sich schließlich in mehreren Schüben und einem kleinen Schwall aus Flüssigkeit das ganze Kalb das Licht der Welt.
»Recht so, schön saubermachen!«, lobte der Bauer das Muttertier mit einem zufriedenen Nicken, während die Kuh ihren Nachwuchs mit der großen, rauen Zunge ableckte.
»Vater, ich glaube, da stimmt was nicht«, flüsterte der Halbwüchsige angespannt und trat vorsichtig einen Schritt näher auf das Kalb zu.
»Was soll denn da nicht stimmen, schaut ganz kräftig aus«, widersprach der Bauer und blinzelte in das Halbdunkel. Sein Sohn ging noch zwei weitere Schritte auf das Tier zu und beugte sich

zögerlich nach vorn. Dann schlug er die Hand vor den Mund und machte hastig einen Satz zurück.

»Sticht dich der Hafer?«, unkte der Bauer spöttisch und trat jetzt selbst an Kuh und Kalb heran.

»Himmel hilf!«, keuchte er erschrocken auf.

Noch immer leckte die Kuh ihr Neugeborenes sauber. Auch die Köpfe. Alle beide. Hastig schlug der Bauer ein Kreuz und ging kopfschüttelnd zurück bis an die Stallwand.

»Was bedeutet das?«, fragte sein Sohn mit mühsam unterdrückter Angst.

»Nichts Rechtes und nichts Gottgefälliges!«, urteilte der Bauer aufgewühlt und ließ die beiden Tiere nicht aus den Augen.

»Aber warum, Vater?«, fragte der Blondschopf verständnislos.

Eine Weile blickte der Bauer unschlüssig auf die beiden Tiere, dann verfinsterte sich seine Miene und seine Kiefer mahlten zornig aufeinander.

»Frag deine Mutter, die lässt immer wieder diese alte Hexe in unser Haus. Irgendwann musste sich das ja rächen!«, knurrte der Bauer zornig. Einen Augenblick schaute ihn sein Sohn verständnislos an.

»Meinst du Jule, die olle Moorkröte?«, fragte er zweifelnd.

»Eben die!«, bestätigte der Bauer.

»Das soll ne Hex sein?«, fragte der Blondschopf ungläubig.

»Lebt mit ihrem schwachsinnigen Sohn im Moor und will mit uns gottesfürchtigen Leuten in Eppendorf sonst nichts zu schaffen haben. In der Kirche sieht man sie nie. Kommt nur, wenn sie unser gutes Korn will, und lässt uns dafür ihr Zauberzeug aus dem Moor hier.«

»Ich dacht, sie tauscht hier nur Fische, Kräuter und Weidenzeug!«, rief der Bursche erstaunt aus.

»Das will sie uns zumindest glauben machen«, knurrte der Bauer und wandte sich um.

»Wo gehst du hin?«, fragte sein Sohn; besorgt alleine in dem Stall zu bleiben.
»Die Axt holen«, erklärte sein Vater trocken. Angewidert zeigte er auf das Kalb. »Dieses gotteslästerliche Ding wird keinen Atemzug mehr als nötig unter meinem Dach tun!«, stellte er entschlossen klar.

Kapitel 6

4. Juni 1618

Rasmus blickte in den strahlend blauen Himmel und sog tief die Luft ein. Eine Mischung aus Elbwasser, eingelegten Heringen, Gewürzen und den Ausdünstungen der Stadt strömte in seine Lunge und ließ ein fast schmerzliches Heimatgefühl in ihm aufkommen.

Weit über vier Jahre war es nun her, dass seine Füße Hamburger Boden betreten hatten. Er hätte sich nur einen anderen Anlass dafür gewünscht.

»Heyda, mach den Weg frei!«, verlangte eine raue Matrosenstimme hinter ihm und Rasmus trat schnell einen Schritt zur Seite. Die Ankunft im bunten Treiben des Hamburger Hafens hatte ihn so beeindruckt, dass er versonnen am Ende des Landgangstegs stehen geblieben war, kaum dass er das Flussschiff verlassen hatte. Gute zehn Tage war er auf dem Frachtkahn die Elbe abwärts von Prag nach Hamburg gefahren. Sein Professor hatte ihn zunächst von der Universität freigestellt und wenig später hatte er seine Reise in die alte Heimat angetreten. Unstete Gedanken waberten ihm neben der Trauer um den verstorbenen Vater durch den Kopf. Wie würde es weitergehen mit der Baderei und seinem Studium? Er seufzte. Vielleicht war es auch besser, Prag für eine Weile den Rücken zu kehren. Gleich am nächsten Tag des Fenstersturzes hatten die Stände Tatsachen geschaffen und ein dreißigköpfiges Direktorium als neue Übergangsregierung gewählt und damit vollständig mit Wien gebrochen. Man konnte nur darauf hoffen, dass der habsburgische Kaiser Matthias, der nicht eben als entschlussfreudig galt, einer schnellen Eskalation aus dem Weg gehen würde. Sein Cousin, der quasi entthronte Böhmische König Ferdinant, würde diesen Affront sicherlich mit eiserner Hand beantworten wollen. So oder so würden

Fenstersturz und Direktorium nicht folgenlos bleiben. Es war ungewiss, was die nächsten Wochen in der Universitätsstadt bringen würden.
Aber auch hier in Hamburg stellte man sich auf unruhige Zeiten ein, wie die imposanten Baustellen für die neuen Wallanlagen um die Stadt herum jedem Ankömmling aufzeigten.
Rasmus sog noch einmal tief die Hafenluft ein, blickte über das geschäftige Treiben von Matrosen, Karrenziehern und Händlern und schulterte dann den Seesack aus grobem Segeltuch.
Sein Weg führte ihn zunächst durch Grimm und Cremon, die zusammen das Kirchspiel St. Katharinen bildeten, in dem der größte Teil des Hafens lag. Hier lebten überwiegend Reeder, Kapitäne und andere Seeleute, aber es fand sich auch so manches Lagerhaus und Ladengeschäft.
Vor Rathaus und Börsenplatz reihte er sich in die Schlange aus Karren, Arbeitern und Bürgern ein, die den Nikolaifleet über die Trostbrücke überquerten. Auf der anderen Seite der Brücke betrat er das Kirchspiel St. Nikolai, seine alte Heimat.
Unweit des Burstah steuerte er ein schmuckes Steinhaus an und ließ den Seesack von der Schulter gleiten. Nervös und mit einem unguten Gefühl in der Magengegend wischte er sich den Schweiß von der Stirn und blickte etwas unschlüssig auf die Haustür. Er hatte seine Schwester Christina viele Jahre nicht mehr gesehen und grübelte schon die halbe Reise darüber, was er sagen sollte. Wenn es nicht um Krankheiten oder gebrochene Glieder ging, tat er sich immer etwas schwer die richtigen Worte zu finden. Dennoch hatte er beschlossen, zunächst sie und nicht die väterliche Badestube aufzusuchen.
Noch einmal atmete er tief durch, dann klopfte er etwas heftiger als beabsichtigt an der hölzernen Tür. Zunächst geschah nichts und er wollte bereits kehrtmachen, da öffnete sich die Tür und

eine Magd mit schmutziger Schürze und schweißglänzendem Gesicht blickte ihn fragend an.

»Zum Gruße«, brachte Rasmus nach kurzem Schweigen hervor und nahm seine Mütze ab. »Zur Hausherrin möchte ich gern, also zur Christina«, erklärte er.

»Die Christina?«, fragte die Magd irritiert über die vertrauliche Anrede.

Rasmus räusperte sich. »Ich … bin Rasmus, ihr Bruder«, erklärte er dann beinahe verlegen.

»Oh«, machte die Magd, wurde dann jedoch von einer schwarzgekleideten Dame unterbrochen, die sich an der Magd vorbei durch die Türöffnung schob. Innig schloss die Hausherrin ihren Bruder in die Arme, der ihr vom Gefühlsausbruch etwas überfordert den Rücken tätschelte, wie man es eher bei einem guten Hund tun würde.

»Komm rein, du musst doch hungrig sein und durstig nach der Reise«, mutmaßte sie mit einem feuchten Schimmer in den Augen.

Rasmus zuckte nur etwas verlegen die Schultern.

Wenig später saß er mit einem großen Krug Bier, Brot, Schinken und sogar Kuchen mit ihr in der guten Stube. Mit einem schiefen Lächeln musterte sie ihren Bruder, der heißhungrig die gute Mahlzeit verschlang. Die Verpflegung an Bord war nicht eben die beste gewesen für den Preis, den er sich leisten konnte.

»Meine Güte, was für ein schmucker Kerl du geworden bist. Die Jungfern in Prag müssen dem Onkel ja Schlange vor der Tür gestanden haben«, stellte sie nicht ohne Stolz in der Stimme fest und tätschelte seine stoppelige Wange. Ein kurzes Lächeln umspielte seine Lippen, bevor er abermals die Schultern zuckte. Die Mutter war früh von ihnen gegangen und die ältere Schwester hatte auf ihren manchmal etwas weltfremden Bruder stets ein wachsames Auge gehabt.

Doch Rasmus sah ihr die Trauer an. Ihr sonst so fröhliches, aber oft auch resolutes Gesicht war blass und müde. Düstere Schatten lagen um die Augen und er mochte nicht daran glauben, dass die Fältchen nur ein Produkt der letzten Jahre sein sollten.
»Euch ist es gut ergangen in den letzten Jahren?«, fragte er in Ermangelung eines besseren Themas und blickte in der guten Stube umher.
Seine Schwester nickte. »Moritz hatte gute Aufträge und seit letztem Jahr baut er mit an der neuen Stadtbefestigung. Er hat manchmal sogar direkt mit dem berühmten niederländischen Festungsbaumeister Johan van Valckenburgh zu tun, den der Rat eingestellt hat«, erklärte sie stolz.
Rasmus nickte anerkennend. Er konnte sich nur daran erinnern, dass Christinas Mann etwas mit dem Baugeschäft zu tun hatte. Steinmetzmeister? Maurer? Rasmus erinnerte sich nicht mehr, war aber froh, dass seine Schwester einen guten Mann erhalten hatte.
»Aber wie ist es dir denn in Prag ergangen, du hast so selten geschrieben«, stellte seine Schwester etwas vorwurfsvoll fest.
Rasmus räusperte sich. »Was soll ich sagen … Mein Studium läuft gut, dieses Jahr würde ich vermutlich meine Prüfung haben. Aber vielleicht ist es sogar besser, dass ich grad in Hamburg bin. Die Stände rasseln dort gerade mit den Kaiserlichen zusammen und das könnte gewaltig krachen. Aber vor allem wollte ich klären, wie es hier weitergeht mit der Baderei, und Vater die letzte Ehre erweisen …« Rasmus räusperte sich, seine Zunge wurde gerade zusehends schwerer und ein übler Kloß wuchs in seinem Hals an. »Ich nehme an, er liegt bei Mutter?«, fragte er leise.
Kurz blickte seine Schwester ihn an und er sah, wie ihre Augen feucht wurden und sie sich nur mühsam beherrschte. Schließlich schlug sie die Hände vors Gesicht und begann hemmungslos zu weinen.

Steif nahm Rasmus seine Schwester in die Arme. Die starke Frau, die sein Leben lang ein Auge auf ihn geworfen hatte, so verletzlich zu sehen, machte ihn merkwürdig beklommen.

»Es ist nun einmal der Lauf der Dinge. Wer, wenn nicht Vater, wusste das besser und nun ist er ja wieder bei seiner Erika«, versuchte Rasmus sie zu trösten.

»Ach Rasmus, du verstehst ja nicht …«, schluchzte Christina und schüttelte den Kopf.

»Was verstehe ich nicht?«, fragte er tatsächlich verständnislos.

Seine Schwester blickte betreten zu Boden. »Ich hab einfach nicht gewusst, wie ich es dir schreiben soll«, murmelte sie niedergeschlagen.

»Und das werde ich auch nicht, wenn du nicht klar mit mir redest«, drängte Rasmus und ergriff ihre kalten Hände.

Christina sah mit geröteten Augen auf. »Vater. Er hat sich … selbst umgebracht«, stotterte sie.

Rasmus sah sie mit offenem Mund und geweiteten Augen an. »Das hat er nicht!«, keuchte er ungläubig, doch der Anblick seiner Schwester ließ es ihn anders vermuten.

Entsetzt und gelähmt starrte er ins Nirgends. Selbstmord war eine Todsünde und gesellschaftlich geächtet wie kaum etwas anderes.

»Warum …? Warum sollte Vater das tun?«, fragte er noch immer ungläubig.

Christina rieb sich die geröteten Augen. »Casper sagt, er hatte es mir der Lunge und nicht mehr viel Zeit«, sagte sie müde.

»Er hat mir nie etwas darüber geschrieben«, entgegnete Rasmus fassungslos.

»Ich wusste es ja auch nicht und Casper hat er wohl verboten was zu erzählen«, versicherte sie ihm.

Kraftlos sackten die Schultern des Medizinstudenten nach unten. »Haben sie ihn trotzdem zu Mutter gelassen?«, fragte er wenig hoffnungsvoll.

Traurig schüttelte seine Schwester den Kopf und erneut rann eine schwere Träne über eine Wange.
»Ein Eselsbegräbnis?«, fragte er tonlos.
Christina nickte und wog gleichzeitig den Kopf. »Offiziell ja, aber Casper sagt, der Henker hat noch was für ihn tun können, aber das darf keiner wissen. Vater und er kannten sich ja wohl einigermaßen gut«, erklärte sie und trotz der Trauer rümpfte sie bei Erwähnung des Henkers unwillkürlich ihre Nase.
Viele Berufe, die direkten Kontakt mit Dreck, Verbrechen oder Krankheit hatten, galten als unehrlich. Der Bader war nur einer von ihnen, auch andere Chirurgen, Totengräber, Gerber, Dirnen oder Nachtwächter teilten dieses Schicksal der eingeschränkten Ehre. Doch die zweifelhafte Ehre des »Königs der Unehrlichen« gebührte ohne Frage dem Henker, auch Frohn oder Nachrichter genannt. Sogar seine Gesellschaft und auf jeden Fall die Inhaftierung in der Frohnerei konnten entehrend sein. Daher durften Hamburger Bürger ohne Schuldspruch auch zunächst nur im Gefängnis im Winserbaum eingesperrt werden.
Aufgrund ihrer Kenntnisse durch das Richten, Foltern und Versorgen ihrer Kunden waren aber viele Henker auch ausgezeichnete Heiler und Chirurgen. Jedoch besuchten die meisten Bürger für solcherlei Dienste den Henker lieber bei Dämmerlicht und durch die Hintertür, nicht vergessend, sich vorher umzusehen, ob sie jemand beobachtete.
So galt dies auch für Max Grave, den Hamburger Henker. Der trotz seines blutigen Handwerks noch dazu den Ruf eines durchaus launigen, gutmütigen Menschen hatte, der so manch aufmunterndes Wort für seine Kunden hatte.
Rasmus nickte nur. »Und die Sibylle?«, fragte er nach ihrer beiden Schwester.
»Ich hab ihr nach Lübeck geschrieben, aber nichts von ihr gehört«, erklärte Christina.

Rasmus grübelte und starrte unschlüssig auf seinen Bierkrug. »Es ist wohl das Beste, wenn ich erst mal ins Badehaus gehe und mit Casper spreche«, entschied er dann müde.
Christina nickte. »Ja, mach das«, stimmte sie ihm zu. »Aber besuch uns bald wieder, du musst doch deine Nichten und deinen Neffen kennerlernen«, erklärte sie und rieb ihm vertraut mit dem Daumen über die Wange. Rasmus schlug erschrocken die Hand vor dem Mund. »Oh, ich hatte ganz vergessen …«, begann er entschuldigend. Doch seine Schwester unterbrach ihn milde lächelnd. »Schon gut, du hast gerade anderes im Kopf. Komm erst einmal wieder richtig an«, riet sie ihm verständnisvoll.
Rasmus seufzte und umarmte seine Schwester. »Ich besuche euch bald wieder, versprochen«, erklärte er und ließ sich von seiner Schwester wieder aus dem Haus geleiten.

Der strahlend blaue Himmel über der Hansestadt mochte so gar nicht zu seinem Gemütszustand passen. Es fühlte sich dumpf und wirr in seinem Kopf an, so als müsste er einer Vorlesung nach einer ausgiebigen Nacht in der Taverne lauschen. Grübelnd passierte er den Hopfenmarkt nebst der Nikolaikirche und schüttelte immer wieder den Kopf. Es war einfach unvorstellbar, dass sein Vater von eigener Hand gestorben war und Schmach und Schande über sich selbst und seine Kinder gebracht haben sollte. Rasmus wusste, dass es manch verzweifelte Seele gab, die den Tod als letzte Ausflucht von Schmerz und Leid suchte, aber das mochte einfach nicht zu ihm passen. Aber vielleicht zweifelte er auch nur daran, da er es einfach nicht wahrhaben wollte, dachte er bitter.
Schließlich stand er zum zweiten Mal heute mit einem merkwürdigen Gefühl im Bauch vor einer Haustür.

Ein merkwürdiges Gemisch aus alten Erinnerungen durchfloss ihn, als er den Flur betrat und der Geruch von Badewasser, Kräutern und Arzneien in seine Nase strömte.
»Wenn Ihr ein Bad wollt, dann …«, ertönte eine Stimme, noch bevor der Sprecher aus dem Nebenraum getreten war. »Rasmus!«, unterbrach sich der junge Mann jedoch selbst, kaum hatte er den Besucher erblickt.
Der Medizinstudent nahm den Badergesellen, der für ihn stets eher wie ein jüngerer Bruder gewesen war, umständlich in die Arme.
»Wann bist du angekommen?«, fragte der Badergeselle.
»Erst heute, Casper, ich war aber schon bei der Christina«, erklärte Rasmus.
Casper räusperte sich unsicher. »Dann … weißt du … Ich meine …«, fragte er unsicher.
»Christina hat es mir erzählt«, bestätigte Rasmus knapp.
»Rasmus, es tut mir leid, ich …«, begann der Badergeselle, aber sein Gegenüber legte ihm die Hand auf die Schulter. »Dir muss nichts leidtun.«
Casper holte tief Luft. »Willst du ein Bad? Ich sag der Magd, sie soll dein Zimmer richten.«
Rasmus nickte dankbar. »Ja, wir können später reden, du hast sicherlich noch Kundschaft und ich kann auch erst etwas Ruhe gebrauchen.«
Trotz des langen Sommertags dämmerte es schon, als beide sich später in der Küche eingefunden hatten und Fischeintopf und Bier verspeisten.
»Ich weiß nicht recht, wo ich anfangen soll«, murmelte Casper unsicher.
»Bei Vater«, antwortete Rasmus umgehend.
Der Badergeselle blickte eine Weile grübelnd in seine Suppenschüssel. »An sich schien er im Reinen mit allem. Ich

meine, mit seiner Krankheit. Ich durfte ja keinem etwas verraten, du kennst ihn ja … Ich hätte dir oder Christina natürlich was gesagt, aber er hat es mir wirklich ernsthaft verboten.«

»Ist gut, erzähl weiter«, bat Rasmus.

Casper nahm einen Schluck Bier, bevor er fortfuhr. »Er hatte gehofft, dass er dieses Jahr noch durchhält, vielleicht auch noch das nächste. Wollt unbedingt noch mitkriegen, dass du deine Prüfung bestehst. Er hat auch noch gearbeitet, nur mehr Ruhe zwischendurch hat er gebraucht. Er wusste, dass es nicht mehr ewig geht, aber eigentlich sah es aus, als habe er seinen Frieden damit gemacht. Daher hab ich ja auch nicht glauben können, dass …«

Der Badergeselle schluckte und ließ den Satz unvollendet.

»Wie?«, fragte Rasmus knapp.

»Er hat sich erhängt, im Behandlungszimmer, neben dem Operationstisch. Ich hab ihn gefunden am Morgen«, erklärte Casper mit belegter Stimme.

Rasmus vergrub das Gesicht in den Händen. »Und das Begräbnis?«, murmelte er halblaut.

»Max Grave, der Frohn, hat sich seiner erbarmt. Die beiden konnten ja recht gut miteinander. Eigentlich hätte er ihn ja einfach so bei Nacht und Nebel bei den Hingerichteten verscharren müssen. Aber er hat ihn in einem kleinen Wäldchen nebendran beerdigt und ich durft auch dabei sein. Grave hat sogar noch einen Geistlichen von außerhalb überreden können, ein paar Worte zu sprechen. Kein ordentliches Begräbnis auf einem anständigen Friedhof, aber das Beste, was eben möglich war.«

Rasmus seufzte. »Ich werd mich die Tage bei Grave bedanken gehen«, entschied er.

»Und das Badehaus und das Amt?«, tastete sich der Medizinstudent vor. Die Zünfte bezeichnete man in Hamburg auch als Ämter. Am liebsten hätte er dieses Thema noch weit aufgeschoben, aber er wusste, dass es schnell geklärt werden musste.

»Schwieriges Thema, das Amt und die Stadt haben sich auch noch nicht so richtig äußern wollen, bevor du wieder in Hamburg bist«, erklärte Casper. »Ohne Meister im Haus hätten wir eigentlich schließen müssen, oder die Stadt hätte das Badehaus an jemand mit Meisterbrief neu verpachten müssen. Ich glaube, sie zaudern nur, weil die Stadt in den letzten Jahren so gewachsen ist und sie nicht genug Bader und Barbiere haben«, fuhr Casper schmunzelnd fort. »Aber ohne Meister im Haus darf ich das meiste nicht mehr machen und muss viele Kunden wieder fortschicken«, schloss er niedergeschlagen.

Eine Weile herrschte Schweigen in der dämmrigen Küche.

»Und wirst du es machen?«, fragte Casper schließlich mühsam beherrscht.

»Was werde ich machen?«, antwortete Rasmus verständnislos.

»Na, die Badestube übernehmen natürlich!«, ergänzte er angespannt.

»Casper, wie sollte ich? Ich hab doch auch keinen Meisterbrief und gewandert bin ich auch nie«, brachte er irritiert hervor.

Der Badergeselle machte eine wegwerfende Handbewegung. »Versuch es halt. Du warst ja länger Geselle als ich und vielleicht akzeptieren sie ja dein Studium in Prag als Wandern. Das Amt kann eine Menge Ausnahmen machen, wenn sie nur wollen, und sie brauchen Bader«, argumentierte er.

Rasmus lachte trocken auf. »Wenn sie wollen, ja. Ich hab doch in Prag nicht einmal als Bader gearbeitet, geschweige denn bin ich richtig auf Wanderschaft gewesen. Und mein Vater hat sich mit einer Todsünde aus der Zunft verabschiedet«, wiegelte er bitter ab.

»Du willst natürlich wieder an die Universität und Doktor werden«, mutmaßte Casper leise.

Sein Gegenüber rieb sich nachdenklich die Nasenwurzel. »Ich habe auf der Fahrt viel darüber nachgedacht. Sicher würde ich das wollen, aber ich weiß nicht, ob ich das kann ohne Unterstützung von Vater. Onkel ist etwas … speziell, was seine Gäste betrifft, er wird mich sicherlich nicht durchfüttern. Und die Prüfungen sind unglaublich teuer.«
»Du wirst einiges geerbt haben. Die Einrichtung, die Instrumente und etwas Silber wird sicher auch da sein«, schätzte Casper schmunzelnd ein.
An dem kurzen Aufblitzen in Rasmus' Augen war zu erkennen, dass er bisher gar nicht an die Erbschaft gedacht hatte. »Für alle Prüfungen bis zum Physikus wird es dennoch nicht reichen. Ich weiß auch nicht, ob ich in nächster Zeit überhaupt nach Prag sollte. Das ist gerade 'n Pulverfass.«
»Was ist denn in Prag?«, wollte Casper wissen, doch Rasmus winkte ab. »Später«, wich er aus.
»Ich werde so schnell wie möglich mit dem Amt reden, welche Möglichkeiten wir haben«, versprach Rasmus seinem alten Freund nach einer längeren Pause und dieser lächelte erleichtert.
»Aber vorher musst du mich noch zu Vaters Grab bringen«, verlangte Rasmus.
»Casper?«, fragte er, als sein Gegenüber nicht reagierte.
»Es gibt da noch etwas, das ich dir noch nicht erzählt habe«, brachte der Badergeselle nur mühsam hervor.
»Viel schlimmer kann es ja kaum noch werden«, seufzte Rasmus, doch der Blick von Casper widersprach ihm. »Zitterst du?«, fragte Rasmus ihn irritiert und besorgt.
»Ich … Ich habe es noch keinem erzählt, Rasmus«, flüsterte Casper heiser.
»Was hast du noch keinem erzählt, nun sprich doch endlich klar!«, drängte der Medizinstudent.

Casper atmete tief durch und griff zitternd den Arm des alten Freundes.

»Ich habe Ulrich gesehen. Nach seinem Tod!«

Kapitel 7

5. Juni 1618

Gähnend schlug Nikolaus Brehm, der von allen nur der alte Uhu genannt wurde, sein Wasser an einer Häuserecke ab und beobachtete mit gerümpfter Nase den unsteten Strahl, der mit Unterbrechungen auf die Fachwerkmauer traf.

»Hat früher auch mal besser funktioniert«, murmelte der Nachtwächter mit einer Mischung aus Sorge und Enttäuschung, während er sein bestes Stück wieder ordnungsgemäß verstaute.

Er blickte kurz zum Kirchturm. Bis zum nächsten Ansagen der Stunde hätte er noch eine Weile Zeit. Aber die sollte er besser woanders verbringen, schlug seine markante Nase ihm vor.

»Stinkt wie ein Schweinestall hier«, murmelte er, griff seine Partisane sowie die Blendlaterne und ging aus der Gasse zurück auf die Steinstraße. Gemächlich schlenderte er über die gut gepflasterte Straße in Richtung der Petrikirche. Eine schmächtige Gestalt huschte erschrocken in eine Seitengasse, als das Licht seiner Laterne sie traf. Brehm machte zwei, für seine Verhältnisse nahezu hastige, Schritte auf die Gasse zu und drehte die Laterne heller. Doch es war nichts weiter zu sehen außer dem üblichen Dreck und etwas Gerümpel.

Vermutlich eine Strichkatze, die es am gestrigen Abend nicht mehr geschafft hatte, einen Freier an Land zu ziehen. Hurerei war verboten. Offiziell zumindest. Huren drohte stets der Kaak, der Hamburger Pranger, Staupenschlag und Vertreibung. Umso mehr, wenn sie keine Hamburger Bürgerinnen waren.

Als Nachtwächter war Brehm angehalten, alle Strichkatzen aufzugreifen und zur Anzeige zu bringen. Er war sich jedoch sicher, dass die Verordnung Ausnahmen machte, wenn sie besonders schnell laufen konnten.

Und überhaupt taten sie ja keinem weh, zumindest nicht ohne gute Bezahlung. Sie konnten ganz im Gegenteil auch sehr herzlich ihre Dankbarkeit zeigen, wenn man sie einfach mal übersah, wie er sich mit einem versonnenem Lächeln erinnerte.

Schulterzuckend drehte er die Laterne wieder runter und setzte seinen Weg fort.

In letzter Zeit waren ihm immer wieder Gerüchte über merkwürdige Vorkommnisse zu Ohren gekommen. Tor- und Turmwächter, die Röper und gar die Henkersknechte aus der Frohnerei tuschelten über »unrechte Dinge«, die da geschehen waren, und die Begriffe »Hexerei«, »Unholde« und »Schadzauber« fielen. Gar ein guter Mann der Bürgerwehr soll verletzt worden sein. Brehm hielt es jedoch für wahrscheinlich, dass nur Kornbrand der Vater dieser Geschichten war. Was sollte es für den Teufel schon in Hamburg zu holen geben? Die meisten waren ja schon Kaufleute.

»Mmhh, jetzt nen Kornbrand«, murmelte er genießerisch und bog wie meistens südlich von St. Petri Richtung Markt und Frohnerei ab. Die Frohnerei wurde des Nachts immer bewacht, da ergab sich gerne mal die Gelegenheit auf ein kurzes Pläuschchen und vielleicht hatte die Wache auch einen kleinen Schluck dabei.

Zu seiner Linken passierte er den alten Mariendom, wenn man ihn denn noch Dom nennen wollte. Nachdem vor fast hundert Jahren die Reformation in Hamburg Einzug gehalten hatte, war der einst katholische Dom nur noch als Enklave geduldet ohne politischen und religiösen Einfluss auf die Stadt.

Brehm stutzte. Schien dort flackerndes Licht vom Dom? Um diese Uhrzeit? Er machte abrupt halt und lief eilends durch eine Querstraße zu dem mehrschiffigen Kirchengebäude. Feuer war eine ernste Sache, die die ganze Stadt gefährden konnte. Zwar war das massige Steingebäude diesbezüglich etwas weniger gefährdet, aber man konnte nie wissen. Außer Atem blieb er vor der

Eingangstür zum »Schappendom« stehen. Der Schappendom war die zuletzt gebaute Halle des Doms. Hier wurde im Winter auch der Weihnachtsmarkt und die Verkaufsmessen der Tischler abgehalten.
Doch es war nicht Winter und es wurde nichts verkauft. Zudem war es mitten in der Nacht und damit gab es keinen ordentlichen Grund, warum die schweren Türflügel sperrangelweit geöffnet waren, befand Brehm. Der Lichtschein drang aus der Türöffnung und flackerte noch heller hinter den buntverglasten Fenstern. »Kirchendiebe?«, fragte sich der alte Nachtwächter mit einem Anflug von Nervosität. Er packte den Schaft seiner Partisane fester und betrat den Vorraum. Augenblicklich nahm er einen stechenden Übelgeruch wahr. Wie von faulen Eiern nur schärfer und irgendwie rauchig. Stutzend blickte er auf den Steinboden, wo in regelmäßigen Abständen kleine Feuer brannten. Nein, das waren nicht einfach nur kleine Feuer. Es waren brennende Fußspuren und sie führten von der Saaltür bis kurz vor den Ausgang. Kopfschüttelnd ging der Nachtwächter an den Spuren entlang. Nur ein Fuß schien normal, der andere war eher winzig wie der Abdruck einer … Hufe?
Schweiß trat ihm auf die Stirn und das lag nicht an der Wärme der lauen Sommernacht. Sein Atem ging stoßweise, als sich seine Hand auf die eiserne Klinke der Hallentür legte. Er zögerte einen Moment, hob die Partisane und riss die Tür auf.
Es war hell in der großen Halle und zu seiner Erleichterung standen keine schwerbewaffneten Kirchenräuber hinter der Tür, die mit geladener Muskete auf ihn zielten. Stattdessen ließ ihn die Quelle des Lichts erstarren. Es war das große Altarkreuz. Es brannte lichterloh und überall im Saal lag der üble Geruch von verfaulten Eiern und Schießpulver. ›Schwefel?‹, fuhr es dem Nachtwächter durch den Kopf.

Zitternd ging Brehm näher, hektisch links und rechts zwischen die Bankreihen schauend. Erst jetzt sah er, dass die brennende Spur bis zum Altar reichte, und stolperte beinahe, als er ihr auswich.
»Was für ein Teufelswerk ist das?«, schnaufte er, während er widerstrebend nach vorne ging.
Dann öffnete sich erschrocken sein Mund zu einem stummen Schrei. Was er anfangs für die Figur des Herrn Jesus am Kreuz gehalten hatte, war keine Holzfigur. Es war ein Mensch. Eine Frau genau genommen. Sie hing nackt und mit dem Kopf nach unten vom Querbalken des Kreuzes. Ihr Körper war von Schnitten übersät und dunkles Blut tropfte von ihrem nackten Leib hinab. Die Flammen hatten bereits ihre Haar weitgehend verbrannt und schwarze Flecken und Blasen auf der Haut hinterlassen.
In den allgemeinen Übelgeruch mischte sich die bedrückende Note verbrannten Fleisches und Haares.
Brehm würgte und schlug die Hand vor den Mund. Kopfschüttelnd wankte er rückwärts. Als seine Beine gegen einen weichen Widerstand stießen und ein wütendes Fauchen hinter ihm ertönte, wirbelte er schreiend herum. Eine schwarze Katze fauchte ihn erneut wütend an, bevor sie flink zwischen den Bänken verschwand. Das war zu viel. Der alte Nachtwächter hörte sich selbst schreien, während er kopflos aus dem Gotteshaus stürzte.

Kapitel 8

7. Juni 1618

Rasmus schlenderte nachdenklich die Reichenstraße entlang und blickte abwesend auf die Schwäne zu seiner Linken. Die Tiere waren ein Wahrzeichen der Stadt und symbolisierten ihren Reichtum und ihre Freiheit. Eigentlich war das Halten von Schwänen nur dem Adel erlaubt. Dass Hamburg sich als Stadt ebenfalls dieses Privileg herausnahm, war ein deutliches Zeichen ihres Selbstbewusstseins. Nicht zuletzt war dies wohl auch ein Fingerzeig in Richtung des dänischen Königs Christian IV., der im Gegensatz zu den Hamburger Bürgern die Hansestadt als Teil seines Reiches betrachtete.

Sogar ein eigenes Amt zur Pflege der eleganten Vögel hatte Hamburg eingerichtet und ihre Verletzung und selbst ihre Beleidigung stand unter Strafe. Rasmus beneidete die Tiere ein wenig, die so sorglos über das Wasser glitten und sich keinen Deut über die Welt um sie herum scherten.

Gerade waren er und Casper beim Zunftmeister der Bader und Barbiere gewesen und hatten ihr Anliegen vorgetragen. Der Zunftmeister war ihnen als alter Freund ihres Vaters zwar wohlgesonnen, sonderlich viel Hoffnung hatte er ihnen jedoch nicht machen wollen. Eine Meisterprüfung Caspers ohne Wanderzeit schloss er trotz des Mangels an guten Chirurgen in der Stadt kategorisch aus. Für eine Übernahme der Badestube durch Rasmus und seine Zulassung zur Meisterprüfung könnte er sich vielleicht noch aussprechen, wie er etwas wankelmütig genuschelt hatte. Er zweifelte jedoch, dass sich ihm bei der Abstimmung genügend andere Älterleute und Meister für einen Mehrheitsentscheid anschließen würden. Nicht zuletzt der schändliche Selbstmord seines Vaters hatte die Meister nicht gerade wohlwollend gestimmt.

So oder so würde das Amt die schwierige Entscheidung erst auf der großen Zunftversammlung am Jahresende treffen, bei der auch der Zunftmeister für das nächste Jahr gewählt würde. Bis dahin hieß es sich in Geduld zu üben. Zumindest durften sie so lange unter der offiziellen Aufsicht des Zunftmeisters kleinere Dienste verrichten. Es hieß also Bäder herrichten, Verbände wechseln und andere Blessuren zu versorgen. Operationen und ernsthafte Kuren waren ihnen jedoch untersagt. Casper war dann auch bereits wieder in der Badestube zur Tat geschritten, während Rasmus seine nächste Pflicht angehen wollte.

Es war recht warm heute, so roch Rasmus die Frohnerei bereits, bevor er auch nur auf den Marktplatz am Berg abgebogen war. Jede Brise von Nordost führte den Geruch faulen Strohs, menschlicher Ausscheidungen und Unheil mit sich. Mit Unbehagen blickte Rasmus auf den hölzernen Kaak auf dem Marktplatz, an dem Prügel- und Ehrenstrafen ausgeführt wurden. Er steuerte die schwere Eingangstür an und schlug mit den Handknöcheln mehrfach gegen das eisenbeschlagene Eichenholz. Eine Weile geschah nichts, doch dann öffnete sich schabend eine Luke in der Tür. Zwei dunkel umrandete Augen musterten Rasmus wortlos.

Unsicher räusperte er sich und knetete nervös seine klammen Finger. »Ich … Ich würde gern zu Meister Grave«, erklärte er.

»Seid Ihr verletzt oder wollt jemanden besuchen?«, fragte eine grob klingende Stimme.

»Äh nein, es ist etwas Persönliches«, erwiderte Rasmus und sah, wie eine buschige Augenbraue in Richtung Stirn wanderte. Dann schloss sich die kleine Klappe ohne jegliche Erläuterung wieder und zu Rasmus' Erleichterung öffnete sich kurz darauf die schwere Tür. Ein kräftiger Glatzkopf brummte etwas in seinen nicht vorhandenen Bart, das Rasmus als Aufforderung, ihm zu folgen, interpretierte.

Er war sich nicht ganz sicher, ob die Intensivierung des Geruchs von den Räumlichkeiten oder von seinem Führer stammte, war jedoch trotzdem froh, dass ihn der Mann nicht die Treppe hinunter zu den Kerkerzellen führte. Stattdessen brachte er ihn zu einer kleinen Kammer, deren Tür nur angelehnt war. Ein kräftiger Mann, dessen rundliches Gesicht erstaunliche Ähnlichkeit mit einem Vollmond besaß, schrieb mit einer Feder konzentriert in einem dicken Buch. Er verfolgte die Bewegung des Kiels konsequent mit seiner Zungenspitze und wirkte in dieser Haltung ein wenig wie ein Frischling in der Gelehrtenschule des Johanneums.

»Verdammter Schreibkram«, brummte der Mann und kratzte sich mit den tintenverschmierten Fingern über das kurzgeschorene, blonde Haupt.

»Meister?«, versuchte der Henkersknecht die Aufmerksamkeit seines Dienstherrn zu erregen. Der Frohn blickte beinahe erschrocken nach oben und musterte dann den Neuankömmling.

»Ich bin Rasmus Steinschneider«, erklärte Rasmus und als sein Gegenüber nicht reagierte, schob er noch »Ulrich Steinschneiders Sohn« hinterher. Jetzt zeichnete sich Verständnis auf dem Gesicht des Henkers ab und ausgeprägte Lachfältchen erschienen um Mundwinkel und Augen.

»Setz dich doch, Steinschneider«, lud er den Medizinstudenten mit einer Geste in Richtung eines schlichten Stuhls ein.

»Danke, Meister Grave«, entgegnete Rasmus etwas angespannt, nahm seine Ledermütze ab und setzte sich.

»Tut mir leid um deinen Vater, war ein guter Mann«, sprach der Frohn sein Beileid aus, während sein Knecht auf einen Wink die Tür schloss.

»Danke, Meister Grave«, wiederholte Rasmus sich und musterte den Henker. Er hatte Grave einige Male gesehen, wenn er sich mit

seinem Vater getroffen hatte, und der Frohn wirkte keinen Tag älter seitdem.
»Ich wollte mich nur bei Euch bedanken, Meister Grave, für das, was Ihr für meinen Vater getan habt«, brachte Rasmus endlich heraus und reichte dem Henker ein schmales Holzkästchen.
»Was ist das?«, fragte der Henker verwundert und nahm das Kästchen.
»Ein gutes Skalpell von Vater. Ich dachte, damit könnt ich Euch auch in seinem Namen danken«, antwortete Rasmus.
»Das … ist wirklich sehr anständig von dir«, staunte der Henker, während er das Instrument beäugte. Rasmus nickte halbherzig und murmelte etwas, das nicht mal er selbst verstand.
»Wirst du die Badestube übernehmen oder nach Prag zurückgehen?«, fragte der Henker unvermittelt.
Rasmus seufzte. »Das wird das Amt wohl erst am Jahresende entscheiden, bis dahin versuche ich mit Casper über die Runden zu kommen. Kleinere Sachen dürfen wir so lange machen.«
»Dann habt ihr euer Auskommen?«, wollte Grave wissen.
Rasmus zuckte die Schultern. »Wird sich zeigen. Zur Not gibt es eben jeden Tag nur Lachs und ein wenig was hinterlassen hat Vater mir ja auch. Die neue Grabensteuer fällt aber auch ordentlich ins Gewicht und wir müssen noch die zwei Baderknechte und eine Magd mit durchbringen. Die andere Magd ist nach Vaters … Sie hat sich wohl eine neue Anstellung gesucht. Eigentlich könnten wir sie gut brauchen, außer den Operationen ist ja genug zu tun.«
Der Henker winkte ab. »Ja, alle fluchen über die Grabensteuer. Die neuen Wallanlagen, die dieser Johan van Valckenburgh baut, verschlingen wahre Unsummen, sollen aber uneinnehmbar sein. Zumindest wenn sie in ein paar Jahren fertig sind …«

»Vielleicht macht es sich dann doch noch bezahlt«, grübelte Rasmus halblaut und dachte daran, wie schnell es in Prag bedrohlich geworden war.

»Da kannst du wohl Recht haben. Hamburg wächst jedes Jahr so schnell wie damals meine Hertha, als sie guter Hoffnung war«, erklärte Grave und zeichnete mit seinen Händen einen gigantischen Bauchumfang nach. »Die Zeiten sind unruhig, da wollen sich sicher einige diesen saftigen Braten einverleiben«, fuhr er fort und ergänzte murmelnd: »Was bei Hertha zu dieser Zeit nicht ganz so war …«

»Der Dänenkönig?«, fragte Rasmus.

Der Henker verschränkte die Hände hinter dem Kopf. »Der sowieso allen voran, nach seiner Meinung sind wir ja ein Teil von seinem Holstein. Man munkelt, dass Hamburg daher beim Reichsgericht nächsten Monat endgültig zur freien Reichsstadt werden will.«

Rasmus schmunzelte. »Geht dieser Prozess vor dem Reichskammergericht um die Hamburger Reichsunmittelbarkeit nicht schon seit über dreißig Jahren und Hamburg tut alles, um ihn in die Länge zu ziehen? Momentan haben wir weder einen Fürsten über uns, noch müssen wir Reichssteuern an den Kaiser zahlen. Besser lässt es sich ja kaum aussitzen.«

Grave lachte. »Hat ja auch lange gut so hingehauen. Aber nachdem Christian seine Besitzansprüche immer lauter angemeldet hat, wurden wohl ›zufällig‹ vom Senat ein paar alte Beweise und Argumente gefunden, die für unsere Reichsunmittelbarkeit sprechen. Aber ob das Gericht nächsten Monat eine Entscheidung treffen wird und wenn, welche, steht ohnehin noch in den Sternen.«

»Zufällig«, wiederholte Rasmus und Grave nickte grinsend.

Es pochte an der Tür und Rasmus zuckte unwillkürlich zusammen.

»Meister?«, fragte der Henkersknecht, der seinen Kopf durch die halbgeöffnete Tür steckte.
»Ist gut, Hagen, ich komme«, entgegnete der Henker und der Kopf verschwand.
Kurz blickte der Henker auf seine Schreibarbeit und rieb sich die müden Augen. »Ich fürchte, ich werde dich verabschieden müssen. Die Kerker sind gut besucht die letzten Wochen, die Hertha hat Rücken und ich weiß nicht, wo mir der Kopf steht.«
»Den meisten wünscht man ja, dass ihre Geschäfte gut gehen, aber bei Euch bin ich mir nicht so sicher, Meister Grave«, entgegnete Rasmus etwas verkniffen. Er bemühte sich seine Enttäuschung zu verbergen, da er dem Henker eigentlich noch entlocken wollte, ob bei der Beerdigung seines Vaters etwas außergewöhnlich gewesen war. Zwar wollte er ihm nicht auftischen, dass Casper seinen Vater als Wiedergänger gesehen haben wollte, aber vielleicht war dem Henker bei dem Begräbnis etwas Besonderes aufgefallen.
Grave lachte launig und wieder zeugten die eingeschliffenen Fältchen um Augen und Mund davon, dass er dies häufig tat. »Schon recht, junger Steinschneider, aber jetzt werd ich nur die Runde machen und meine Kunden zusammenflicken und Verbände wechseln, da beschweren sie sich meist nicht.«
Rasmus murmelte eine Zustimmung und folgte dem Henker, der inzwischen einen Korb mit Verbänden, Salben und Instrumenten gegriffen hatte, aus der Schreibstube.
»Meister Grave, soll ich Euch vielleicht zur Hand gehen?«, fragte Rasmus plötzlich auf dem Gang. Der Henker hielt inne und sah ihn irritiert an.
»Ich meine bei der Versorgung der Gefangenen. Da Ihr doch so viel zu tun habt und Eure Frau unpässlich ist. Zusammen mit Euch wird das Amt wohl nichts sagen, wenn ich mal etwas Hand anlege«, erklärte Rasmus. Grave kratzte sich am Haaransatz. »Was hier drin passiert, ist den Zünften eh egal. Ich könnt heut schon

eine kundige Hand gut gebrauchen, aber zahlen kann ich dir nicht viel.«
Rasmus schüttelte den Kopf. »Nehmt es als weiteren Dank und etwas mehr Übung wird mir auch gut tun. Von Euch kann ich mir bestimmt noch was abschauen.«
Wieder lachte der Henker. »Bist doch schon ein halber Doktor, aber ich will sicher nicht Nein sagen. Dann komm in den Keller. Ich hoffe, mit deiner Nase ist es nicht allzu gut bestellt.«
Ein merkwürdig beklemmendes Gefühl wuchs in Rasmus mit jedem Schritt, den sie die ausgetretenen Stufen in den Kerker hinabstiegen. Der Henkersknecht folgte ihnen mit einem Wassereimer und einer Schüssel auf dem Fuße. Im spärlichen Licht eines Kienspans und einer Tranfunzel in Graves Hand erkannte Rasmus zehn Türöffnungen. Eine massive, eisenbeschlagene Flügeltür stand offen wie das hungrige Maul eines Monsters und im Dunkel dahinter waren die Umrisse von unheilverkündenden Gerätschaften zu sehen. Die Kammer für die »Befragung« von verstockten Angeklagten, vermutete Rasmus und schluckte.
Die anderen Türen waren ähnlich massiv, aber kleiner und zudem fest verschlossen. Offensichtlich die Kerkerzellen. Grave steuerte zielstrebig die erste Zelle an und öffnete die schweren Riegel. Ein Schwall übler Luft und Fäkaliengestanks waberte Rasmus entgegen und er zog angewidert die Nase kraus.
»Wird auch Zeit!«, rief eine raue Stimme hinter der Tür und Rasmus hörte zustimmendes Gemurmel und das Klirren von Ketten.
»Die drei Nichtsnutze kriegen ein paar neue Verbände«, wies Grave an und machte sich gleich ans Werk. »Und drei kühle Bier und frisches Stroh«, ergänzte einer der drei Gefangenen unter dem Lachen seiner Mitbewohner.

»Wenn ihr das notwendige Kleingeld habt, dann gern. Andernfalls gibt's das, was die Stadt für euch springen lässt«, entgegnete Grave trocken.
»Warum seid ihr hier?«, fragte Rasmus verlegen, während er einen anderen Gefangenen versorgte.
»Ich bin unschuldig, das Niedergericht hat nen Fehler gemacht«, erklärte der Mann und Speichel spritzte bei der eifrigen Aussage zwischen seinen gelblichen Zahnruinen hindurch. Wieder ertönte schmutziges Lachen im Kerker.
»Die drei hatten eine Keilerei und haben dabei das halbe Inventar einer Schenke zerlegt. Das Niedergericht hat sie zu ein paar Groschen Strafe und ein paar Stockschlägen am Kaak verdonnert«, erklärte der Henker. Rasmus nickte nur und schwieg.
»Ja ja, wir leben schon in einer wunderlichen Welt, wo wir Leute verprügeln, um ihnen klarzumachen, dass sie sich nicht prügeln sollen«, warf Grave kopfschüttelnd hinterher. »Aber jetzt müssen die Herrschaften erst einmal ohne uns auskommen und gerbt euch hier nicht selber das Fell, sondern wartet artig bis zum Kaak! Wir müssen uns auch noch um andere Kunden kümmern«, ergänzte der Henker und führte Rasmus wieder aus der Zelle.
Der Medizinstudent wollte nicht in der Haut der Gefangenen stecken, als die schweren Riegel wieder mit einem hässlichen Schaben die Tür verschlossen.
In der nächsten Zelle war es so still, dass Rasmus zuerst glaubte, sie wäre leer. Dann sah er die reglose Gestalt auf der schmalen Holzpritsche liegen.
»Wurde sie …?«, flüsterte Rasmus und trat langsam näher.
»Befragt?«, beendete der Henker den Satz und sein Gegenüber nickte. »Nein, sie kam schon in diesem Zustand hierher«, erklärte der Henker und nahm vorsichtig die Decke von der Frau. Sie stöhnte dabei leise und ihr von Fieber gerötetes Gesicht regte sich kurz, ohne dass sie erwachte. Der Medizinstudent betrachtete

stirnrunzelnd die vielen Verbände um ihren Körper und ihren Kopf. »Wer ist sie und warum ist sie hier? Es sieht eher so aus, als müsste der Mann hier liegen, der ihr das angetan hat.«

»Sie heißt Ursel Lehmbauer und war Magd in der Abdeckerei in Sankt Georg. Sie wird der Hexerei beschuldigt und hat dem Abdecker das Gesicht und die Hände zerschnitten und ihm auch noch ein Auge genommen«, kam Graves Erläuterung, während er behutsam begann den Kopfverband zu lösen.

»Diese Frau hier?«, argwöhnte Rasmus und betrachtete ihren nicht sonderlich kräftig aussehenden Körper.

Grave zuckte die Schultern. »Ich weiß, schwer zu glauben, aber es gibt drei Zeugen. Den Abdecker, seinen Sohn und einen Knecht. Sie haben sie nackt im Wald um ein Feuer tanzen sehen. Da hatte sie die Schnitte schon und … aß ein Herz.«

»Ein rohes Herz?«, wiederholte Rasmus angewidert.

Der Henker nickte. »Ja, wohl von einem Schwein und als sie sie zur Rede stellen wollten, hat sie gewütet wie eine Furie. Sie haben sie dann überwältigt und dabei hat sie ganz schön was abgekriegt. Um ehrlich zu sein, weiß ich nicht, ob sie nochmal aufwacht«, seufzte Grave. »Aber ich versuch eben mein Bestes. Kannst du ein Salbenpflaster für ihren Schädel vorbereiten?«, fragte er, ohne aufzusehen.

Rasmus nickte und trug eine Salbe auf einen sauberen Verband auf.

»Teufelswerk, hier in Hamburg? Das ist ja furchtbar«, murmelte Rasmus.

Der Henker seufzte erneut. »Tja, um ehrlich zu sein, gebe ich eigentlich nicht viel auf solches Zeug. Die Leute zeigen schnell auf jemanden mit dem Finger. Erst recht, wenn der Winter hart war und die Mägen leer sind. Zum Glück sind wir hier in Hamburg etwas besonnener als die südlich der Elbe, wenn es um Zauberei geht. Aber unter uns …«

Der Henker blickte zur Tür, aber sein Knecht war nicht zu sehen. Halblaut fuhr Grave fort: »In letzter Zeit häufen sich Vorfälle, bei denen es nicht mit rechten Dingen zugeht. Der eine oder andere sitzt auch deswegen hier im Kerker. Manche glauben schon an die große Teufelsverschwörung. Ich hoffe nur, dass das nicht um sich greift. Ich will ja nicht leugnen, dass es den Teufel, Hexen und Unholde gibt, aber wenn der Pöbel und die Pfeffersäcke einmal in Panik verfallen, gibt sowas ganz schnell nen Flächenbrand. Justitia ist blind und in diesem Fall heißt das, sie schlägt wahllos auf alles drein, was nicht bei drei auf den Bäumen ist. Ich hab schlimme Geschichten aus Bamberg, Marburg und anderen Gegenden gehört.«
Der Henker unterbrach seinen Bericht und legte das neue Salbenpflaster auf die frisch mit Essig gereinigte Wunde der Frau. Vorsichtig legte er einen neuen Verband darüber an.
»Könnt Ihr mir von den Geschichten erzählen, Meister Grave?«, fragte Rasmus bemüht die Anspannung in seiner Stimme zu verbergen, dachte er doch auch an seinen Vater.
Der Henker zögerte kurz und zuckte dann die Schultern, nachdem er den Kopfverband verknotet hatte. »Was solls, schließlich bist du ein gebildeter Mann und beinahe ein Doktor, da werd ich dir wohl so gut wie deinem Vater vertrauen können«, erklärte er und zwinkerte Rasmus zu. »Vorgestern haben sie im alten Mariendom eine brennende Leiche gefunden«, erklärte er und Rasmus riss die Augen auf. Der Henker nickte und fuhr fort: »Mehrere Bürger behaupten, nachts einen Dämon gesichtet zu haben. Einer von der Bürgerwehr soll gar auf ihn geschossen haben und wurde selber verletzt. Andere schwören Stein und Bein, ihre Nachbarn haben einen Schadenszauber auf sie gewirkt. Aber am schlimmsten ist es in Sankt Georg. Bei der Ursel haben sie natürlich die Kammer untersucht, ob sie Zauberdinge dort versteckt. Gefunden haben sie ein Säckchen mit Talern.«

Rasmus wog unentschlossen den Kopf. »Letzteres ist zwar ungewöhnlich für eine arme Magd, aber ja doch nicht verboten.«

»Nein«, stimmte der Henker zu. »Aber es war kein durchlauchter Kopf auf die Taler geprägt. Darauf waren eine dreizinkige Gabel, der Kopf eines Ziegenbocks und die Zahl ›666‹. Sauber eingeschlagen, wie es keine Münzstätte hätte ordentlicher machen können. Ich muss nicht Theologie studiert haben, um zu wissen, dass das Zeichen des Leibhaftigen sind. Außerdem haben schon mehrere Anwohner von Sankt Georg behauptet, in der Dämmerung eine Leiche wandeln zu sehen, selbst Hauke Bremer, der Abdeckerknecht sagt das. Und das Schlimmste ist, dass die Abdeckerei unter meiner Verwaltung steht. Ist dir nicht wohl, Steinschneider?«

Rasmus wischte sich mit zittriger Hand den plötzlich ausgebrochen Schweiß von der Stirn. Eine lebende Leiche … »Es ist nichts, Meister Grave, diese Neuigkeiten sind wirklich sehr erschreckend.«

Der Henker nickte. »Ja, daher würde ich dich bitten, das alles für dich zu behalten. Lass uns jetzt die restlichen Wunden versorgen.«

Schweigend schälten sie die Magd aus den blutigen Stoffstreifen wie eine Schlange aus ihrer alten Haut. Rasmus war vergeblich bemüht, das Zittern seiner Hände ob der Neuigkeiten über die lebende Leiche zu verbergen, aber der Henker war so konzentriert, dass er es nicht bemerkte. Sie wuschen die unzähligen Schnitte mit Essig und Rasmus tat Wundsalbe darauf, während der Henker die gebrochene Schulter der Frau versorgte.

»Habt Ihr schon einmal von wandelnden Leichen gehört?«, fragte Rasmus und gab sich Mühe, einen möglichst beiläufigen Tonfall anzuschlagen.

»Hmja, angeblich soll es so etwas wie Nachzehrer oder Wiedergänger geben, die es aus irgendwelchen Gründen nicht ins

Jenseits schaffen. Ich denke, in der Regel sind das Ammenmärchen«, murmelte der Henker abwesend.
»Aber falls es sie doch gibt, wisst Ihr wie … man sie endgültig zur Ruhe legt?«, fragte der Medizinstudent und war froh, dass die Aufmerksamkeit des Henkers weitgehend auf der verletzten Magd lag.
»Da soll es verschiedene Wege geben. Den Kopf abzutrennen, den Leichnam mit einem schweren Stein zu beschweren und ein Kreuz in das Grab legen. Aber ich denke, in den meisten Fällen ist ein anderes, sehr mächtiges Ritual angebracht«, erklärte der Henker bedächtig.
»Was für ein Ritual?«, fragte Rasmus angespannt.
Der Henker räusperte sich und stand auf. »Du stellst dich aufrecht hin und streckst die rechte Hand aus«, begann er.
»So?«, fragte Rasmus. Der Henker nickte. »Dann blickst du zum Himmel und holst tief Luft«, erläuterte er sein weiteres Vorgehen und machte eine bedeutungsvolle Pause.
»Und dann?«, drängte der Medizinstudent.
»Dann schlägst du diesem Narren, der glaubt, einen Toten wandern zu sehen, so oft auf die Hirnschale, bis er endlich zur Vernunft kommt!«, schloss der Henker entschieden sein Ritual, während er einige fiktive Schläge mit der Rechten demonstrierte.
Eine Weile starrte Rasmus seinen Gegenüber verständnislos an, dann lachte er laut auf.
»Ich verstehe, Meister Grave«, lachte Rasmus. Der Henker schmunzelte und holte weitere Verbände aus dem Korb.
Rasmus half ihm die Verbände anzulegen. Dann legte er grübelnd den Kopf schief. »Sagt einmal, Meister Grave, was war noch auf den Münzen?«
»Ziegenbock, Gabel und die ›666‹«, murmelte der Frohn, ohne aufzusehen.

»Wartet einmal«, verlangte Rasmus und entfernte den gerade aufgelegten Stoff wieder.
»Hab ich's nicht ordentlich genug für deine Ansprüche gemacht?«, schmunzelte der Henker.
Rasmus schüttelte schweigend den Kopf, entfernte auch die restlichen Stoffstreifen vom Körper und starrte auf den nackten Leib der Frau. »Schaut Euch einmal die Schnitte von hier an, Meister Grave«, flüsterte er.
Der Henker hockte sich neben ihn und schaute ebenfalls auf den zerschnittenen Körper.
»Sie ist arg verletzt, aber das ist nichts Neues«, entgegnete er verständnislos.
»Das Bild auf der Münze, sah das in etwa so aus?«, fragte Rasmus tonlos. Mit etwas Abstand fuhr er den Verlauf der Schnitte nach, deren Muster bei dieser Betrachtung alles andere als willkürlich wirkte.
»Gott steh uns bei, ich werd den Brookvogt benachrichtigen!«, stieß der Henker erschrocken hervor.

Kapitel 9

8. Juni 1618

»Hey, du, kenn ich dich nicht? Bist du nicht neulich in mich hineingerannt?«, rief der Torwächter ihnen argwöhnisch hinterher, als sie das Tor Richtung Sankt Georg passiert hatten. Casper senkte den Kopf und murmelte, ohne stehen zu bleiben, etwas Verneinendes.

»Kennst du den Mann?«, fragte Rasmus verwundert.

Der Badegeselle räusperte sich. »Kann sein, dass wir uns mal … über den Weg gelaufen sind«, erklärte er ausweichend. »Es wird noch eine Weile dauern, bis es dunkel genug ist, selbst mit den Wolken«, wechselte er schnell das Thema und schaute dabei nach oben.

Auch Rasmus blickte zum Himmel und nickte. »Bis dahin können wir noch den Spaziergang an der frischen Luft genießen«, versuchte er die angespannte Stimmung aufzulockern und blickte in Richtung der Schweineköven. Der sanfte Wind führte auch heute eine saftige Prise ihrer Hinterlassenschaften mit sich.

Casper blickte missmutig auf die Weiden mit den Allesfressern. »Ich kann Schweine nicht leiden, wenn sie nicht schon auf meinem Teller liegen«, brummte er.

»Weil du dich auf deiner Flucht mit einem geprügelt hast?«, fragte sein Freund und schaffte es offensichtlich nur mühsam, ein Kichern zu unterdrücken.

»Ich war in Todesangst!«, empörte sich Casper angespannt.

»Ich wette das Schwein auch«, prustete Rasmus und gab seine Beherrschung auf. Sein Anflug von Humor war eher ein Anzeichen seiner Anspannung als von guter Laune.

»Das ist nicht zum Lachen«, beschwerte sich Casper, musste jedoch selbst grinsen.

»Zumindest in dieser Frage wirst du und das Schwein dieselbe Meinung haben«, mutmaßte Rasmus trocken und nun lachten beide wirklich.
»Du musst das nicht tun«, sprach Rasmus halblaut, nachdem sie eine Weile schweigend nebeneinander hergegangen waren.
Sein Begleiter seufzte. »Doch, muss ich. Ich schulde es dir und dem Meister und nichts hält mich ab«, erklärte er bestimmt.
»Danke, Casper«, flüsterte Rasmus und legte dem Freund kurz die Hand auf die Schulter.
Still gingen sie weiter, bis sie das kleine Wäldchen erreicht hatten. Von dort an übernahm der Badergeselle die Führung, bis sie die unscheinbare Grabstätte von Ulrich Steinschneider erreicht hatten.
Rasmus atmete tief durch und legte das Bündel von seiner Schulter ab, das er mit sich führte. In Gedanken vertieft betrachtete er das Grab seines Vaters.
»Soll ich dich eine Weile allein lassen?«, fragte sein Freund ihn mit belegter Stimme.
Aber er schüttelte den Kopf. »Nein, lass uns ein paar Steine suchen, vielleicht haben wir ja Glück und finden ein paar große«, antwortete er und schluckte den Kloß in seinem Hals hinunter.
Eine Weile später hatten sie einige, teils kopfgroße Steine neben dem Grab aufgetürmt. Es war nicht einfach gewesen sie aufzustöbern. Die Dämmerung war bereits stark fortgeschritten und unter dem Blätterdach des Waldes war es sichtlich dunkler als auf freiem Feld.
»Was denkst du?«, fragte Casper leise und wischte sich nach der Arbeit die Schweißperlen von der Stirn.
Rasmus blickte sich um und zuckte die Schultern. »Es ist ja schon fast dunkel und weit und breit niemand zu sehen. Vielleicht sollten wir jetzt anfangen, solange wir noch ein klein wenig Licht haben«, schlug er zögerlich vor.

Casper nickte und kaute nervös auf seiner Unterlippe.
Mit zittrigen Fingern löste der Medizinstudent die Schnur um das mitgeführte Bündel und entfaltete das grobe Segeltuch. Zutage kam eine Schaufel, eine Öllampe, ein Holzkreuz und ein in Leder eingeschlagener, armlanger Gegenstand.
»Ich fange an, halt du Wache«, entschied Rasmus und hob die Schaufel auf. Casper nickte stumm und begann angespannt in die Dunkelheit zwischen den Bäumen zu starren.
Rasmus schritt mit der Schaufel in der Hand an das Grab seines Vaters. Seine Gesichtszüge waren so verhärtet wie die Knöchel seiner Hand, die weiß hervortraten.
»Verzeih uns, oh Herr«, murmelte er mit einem Blick in das düstere Blätterdach, bevor er wieder auf das Grab blickte. »Und du auch, Vater. Aber wenn du keinen Frieden findest, ist es wohl an mir, dich zur Ruhe zu bringen.«
Entschieden trieb er das Blatt der Schaufel in den Waldboden und warf die ausgehobene Erde einen Schritt neben das Grab. Zum Glück war der Waldboden weich und die Henkersknechte hatten bereits bei der Bestattung weitgehend Wurzeln und widerspenstige Kräuter gekappt. Dennoch kam er schnell ins Schwitzen und sein Atem wurde hörbar lauter. Die harte Arbeit waren seine an Schreibstuben, Bibliotheken und Tavernen gewöhnten Muskeln nicht gewöhnt. Dazu ließ sein Gewissen jede Schaufel voll Erde immer schwerer erscheinen, je tiefer er grub. Kurz war er froh, dass Arme und Selbstmörder meist nicht tief begraben wurden, schämte sich jedoch sogleich für den Gedanken.
Ein Knacken hinter ihm riss ihn erschrocken aus seinen Gedanken und er fuhr hastig herum, die Schaufel fest gepackt.
»Soll ich dich ablösen?«, flüsterte Casper aus den Schatten und Rasmus entspannte sich wieder. Er nickte und flüsterte dann schwer atmend noch ein »Ja« hinterher, als ihm klar wurde, dass

sein Freund die Kopfbewegung in der Dunkelheit vermutlich nicht hatte sehen können.
»Vielleicht sollten wir die Lampe anzünden«, flüsterte Casper und es war deutlich das Zittern in seiner Stimme zu hören. Rasmus überlegte kurz, stimmte dann aber zu. Mit der Lampe wären sie zwar deutlich besser auszumachen, aber er hatte Hoffnung, dass die Bäume das meiste Licht schluckten. Mittlerweile war das Grab auch kaum noch zu erkennen und mit den Wolken am Nachthimmel würden sie bald nicht mal mehr die Hand vor Augen sehen.
Beide mussten zunächst blinzeln, als Rasmus die Öllampe entzündet hatte. Er stellte sie auf einen Stein nahe dem geöffneten Grab und begann wie zuvor sein Freund angestrengt in die Umgebung zu starren. Hinter sich hörte er das hässliche Schaben der Schaufel, die sich in das Erdreich fraß.
In welchem Zustand würde sein Vater wohl sein, fragte sich der Medizinstudent. Er hatte in Prag und auch zuvor in Hamburg bereits etliche Leichen und Leichenteile gesehen, aber die lagen nicht bereits seit über sieben Wochen in der Erde … Die meisten Toten kamen frisch vom Richtblock und wenn mal ein »anatomisches Lehrstück« seinen Weg auf nicht ganz rechtmäßige Weise in das Auditorium fand, dann wurde es zumeist kurz nach dem Eingraben auch wieder ausgegraben.
Und was, wenn sie gar niemanden in dem Grab fänden? Wenn sein Vater tatsächlich ruhelos durch die Nacht ging, war das Grab vielleicht leer. Vielleicht beobachtete der ruhelose Geist seines Vaters sie bereits in der Dunkelheit …
Rasmus schluckte. Bisher hatte er sich hauptsächlich Sorgen um sein Seelenheil und die Strafe für Grabschändung vor Gericht gemacht. Dass sein Vater zornig ob der Störung sein könnte und sie angriff, war ihm bisher noch nicht in den Sinn gekommen. Sie

hätten nur die Schaufel, um sich zu verteidigen. Vielleicht würde auch das Licht der Lampe und das heilige Kreuz helfen …

»Rasmus!«, ertönte da der halblaute Ruf vom Grab und der Medizinstudent zuckte so heftig zusammen, als wäre er mit Eiswasser übergossen worden.

Mit weichen Knien ging er zur offenen Grabstätte, die von der Lampe in ein schauriges Licht getaucht wurde. Casper schnaufte angestrengt und mit der Schaufel in der Hand wirkte er selbst wie ein düsteres Höllenwesen.

»Da ist schon ein Stück Leichentuch, wir sollten vorsichtig weitermachen. Ich möchte ihn nicht mit der Schaufel … Du weißt schon«, murmelte der Badergeselle.

Wortlos stieg Rasmus in die Grube an den Rand und sein Freund reichte ihm die Schaufel. Mit flachen, vorsichtigen Stichen fuhr er fort, weiteres Erdreich abzutragen.

Schon jetzt stieg ihm ein übler Verwesungsgeruch in die Nase und er zog sich wie auch Casper ein Halstuch über Mund und Nase. Als an vielen Stellen bereits das schmutzig-braune Leichentuch durchschien, legte er die Schaufel zur Seite und überwand sich, die Erde weiter mit den Händen zur Seite zu schieben.

Bald darauf stieg auch Casper mit der Lampe zu ihm in die Grube und half. Zweimal mussten sie aufgrund des üblen Leichengeruchs unterbrechen und ihren Kopf aus dem Grab stecken, um ein wenig bessere Luft zu atmen.

Schließlich lag das Leichentuch freigelegt vor ihnen und es war offensichtlich nicht leer. Rasmus wusste nicht, ob er darüber erleichtert sein sollte oder nicht.

Und es war fast der ganzen Länge nach geöffnet, wie leicht zu erkennen war. Das Herz der beiden Männer pochte hart in ihrer Brust und das lag nicht an der Anstrengung, die sie gerade vollbracht hatten.

Der Medizinstudent griff die Lampe und kniete sich neben die Leiche. Wortlos starrte er den offenen Leichensack an.
»Wir müssen das nicht tun, wenn du nicht willst«, flüsterte Casper angespannt.
Rasmus schüttelte langsam den Kopf. »Darum geht es mir nicht«, murmelte er und blickte die offene Naht entlang. Fragend beugte sich Casper vor.
»Die Nähte, sie sind aufgeschnitten, nicht gerissen. Habt ihr Vater mit einem Skalpell oder einem Messer begraben?«, wollte Rasmus wissen und ihm lief ein Schauer bei seiner eigenen Frage über den Rücken.
Casper schüttelte entschieden den Kopf. »Nein, nichts dergleichen«, stellte er klar. »Hmm«, machte Rasmus und leuchtete die Linie der aufgetrennten Stiche genauer ab.
Dann drückte er seinem Freund die Lampe in die Hand und schlug entschlossen das grobe Tuch beiseite.
Ein übler Schwall von Fäulnis, Verwesung und Leichengeruch schlug ihnen entgegen. Trotz der harten Schule des Baderberufs kletterten beide zunächst würgend aus der Grube und sogen in einigen Schritt Entfernung die frische Nachtluft in ihre Lungenflügel.
»Nimms mir nicht übel, aber auch wenn ich mir beim letzten Mal fast in die Hose geschissen hätte … Wenn der Meister so gerochen hätte, würde ich mich noch daran erinnern«, keuchte Casper mühsam unterdrückt.
»Ist ja schon eine Weile her«, kommentierte Rasmus schwer atmend und tastete sich vorsichtig wieder an die Grube heran. Zögerlich brachte er die Laterne in Position und leuchtete in das kühle Grab hinunter.
Er schluckte bitter. Der Zahn der Zeit hatte bereits unbarmherzig seine Arbeit getan. Hätte er nicht gewusst, dass hier sein Vater lag, wäre er kaum noch zu erkennen gewesen. Der ganze Körper

wirkte deformiert und wies ein grausiges Farbspiel aus Braun-, Grau- und Grüntönen auf. Vielbeinige Insekten liefen über das verwesende Fleisch. Blasse Maden hatten sich bereits eingenistet und schoben ihre fetten Körper träge vorwärts. Einige Stellen wiesen bereits größere Löcher im Fleisch auf. Rasmus vermutete, dass Nager beim Bau ihrer Gänge auf das überraschende Festmahl gestoßen waren.

Doch am schlimmsten sah das Gesicht aus, wenn man es denn noch so nennen wollte. Eine einzige schmutzige, madendurchsetzte Masse starrte ihnen entgegen. Die Zähne wirkten übernatürlich lang und entblößt wie auch das knöcherne Nasenbein, das hell emporragte.

Trostspendend legte Casper seinem Freund die Hand auf die Schulter. Dann stutzte er. »Das ist seltsam«, murmelte er.

»Was ist seltsam?«, wollte Rasmus wissen.

»Dein Vater ist nackt, aber wir haben ihn mit einem Leichenhemd begraben. Er trug auch eines, als ich ihn danach gesehen habe«, erklärte Casper.

»Meinst du, er hat es verloren?«, fragte sein Freund ungläubig und Casper zuckte nachdenklich die Schultern.

Eine Weile blickten beide schweigend in das Grab, dann ging Rasmus zu seinem Tragesack und öffnete das Lederfutteral. Zum Vorschein kam eine Knochensäge, wie sie für Amputationen von Armen oder Beinen verwendet wurde. Beklommen schritt er wieder zum Grab.

»Bringen wir es hinter uns«, flüsterte er und beide stiegen in das Erdloch. Nach kurzem Zögern griff Casper dem Toten unter dem Leichensack unter eine Schulter und hob ihn angestrengt ein wenig an. Grade beugte sich sein Freund mit der Säge hinunter, da ließ Casper den Körper zurückgleiten. »Warte noch«, flüsterte er und Rasmus hielt inne.

»Das Gesicht …«, murmelte Casper.

»Es ist furchtbar, ich weiß. Wenn du nicht kannst, dann ...«, führte Rasmus den unterbrochenen Satz weiter, aber Casper schüttelte den Kopf. »Das meine ich nicht. Die komplette Haut fehlt.«
Rasmus seufzte. »Das wird das Werk der Maden sein«, vermutete er.
»Du meinst, die fressen als erstes Haare und Bart und hören dann an einer Linie hier am Hals auf?«, entgegnete der Badergeselle ungläubig.
Jetzt zwang sich auch Rasmus genauer hinzusehen und beugte sich weiter mit der Lampe zum Kopf der Leiche. Flach atmend hielt er sich noch die Armbeuge vor Mund und Nase. »Du hast Recht, das ist seltsam«, wunderte er sich. »Aber das ändert nichts«, stellte er nach einer Weile des Nachdenkens klar und griff die Säge fester. Casper nickte zustimmend und hob seinen alten Meister wieder an der Schulter an.
»Verzeih mir, Vater, ich tue es für dich«, flüsterte Rasmus mit geschlossenen Augen und setzte den Stahl an den Hals seines Vaters.
Das Gefühl, als die feinen Zähne der Säge in das mürbe Fleisch des Halses schnitten, erinnerte Rasmus daran, einen überreifen Käse zu zerteilen. Bittere Galle kam ihm hoch, als das Blatt des Instruments schließlich schabend die Halswirbelsäule zersägte.
Als Bader und auch in der Anatomiestunde hatte er bereits öfters Knochen durchtrennt, aber noch nie war ihm der Vorgang so quälend langsam vorgekommen wie hier. Mit einem hässlichen Geräusch riss das restliche Fleisch mit den Sehnen und der Schädel fiel in das feuchte Erdreich.
»Leuchte mal«, bat Rasmus und deutete auf das Fußende des Grabes. Dann nahm er den Kopf seines Vaters und legte ihn in den Leichensack zwischen dessen Beine. Das sollte angeblich verhindern, dass der Wiedergänger ihn sich wieder aufsetzte, hatte

der Henker ihm erzählt. Er wischte sich die Handschuhe am Leichensack ab und war gerade im Begriff das Tuch wieder über dem Körper zusammenzuschlagen, da stutzte er erneut.
»Kannst du etwas näher leuchten?«, fragte er seinen Freund.
Dieser beugte sich nur widerwillig nach vorn und hustete erneut ob des Verwesungsgestanks. »Lass uns endlich wieder raus hier«, stöhnte er.
»Gleich …«, murmelte Rasmus und beäugte den Kopf genauer. Selbst im diffusen Licht der Lampe war zu erkennen, dass sein Gesichtsausdruck sich verändert hatte. Trauer, Anspannung und Furcht waren beinahe so etwas wie Konzentration und Neugierde gewichen. Er blickte nun ebenso, wie er es sonst in einer Vorlesung tat.
»Das ist doch eine Fraktur und zwar eine ganz starke«, behauptete Rasmus und deutete auf eine offensichtlich eingeschlagene Stelle an der Schädelseite, aus der sogar noch Knochensplitter herausragten.
»Hmm«, machte Casper und blickte jetzt ebenfalls mit beruflicher Neugier auf die Verletzung.
»Habt ihr Vater zwischendurch fallen lassen, ich meine so richtig hoch?«, wollte Rasmus wissen, aber es klang keinesfalls vorwurfsvoll.
Sein Freund grübelte eine Weile und schüttelte dann den Kopf. »Nein, ich war ja dabei, als wir ihn vom Strick geholt haben, da ist nichts passiert. Und die Henkersknechte sind auch manierlich mit ihm umgegangen, sonst hätten sie es wohl mit ihrem Meister zu tun gekriegt«, rekapitulierte der Badergeselle die Geschehnisse.
Der Medizinstudent machte ein undefinierbares Geräusch. »Dann passt auch das nicht ins Bild«, folgerte er.
»Gute Güte, Rasmus, was hat das alles zu bedeuten?«, stöhnte Casper kopfschüttelnd.

»Nichts Gutes, aber darüber können wir auch morgen nachdenken. Lass es uns jetzt endlich zu Ende bringen. Reicht schon, dass wir vor der Stadtmauer im Freien die Nacht verbringen müssen.«

Der Badergeselle nickte. »Das brauchst du mir nicht zweimal sagen«, entgegnete er. Sie schlossen den Leichensack wieder behelfsmäßig und stiegen aus dem feuchten Erdloch.

Rasmus legte das Holzkreuz mit einem kurzen Gebet auf den Toten und dann bedeckten sie den Körper mit den gesammelten Steinen. Jetzt standen ihnen nur noch die abschließenden Erdarbeiten bevor. Schwitzend pausierten sie an einen Baumstamm gelehnt.

»Ich bin mir sicher, dass dein Vater nun seine Ruhe finden wird«, versuchte Casper seinen Freund zuversichtlich zu stimmen.

»Falls er sie nicht schon immer hatte«, erwiderte der Medizinstudent nachdenklich.

Casper räusperte sich verlegen. »Ich weiß, es ist schwer zu akzeptieren, aber ich habe ihn wirklich gesehen«, beteuerte er.

Rasmus nickte. »Du hast jemand mit Vaters Gesicht und seinem Leichenhemd gesehen«, präzisierte er.

»Das ist doch das Gleiche«, wiegelte der Badergeselle ab.

»So wie es für mich aussieht, könnte jemand den Leichensack geöffnet, das Leichenhemd entfernt und Vater die Haut samt Haar vom Kopf entfernt haben«, sinnierte er.

»Na ja, das hört sich …«, begann Casper und schlug dann die Hand vor den Mund. »Meinst du, jemand hat sich das Leichenhemd und das … Gesicht von Ulrich ›angezogen‹?«, keuchte er.

Rasmus zuckte die Schultern. »Das wäre zumindest eine plausible Erklärung, ganz ohne Hexenwerk.«

»So gottlos kann doch kein Mensch sein und überhaupt … Warum sollte das jemand tun?«, entrüstete sich Casper. Abermals zuckte sein Freund hilflos die Schultern.
Etwas knackte hinter ihnen im Wald und beide zuckten zusammen. Eine Weile starrten sie in die Dunkelheit, aber vermutlich war es nur ein Tier, das den Boden nach etwas Essbarem durchsucht hatte.
»Ich mach mir gleich in die Hose«, murmelte Casper mit verschränkten Armen.
»Geht mir nicht anders«, stimmte Rasmus zu.
»Nein, ich mein, ich mach mir wirklich gleich in die Hose, ich muss mal in den Busch«, präzisierte der Badergeselle seine Aussage.
Rasmus lachte nervös auf. »Ist gut, geh ruhig, ich fang mit dem Schaufeln an«, bot er an und ging wieder zum Grab. Kraftlos begann er das Erdreich zurück in die Grube zu schaufeln, während ihm tausend Gedanken durch den Kopf gingen. Was hatte all das zu bedeuten? Er brauchte dringend Schlaf, morgen konnte er klarer über alles nachdenken.
Erneut knackte es im Wald und er zuckte abermals zusammen, auch wenn er wusste, dass es nur Casper war.
Ein Schnauben weit hinter ihm ließ ihn zusammenzucken und sein Kopf ruckte herum.
Da waren Gestalten im Wald und sie kamen auf ihn zu und mussten ihn mit der Lampe deutlich sehen!
Wenn er es recht erkannte, blitzte das Metall von Waffen auf. Sein Herz setzte einen Schlag aus und auch wenn er es nicht wollte, schrie er auf und ließ die Schaufel fallen. Er rannte und hoffte, dass sein Schrei Casper früh genug gewarnt hatte und auch dieser Reißaus nahm. Er hörte aufgebrachte Rufe hinter sich und glaubte das Wiehern eines Pferdes zu vernehmen. Sein Fuß verfing sich an etwas und einen Augenblick lang lag er waagerecht in der Luft.

Dann kam der Aufprall, der ihm die Luft aus der Lunge trieb. ›Nicht liegen bleiben, du darfst nicht liegen bleiben‹, schoss es ihm durch den Kopf. Er kämpfte sich hoch und stolperte hastig vorwärts. Hinter sich hörte er aufgeregte Rufe, doch das dumpfe Rauschen des Blutes in seinen Ohren verschluckte jeden Sinn der Worte. ›Du musst weiter‹, kreiste der Gedanken in seinem Kopf und sein Lauf beschleunigte sich wieder.

Dann schlug etwas hart zwischen seinen Schulterblättern ein. Wie von der Faust eines Riesen getroffen hob es ihn von den Füßen und er flog erneut durch die Luft. Den Aufprall auf den Waldboden nahm er nur als merkwürdige Erschütterung in seinem Unterbewusstsein wahr. Seine Lunge schrie nach Luft, während die Umgebung sich übelkeitserregend um ihn herum drehte.

Er spürte, wie Hände ihn grob an den Schultern packten und herumdrehten. Er hustete und stöhnte, während er zu sich kam. Er spürte etwas Hartes an seinen Gelenken und versuchte es instinktiv beiseite zu schieben.

»Willst noch Ärger machen, Teufelsbube, was?«, ertönte eine raue Stimme direkt über ihm. Sie schien aus einem dunklen Gestrüpp zu kommen, das vielleicht auch ein Bart sein konnte. Aber der Sprecher schien nicht für eine längere Konversation aufgelegt zu sein. Eine Faust von imposanter Größe raste auf Rasmus zu und schlug gnadenlos in seinem Gesicht ein. Er hatte das Gefühl, sein Kopf wurde abgerissen, und mit einem kurzen Blitz vor den Augen verabschiedete sich sein Verstand in eine tiefe Ohnmacht.

Er erwachte prustend und spuckte würgend das Wasser aus, das man ihm auf das Gesicht gegossen hatte. Stöhnend versuchte er zu sich zu kommen. Er lag noch immer auf dem Waldboden, um ihn herum standen Bäume und grimmige Gestalten mit flackernden Laternen. Sie waren bewaffnet mit Spießen, Degen

und, wenn er richtig sah, sogar Schusswaffen. Zwei von ihnen waren gar beritten.
Er wollte sich die Augen reiben, um wieder klarer sehen zu können. Ein helles Klimpern zeugte von den Ketten, mit denen sie ihn gefesselt hatten.
»Hoch mit dir, Bursche!«, befahl eine harte Stimme, aber Rasmus verstand den Sinn der Worte noch nicht vollständig. Er wollte fragen, wer sie waren, doch stammelte nur einige unzusammenhängende Wörter vor sich hin.
»Halts Maul, Grabschänder, oder du kriegst nen Knebel!«, rief eine andere Stimme und riss ihn derb auf die Füße.
Wankend versuchte er sich auf den Beinen zu halten, während einer der Männer seine eisernen Handfesseln an ein Seil knotete.
»Da haben wir wahrlich reife Ernte heut gehalten!«, freute sich eine tiefe Stimme und erhielt zustimmende Rufe. Rasmus blickte sich schwankend um. Wenn er recht sah, trugen die Männer Uniform. Dann waren es zumindest keine Wegelagerer. Er meinte, die Farben auch in Hamburg öfters gesehen zu haben oder auch auf den Stadtbefestigungen. Vielleicht waren es Männer der Bürgerwehr oder Söldner im Dienst der Stadt. Die Uniformen waren in beiden Fällen ohnehin meist die gleichen.
Rasmus zog sich der Magen zusammen. Sie würden ihn vor Gericht bringen und er müsste sich wegen Grabschändung verantworten. Vielleicht warfen sie ihm gar Hexerei vor. Erklärungsversuche waren vermutlich gerade sinnlos.
»Vorwärts, Bube!«, rief einer der Männer und gab ihm einen Stoß. Im gleichen Moment zog sich das Seil straff und Rasmus wurde stolpernd an den Handfesseln nach vorn gezogen. Sie hatten ihn mit dem Seil an den Sattelknauf eines Reiters gebunden und ihm blieb wohl oder übel nichts anders übrig, als dem Tier hinterherzustolpern, wollte er nicht über den Waldboden geschliffen werden.

Keuchend versuchte er Schritt zu halten und Wurzeln und Ästen auszuweichen. Nicht immer gelang es ihm und als sie endlich den Rand des kleinen Waldes erreicht hatten, war er um etliche Kratzer und blaue Flecken reicher. Doch das war gerade sein geringstes Problem, wie er sorgenvoll einschätzte.
Dankbar stützte er die Hände auf den Knien ab und holte tief Luft, als sie am Waldrand eine kurze Pause einlegten.
»Bringen wir sie in den Winserturm?«, fragte einer der Fußsoldaten.
›Sie?‹, fuhr es Rasmus durch den Kopf und er blickte sich suchend um. Er erblickte zwei weitere Gestalten, die mit einem Seil an das andere Pferd gebunden waren. Es waren ein Mann und eine Frau, aber erleichtert stellte Rasmus fest, dass Casper nicht dabei war. Hoffnung keimte in ihm auf, dass zumindest sein Freund flüchten oder sich verstecken konnte.
»Nein, der Turm ist voll und die wollen das Hexengezücht auch nicht haben. Wir bringen sie in die Frohnerei, die Henkersknechte können dann morgen auch wieder das Grab zuschaufeln«, entschied einer der Reiter.
»Gleich in die Frohnerei? Müssen wir nicht erst feststellen, ob es Hamburger Bürger sind? Dann dürfen wir sie ohne Gerichtsurteil ja nicht gleich in …«, wand der andere Reiter ein.
Doch der erste Sprecher unterbrach ihn unwirsch. »Wer's mit dem Belzebub hält, hat hier keine Rechte. Auf gehts in die Frohnerei!«, bekräftigte er und riss Rasmus so derb am Strick, dass er vorwärtsstolperte.

Kapitel 10

9. Juni 1618

Rasmus' Augen öffneten sich blinzelnd und eher unentschlossen. Einen großen Unterschied machte es ohnehin nicht, denn das Licht um ihn herum war so dämmrig, dass er nur wenig sehen konnte. Dafür leider umso mehr riechen. Fäulnis, Kot und Verwesung krochen mit jedem Atemzug in seine Nase und ließen ihn angewidert das Gesicht verziehen.

»Gefällt dir nicht, wie dein Vater riecht?«, drang da eine bekannte, aber irgendwie verfremdete Stimme an sein Ohr.

»Vater?«, rief er erschrocken auf und sein Oberkörper ruckte wie von selbst in die Höhe. Vor ihm stand eine Gestalt im Halbdunkel und beugte sich nach vorn, sodass sie weiter in das einfallende Licht eines Fensters geriet.

Rasmus riss erschrocken die Augen auf. Es war nicht nur die Stimme seines Vaters, sondern auch sein Körper. Aber nicht wie er ihn zuletzt gesehen hatte, bevor er nach Prag aufgebrochen war, sondern wie in der letzten Nacht im Grab.

Wider die Natur stand der verwesende Leib vor ihm und dünstete den üblen Odem des Todes aus. Selbst die Maden befanden sich noch auf und in ihm und gelegentlich gab eine nicht genug Acht und fiel mit einem leisen Geräusch aus dem modernden Fleisch hinunter auf den Steinboden. Die hässlichen Zähne in dem lippenlosen Mund schienen höhnisch zu grinsen, als der Badermeister auf seinen Sohn hinabblickte.

»Nein … das kann nicht … Ich …«, stammelte Rasmus und schob sich panisch mit den Hacken auf dem Boden weg von dem gotteslästerlichen Wesen.

»Du meinst, du hast mich getötet? Mir den Schädel vom Rumpf gesägt? Du, mein eigen Fleisch und Blut!«, zischte der Widergänger und warf sich auf den Flüchtenden.

»Neiiin nicht!«, schrie Rasmus und Todesangst durchströmte seinen Körper in heißen Wellen. Das Wesen, das einst sein Vater gewesen war, hockte über ihm. Die Hände fest um seinen Hals gekrallt, das faulende, hautlose Gesicht dicht über dem seinen. Ein hässlicher Spalt klaffte auf dem Hals, der nur grob mit Schnur vernäht war.
»Vater und Mutter sollst du doch ehren, nicht wahr?«, knurrte der Tote und drückte seinem Sohn die Luft ab.
»Nein, nicht, Vater, bitte …«, gurgelte Rasmus und begann in seiner Angst um sich zu schlagen.
»Mitnehmen werd ich dich!«, keuchte der Tote über ihm und drückte weiter zu. In seiner Todesangst griff Rasmus instinktiv nach dem fauligen Schädel seines Gegners und drückte diesen von sich. Mit einem hässlichen Geräusch riss die frische Naht und der Schädel löste sich schmatzend vom Rumpf.
Gurgelnd ließ der Tote von seinem Opfer ab und hielt sich den beinahe abgetrennten Kopf. Widerliche Geräusche verließen das aufgerissene Maul und den Halsstumpf, wie man sie sonst nur bei einer Epidemie von Brechdurchfall hörte.
Während er gierig die Luft in seine Lunge saugte, starrte Rasmus mit aufgerissenen Augen auf das abscheuliche Spektakel.
Seine Schreie des Entsetzens drangen schrill an seine Ohren und zum zweiten Mal an diesem Morgen öffneten sich seine Augen. Diesmal war es jedoch kein unruhiges Flackern, sondern ein eher schmerzhaftes, plötzliches Aufreißen seiner Lider.
Panisch sprang er auf und blickte sich um. Es war dämmrig und kalter Stein war ringsherum, aber die Leiche seines Vaters war nirgends zu sehen.
Doch die abscheulichen Geräusche vernahm er weiterhin. Nur kamen sie nicht von einer lebenden Leiche, sondern von einer schmalen Gestalt, die in einer Ecke kniete und sich in einen Holzeimer erbrach.

›Ein Traum, nur ein Traum‹, schoss es Rasmus durch den Kopf. Mit klopfendem Herzen sah er sich weiter um. Das spärliche Licht in dem Raum drang durch ein schmales, vergittertes Fenster. Die Stäbe des Gitters wirkten ebenso massiv wie die eisenbeschlagene Tür in der gegenüberliegenden Wand. Zwei faulige Haufen Stroh waren an den Wänden aufgeschichtet und eine schwere Eisenkette lief von seinem Fußknöchel zu einem rostigen Ring in der Wand. Die Erinnerung kam wie eine schwere Last, die sich langsam auf seine Schultern senkte. Er war in der Frohnerei.

Die Bürgerwehr, Söldner oder was auch immer diese Soldaten von gestern Nacht waren, hatten ihn wenig sanft in seinen Fesseln zur Frohnerei geführt. Er war einige Mal übel gestürzt und hatte sich sicher eine Handvoll saftiger Prellungen zugezogen. Nachdem er nahe dem Marktplatz ein letztes Mal seinen Fall auf das Steinpflaster mit dem Kopf abgefangen hatte, war die Erinnerung etwas bruchstückhaft geworden.

Dafür wallte der Schmerz nun umso präsenter in ihm auf. Stöhnend griff er sich an den Kopf, der schmerzend pochte, als würde ein übellauniger Bauer mit einem Dreschflegel im Takt daraufprügeln. Er rieb sich die Schläfen und ließ sich kraftlos an der Wand hinab auf das Stroh gleiten.

Er brauchte eine Weile, bis das Hämmern nachließ und er sich besser auf die Schmerzen in seinem restlichen Körper konzentrieren konnte. Stöhnend bog er seinen Rücken durch und erinnerte sich, dass ihm einer der Verfolger auf seiner Flucht dort einen harten Schlag verpasst hatte. Vermutlich hatte er ihm das Ende seines Spießes in das Kreuz gestoßen.

Seine Zunge fühlte sich trocken und geschwollen an, als würde er auf einem Holzstück lutschen. Mit halb geöffneten Augen blickte er sich suchend um.

»Haben wir Wasser?«, fragte er die andere Gestalt, die sich mittlerweile wieder auf ihrem Strohhaufen niedergelassen hatte.

»In der Kanne dort drüben«, antwortete eine müde Frauenstimme und deutete im Dämmerlicht auf ein Tongefäß. Rasmus murmelte einen Dank und machte sich auf zum Gefäß.
»Aber hab Acht, ich weiß nicht, ob es noch gut ist«, warnte ihn seine Zellengenossin.
»Hast du deswegen …«, fragte Rasmus und blickte in Richtung des Eimers.
Die Frau zuckte mit den Schultern. »Davon oder dem elenden Gestank oder deiner Schreierei am frühen Morgen«, murmelte sie und rieb sich missmutig das Gesicht.
Rasmus nuschelte eine Entschuldigung und roch an dem Wasser. Es war brackig und abgestanden, schien ihm aber nicht ernstlich verdorben. Er nippte ein wenig und trank kurz darauf gierig in großen Schlucken. Etwas beschämt stellte er die weitgehend geleerte Kanne auf den Boden und ging unter dem Klirren seiner Kettenglieder zurück auf sein Lager.
»Ich heiße Rasmus Steinschneider«, stellte sich der Medizinstudent vor.
Die Frau murmelte etwas, von dem Rasmus nicht sicher war, ob es ihr Name war oder die Aufforderung, still zu sein. Selbst nicht sonderlich zu Gesprächen aufgelegt, zuckte er die Schultern und legte sich dann etwas widerwillig in das feuchte Stroh. Er hoffte, dass die Nässe nur von der allgemeinen Feuchtigkeit der Kellergewölbe stammte und nicht von menschlichen Hinterlassenschaften. Dem Geruch nach war es jedoch beides.
Was würde jetzt passieren? Vermutlich würde er in ein paar Tagen vor dem Niedergericht stehen und dort würde dann entschieden, ob vor dem Obergericht weiterverhandelt würde. Die Sache könnte ganz übel für ihn enden, wenn sie ihm nicht nur die Grabschändung, sondern gleich Teufelswerk anhängen würden. Er hoffte, dass zumindest Casper es geschafft hatte zu entkommen. Seine Erinnerungen an den Rückweg nach Hamburg

waren zwar etwas verschwommen, aber er war sich ganz sicher, dass Casper nicht bei ihnen gewesen war.

Das trockene Schaben der Türriegel riss Rasmus aus seinen Gedanken und mit einer Mischung aus Furcht und Neugier blickte er zur Kerkertür. Der Henkersknecht, der ihn bereits vorgestern in die Frohnerei eingelassen hatte, betrat die Zelle mit einem Weidenkorb in der Hand. Der Kahlköpfige tauschte übellaunig ihren Wasserkrug gegen einen vollen aus und legte zwei faustgroße Brotkanten daneben.

»Wohl bekomms«, brummte er und macht auf dem Absatz kehrt.

»Kannst du noch den Eimer leeren?«, fragte die Frau auf ihrem Strohhaufen mit gepresster Stimme.

»Hach, ist's den Herrschaften so nicht vornehm genug? Täglich noch den Eimer leeren? Tzz, so weit kommt's noch. Vielleicht auch noch nen Kornbrand und nen Schmalzbrot mit Grieben, hmm?«, kläffte der Kahlschädel und steuerte wieder auf die Tür zu. Dort stockte er jedoch.

»Dich da kenn ich doch. Ich hab dich doch vorgestern reingelassen und dann warst du mit dem Meister in den Zellen«, grübelte der Henkersknecht laut.

Rasmus nickte bestätigend.

»Uh, hab ich dich etwa eingeschlossen? Das is mir schonmal mit nem Besucher passiert. Das gibt wieder Mecker vom Meister ...«, argwöhnte er und rieb sich besorgt mit der linken Pranke den Hinterkopf.

»Du hast mich nicht eingeschlossen«, beruhigte Rasmus den Mann verkniffen. Im gleichen Moment ärgerte er sich. Hätte der Dumpfschädel mit dem Stiernacken ihn vielleicht rausgelassen, wenn er gesagt hätte: ›Ja, hast du, aber verlieren wir einfach kein Wort mehr darüber‹?

In seinen bruchstückhaften Erinnerungen vom Einschluss gestern Nacht konnte er sich weder an den Frohn noch an diesen Knecht

erinnern. Vermutlich hatte ein zweiter Henkersknecht sie in ihre Zellen gebracht. Wie auch immer, dieser Weg wäre auch nicht sonderlich vielversprechend gewesen.
»Aber wie kommst du dann hier rein?«, bohrte der Mann weiter nach und zog misstrauisch die Brauen zusammen.
»Wie soll man schon in dieses Loch hier kommen? Ich wurde verhaftet, Mann!«, rief Rasmus aufgebracht und bereute sogleich den Ausbruch und hielt sich den schmerzenden Schädel.
»Ach so, musst ja nicht gleich schreien«, brummte der Henkersknecht und beäugte Rasmus noch einige Atemzüge, wie ein kleiner Junge es mit einem unbekannten Insekt tat. Dann zuckte er die Schultern und trottete von dannen. Das Letzte, was von ihm zu hören war, war das Scharren der Riegel vor der Kerkertür.
Resigniert und mit pochendem Schädel sank Rasmus wieder zurück auf das stinkende Lager. Er war sich sicher, dass noch nie ein Tag für ihn so schlecht begonnen hatte.
Ein erneutes Schaben der Riegel ließ ihn wieder aufschrecken. In einer Kerkerzelle hatte er mit deutlich weniger Besuch gerechnet. Diesmal betraten gleich zwei Männer den feuchten Kerker. Der eine war zu Rasmus' Unbehagen Max Grave, der Frohn. Den anderen Mann hatte er noch nie gesehen. Seine Kleidung wirkte wohlhabend und unter dem Arm trug er eine lederne Mappe. Er mochte Ende zwanzig sein und von durchaus stattlicher Gestalt.
»Rasmus Steinschneider?«, fragte der Henker ungläubig, als er ihn auf dem Stroh hocken sah. Rasmus nickte und räusperte sich verlegen.
»Ihr kennt den Mann?«, fragte der Unbekannte den Henker mit einer Spur Verblüffung.
»Ja, das ist Rasmus Steinschneider. Sohn vom kürzlich verstorbenen Badermeister Ulrich Steinschneider aus St. Nikolai«, erklärte der Frohn.

»Ich erinnere mich düster …«, murmelte der zweite Mann und rieb sich den sauber gestutzten Bart.
»Ich weiß nur nicht, was er hier macht. Oh nein, sag nicht, dass Hagen dich vor zwei Tagen hier eingeschlossen hat. Das ist schon einmal passiert«, stöhnte der Henker.
»Ich fürchte nicht, Meister Grave«, murmelte Rasmus kleinlaut und zog unbewusst den Kopf zwischen die Schultern wie eine Schildkröte.
»Ich verstehe nicht«, gab der Henker irritiert zurück.
Doch der zweite Mann hob gebieterisch die Hand. »Das könnt Ihr sicherlich auch später besprechen, Meister Grave. Da ich ohnehin gerade im Haus bin, würde ich gern die Zeit nutzen, um mich mit meinen zukünftigen Mandanten zu besprechen«, erklärte er dem Frohn und blickte ihn auffordernd an. Grave nickte verstehend und verließ mit einem Seitenblick auf Rasmus die Zelle.
Der Mann verschränkte die Arme hinter dem Rücken und hob selbstbewusst das Kinn, bevor er mit seiner Ansprache begann. »Mein Name ist Lucas Beckmann, Ratsherr und Procurator am Niedergericht der Stadt Hamburg und für den Fall einer möglichen Anklage gegen euch vor dem Niedergericht euer Defensor.«
Beckmann beäugte die beiden jämmerlichen Gestalten auf ihren Strohhaufen und räusperte sich kurz. »Das bedeutet, dass ich euch vor Gericht vertrete, falls es zu einer Anklage kommt«, ergänzte er in einem Tonfall, als würde er mit zwei Kleinkindern sprechen. Doch wer genau hinsah, erkannte Anspannung in ihm. War die unliebsame Aufgabe des Verteidigers doch üblicherweise dem jüngsten und unerfahrensten Stadtvertreter am Gericht vorbehalten.
»Mir ist durchaus bewusst, was ein Defensor ist«, antwortete Rasmus leise, aber nicht weniger trotzig.

»Nun, dann solltet Ihr wissen, dass Ihr es besser gut mit mir halten solltet«, konterte Beckmann trocken. »Eure Namen und Herkunft?«, wollte er wissen und sah beide abwechselnd an.

»Rasmus Steinschneider, ich bin Hamburger«, erklärte Rasmus. Beckmann nickte und blickte zur Frau.

»Catharina Kätner, ich bin Hamburgerin, komme aber aus Öjendorf«, erklärte die Frau angespannt.

»Ich nehme an, Ihr habt in Hamburg eingeheiratet?«, fragte Beckmann misstrauisch.

Die Frau schüttelte den Kopf. »Ich habe bei meiner Tante gelebt, aber sie ist verstorben«, erklärte sie knapp.

Beckmann murmelte eine Beileidsbekundung. »Euer Vater?«, fragte er.

»Lange verstorben«, erklärte sie knapp.

»Ein anderer Anverwandter oder vielleicht ein Zunftvorsteher oder sonst ein Mann, der statt Eurer vor Gericht das Wort führen könnte?«, fragte Beckmann mit einem leisen Anflug von Verzweiflung. Die Frau schüttelte den Kopf.

»Der Tag fängt ja gut an«, seufzte der Verteidiger.

»Nun dann …«, fuhr er fort. »Es wird eine Prüfung durch den Brookvogt geben, ob Anklage gegen Euch erhoben werden soll. Nach meinem bisherigen Kenntnisstand erscheint mir das jedoch wahrscheinlich. Nach Aussage der Patrouille der Bürgerwehr wurdet Ihr in der gestrigen Nacht vor den Toren in St. Georg aufgegriffen, wo Ihr Euch an Leichen vergangen und vermutlich gotteslästerlich Zeug getrieben habt. Gar ein Grab habt Ihr geöffnet. Was sagt Ihr dazu?«

Rasmus sah betreten zu Boden, während die Frau sich aufgeregt aufrichtete. »Ich habe kein Grab geöffnet!«, rief sie laut.

Gerade wollte Beckmann etwas erwidern, da öffnete sich erneut die Kerkertür. Rasmus fragte sich, ob die Installation eines Vorhangs nicht angebrachter wäre.

Der Henkersknecht trat in die Zelle und sah Beckmann unsicher an.
»Ich soll den da dem Brookvogt vorführen«, brachte er schließlich unter den vorwurfsvollen Blicken des Verteidigers hervor.
»Später, ich habe mich noch nicht abschließend besprechen können«, versuchte Beckmann den Henkersknecht abzuwimmeln.
Doch dieser blieb unsicher in der Zelle stehen und blickte zwischen Rasmus und dem Verteidiger hin und her. »Ich … soll das jetzt tun«, spuckte er dann aus.
Beckmann seufzte. »Wie ich dir bereits eröffnet habe, kannst du das nach meiner Besprechung tun«, belehrte er den Mann und wedelte ungeduldig mit der Hand Richtung Kerkertür.
Doch noch immer wollte der massige Glatzkopf nicht weichen.
»Was ist denn noch?«, zischte Beckmann mühsam beherrscht.
»Also mein Herr ist ja der Frohn und der Herr meines Herrn ist ja der Brookvogt. Wenn also der Brookvogt zu mir sagt, ich soll den Mann jetzt holen …«, reihte der Henkersknecht mühsam seine Gedanken aneinander, doch Beckmann unterbrach ihn wirsch mit einer Handbewegung.
»Dann mach ihn eben los, ich werde mit euch kommen«, knurrte er.
Der Knecht war sichtlich erleichtert und öffnete den Verschluss von Rasmus' Fußfessel.
Nachdem er die Zelle wieder zugesperrt hatte, ging das ungleiche Trio in eben jene Schreibstube, in der Rasmus noch vorgestern mit dem Henker gesprochen hatte.
Doch diesmal saß nicht der Henker, sondern ein Mann mit schulterlangen, grauen Haaren hinter dem Schreibtisch des Frohns, während der Frohn selbst eher unbeteiligt an der Wand lehnte. Ihm gegenüber hatte ein rundlicher Mann mit schütterem braunen Haar seinen Klapptisch aufgestellt und blätterte mit tintenverschmierten Fingern in einem Buch umher.

Rasmus vermutete, dass es sich bei dem Mann hinter dem Schreibtisch um den Brookvogt handelte, während der andere vielleicht ein Gerichtsschreiber war. Zu Rasmus' Unbehagen lagen auf dem Schreibtisch sein Sack aus Segeltuch, die Laterne und die Amputationssäge.

»Was macht Ihr denn bereits hier, Herr Beckmann? Der Mann ist doch noch gar nicht angeklagt«, fragte der Mann hinter dem Schreibtisch.

»Aufgrund mannigfaltiger Kundschaft verweilte ich bereits hier in der Frohnerei, Brookvogt. Da kann es nicht schaden, gleich ein erstes Gespräch zu führen. Und ich muss schon sagen, dass ich es bevorzugt hätte, mit dem Mann zu Ende zu sprechen«, erklärte der Defensor im verschnupften Tonfall.

Der Brookvogt rümpfte ungehalten die krumme Nase. »Wie soll er schon aussagen, die Wahrheit hat er halt zu sagen«, brummte er. Dann blickte er auf den Medizinstudenten.

»Rasmus Steinschneider?«, fragte der Mann hinter dem Schreibtisch und sah nur kurz von seinen Unterlagen auf. Rasmus nickte.

»So spreche er bitte, wenn ich ihn was frage«, rügte der Brookvogt ihn in ungehaltenem Tonfall.

»Ja, das ist mein Name«, folgte Rasmus der Aufforderung und begann sich noch unwohler zu fühlen als in der feuchten Kerkerzelle. Im Hintergrund hörte er den Federkiel des Schreibers über Papier kratzen.

»Hamburger?«, wollte der Brookvogt wissen.

»Ja«, antwortete Beckmann und funkelte den Brookvogt an.

»Kann er das bestätigen?«, wandte sich der Brookvogt kühl an Rasmus.

»Ja, gebürtiger Hamburger. Mein Vater ist … war Ulrich Steinschneider, Badermeister in St. Nikolai«, berichtete Rasmus.

Der Brookvogt legte die Stirn in Falten. »Steinschneider, der Selbstmörder?«, hakte er nach.
»Ja, der Badermeister«, antwortete Rasmus mit einer Mischung aus Trotz und Trauer.
Der Brookvogt schnaubte verächtlich. »Der Apfel fällt wohl nicht weit vom Stamm«, kommentierte er und machte ein abfälliges Geräusch. Rasmus biss die Kiefer fest zusammen.
»Nun, Rasmus Steinschneider, er ist letzte Nacht in St. Georg von der Bürgerwehr aufgegriffen worden. Ein Grab in einem Wäldchen hat er geschändet und wohl gar Schlimmeres hat er wohl noch im Schilde geführt. Hält er es gar mit dem Teufel? Was sagt er dazu?«, fragte der Brookvogt, verschränkte die Arme und lehnte sich zurück.
Rasmus holte tief Luft. »Ich halte es wahrlich nicht mit dem Teufel, bei Gott dem Herrn! Aber das Grab hab ich wohl geöffnet, das muss ich zugeben«, beichtete Rasmus.
»Aha, sieh an!«, rief der Brookvogt triumphierend aus und Beckmann schlug die Augen nieder, während er sich mit Daumen und Zeigefinger die Nasenwurzel massierte.
»Aber ich hatte gute Gründe, die ich erklären will, Herr Brookvogt«, fuhr Rasmus fort.
»So so, gute Gründe hatte er, na da fahre er doch fort«, verlangte der Brookvogt sarkastisch und winkte einladend mit der Hand.
»Es war das Grab meines Vaters und …«, begann Rasmus und sah wie alle Köpfe im Raum ihn ruckartig anschauten.
»Ihr habt Euren eigen Vater ausgegraben?«, fragte der Brookvogt fassungslos.
Statt zu antworten, fuhr Rasmus mit seinem Bericht fort.
»Ich hatte Gerüchte gehört über einen wandelnden Toten in St. Georg. Da Vater sich selbst … Ich dachte, seine Seele findet keine Ruhe. Daher bin ich zum Frohn und habe in Erfahrung gebracht,

wo er liegt. Ich wollte ihn zur Ruhe betten«, schloss Rasmus und blickte auf seine Schuhe.
»Und wie wollte er seinen Vater zur Ruhe bringen?«, fragte der Brookvogt sichtlich aus dem Konzept gebracht.
»Ich habe Erkundigungen eingeholt … Wenn eine Leiche keinen Frieden findet, dann soll es helfen, sie mit ein paar schweren Steinen zu beschweren, auch ein Kreuz in das Grab zu legen und … den Kopf vom Körper zu trennen«, fuhr Rasmus leise fort und wich dem Blick des Henkers aus.
»Hmm …«, machte der Brookvogt und blickte auf die Gegenstände auf dem Schreibtisch.
»Soweit ich weiß, wurden am Grab weder Steine noch ein Kreuz gefunden«, warf der Brookvogt ein und blickte Rasmus durchdringend an.
»Nun ja, ich war ja auch schon fertig und dabei, das Grab wieder zu schließen«, erklärte Rasmus.
Der Brookvogt nickte. Dann nahm er die Säge in die Hand und blickte Rasmus mit aufgerissenen Augen an. »Soll das heißen, Ihr habt Eurem eigenen Herrn Vater den Kopf vom Leib gesägt?«, fragte er erschrocken und vergaß gar das herabwürdige »er«.
»Was hätt ich denn tun sollen? Die Kirche würd Vater als Selbstmörder kein christliches Begräbnis geben und ich kann ihn doch nicht ewig durch die Nacht irren lassen«, brach es aus Rasmus heraus und seine Augen schimmerten feucht.
Der Brookvogt blies die Backen auf und ließ die Luft geräuschvoll entweichen.
»Damit soll sich das Niedergericht beschäftigen und nicht ich«, schloss er schließlich.
Rasmus ließ niedergeschlagen den Kopf hängen.
»Verzeihung bitte, mit welcher Anklage, Herr Brookvogt?«, wollte Beckmann kühl wissen.

»Mit welcher …? Habt Ihr nicht zugehört, Herr Beckmann? Der Mann hat ein Grab geschändet und eine Leiche zersägt. Reicht das nicht?«, ereiferte sich der Brookvogt.
»Nun ja, wie Ihr bereits erwähnt habt, hat sein Vater sein Leben von eigener Hand beendet. Ich nehme an, dass er demzufolge mit einem Eselsbegräbnis auf den Wiesen von St. Georg verscharrt wurde?«, fragte Beckmann und blickte den Henker an.
Der zögerte kurz, nickte dann aber. »Eben in jenem Wäldchen neben den Wiesen. Es … hat stark geregnet die Tage und schon beim ersten Graben stießen wir auf eine alte Leiche, da waren wir lieber vorsichtig. Aber ja, ein Eselsbegräbnis«, log der Frohn.
»Worauf wollt Ihr heraus, Beckmann? Kommt endlich zum Punkt!«, verlangte der Brookvogt unwirsch.
»Da es sich weder um ein anständiges christliches Begräbnis, geschweige denn um einen ordentlichen Friedhof und noch dazu um einen Selbstmörder handelt, liegt hier auch kein Grab oder eine Bestattung im eigentlichen Sinne vor. Die Herrschaften mögen mir die despektierliche Wortwahl nachsehen, aber rein juristisch betrachtet hat der junge Mann hier nicht viel Schlimmeres verbrochen, als einen Schinken auszubuddeln.«
Im Raum herrschte Grabesstille und alle starrten den Defensor an, der zufrieden lächelte. »Eine interessante Frage des Erbrechts wäre zudem noch, ob es sich nicht ohnehin auch noch um seinen Schinken handelt, um bei der Analogie zu bleiben«, ergänzte Beckmann noch gut gelaunt.
»Ich … ich weiß nicht, was ich dazu sagen soll«, stammelte der Brookvogt sichtlich aus der Fassung nach einer längeren Pause.
Beckmann zuckte die Schultern. »Ich an Eurer Stelle würde einfach auf eine Anklage verzichten. Das würde auch für Euch und die Stadt die unangenehme Frage vermeiden, warum ein Hamburger Bürger ohne Urteilsspruch vom Niedergericht in die entehrende Frohnerei gesperrt wurde und nicht wie von

Rechtswegen vorgeschrieben zunächst in das Gefängnis im Winserbaum.«
Der Brookvogt schluckte. »Ich weiß nicht, ob mir diese Entscheidung zusteht«, murmelte er unsicher.
»Herr Brookvogt, der junge Mann war sicher verzweifelt und wollte nichts Unrechtes tun«, erklärte der Henker mit sanfter Stimme. »Ich denke, er ist ein guter Mann, der mir vorgestern hier gar zur Hand gegangen ist. Er hat auch die Schnitte auf der Ursel Lehmbauer gefunden.« Er klang wie ein Mann, der zu einem kranken Pferd sprach.
Mit Überraschung und Anerkennung blickten der Brookvogt und Beckmann kurz auf Rasmus.
Mit seiner beruhigenden Stimme fuhr der Henker fort: »Die Kerker sind voll und die Menschen auf den Straßen tuscheln über die Geschehnisse der letzten Wochen. Da müssen wir doch nicht noch unnötig Staub aufwirbeln.«
»Ich weiß nicht …«, rang der Brookvogt mit sich selbst und knetete seine Finger. »Die Sache gehört meines Erachtens vor ein Gericht. Wir können ein solches Verhalten in Hamburg nicht einfach so durchgehen lassen«, brachte er entschieden seine Meinung hervor und schlug dann gar mit der flachen Hand auf die Tischplatte.
Beckmann wog den Kopf. »Nun, wenn mein Mandant bereits so erfolgreich in der Frohnerei ausgeholfen hat, dann wäre der Gerechtigkeit vielleicht genüge getan, wenn er dies dieses Jahr auch weiterhin tut. Sagen wir zwei halbe Tage die Woche?«, schlug Beckmann vor.
Der Brookvogt überlegte. »Vier!«, verlangte er dann plötzlich.
»Oh ja, vier wären gut«, freute sich der Henker.
Beckmann schüttelte den Kopf. »Drei.«
Rasmus blickte den Verteidiger an. »Darf ich auch etwas dazu sagen?«, fragte er kleinlaut.

»Nein«, antworteten Beckmann und der Brookvogt wie aus einem Munde.
»Gut, drei. Ist er damit einverstanden?«, fragte der Brookvogt Rasmus.
»Ist er«, antwortete Beckmann stattdessen und Rasmus nickte nur stumm.
Der Brookvogt blickte noch einmal ernst zu Rasmus. »Dann soll die Angelegenheit damit erledigt sein. Aber Steinschneider, wenn mir Meister Grave Klagen über ihn berichtet, dann steht er sogleich vor dem Niedergericht!«
Rasmus nickte. »Ja, Herr Brookvogt!«
»Gut, dann lasst uns mit dem nächsten Fall fortfahren. Diese Frau, ebenfalls aus St. Georg …«, seufzte der Brookvogt.
»Ich schicke den Knecht, Herr Brookvogt. Könnt Ihr auf mich verzichten? Dann weise ich Steinschneider ein«, wandte sich der Frohn an seinen Dienstherrn.
»Ja ja, macht das, Grave«, murmelte der Brookvogt abwesend über neuerliche Unterlagen gebeugt.
»Dank Euch!«, bedankte sich Rasmus beim Verlassen der Schreibstube bei Beckmann und dieser nickte ihm zufrieden zu.

»Das hätte böse für dich ausgehen können«, stellte der Frohn im vorwurfsvollen Ton fest, während er Rasmus' Platzwunde versorgte.
»Ich hab mir nicht anders zu helfen gewusst, Meister Grave«, verteidigte der Medizinstudent sich.
»Ulrich gleich auszugraben, nur weil ein paar Trottel einen Toten gesehen haben wollen, ich hätte mehr von dir erwartet«, zürnte der Henker.
»Casper hat ihn gesehen«, antwortete Rasmus knapp.
»Wen gesehen?«, fragte Grave verständnislos und verknotete den Kopfverband.

»Ulrich, meinen Vater. Er hat ihn vor einigen Wochen an seinem Grab gesehen. Er stand direkt vor ihm, trug sein Leichenhemd und war offensichtlich tot.«
»Das kann nicht sein!«, keuchte der Henker.
»Ich wünschte, es wäre so, aber Casper ist ein heller Kopf und ich kann mir nicht vorstellen, dass er sich so etwas einbildet«, seufzte Rasmus.
Der Henker rieb sich das Kinn. »Ich eigentlich auch nicht. Warum hast du nicht mit mir gesprochen?«
Rasmus blickte verlegen auf seine Finger. »Nehmt es mir bitte nicht übel, Meister Grave. Ihr wart ein Freund meines Vaters, aber ich kannte Euch kaum und konnte das alles selbst kaum glauben.«
Grave brummte ungehalten, nickte dann aber.
»Aber jetzt, wo ich ohnehin mit Euch spreche … Da wäre noch was«, tastete sich Rasmus vor.
»Sag mir nicht, dass du noch andere ausgegraben hast«, erschreckte sich der Henker.
»Nein, das ist es nicht. Aber als wir Vater ausgegraben haben, da fehlte einiges von ihm«, wagte Rasmus einen Einstieg.
»Wir ausgegraben …? War Casper etwa auch dabei?«, wollte der Frohn wissen.
Rasmus nickte und räusperte sich. »Ja schon, ich glaube, sie haben ihn aber nicht gesehen.«
Der Henker seufzte abermals. »Also gut, was fehlte?«
»Sein Leichenhemd und sein Gesicht. Ich glaube, jemand hat ihm die Haut abgezogen und auch die Kleidung mitgenommen. Ich weiß es natürlich nicht, aber ich hab überlegt, ob vielleicht jemand als … Vater herumläuft.«
Rasmus beendet stockend seinen Bericht und sah den Henker fragend an. Dieser schüttelte angewidert den Kopf. »Wer sollte so etwas machen und warum?«, wollte er wissen.

Rasmus zuckte die Schultern. »Ich weiß es nicht, Meister Grave, aber zumindest wäre es eine Erklärung.«
Der Frohn ließ ein ungläubiges Brummen verlauten.
»Und noch ein Letztes, Meister Grave«, schob Rasmus noch nach.
Der Henker sah ihn fragend an.
»Nachdem wir den Kopf abgetrennt haben, haben Casper und ich eine starke Fraktur am Hinterkopf gefunden«, berichtete er sachlich.
Der Frohn zog die Brauen hoch. »Woher sollte er die haben? Ich versprech dir, bei meiner Ehre, oder besser bei meiner Hertha, dass wir pfleglich mit Ulrich umgegangen sind«, versprach der Henker und hob feierlich die Schwurfinger.
»Das glaube ich Euch doch, Meister Grave. Aber das ist es ja eben«, entgegnete Rasmus.
»Das ist tatsächlich merkwürdig. Aber lass uns ein anderes Mal darüber sprechen. Ich habe Arbeit und du solltest jetzt nach Hause gehen, nach Casper schauen und deinen Kopf ausruhen. Vor allem solltest du Gott danken, dass du nicht vor Gericht stehst!«
Rasmus nickte. »Das werd ich wohl tun. Nur Schinken mag ich keinen mehr essen.«

Kapitel 11

11. Juni 1618

»Kannst du wieder nicht schlafen, Hannes?«, fragte die Bäuerin ihren Mann schlaftrunken.

Dieser brummte nur unentschlossen und wälzte sich erneut auf die andere Seite.

»Du grübelst einfach zu viel«, seufzte sie.

Erneut brummte er, doch diesmal klang es eher ungehalten.

»Hab auch allen Grund dazu! Dieses gotteslästerliche Ding unter meinem Dach …«, knurrte er.

»Das Kalb ist tot, verbrannt und begraben. Lass die Sache ruhen«, flüsterte sie und legte ihrem Mann die Hand auf die Schulter.

»Wer sagt denn, dass das Weib uns nicht noch mehr Hexerei ins Haus schickt?«, zürnte er.

»Aber Hannes, niemand weiß, ob die alte Jule damit etwas zu tun hat, und ich hab dir doch schon versprochen, sie nicht mehr ins Haus zu lassen«, versuchte die Bäuerin ihren Mann zu beruhigen.

»Niemand weiß, ob sie damit etwas zu tun hat? Pah! Woher soll dieses Unglück denn sonst kommen? Und hast du von Martin Fischer gehört? Letzte Woche wollten sie nichts von ihrem Weidenzeug haben und er hat sie vom Hof geschickt. Ganz übel angestarrt hat sie ihn dabei. Am nächsten Tag ist's ihm beim Holzhacken in den Rücken gefahren. Geht wie ein alter Mann seitdem! Und bei der Anna ist die ganze Milch …«

»Schhht, ist ja gut, die Kinder!«, versuchte die Bäuerin ihren Mann zu beruhigen, der sich immer lauter in Rage redete.

Dann fuhr sie leise fort: »Und Martin ist ein elender Säufer und fauler Hund, das weißt du selbst. Wahrscheinlich war das nur eine faule Ausrede, damit die arme Marie noch mehr für ihn schindet und er sich auf die faule Haut legen kann.«

Ihr Mann schmatzte ungläubig.

»Was ist, wenn uns die Ernte verdirbt? Die letzten Winter waren hart und der nächste wird es sicher wieder!«, erwiderte er mit hörbar zittriger Stimme.
»Die Ernte wird schon gut werden und jetzt hör doch auf zu grübeln. Ich sag ja, die Jule kommt nicht mehr ins Haus«, redete sie sanft auf ihn ein und strich mit ihrer schwieligen Hand über sein Haar.
Sein Brummen klang daraufhin schon etwas ruhiger, wenn auch nicht ganz überzeugt.
»Aber wo wir doch jetzt ohnehin wach sind und nicht richtig schlafen können …«, säuselte sie ihm ins Ohr und drückte ihren üppigen Busen fest an ihn.
Jetzt klang sein Brummen schon eher wie das eines Bären, der ein Nest Honigbienen entdeckt hatte. Er drehte sich zu ihr und versenkte sein bärtiges Gesicht unter ihren wohligen Seufzern zwischen ihren Brüsten.
»Hörst du das?«, fragte er dann plötzlich und hob den Kopf wieder an.
»Nein, da ist nichts«, wiegelte sie ab und drückte ihn sanft, aber bestimmt wieder zurück.
»Da rufen Leute«, sagte er bestimmt und stemmte sich hoch.
»Wer soll schon rufen mitten in der Nacht«, flüsterte seine Frau, setzte sich aber ebenfalls auf.
»Doch, da ist Geschrei!«, urteilte er und stand auf. Seine Frau folgte ihm.
Er schlüpfte in seine Holzschuhe, griff sich ein schweres Messer und ging vor die Tür. Die Nacht war klar und vor dem schwarzen Hintergrund sah er deutlich die Flammen, die aus dem Haus am Dorfrand schlugen. Einige andere Gestalten standen ebenfalls in ihren Nachthemden vor den Häusern und schauten sich schlaftrunken um.

»Feuer! Feuer!«, rief nun auch er, legte das Messer beiseite und griff sich stattdessen einen Eimer.

Er rannte was das Zeug hielt zum Brand und sein Nachthemd flatterte wie ein aufgeregtes Gespenst durch die Dunkelheit.

Die baufällige Hütte von Martin Fischer und seiner Familie lag etwas abseits, sodass Hannes schnaubte wie ein getriebenes Rennpferd, als er das Holzhaus erreichte. Zwei andere Männer waren schon vor ihm da. Einer versuchte Wasser aus einem Eimer auf das brennende Reetdach hochzuschütten, was jedoch ein wenig aussichtsreiches Unterfangen schien. Noch brannte das Dach zwar nur mäßig an einer Stelle, aber beißender Rauch stieg bereits aus dem halben Dach auf. Es sah so aus, als hätte das Feuer von innen das Dach entzündet.

Der andere Mann hämmerte mit der Faust gegen die Eingangstür und riss hektisch an ihr.

»Sind sie noch da drin?«, fragte Hannes erschrocken.

»Ja, wahrscheinlich«, antwortete der andere Mann aufgeregt.

»Auf drei!«, rief Hannes und beide Männer zählten, bevor sie sich gemeinsam gegen die Tür warfen. Mit einem lauten Bersten brach der schwere Türbalken aus der Holzwand und die beiden Männer fielen samt der Tür in das kleine Haus und schlugen bäuchlings auf den Boden.

Augenblicklich umfing sie eine beißende Hitze und der schwere Geruch von Rauch und schwelendem Holz. Instinktiv hielt sich Hannes die Hand vor den Mund und sah sich um.

Es waren Holzscheite und gar Möbel in der kleinen Feuerstelle aufgetürmt, die lichterloh brannten. Von hier hatte das Feuer sich bereits in die Balken und das Reet gefressen.

Doch das war es nicht, was den Bauern gerade am meisten ängstigte.

»Marie?«, fragte er mit zittriger Stimme.

Die hagere Frau kniete im Raum nahe der Feuerstelle. Beinahe hätte der Bauer sie gar nicht erkannt. Sie war vollständig nackt und von Kopf bis Fuß mit einer Mischung aus Blut und Schweiß besudelt, sodass die Flammen sich glänzend auf ihr spiegelten.
Neben ihr lag der bärtige Körper ihres Mannes. Sein Nachthemd war der Länge nach aufgeschnitten, so wie er selbst. Vom Kehlkopf bis zum Gemächt war sein Leib geöffnet und selbst die Rippen schienen brachial auseinandergebrochen zu sein.
Der Bauer würgte. »Marie?«, versuchte er die Frau erneut anzusprechen.
Erst jetzt hob die Frau langsam ihren Kopf und blickte ihn lächelnd an. Ja, sie lächelte, das konnte er selbst trotz des Blutes in ihrem Gesicht erkennen. Ohne den Blick von ihm zu lassen, griff sie neben die Leiche und nahm einen roten Klumpen vom Boden auf. Genüsslich führte sie den Klumpen zum Mund und biss ab. Besser gesagt, sie riss ein großes Stück ab, denn das zähe Fleisch wollte sich nicht so einfach zerteilen lassen. Mit geöffnetem Mund kaute sie schmatzend.
»Gott steh uns bei, Hannes, das ist sein Herz«, keuchte der andere Bauer. Hannes schluckte.
»Marie, wo sind die Kinder, Marie? Wo sind die Zwillinge?«, fragte Hannes zittrig und blickte zur niedrigen Öffnung in der Wand in den einzigen Nebenraum.
Doch die Frau lachte nur entrückt, wobei ihr Fleisch und Blut aus dem Mund fiel.
»Ich geh sie suchen«, rief der andere Mann und machte sich auf in den Schlafraum.
»Wir müssen hier raus, Marie!«, drang Hannes auf die Frau ein und blickte hektisch auf das immer weiter um sich greifende Feuer.
Statt zu antworten, biss die Frau ein weiteres Stück aus dem Fleischklumpen.

Der Bauer stand auf und machte einen vorsichtigen Schritt auf die blutüberströmte Frau zu.
Mit ungeahnter Schnelligkeit griff sie erneut neben die Leiche und hielt plötzlich ein langes, blutiges Küchenmesser in der Hand. Drohend streckte sie Hannes den Arm mit der Klinge entgegen. Die schmächtige Frau wirkte keinesfalls verängstigt oder besorgt. Mit lächelnder Miene hielt ihre Hand ihm die Waffe ohne zu zittern entgegen. Gelegentlich drehte sie die Klinge ein wenig nach links und rechts, als würde sie nach einem Stich die Wunde weiter öffnen wollen. Ihre Augen waren weiter fest auf ihr Gegenüber gerichtet und Hannes meinte beim Kauen die Fleischfetzen zwischen ihren Zähnen sehen zu können.
Vorsichtig machte Hannes einen halben Schritt zurück und sah sich nach etwas um, das er als Waffe gebrauchen konnte.
»Die Kinder sind nicht im Haus, aber eine Fensterluke war auf«, berichtete der andere Bauer hustend, als er aus der Schlafkammer kam.
»Wir müssen hier raus, Hannes!«, fügte er hastig hinzu, während es zunehmend Funken und Flammen vom Dach regnete.
»Marie!«, rief Hannes erneut.
»Lass das Hexenweib doch brennen, du siehst doch, was sie getan hat!«, fluchte der andere Mann und Speichel spritzte bei jedem Wort zwischen seinen Lippen hervor.
Mit einem unheilverkündenden Knacken bog sich der brennende Dachfirst fast um Armeslänge nach unten.
Hastig machten die beiden Männer einen Satz in Richtung der Tür.
»Das war Jule, die Moorhexe. Sie hat die Marie verzaubert«, knurrte Hannes und starrte auf die nackte Frau, die einen neuerlichen Bissen nahm.
Als der First erneut absackte, sprangen beide Männer erschrocken aus der Tür ins Freie. Das Gesicht mit den Unterarmen gegen die

Flammen abschirmend, taumelten sie einige Schritte rückwärts, bis sie die Menge der anderen Dörfler erreicht hatten. Schon längst hatten die Männer und Frauen aufgegeben, Wasser gegen das lichterloh brennende Haus zu kippen.

»Was ist geschehen?«, rief Hannes' Frau aufgelöst und rüttelte ihren Mann an der Schulter, der noch immer wie gebannt auf das brennende Haus starrte.

Mit einem lauten Knacken brach der First unter den erschrockenen Schreien der Dörfler zusammen und eine Wolke aus Funken und Feuer stieg über dem Haus auf.

»Teufelswerk, das ist passiert!«, zischte Hannes mit mühsam unterdrückter Wut.

»Da hinten steht jemand am Waldrand«, rief eine Frau und deutete mit ausgestreckter Hand in die Dunkelheit.

»Das ist die Hexe! Sie begafft ihr Werk!«, rief Hannes laut und stürmte zum Waldrand, mehrere Männer ihm auf den Fersen.

Doch als sie das Dickicht erreicht hatten, war niemand mehr zu sehen.

Kapitel 12

11. Juni 1618

»Ihr Zustand scheint sich kaum geändert zu haben«, urteilte Rasmus, nachdem er der immer noch fiebernden Ursel Lehmbauer einen Kräutersud eingeflößt hatte.

»Nein«, stimmte der Henker zu. »Aber vielleicht ist es auch besser so. Sie hat nichts Gutes zu erwarten, wenn sie aufwacht«, seufzte er.

Rasmus nickte beklommen. »Meint Ihr, dass sie wirklich mit dem Teufel im Bunde steht?«, fragte er nachdenklich.

Der Henker zuckte die Schultern. »Wer kann das schon sagen? Ganz mit rechten Dingen ist die Sache wohl kaum zugegangen, aber ob denn gleich der Teufel dahinter steckt, mag ich nicht glauben«, erklärte der Frohn und blickte sich bei der letzten Aussage vorsichtshalber nach Lauschern um. Dann fuhr er fort: »Gestern wurde noch ein Knecht eingeliefert, der das Pferd seines Herrn verhext haben soll, sodass es ihn abwarf. Und bei dieser Catharina Kätner, mit der du in der Zelle gesessen hast, wurde einer dieser Teufelstaler gefunden. Dazu wurde sie überrascht, wie sie sich auf dem Köppelberg an einem Erhängten zu schaffen gemacht hat.«

Der Medizinstudent schnappte nach Luft. »Himmel hilf! Was hat sie dazu gesagt?«

»Dass sie die Münze gefunden hat, musste aber erst lange überlegen, wo«, erklärte der Frohn wenig überzeugt. »Na ja und dass sie dem Erhängten die Daumen abgeschnitten hat, hat sie zugegeben«, ergänze der Frohn.

»Die Daumen?«, fragte Rasmus ungläubig.

Grave nickte. »Getrocknete Diebsdaumen haben einen ganz ordentlichen Wert, wenn man sie als Talisman verscherbelt«, erklärte er.

Rasmus zog die Nase kraus. »Was wird mit ihr passieren?«, fragte er mit belegter Stimme.
»Das wird jetzt das Niedergericht klären«, erklärte der Henker. »Wie bei den anderen auch. Beim Rat und den Oberalten soll schon mächtig Unruhe reingekommen sein, ob man der ganzen Sache mit Bedacht oder mit eiserner Hand begegnen soll. Ich hoffe ja Letzteres.«
Rasmus' Zustimmung wurde von der knarrenden Kerkertür unterbrochen. Hagen Seiler, einer der beiden Henkersknechte steckte seinen kahlen Schädel unentschlossen durch die Öffnung. »Der Brookvogt ist im Haus und wünscht Euch zu sehen, Meister«, brachte er schließlich heraus.
Der Frohn machte ein ungehaltenes Geräusch.
»Kannst du die Runde ohne mich zu Ende machen?«, fragte er den Medizinstudenten.
Rasmus grinste schief. »Ich war ein paar Jahre Badergeselle und habe drei Jahre Medizin studiert«, entgegnete er.
»Grade Letzteres macht mir die Bedenken. Also?«, erwiderte der Henker trocken.
Rasmus lachte. »Geht unbesorgt, Meister Grave. Ich werde mich bemühen, mein Wissen aus dem Studium zu verdrängen.«
Grave nickte. »Recht so«, stimmte er grinsend zu. Dann wandte er sich wieder an den Henkersknecht. »Hagen, begleite ihn und halt Wache an den Kerkertüren. Und gib Acht, dass du ihn nicht einschließt, sonst zieh ich dir den Tag vom Lohn ab.«
Der Glatzkopf nickte heftig.
Während der Frohn zügig die Niederungen der Kerkerzellen verließ, ging Rasmus mit dem Knecht zur nächsten Kerkertür.
»Was bist du jetzt eigentlich? Gefangener oder Besucher?«, fragte der kräftige Kahlschädel, während er die Tür aufschloss.
»So recht weiß ich das auch nicht, aber an sich arbeite ich hier jetzt«, beantwortete Rasmus die Frage.

Der Henkersknecht sah Rasmus misstrauisch mit einem zusammengekniffenen Auge an. »Ich weiß nicht, ob ich das gut finde«, brummte er, noch immer die Tür in der Hand.
»Ich auch nicht«, seufzte Rasmus. »Aber ich habe nicht vor, dir deine Anstellung streitig zu machen. Ich denke, dafür fehlen mir einige … Qualifikationen«, erklärte er und warf mit einem Schauern einen kurzen Blick zur halb geöffneten Tür der Folterkammer.
»Na, dann ist's ja gut«, murmelte der Knecht zumindest ansatzweise beruhigt.
Rasmus griff sich die Körbe mit der Verpflegung und den Verbänden und ging in die Zelle hinein.
»Aber gib ihnen nicht zu viel Brot, sonst werden die immer aufmüpfig«, belehrte ihn der Knecht noch, während er die Tür hinter ihm schloss. Es war ein merkwürdiges Gefühl, die Zelle zu betreten, in der er noch vor zwei Tagen als Gefangener aufgewacht war. Das Schaben der Riegel, als der Henkersknecht die Tür hinter ihm verschloss, jagte ihm einen Schauer über den Rücken.
Neben Catharina Kätner lag noch eine weitere Frau in schmutziger Schürze schnarchend auf dem Stroh. Die Augen seiner ehemaligen Leidensgenossin musterten ihn ungläubig, als er die Zelle betrat.
»Bist du jetzt nun frei oder nicht?«, fragte sie etwas mürrisch.
Rasmus zuckte seufzend die Schultern. »Beides irgendwie, aber wohl eher frei«, erklärte er und stellte die Körbe ab.
»Das ist nicht recht. Ich habe niemandem den Kopf abgesägt und sitze hier drin«, klagte sie müde, zog die Knie an den Leib und schlang zittrig die Arme darum.
»Scheint sich ja schnell rumzusprechen«, murrte Rasmus und ging in die Hocke. Während er die Wasserkrüge austauschte und zwei Holzteller mit Brot abstellte, besah er die Frau das erste Mal von

Nahem. Unter der dicken Schicht aus Dreck musste sie recht hübsch sein, befand er. Er tat sich schwer, seinen Blick von ihrem üppigen Busen zu lösen, der vom sichtlich zu kleinen Schnürmieder eher halbherzig im Zaum gehalten wurde.
Sie zitterte trotz der sommerlichen Temperatur und ihre Wangen wirkten gerötet auf der sonst blassen Haut.
»Ist dir nicht wohl?«, fragte er sie und streckte routinemäßig seine Hand aus, um ihre Temperatur zu fühlen. Ein Reflex, den er sich noch aus seiner Zeit als Bader erhalten hatte. Viele akademische Ärzte vermieden es nach Möglichkeit, ihre Patienten zu berühren.
»Rühr mich nicht an! Ich schreie, wenn du mich anrührst!«, rief sie erschrocken aus, wich ihm aus und schlang ihre Arme um Bauch und Brust.
Rasmus hob beschwichtigend die Hände. »Bei meiner Ehr', das hatte ich nicht vor. Ich bin Bader und wollte nur schauen, ob du fieberst«, versicherte er.
Eine Weile starrte sie ihn wortlos an. »Dazu brauchst du mich nicht anzufassen. Ich kann dir auch so sagen, dass ich Fieber habe, aber es ist nicht stark«, murmelte sie, während sich ihre Muskeln wieder langsam entspannten.
»Bist du verletzt?«, fragte Rasmus geschäftsmäßig.
Sie schüttelte den Kopf.
»Bald schon, wenn ihr zwei mich nicht endlich schlafen lasst«, knurrte die andere Frau im Stroh und schlang ihre schmutzigen Arme um den Kopf.
»Andere Symptome?«, fragte Rasmus weiter nach und ließ sich von der Störung nicht beirren.
Erneut schüttelte sie den Kopf.
»Gut. Ich werde dir nachher einen Kräutersud bringen«, erklärte er.
»Weidenrinde oder Lindenblüte?«, fragte sie abwesend.

Rasmus ließ ein anerkennendes Schnalzen vernehmen. »Du hast Kenntnisse in der Heilkunst?«, fragte er.
Sie schüttelte den Kopf. »Kaum, ich hab mir nur seit jeher ein wenig Kupfer mit Kräutersammeln dazuverdient«, erklärte sie. Rasmus nickte. Viele arme Frauen und Männer sammelten Kräuter, die sie an Apotheken oder auch direkt auf dem Markt verkauften.
Rasmus blickte kurz zu der Frau im Stroh hinunter, die jedoch wieder schnarchend schlief. Dann drückte er mit einem Augenzwinkern seiner verwunderten Gesprächspartnerin ein zweites Stück Brot in die Hand.
»Danke«, murmelte sie.
Er nickte und stand mit den beiden Körben wieder auf.
»Ich werde nachher noch einmal mit dem Kräutersud kommen und nach dir sehen«, erklärte er, während er sie noch einmal nachdenklich musterte. Dann klopfte er an die Tür und wartete, bis der Knecht ihn wieder aus der Zelle ließ.
»Hat aber gedauert«, murrte der Kahlkopf.
»Ja, wir können zur nächsten Zelle«, erklärte Rasmus abwesend.
»Lass es gut sein, junger Steinschneider, ich kann die Runde zu Ende machen«, stoppte sie jedoch Grave, der eben die Treppe hinunter geschritten war.
»Ist mein halber Tag schon vorbei?«, fragte Rasmus freudig.
»Der Brookvogt schickt mich morgen nach Eppendorf. Wenn du mich begleitest, sollst du dein Soll für diese Woche erfüllt haben«, bot Grave an.
»Was ist in Eppendorf?«, fragte Rasmus.
»Ja, was ist in Eppendorf und warum soll ich Euch nicht begleiten, Meister?«, argwöhnte der Henkersknecht.
»Weil ich dich hier in der Frohnerei brauche, Hagen. Die Zellen sind voll, da musst du die Stellung halten«, erklärte Grave beinahe feierlich.

Die Mundwinkel des Knechts zogen sich nach oben und seine fassartige Brust schwoll eine gute Handbreit an.
Dann wandte sich der Frohn wieder an Rasmus. »Sei morgen früh hier, alles andere kann ich dir auch auf dem Weg erklären«, schaffte Grave Tatsachen und Rasmus willigte ein.

Am späten Abend saß Rasmus mit Casper in der Arbeitsstube der Baderei und berichtete ihm von seinem Tag in der Frohnerei und seinem morgigen Weg nach Eppendorf.
»Sei froh, dass sie dich nur zum Schaffen in der Frohnerei verdonnert haben und dir nicht auf dem Köppelberg den Kopf abschlagen«, meinte Casper und nahm noch einen langen Zug aus dem Bierkrug.
Rasmus stimmte zu, gähnte und setzte ebenfalls seinen Krug an. Für beide war es ein langer Tag gewesen und nachdem Rasmus in der Badestube noch mit Hand angelegt hatte, hatten beide sich ein Bad in den eigenen Zubern genehmigt.
»Wollen wir noch einen?«, fragte Rasmus und schnippte grinsend gegen die Steingutflasche auf dem Tisch.
Casper rieb sich die glasigen Augen. »Ich sollte besser nicht, sonst geht mir morgen nichts Gutes von der Hand.«
»Schneiden und nähen dürfen wir doch eh grad nicht und ob ne Salbe oder nen Pflaster schief sitzt, ist doch gleich«, erwiderte Rasmus und zwinkerte aufmunternd. Seine Zeit als Student in Prag hatte ihn deutlich trinkfester werden lassen als seinen Freund in Hamburg.
Casper seufzte und schob ihm dann mit zwei Fingern den kleinen Tonbecher rüber.
»Recht so!«, befand Rasmus und schenkte mit bereits etwas unsicherer Hand den klaren Schnaps in ihre Becher.
Dann sah er sich schwermütig in der Behandlungsstube um. »Auf Vater!«, murmelte er und hob den Becher.

Casper nickte. »Auf den Meister!«, stimmte er leise ein.
Geräuschvoll stellten beide die Becher wieder auf den Tisch, wobei Casper ein Geräusch ausstieß, als hätte er ein Stück heiße Kohle im Rachen.
»Casper?«, fragte Rasmus irgendwann leise in die Stille hinein.
»Ja?«, entgegnete der Badergeselle schläfrig.
»Erzähl mir, wie es war«, forderte Rasmus zögerlich.
Casper holte tief Luft und setzte sich unbewusst gerade hin. »Es war nur ein Henkersknecht, der Frohn selber und ich dabei. Von Rechtswegen durften wir ja gar keine Beerdigung abhalten und ich hätte auch gar nicht gewusst, wie ich so schnell …«, begann Casper seine Erzählung, aber Rasmus winkte ab.
»Nicht die Bestattung, wie du ihn gefunden hast«, erklärte er.
»Ach, Rasmus, lass die Dinge doch ihre Ruhe finden«, seufzte Casper.
Eine Weile waren nur die gleichmäßigen, tiefen Atemzüge der beiden Freunde zu hören.
»Erzähl es mir!«, verlangte der Medizinstudent dann erneut, zwar leise, aber mit mehr Nachdruck.
Casper seufzte erneut und hob kurz schicksalsergeben die Schultern.
»Es war am Montag vor etwa zwei Monaten. Das muss der 16. April gewesen sein. Es war früh morgens, ich bin aufgestanden, runtergegangen und wollte hier in der Behandlungsstube alles vorbereiten. Da hing er schon hier«, erklärte Casper und deutete auf einen Deckenbalken in der Mitte des Raumes.
Eine Weile schwieg Casper, aber als er feststellte, dass sein Freund ihn immer noch abwartend ansah, fuhr er fort. »Neben ihm lag dieser Stuhl hier umgekippt auf dem Boden«, erklärte er, während er auf sein Sitzmöbel klopfte. »Ich denke, er hat es bereits am Abend getan. Es war ja Sonntag, wir hatten frei und die Badestube

war geschlossen. Er trug sogar seine Sonntagskleidung unter der Arbeitsschürze«, berichtete der Badergeselle beklommen.
Rasmus zog die Stirn kraus. »Wenn Vater sich bereits am Vorabend erhängt hat, warum sollte er dann noch seine Schürze anziehen?«, grübelte er laut.
Casper zuckte die Schultern. »Der Meister war Bader durch und durch, vielleicht wollte er die Welt gern in seiner Zunftkleidung verlassen?«, mutmaßte er.
Rasmus nickte, jedoch offensichtlich nicht gänzlich überzeugt.
»Wann hast du ihn zuletzt gesehen?«, fragte Rasmus.
Sein Freund überlegte eine Weile. »Vielleicht am Mittag, nach der Kirche. Ich denke, er wollte wie meist das Grab deiner Mutter besuchen. Ich war dann unterwegs und erst spät wieder in der Baderei.«
Casper machte eine Pause und nahm noch einen Schluck Bier. »Ich hab versucht ihn abzunehmen, da war er schon ganz steif und kalt«, fuhr er mit belegter Stimme fort.
»Ganz steif?«, fasste Rasmus nach.
Casper nickte. »Wie ein Brett«, beteuerte er.
Rasmus rieb sich den blonden Bart. »Dann muss es mindestens am Vorabend gewesen sein, sonst wäre die ›Rigor mortis‹ noch nicht so weit fortgeschritten«, sprach er mehr zu sich selbst.
»Am Morgen hätten wir es wahrscheinlich auch gehört«, bekräftigte Casper den Gedanken und nahm einen weiteren Schluck. »Tja und dann hab ich nicht gewusst, was ich nun tun soll, und bin zum Herrn Pfarrer von Nikolai gelaufen, nachdem ich den anderen im Haus Bescheid gegeben hab. Ab da haben die Dinge dann ihren Lauf genommen«, beendete er seinen Bericht.
Rasmus blickte scheinbar geistesabwesend im Raum umher.
»Ich glaube, jetzt brauch ich doch noch einen. Du auch?«, fragte Casper und entkorkte die Steingutflasche. Rasmus murmelte eine

Zustimmung, ohne hinzusehen. Sie prosteten sich zu und kippten den Kornbrand in einem Schluck hinunter.

»Wo hat der Stuhl gelegen?«, fragte Rasmus dann.

»Lass uns bitte damit aufhören«, stöhnte Casper.

Doch Rasmus stand unbeirrt auf und stellte sich unter den besagten Deckenbalken.

»Hier etwa?«, fragte er und deutete auf eine Stelle auf den Boden.

»Mag sein, so genau hab ich mir das nicht gemerkt«, erwiderte Casper.

Rasmus nahm seinen eigenen Stuhl und stellte ihn auf die besagte Stelle. Dann stellte er sich mit bereits etwas unsicheren Gliedern auf das Sitzmöbel und streckte die Hände zur Decke.

»Oh bitte, Rasmus, dieses Schauspiel muss nun wirklich nicht sein«, brummte Casper. Doch sein Freund ignorierte ihn und stieg vom Stuhl geradewegs auf den dahinterstehenden Behandlungstisch. Abwechselnd blickte er auf den Holzstuhl, den Tisch und den Deckenbalken.

»Rasmus? Ich muss mir doch keine Sorgen um dich machen, oder?«, fragte Casper unsicher.

Aber der Medizinstudent machte eine wegwerfende Handbewegung.

»Ich verstehe nur nicht, warum Vater diesen Stuhl hier genommen haben soll. Wenn er während meiner Zeit in Prag nicht noch einen ordentlichen Wachstumsschub gekriegt hat, dann wäre das immer noch zu niedrig, um ein Seil an den Balken zu knoten. Außerdem völlig unnötig. Direkt dahinter steht ja immer der Behandlungstisch und der ist hoch genug und runterspringen kann man von hier genauso gut wie vom Stuhl.«

»Wer weiß schon, was dem Meister in einem solchen Moment durch den Kopf gegangen ist«, gab Casper zu bedenken.

»Hmm …«, machte Rasmus. »Ich sehe keinen Sinn darin. Ich stelle mir vor, ich habe das Seil hier oben befestigt und stehe jetzt hier auf dem Tisch. Wozu dieser Stuhl? Warum nicht einfach …« Er ließ den Satz unvollendet, streckte die Arme aus und legte die Hände auf den Balken. Er zog die Füße an und ließ sich vom Balken hängen, der bedrohlich knarrte.
»Lass das, sonst wird mir ganz anders!«, verlangte Casper. »Außerdem reißt du noch alles runter, in dem Balken ist ganz übler Wurmfraß«, bekräftigte er sein Verlangen noch.
Der Medizinstudent stutzte einen Atemzug, dann ließ er sich wieder zu Boden gleiten und blickte seinen Freund an. »Was hast du gesagt?«, fragte er nachdenklich.
»Dass mir ganz anders wird, wenn ich dich da so hängen sehe. Das sieht aus wie … Lass es einfach!«, verlangte er.
»Nein, das andere«, präzisierte Rasmus.
»Dass der Wurmfraß in dem Balken ist?«, fragte Casper.
Rasmus nickte. »Wusste das auch Vater?«, wollte er wissen.
»Sicher. Der Zimmermann war ja hier und hat es sich angeschaut. Aber bei dem Preis, den der aufgerufen hat, ist der Meister fast hintenübergefallen. Da wollt er es sich noch einmal überlegen. Das Haus wird uns schon nicht gleich auf den Kopf fallen, ist ja nicht der einzige Dachbalken«, berichtete Casper.
»Eben, nicht der einzige«, sprach sein Freund und blickte die Decke entlang. »Hier laufen drei Balken. Warum sollte Vater gerade den wählen, der vielleicht bricht, wenn er sich dranhängt?«, teilte Rasmus seine Gedanken.
Casper sah ihn nachdenklich an. »Das ist in der Tat merkwürdig, aber vielleicht hat er es in seiner Verzweiflung vergessen?«, murmelte er.
Rasmus machte ein ungläubiges Gesicht. »Vater war kein kopfloser Mensch und die Sache mit der Verzweiflung passt eigentlich noch viel weniger zu ihm.«

»Ich geb dir ja Recht, aber was geschehen ist, ist nun einmal geschehen«, entgegnete Casper niedergeschlagen.

»Eben da bin ich mir nicht mehr so sicher«, antwortete der Medizinstudent.

»Was meinst du damit?«, wollte Casper wissen.

»Ich meine, dass ich nicht ganz glaube, dass Vater seinen Tod wirklich durch eigene Hand gefunden hat. Noch weniger als vorher.«

Kapitel 13

12. Juni 1618

Sie waren schon am frühen Morgen aus der Frohnerei aufgebrochen und hatten die Stadt über das Dammtor verlassen. Nachdem sie den Kalkhof passiert hatten, ruckelten Rasmus und Max Grave behäbig auf ihrem Karren über die Landstraße gen Norden. Zu ihrer Rechten stets die moorige Niederung des Alsterlaufs. Überwiegend Birken, andere Laubbäume und Nadelhölzer standen mal vereinzelt und mal in dichten Wäldchen auf den Moorwiesen.

»Ich hätte nicht gedacht, dass Ihr einen Karren habt«, bemerkte Rasmus, während er seinen Blick gähnend über die saftig grünen Wiesen und Weiden des Umlands schweifen ließ. Den ein oder anderen Kornbrand von gestern Abend merkte er immer noch in seinem Schädel.

»Gehört eigentlich der Stadt. Wir fahren sonst damit die Verurteilten auf den Köppelberg zur Hinrichtung, aber Lotte hier ist es egal, wen und wohin sie zieht«, erklärte der Frohn gleichmütig.

Rasmus schluckte und blickte kurz über die Schulter auf die kleine Ladefläche. »Erzählt Ihr mir nun, was wir in Eppendorf machen?«, fragte er und blickte besorgt noch ein weiteres Mal nach hinten.

»Keine Sorge, junger Steinschneider, heute verliert niemand seinen Kopf«, beruhigte der Frohn ihn lachend. »Der Brookvogt hat Nachricht aus Eppendorf erhalten, dass eine Frau ihren Mann ermordet hat. Nun ja, eigentlich soll es eher so etwas wie eine Teufelsopferung gewesen sein. Die Frau hat ein rohes Herz gegessen wie die Ursel. Aber das hier hat wohl keinem Schwein gehört …«

»Gott behüte!«, rief Rasmus entsetzt und der Henker nickte bekräftigend.

»Beide sollen in ihrer Hütte verbrannt sein, aber ihre Kinder werden vermisst. Die Dörfler vermuten, dass eine Hexe aus dem Moor den Teufel ins Dorf geschickt hat«, fasste er zusammen.
Rasmus sah ihn verständnislos an. »Und was habt Ihr dann damit zu tun?«, fragte er.
Der Henker seufzte und lenkte das Pferd um ein Schlagloch herum. »Den Mann haben sie auf ihrem Kirchhof begraben, sein Weib wollten sie nicht anrühren. Für Selbstmörder, Hexen und Pesttote ist schließlich der Frohn zuständig. Und da Eppendorf wie eine ganze Reihe andere Dörfer im Umland zu Hamburg gehört, machen wir nun mit der guten, alten Lotte einen Ausflug. Außerdem soll ich mich mal umhören und dem Brookvogt Bericht erstatten, was es mit diesem Gerücht über die Hexe auf sich hat.«
»Ich will mich ja nicht beschweren, aber wie kann ich Euch dabei helfen, Meister Grave?«, fragte Rasmus.
Der Frohn grinste. »Mir zur Hand gehen. Außerdem bist du die bessere Unterhaltung als Hagen und nicht so abergläubisch.«
Rasmus schmunzelte. »Da wäre noch was, über das ich gerne mit Euch sprechen würde.«
»Nur zu, solange du niemanden ausgegraben oder eingegraben hast«, ermunterte der Frohn ihn.
»Es geht um meinen Vater«, begann Rasmus und erzählte dem Frohn von seinen gestrigen Erkenntnissen.
»Hmm, das ist in der Tat merkwürdig. Aber ich fürchte, ein wackliger Balken und ein unnützer Stuhl werden nicht ausreichen, um den Brookvogt zu überzeugen«, schätzte der Henker.
»Aber es reicht, dass ich die Sache nicht ruhen lassen kann«, erwiderte Rasmus beinahe trotzig.
»Pass dabei nur gut auf dich auf!«, riet ihm der Frohn und lenkte das Fuhrwerk nach links, als sie eine Kreuzung erreichten. Zu

ihrer Rechten lag eine kleine Ansammlung Bauernhäuser und Katen, die sich an den Moorgürtel schmiegten.
»Das ist Harvestehude. Gleich geht's noch über die Isebek und dann ist es nicht mehr weit bis Eppendorf«, wechselte Grave das Thema.
»Ich war noch nie dort. Ist es groß?«, fragte Rasmus, als sie die Brücke erreichten.
»Eins der größten Dörfer im Umland, wohl über fünfhundert Seelen. Zum Kirchspiel Eppendorf gehören auch noch eine ganze Reihe andere Vogteien, wie Winterhude, Borstel und Alsterdorf«, antwortete der Frohn, nachdem der Wagen über die Holzbohlen über die Isebek geholpert war.
Sie bogen scharf nach rechts ab und eine Weile später steuerten sie bereits auf eine Ansammlung von einigen Dutzend Häusern und Katen zu, die nahe einer großen Gemeindewiese standen. Die stattliche, wenn auch etwas baufällige Johanniskirche ragte weit sichtbar zwischen den Häusern empor.
Einige Bauern und Handwerker gingen geschäftig zwischen den Häusern und Feldern umher und beäugten sie neugierig, als sie sich näherten. Der rote Mantel, den der Frohn in der Öffentlichkeit zu tragen hatte, war sicherlich auch den Eppendorfern ein Begriff.
Der markante Geruch von verbranntem Torf kroch ihnen würzig in die Nase, je weiter sie sich den Häusern näherten. Schon vor einer ganzen Zeit hatten die Eppendorfer das Recht erhalten, das Brennmaterial aus dem Moor um die Alster zu stechen.
Der Frohn lenkte den Karren zur Johanniskirche und stieg ab. »Ich werd' mal in der Kirche fragen«, erklärte er und machte sich auf in das Gotteshaus.
Rasmus entschied sich, auf dem Bock sitzen zu bleiben, und sah sich im Dorf um. Im Vergleich zu den anderen Ortschaften der Umgebung mochte Eppendorf stattlich sein, aber nach seinen

Jahren in Prag und Hamburg erschien es ihm, als würde die Zeit hier unendlich langsam ablaufen. Selbst die Ochsen, die einen Karren zogen, schienen irgendwie langsamer zu gehen als in der Hansestadt.
Seine Augen glitten über den Kirchhof, wo ein frisches Grab mit einem schlichten Holzkreuz zu erkennen war. War das der ermordete Mann? Gut möglich. Wenn er tatsächlich stark verbrannt war, hatte man vermutlich von einer längeren Aufbahrungszeit abgesehen. In welchem Zustand würde die Frau wohl sein? Erneut stieg Rasmus der Geruch des brennenden Torfs in die Nase und er schauderte kurz.
»Seid ihr hier, um die Hex' zu verbrennen?«, fragte da eine helle Stimme von der Seite und Rasmus zuckte erschrocken zusammen. Eine Gruppe Kinder hatte sich in einem respektvollen Abstand neben dem Karren versammelt und starrte ihn an. Alle trugen Körbe mit frischem Grünzeug in den Händen.
Rasmus wusste nicht, wer von den Kindern gesprochen hatte, und starrte fragend zurück. Überhaupt wusste er nie so recht, was er mit Kindern anfangen sollte.
»Papa sagt, die olle Moorkröte und ihr Ochsenschädel gehören ins Feuer«, brachte ein kleines Mädchen mit blonden Locken verlegen hervor.
Rasmus war nicht klar, worüber das Mädchen sprach, und zog fragend eine Augenbraue nach oben. »Kröte? Ochse? Wovon sprichst du, Kind?«, fragte er irritiert.
»Von der Jule Sattler, der ollen Moorkröte, und ihrem schwachsinnigen Gerd natürlich«, erklärte ein sommersprossiger Junge, als wäre es so selbstverständlich wie die Tide der Elbe. Rasmus erkannte an der Stimme den ursprünglichen Fragesteller wieder.
Das musste dann wohl die angebliche Hexe aus dem Moor sein, von der der Henker erzählt hatte, dachte Rasmus.

»Nein, wir werden sicherlich niemanden verbrennen«, erklärte er bestimmt. »Hoffentlich«, murmelte er für die Kinder unhörbar hinterher.
»Mama und Papa sagen, wenn der Rat das nicht bald macht, machen wir es selber«, erklärte ein anderer Junge. Er fühlte sich bei seiner Ansprache nicht genötigt, den emsig suchenden Finger aus seiner Nase zu nehmen.
Rasmus räusperte sich. »Für eine Hinrichtung bedarf es eines ordentlichen Verfahrens. Zunächst vor dem Niedergericht und dann vor dem Hochgericht. Mit einem Schuldspruch durch Schöffen und dem oder der Angeklagten steht ein rechtsgelehrter Defensor zu«, belehrte Rasmus den Jungen. Die Blicke der Kinder verrieten, dass sie ihn nicht verstanden hatten.
»Das geht nicht einfach so«, versuchte Rasmus es mit einer einfacheren Variante. Die Kinder schauten ungläubig.
»Wenn sie doch ne olle Hex' ist?«, bohrte das blonde Mädchen nach.
Rasmus seufzte. Gerade wollte er zu einer neuerlichen Erklärung ansetzen, da wurde er vom Wackeln des Karrens abgelenkt, als der Henker wieder auf das Gefährt stieg.
»So schnell Freunde gefunden?«, fragte der Henker und zwinkerte den Kindern zu. Diese wichen vor dem Frohn instinktiv einen Schritt zurück.
»So freundlich scheinen die mir nicht zu sein«, murmelte Rasmus und warf einen Blick über die Schulter, während der Karren wieder anzog. Grave machte eine wegwerfende Handbewegung.
»Ach, alles kleine Schietbüddel. Meine zwei halten mich auch immer auf Trab«, lachte der Henker.
»Ihr habt Kinder, Meister Grave?«, fragte Rasmus erstaunt.
Der Henker lachte. »Oh ja und ich verrate dir ein Geheimnis. Ich esse und trinke auch und gehe sogar auf den Abort.«

»Verzeihung, nichts für ungut«, entschuldigte sich Rasmus, aber der Henker grinste nur schelmisch.

»Die meisten Frohne haben eine Familie, auch wenn es für unsere Kinder nicht immer einfach ist. In der Regel ist es ihnen untersagt, einem anderen, ›ehrlichen‹ Beruf nachzugehen. Oft ergreifen die Söhne so selber das Henkershandwerk und die Töchter heiraten einen anderen Frohn. Nicht selten entstehen so ganze Henkersdynastien. Aber nicht jeder ist dafür gemacht. Man braucht eine ruhige und starke Hand und vor allem gute Nerven. Den einen oder anderen Reisenden habe ich auch schon wieder weggeschickt.«

»Reisenden?«, fragte Rasmus.

»Wie die anderen Handwerker werden auch Henker oft zum Lernen auf Wanderschaft geschickt. Hamburg ist da seit alters her ein beliebtes Ziel. Hier gab es immer viel zu schaffen, allein schon wegen der Piraten«, erklärte der Frohn.

Bei der Vorstellung einer »Lehrstunde« im Henkerhandwerk rutschte Rasmus unruhig auf dem Kutschbock hin und her.

»Da vorne ist die Hütte«, riss Grave ihn aus seinen schauerlichen Gedanken und deutete mit ausgestreckter Hand auf eine verkohlte Ruine.

Rasmus schaute auf das rußschwarze Gerippe. »Viel ist da ja nicht mehr nach«, murmelte er und der Henker nickte.

Er lenkte den Karren bis an die ehemalige Vorderseite und stieg ab. Rasmus tat es ihm gleich. Sie gingen bis an die Brandruine und sahen sich in dem Durcheinander aus Asche, verkohlten Balken und rußschwarzem Hausrat um. Der allgegenwärtige Torfgeruch vermischte sich hier mit dem immer noch präsenten Geruch des abgebrannten Hauses. Rasmus meinte sogar noch Wärme aus der Asche aufsteigen zu fühlen, aber vielleicht war es nur die Junisonne, die ihn wärmte.

»Martin und Marie Fischer hießen die beiden, hat mir der Pastor erzählt. Nachts haben die Leute bemerkt, dass die Hütte der beiden brennt, und als sie hergelaufen sind, war die Marie wohl ganz von Sinnen und hat an Martins Herz genagt. Der lag tot daneben«, gab der Frohn wieder, was der Pastor ihm erzählt hatte.
»Furchtbar. Ihr hattet noch Kinder erwähnt. Was ist aus ihnen geworden?«, fragte Rasmus.
»Die wurden mittlerweile gefunden und sind beim Pastor. Gott sei's gedankt! Waren wohl einfach fortgelaufen. Aber sind immer noch ganz verstört und reden kein Wort. Kein Wunder, wenn sie das hier mitbekommen haben, wenn du mich fragst. Wir nehmen sie auf dem Rückweg mit und bringen sie in Hamburg ins Waisenhaus«, erklärte Grave.
»Haben sie denn keine Verwandten hier in Eppendorf?«, fragte Rasmus bedrückt.
Der Frohn schüttelte den Kopf. »Nein, wohl keine. Und da alle glauben, dass da Hexerei im Spiel war, will kein Nachbar die beiden in seinem Haus aufnehmen.«
»Die Kinder vorhin haben gesagt, dass die Eppendorfer einer Jule und ihrem Sohn ans Leder wollen«, berichtete Rasmus.
Grave nickte. »Ja, hat mir der Pastor auch erzählt. Sie soll die Marie so verhext haben, dass sie ihren Mann getötet hat. Außerdem hat man sie beim Feuer angeblich am Waldrand stehen sehen, wie sie alles beobachtet hat. Sie hat keinen guten Ruf im Dorf, aber sowas kann schnell gehen«, seufzte er und machte einen Schritt über die abgebrannte Wand.
Rasmus folgte ihm und begann ebenfalls die Trümmer nach der Leiche zu durchsuchen.
»Ich denke, hier ist sie«, rief der Henker bald aus und deutete auf eine Stelle am Boden. Rasmus trat zu ihm und nickte. Zweifelsohne lag eine verkohlte Leiche unter einem eingestürzten Dachbalken. Mit vereinten Kräften hievten sie das rußige Holz

fort und besahen sich die Leiche. Das Fleisch hatte einige Fliegen angezogen, aber die dicke Ascheschicht hatte vermutlich das meiste Ungeziefer ferngehalten. Der Körper wirkte unnatürlich dürr und steif, selbst für eine Tote.

»Begraben wir sie hier?«, fragte Rasmus.

Der Henker schüttelte den Kopf. »Auf den Kirchanger darf sie unter diesen Umständen nicht. Wir nehmen sie mit und begraben sie in St. Georg«, entschied Grave.

Rasmus sah ihn verblüfft an, aber der Frohn war bereits im Begriff ein derbes Leichentuch vom Karren zu holen. Gemeinsam schlugen sie die Leiche in dem Tuch ein und legten sie auf die Ladefläche des Karrens. Rasmus war überrascht, wie leicht der Körper war. Vielleicht war es Einbildung, aber er meinte, dass ein zarter Duft nach geröstetem Fleisch aus dem Tuch aufstieg, sodass er beim Tragen sparsam mit den Atemzügen war.

»Fahren wir nun wieder nach Hamburg?«, fragte Rasmus, als er den Frohn etwas unschlüssig vor der Ruine stehen sah.

»Der Brookvogt hat mir ja aufgetragen, dass ich mich mal umhören soll, was es mit den Hexengerüchten auf sich hat. Vielleicht wäre es da klug, diese Jule einmal selber zu besuchen«, überlegte der Frohn laut.

»Sind für sowas nicht die Röper oder gar die Bürgerwehr zuständig?«, fragte Rasmus stirnrunzelnd.

»Schon, aber ich will dem Brookvogt nicht nur das nachplappern, was den Leuten hier durch den Kopf geht, wenn ich mir selber ein Bild machen kann«, teilte Grave seine Gedanken und Rasmus meinte einen Anflug von Sorge in dieser Aussage zu hören.

»Wisst Ihr denn, wo wir sie finden?«, fragte Rasmus.

»Nur irgendwo im Moor, aber der Pastor kann es uns sicherlich genau sagen.«

Wenig später verließen die beiden zu Fuß das Dorf nordwärts. Den Karren mit der Leiche hatten sie mit zähneknirschender Billigung des Pastors bei der Kirche stehen lassen und er konnte ihnen auch eine ungefähre Wegbeschreibung geben. Er hatte ihnen aber davon abgeraten, die unwegsame Moorlandschaft zu besuchen, und sie ausdrücklich vor dem Sohn der alten Jule gewarnt.

Bald lag zu ihrer Linken der Eppendorfer Mühlenteich und zur Rechten die Alsterniederung. Der Mühlenteich, der eigentlich ein langgezogener See war, entstand durch die Stauung der Tarpenbek und sorgte für den Antrieb einer Wassermühle.

»Die Mühle soll es schon seit hunderten von Jahren geben. Älter als die Eppendorfer Johanneskirche soll sie sogar sein«, plauderte der Frohn.

Rasmus betrachtete das sich stetig drehende Wasserrad im Vorbeigehen. Das lustig gluckernde Wasser, die helle Junisonne und das Zwitschern der Vögel mochte so gar nicht zum düsteren Anlass ihrer Reise nach Eppendorf passen.

Bald hatten sie den See passiert und links und rechts des Weges umgab sie eine üppige Vegetation. Laubbäume, vor allem Birken, aber auch Weiden, wechselten sich mit offeneren Flächen mit Gräsern, Kräutern und Glocken-Heide ab. Zwischendurch war das schwarze Glitzern von Wasserflächen zwischen Schilfröhricht auszumachen. Allerlei Sumselgetier brummte um sie herum in der Luft und ab und an war der Gesang eines Zaunkönigs oder das hölzerne Hämmern eines Spechts zu hören.

»Hier muss es sein«, sagte Grave und deutete auf einen rötlichen Findling am rechten Wegesrand. »Wir sollen dem Pfad folgen, bis wir bei ihrer Hütte sind«, fuhr er fort.

Rasmus kniff die Augen zusammen und beäugte den Stein. »Welchem Pfad, Meister Grave?«, fragte er zweifelnd.

»Ich glaube, das könnte einer sein«, vermutete Grave und fuhr mit dem Finger eine Linie auf dem Boden nach.
»Da ist bestenfalls vor zwei Wochen ein Karnickel langgelaufen!«, schnaubte Rasmus ungläubig.
Grave zuckte die Schultern. »Wird schon reichen. Wenn wir mit den Füßen in der Alster stehen, sind wir zu weit gegangen«, entgegnete er und brachte seine Lachfältchen wieder in Position. Dann machte er sich auf, dem Pfad zu folgen. Rasmus seufzte und ging ihm hinterher. Schon nach wenigen Schritten konnten sie den Weg, von dem sie abgebogen waren, nicht mehr erkennen. Wie zwei Spürhunde bei der Jagd versuchten sie dem Verlauf des Wegs zu folgen. Immer wieder hielten sie an und rätselten über den weiteren Verlauf und ob sie sich überhaupt noch auf ihm befanden.
»Wir sind wohl beide waschechte Städter«, seufzte Grave, als sie sich wieder einmal im Kreis drehten und den Boden absuchten.
»Worauf diese Plagegeister allerdings keine Rücksicht nehmen. Ein Aderlass kostet weniger Blut als diese Ungeziefer mir absaugen!«, beschwerte sich der Medizinstudent und erschlug eine weitere Mücke auf seinem Handrücken.
»Ja, die werden wir noch eine Weile in Erinnerung behalten«, murrte auch der Henker und schlug sich auf die Wange.
»Ich glaube, da könnte der Pfad sein«, vermutete Rasmus und ging in die gedeutete Richtung. Weit sollte er nicht kommen. Der unheimlich federnde Boden gab hier gänzlich nach und Rasmus versank beinahe bis zum Knie in einem wässrigen Moorloch.
»Verdammt!«, fluchte er und riss das Bein unwirsch aus dem Boden, verlor den Halt und landete der Länge nach in einem brackigen Wasserloch.
Prustend und speiend kroch er wieder auf festen Boden und wischte sich Schlamm und Pflanzenreste aus dem Gesicht.
»Bist du wohlauf?«, fragte der Henker besorgt.

»Zumindest keine Verletzungen«, knurrte der Medizinstudent und wedelte unwirsch eine Libelle fort, die nahe seines Gesichts vorbeiflog.
»Würdest du es mir übel nehmen, wenn ich lachen würde?«, fragte der Frohn mit mühsam beherrschter Ernsthaftigkeit.
»Ja, sehr«, erwiderte Rasmus.
»Das ist schade. Ich würde jetzt wirklich sehr gerne lachen«, entgegnete der Frohn enttäuscht und biss dann die Zähne fest aufeinander.
»Höchstens, wenn Ihr den Weg wiederfindet, dann aber nur kurz«, bot Rasmus an.
Der Frohn rümpfte die Nase. »Dann darf ich wirklich nicht lachen.«
Rasmus strich sich die durchnässte und verdreckte Kleidung ab, soweit es möglich war, und sah sich um. »Haben wir uns verlaufen?«, fragte er mit einem Anflug von Sorge.
»Nur den Weg verloren. Aber so wild kann das nicht sein. Egal in welche Richtung wir laufen, müssten wir entweder bald auf den Weg oder die Alster stoßen. Ich würde da lang vorschlagen«, sagte der Frohn und deutete in die Richtung, in die schon Rasmus gehen wollte.
»Aber mit einem Bogen«, knurrte Rasmus und umging dieses Mal den durchweichten Boden weiträumig. Vorsichtig tastete er auf dem weichen Untergrund und den von Moos bewachsenen Steinen und Wurzeln, wie fest und rutschig der Boden unter ihm wirklich war.
»Riechst du das?«, fragte der Frohn nach einer Weile und hielt witternd die Nase in die Luft wie ein Spürhund.
»Den Faulgeruch? Schon seit wir vom Weg abgebogen sind«, antwortete Rasmus.
»Nein, den merkwürdig beißenden Geruch wie in Eppendorf. Ich glaube, das ist Torffeuer«, vermutete der Henker.

Jetzt blähte auch sein Begleiter die Nasenflügel. »Ihr habt Recht, Meister Grave. Das ist Rauch!«, stimmte er zu.
»Dann sind wir vielleicht gar nicht so verkehrt«, schätzte der Frohn und ging weiter in die eingeschlagene Richtung.
»Da ist wirklich Rauch, zwischen den Bäumen!«, rief Rasmus aufgeregt aus.
Beide gingen sie vorsichtig auf die Rauchsäule zu.
»Kommt der Rauch aus dem Hügel?«, fragte Rasmus ungläubig.
Der Henker schüttelte den Kopf. »Ich glaube, das ist kein Hügel. Das ist eine Hütte, deren Dach mit Erde abgedeckt und die vollständig bewachsen ist«, vermutete er.
Rasmus sah genau hin und tatsächlich erkannte nun auch er, dass es sich wohl um ein schräges Dach handeln musste. Von Weitem deutete nur der kurze, steinerne Schornstein darauf hin, dass es sich um eine menschliche Behausung handelte.
Langsam gingen sie näher.
»Sollen wir einfach hingehen und klopfen?«, fragte Rasmus unsicher.
»Hmm«, machte der Henker. »Kann mir nicht vorstellen, dass sie hier mit Besuch rechnen. Vielleicht sollten wir erst rufen?«, schlug er vor.
»Und was?«, fragte Rasmus.
Statt zu antworten, räusperte Grave sich. »Frau Sattler, sind sie zuhause? Frau Sattler?«, rief der Henker mit volltönender Stimme in Richtung der begrünten Behausung.
Sie lauschten, hörten aber keine Reaktion.
»Vielleicht nicht zu Hause«, vermutete der Henker und setzte seinen Weg in Richtung der Hütte langsam fort. Da ließ sie ein lautes Knacken aufschrecken.
Ihr Köpfe fuhren herum und Rasmus stieß einen erschrockenen Schrei aus. Das war kein Mensch, der sich da aus dem Unterholz seine Bahn brach, das war ein Ungeheuer. Selbst einen gut

gewachsenen Mann überragte er bald um Haupteslänge und mochte gar zwei Zentner auf die Waagschale bringen. Trotz dieser beeindruckenden Ausmaße schien sein Schädel im Vergleich zum restlichen Körper dennoch zu groß geraten und wirkte dazu unnatürlich deformiert. Sein massiger Körper war in zerschlissene Kleidung gehüllt, die nicht viel mehr als Lumpen waren, und in einer Pranke hielt er einen Stab oder gar Speer. Während er auf sie zulief, verließen furchteinflößende Laute seine Kehle und selbst von Weitem waren seine großen, schiefen Zähne zu erkennen.

»Himmel hilf!«, keuchte Rasmus und wankte einen Schritt zurück.

»Lauf!«, keuchte der Henker und machte auf dem Absatz kehrt. Dieser Aufforderung hätte es für seinen Begleiter nicht bedurft. Hastig drehte er sich um und begann zu rennen. Panisch schaute er über die Schulter. Das Ungetüm war ihm bis auf wenige Schritte auf den Fersen. Sein Magen zog sich zusammen bei dem Gedanken, eine dieser Pranken würde ihn zu fassen bekommen.

Noch während er seinen Blick wieder nach vorn richtete, blieb sein Bein in einem Strauch hängen. Mit einem Schrei des Entsetzens auf den Lippen schlug er auf den Boden. Der Untergrund war hier trockener, so trieb es ihm die Luft aus der Lunge, als er der Länge nach aufschlug, und kurz wurde es ihm schwarz vor Augen.

Stöhnend drehte er sich um und sah die massige Gestalt nur wenige Schritt vor sich. Entsetzt versuchte er auf die Beine zu kommen, fiel jedoch in seiner unbedachten Hast gleich wieder rücklings auf den Boden. Da sah er Grave neben sich auftauchen, einen dicken Ast drohend in den Händen erhoben.

Irritiert, beinahe verunsichert blickte der furchteinflößende Hüne abwechselnd zwischen Rasmus und dem Frohn hin und her, offensichtlich unschlüssig, was er nun tun sollte.

»Gerd, komm auf der Stelle da weg, Gerd!«, erscholl da eine energische Frauenstimme. Nun schwankte sein Blick zwischen Rasmus und der Hütte.

Grave warf einen kurzen Blick über die Schulter und sah ein gebeugte Frau mit wirren, grauen Haaren zügig näher kommen.

»Komm da weg, Gerd!«, wiederholte die Frau.

»Aber Mama …«, beschwerte sich der Hüne mit einer dunklen, aber merkwürdig kindlich klingenden Stimme. Er warf einen beinahe wehmütigen Blick auf Rasmus, der ob der skurrilen Situation gar vergessen hatte aufzustehen.

Dann stapfte er mit hängendem Kopf in Richtung der Frau und trat trotzig einen kleinen Stein beiseite, der auf seinem Weg lag.

»Und ihr da legt den Prügel beiseite und am besten macht ihr gleich wieder kehrt. Ihr seid hier nicht willkommen!«, argwöhnte die Vettel und fuchtelte mit ihrem dürren Finger in Graves Richtung. Der Henker beäugte den Abgang ihres vermeintlichen Angreifers noch einen Atemzug, dann ließ er den schweren Stock tatsächlich fallen.

»Hab ich dir nicht gesagt, du sollst dich von Fremden fernhalten?«, hörten sie, wie die Mutter ihren Sohn schalt, der sich mit hängendem Kopf zu ihr gesellte.

»Und ihr? Was wollt ihr noch hier?«, herrschte sie die beiden ungebetenen Besucher an.

Der Henker räusperte sich, während Rasmus aufstand.

»Wenn Ihr die Jule Sattler seid, dann wollen wir mit Euch sprechen«, rief der Frohn zu ihr hinüber.

Die Vettel verschränkte die Arme vor der Brust. »Und wer will mit mir sprechen?«, fragte sie skeptisch.

»Max Grave, der Hamburger Frohn, und Rasmus Steinschneider«, stellte Grave sie vor.

»Der Frohn? Habt ihr es nicht ein wenig eilig? Ich dachte, es gibt vorher wenigstens eine Verhandlung«, spottete sie.

»Wir wollen nur mit Euch reden, Frau Sattler. Über die Marie Fischer«, beteuerte der Henker. Die Alte machte ein Gesicht, als hätte sie Essig getrunken, und musterte die Fremden unschlüssig.
»Dann kommt halt in Herrgottsnamen her«, rief sie resigniert.
Vorsichtig näherten sich Grave und Rasmus der Frau, den Hünen an ihrer Seite nicht aus den Augen lassend. Dieser freute sich sichtlich, dass die zwei Fremden sich näherten. Als sie bis auf wenige Schritte heran waren, winkte er gar freudig mit seiner großen Hand, was Rasmus erschrocken zusammenzucken ließ.
Die Alte lachte meckernd. »Braucht keine Angst zu haben, der Gerd ist fromm wie ein Lamm«, erklärte sie mit einem schiefen Grinsen.
»Das … sah … eben anders aus«, stotterte Rasmus und ließ ihn nicht aus den Augen.
»Wir haben nicht oft Besuch, er wollte nur spielen«, erklärte sie und strich ihrem Sohn zärtlich über den kräftigen Arm. Rasmus war sich nicht sicher, ob sie es tatsächlich ernst meinte oder ihn verhöhnen wollte. Überhaupt war ihr Gesicht schwer zu lesen. Das harte Leben und die Entbehrungen hatten sich in sie gefressen wie das Wetter in einen kargen Fels. Er hätte kaum sagen können, wie alt sie wirklich war.
»Der Brookvogt hat uns nach Eppendorf geschickt, um die Leiche von der Marie Fischer zu begraben. Außerdem sollten wir uns umhören über die Gerüchte um den Tod von Marie und Martin Fischer«, schilderte Grave den Grund ihres Besuchs.
»Welche Gerüchte?«, fragte Jule Sattler und funkelte ihn misstrauisch an.
»Es soll Hexerei im Spiel gewesen sein bei der Marie Fischer und die Eppendorfer behaupten, dass Ihr damit zu tun habt«, erläuterte der Frohn.
»So, sagen sie das?«, knurrte die Alte.

»Ja, das tun sie. Aber wir sind hier, um selber in Augenschein zu nehmen, was wir dem Brookvogt melden«, sagte Grave sachlich.
»So so und wie wollt ihr das tun? Euch hinsetzen und warten, ob ich auf einem Besen über die Alster reite?«, kicherte sie.
Rasmus, dessen Nerven noch immer von der Begegnung mit Gerd angespannt waren, schnaubte ungehalten. »Ich glaube, Ihnen ist der Ernst der Lage nicht bewusst, Frau Sattler. Es gab zwei Tote! Es wird der Verdacht geäußert, dass Sie eine Hexe sind, es mit dem Teufel halten und vielleicht gar … Unzucht mit ihm treiben!«, ereiferte er sich über die störrische Gleichgültigkeit der Frau.
Jule Sattler blickte ihn einen Atemzug lang mit erhobener Augenbraue an, dann lachte sie kurz, aber laut auf. Belustigt blickte sie Grave an und deutete mit dem Daumen auf Rasmus. »Meint der das ernst?«
Der Frohn räusperte sich. »Nun, Frau Sattler …«, begann er, doch die Alte wandte sich wieder an Rasmus.
»Ich treibe Unzucht mit Teufel?«, belustigte sie sich.
Doch dann schürzte sie die Unterlippe und nickte wissend. »Nun ja, ich tät ihn schon verstehen. Wenn da so ein knuspriges, liebreizend Ding vor ihm steht, wie soll er da nur an sich halten können?«, gackerte sie. Zur Bekräftigung ihrer Aussage lüpfte sie ihren schmuddeligen Flickenrock, streckte den löchrigen Wollstrumpf hervor und ließ kokett ihre Holzpantine kreisen.
»Frau Sattler!«, empörte sich Rasmus.
Diese wich mit gespielter Furcht einen Schritt vor ihm zurück. »Haltet ein und lasst mir meine Unschuld! Es ist ein schierer Fluch, so begehrlich zu sein. Frohn, ich bitt Euch, schützt meine Ehr!«, bettelte sie theatralisch und legte einen fleckigen Handrücken an ihre Stirn.
Der riesenhafte Gerd hatte offensichtlich Schwierigkeiten, dem Sinn des Schauspiels zu folgen, blickte aber freudig über die

Unterhaltung zwischen seiner Mutter und Rasmus hin und her und klatschte verzückt in die Hände.

Rasmus blickte hilflos zu Grave, der ebenfalls amüsiert lächelte.

»Ich versichere Ihnen, dass Ihre Ehre nicht in Gefahr ist, aber eine ernste Unterhaltung wäre wohl wirklich der Lage angemessen«, schlug der Frohn vor.

Jule Sattler seufzte und zuckte die Schultern. »Dann kommt schon in die Hütte«, lud sie die beiden eher widerwillig ein und stapfte müde in Richtung der Eingangstür.

Die kleine Hütte machte einen baufälligen Eindruck und wurde anscheinend größtenteils vom Moos und den Wurzeln der Sträucher und Kräuter, die auf ihr wuchsen, zusammengehalten. Ein wenig erstaunt bemerkte Rasmus die Beete mit Gemüse und Buchweizen, die die Behausung umgaben. Blöcke aus gestochenem Torf trockneten daneben in der Sonne.

»Meint Ihr, dass das wirklich eine gute Idee ist?«, flüsterte Rasmus zum Frohn, als dieser im Begriff war, sich zum niedrigen Türdurchgang zu beugen.

»Im Gegensatz zu euch sehe ich nicht aus, als hätte man mich durch eine Kloake gezogen. Im Übrigen möchte ich euch sagen, dass meine Ohren ausgezeichnet sind«, drang es dumpf aus der Hütte. Rasmus' Wangenfarbe nahm ein zartes Rosa an, während Grave sich durch die kleine Tür schob.

In der Hütte herrschte ein dämmriges Licht, sodass beide kurz die Augen schlossen. Rasmus ließ die Tür, die einzige Lichtquelle des Raumes, besser offen. Der Raum wurde lediglich von zwei strohbedeckten Pritschen, einem Tisch und einer Feuerstelle gefüllt. Über dem Torffeuer brodelte in einem Kessel ein nach Fisch riechender Eintopf. An den Wänden befanden sich Bretter, auf denen Tontöpfe und Körbe standen. Außer nach dem Torffeuer roch es nach Kräutern, Pilzen und feuchtem Stroh. Der Lehmboden war jedoch mit Matten aus frisch geschnittenem Reet bedeckt. In einer Ecke stand ein Bündel frischer Weidenzweige und ein halb geflochtener Korb.

Während Gerd sich auf einer Pritsche niederließ, bot Jule den beiden Gästen die andere Liegestätte als Sitzmöbel an. Sie füllte eine helle Flüssigkeit in drei Tonbecher und stellte sie auf den Tisch. »Mehr Becher hab ich nicht, ihr müsst euch einen teilen«, erklärte sie und setzte sich stöhnend neben ihren Sohn.

»Was wollt ihr nun wissen?«, fragte sie und wirkte auf einmal viel älter als draußen vor der Tür.

Grave überlegte kurz. »Sie haben vom Tod der beiden gehört und wie es passiert ist?«, fragte er schließlich.

Die Sattler nickte. »Ja, tags darauf bin ich im Dorf gewesen, um Körbe zu tauschen, da hat man es mir erzählt und mich gleich mit Steinen fortgejagt«, berichtete sie und fügte noch ein »Arme Marie und die armen Zwillinge« hinzu.

»Ihr kanntet die Fischers?«, hakte der Frohn nach.

Die Alte nickte. »Ja, vom Tauschen. Ihre Mutter und ich waren früher recht enge miteinander, als ich noch in Eppendorf gelebt hab. Aber die ist schon lange tot. Ab und an war die Marie sogar hier. Hat als Einzige keine Angst vorm Gerd gehabt.«

»Und ihr Mann, Martin?«, wollte Grave wissen.

Die Sattler verzog ungehalten das Gesicht und spuckte zischend ins Torffeuer. »Verrecken soll der Schmarotzer«, giftete sie.

Erschrocken sah ihr Sohn sie an. »Man darf nich fluchen, Mama«, belehrte er sie entrüstet.

»Da hast du Recht, mein Schatz«, gab sie zu und tätschelte ihm die Hand.

Dann wandte sie sich wieder an Grave. »Faul wie die Sünde war er und hat die Marie schuften lassen und es dann versoffen. Und wenn sie nicht pariert hat, wie er wollte, hats ordentlich was gesetzt. Manches Mal hat sie hier gesessen, das Auge blau oder mit

Striemen auf dem Rücken und hat geplärrt wie ein hungriges Balg«, berichtete sie und nickte, wie um sich selbst zu bestätigen. Dann nahm sie einen großen Schluck Wasser und stellte den Becher etwas zu laut auf dem Tisch ab. »Aber was sie dann getan haben soll, kann ich nicht glauben. Nicht die Marie«, flüsterte sie.

»Hat sie denn in letzter Zeit irgendwas Ungewöhnliches erzählt oder gemacht?«, fragte der Henker.

Die Alte zögerte und Grave ließ ihr Zeit, es war offensichtlich, dass sie etwas wusste.

»Sie war anders in den letzten Wochen. Irgendwie … anders. Und sie hat gesagt, dass sie fort will, mit den Mädchen«, rang sie sich schließlich zu einer Antwort durch.

»Dass sie fort will?«, fragte der Frohn erstaunt nach.

Die Sattler nickte. »Ja, das hat sie gesagt und klang sogar recht zuversichtlich. ›Aber wie denn nur, du hast doch niemanden und hier könnt ihr doch nicht leben‹, hab ich sie gefragt. Dann hat sie nur gelächelt und gesagt, dass jetzt alles für sie gut wird«, seufzte die Sattler und griff wieder nach ihrem Becher. »Ich hoffe nur, dass es den Mädchen gut geht«, fügte sie müde hinzu.

»Keine Sorge, die sind wieder aufgetaucht und beim Pfarrer«, beruhigte der Frohn sie.

Augenblicklich hellte ihre Miene sich auf. »Es geht ihnen gut?«, fragte sie freudig.

Grave kratzte sich am Kopf. »Nun ja, sie sind wohl etwas mitgenommen und wollen nicht reden. Kein Wunder. Ich werd sie erst mal mit nach Hamburg ins Waisenhaus nehmen.«

Wieder verzog die Sattler das Gesicht und spuckte ins Feuer. »Keiner will die Hexenbrut aufnehmen, was?«, zürnte sie.

Der Henker nickte. »Ist sonst noch etwas ungewöhnlich mit den Fischers in letzter Zeit?«, fragte er.

Die Alte überlegte eine Weile, schüttelte dann aber den Kopf. Grave musterte sie und war sich nicht ganz sicher, ob sie nicht doch noch etwas verbarg. »Sicher?«, hakte er nach.
»Ich bin schon alt, aber habe noch kein Stroh im Kopf«, gab sie bissig zurück.
Eine Weile herrschte Schweigen, dann brachte Rasmus sich das erste Mal in das Gespräch ein. »Darf ich fragen, seit wann Sie hier leben, Frau Sattler?«, fragte er möglichst höflich.
»Frau Sattler …«, wiederholte die Alte und es klang wie das Schmelzen eines Zuckerstücks im Mund. »Klingt ganz anders als olle Moorkröte, könnte ich mich dran gewöhnen. Klingt, als hätt ich Geld«, urteilte sie schmunzelnd.
Dann lehnte sie sich zurück gegen die Holzwand. »Schon sehr, sehr lange. Früher hab ich mit meinem Mann in Eppendorf gelebt, dem Hans. Das war ein fescher Kerl, kann ich euch sagen. Breite Schultern, blaue Augen und blondes Haar mit so vielen Wellen, dass ein Schiff darauf hätte segeln können«, schwärmte sie. »Er hat es mir nicht einmal übel genommen, dass ich ihm keine Kinder geschenkt hab. Als dann doch der Gerd kam, waren wir so glücklich«, schwelgte sie in ihren Erinnerungen. »Bis man dann mehr und mehr sah, dass der Gerd anders war als die anderen Kinder. Gewachsen ist er, dass man vor Stolz hätte platzen können, aber im Kopf ist er bald nicht mehr älter geworden. Aber er ist ein guter Junge«, erklärte sie und blickte abwesend auf die wacklige Tischplatte.
Rasmus und Grave schwiegen und ließen ihr die Zeit.
»Eines Tages war der Hans dann weg. Ich glaub, er hat die Blicke und die Sticheleien der anderen nicht mehr ertragen können. Danach wurde es immer schwieriger. Je größer und kräftiger der Gerd wurde, desto mehr haben sie uns gemieden und Angst bekommen. Als der Gerd dann in das Alter kam, dass er die Mädchen angeschaut hat, wusste ich, dass wir gehen müssen. Er

hätte ja nie eine angerührt, hat sie nur angesehen. Aber eines Tages hätten sie ihn erschlagen oder uns das Dach über dem Kopf angezündet«, vermutete sie. »Die Hütte hier hat der Hans noch gebaut, um … ein wenig was dazuzuverdienen. Er war recht geschickt beim Fischen und konnte auch Fallen bauen«, erklärte sie.

»Wilderei«, stellte der Frohn trocken fest und sie zuckte die Schultern.

»Und wovon leben Sie hier?«, fragte Rasmus und klang beeindruckt.

Die Sattler lächelte. »Ein wenig wächst hier schon: Heidelbeeren, Rhabarber, Rüben und in der Alster gibt es Fisch und Krebse. Gerd ist geschickter, als er ausschaut, und ich tausche was in den Dörfern hier«, erklärte sie.

»Essen?«, fragte Gerd da auch sogleich und deutete auf den brodelnden Kessel.

»Die Zeit werden wir nicht haben, wir müssen noch zurück nach Eppendorf die Kinder holen und dann noch nach Hamburg«, lehnte Grave das Angebot ab.

»Wir haben eh nur zwei Löffel«, warf die Sattler lapidar ein.

Grave lachte kurz auf. »Seid besser vorsichtig, Frau Sattler, bei den Leuten in Eppendorf braut sich etwas zusammen gegen Euch. Wenn Ihr könnt, seid Ihr woanders gerade besser aufgehoben«, warnte er die Alte.

Diese seufzte. »Dann werde ich wohl in unserem Sommerschloss logieren müssen, dabei reise ich doch so ungern«, murrte sie.

»Ihre Zuversicht in Ehren, aber ich kann nur zur Vorsicht mahnen«, riet Grave erneut.

»Es wird kommen, wie es kommt«, gab sie schicksalsergeben zurück. »Was werdet Ihr dem Brookvogt berichten?«, fragte sie augenzwinkernd.

»Nur was wir gesehen und gehört haben. Ich weiß nicht, was er daraus machen wird«, sagte der Frohn nüchtern und setzte seine Mütze auf.

Wenig später suchten er und Rasmus erneut ihren Weg durch das Moor.
»Verrückte Alte, nicht wahr?«, meinte Rasmus kopfschüttelnd.
»Ja, aber wenn sie eine Hexe sein soll, dann die schlechteste der Welt, wenn sie in dieser Hütte hausen muss«, erwiderte der Frohn.

Kapitel 14

22. Juni 1618

Rasmus legte einige Rollen gewaschenes Verbandstuch neben die Salbentiegel in den Weidenkorb und betrachtete unschlüssig die beiden Mädchen, die stumm vor der kalten Steinwand in Graves Schreibstube hockten. Emilia und Veronika hießen die beiden Töchter der Fischers. Grave und er hatten die Zwillinge auf ihrem Rückweg von Eppendorf im Waisenhaus abgeliefert. Die beiden Mädchen hatten während der ganzen Fahrt kein Wort gesprochen und wirkten auch ansonsten eher apathisch.

Er hatte ein äußerst beklemmendes Gefühl in der Magengegend gehabt mit den beiden Kindern dichtgedrängt auf dem Bock zu sitzen, während die bis zur Unkenntlichkeit verkohlte Leiche ihrer Mutter nur in einem Tuch eingeschlagen keine zwei Schritt hinter ihnen auf der Ladefläche lag.

Wenige Tage später schon war die städtische Verwaltung erneut an Grave herangetreten. Die Zwillinge sprachen weiterhin kein Wort und verschmähten sogar weithin das Essen, was im Waisenhaus eine bemerkenswerte Seltenheit war. Da Grave nicht nur in der Kunst des Köpfens und Heilens einen vorzüglichen Ruf hatte, sondern auch als hervorragender Seelsorger galt, übertrug man ihm zunächst die Aufsicht über die Kinder.

Nicht zuletzt mochte dahinter auch die Hoffnung stecken, der Frohn könnte den Geist und die Zunge der beiden lösen, dass sie über das Geschehen der tragischen Nacht Auskunft geben könnten.

Diese Hoffnung blieb jedoch bisher unerfüllt. Zwar aßen die beiden Kinder wieder, blieben jedoch ansonsten stumm und weitgehend zurückgezogen.

Momentan zeichneten sie mit einem weichen Stück Kalkstein, das ihnen Grave gegeben hatte, Figuren an die Steinwand. Rasmus schätzte, dass sie vielleicht zehn Jahre alt sein mochten und mit ihren blonden Locken und den blauen Augen wohl der Stolz jeder Hamburger Eltern gewesen wären, wären da nicht die müden, ausdruckslosen Gesichter und die dunkel umschatteten Augen, die viel zu alt für ihre wenigen Jahre blickten. Um ehrlich zu sein, fand er die beiden stummen Mädchen etwas unheimlich, schämte sich aber sogleich für den Gedanken. Die Kinder hatten Schlimmes erlebt und waren für ihren Zustand nur zu bedauern.

Wie bereits in den letzten Tagen hatte der Frohn sich für einige Augenblicke zu ihnen gesellt und zog selbst Striche mit dem Kalkstein auf den harten Fels. Wie beim Schreiben mit der Feder schien er dabei die Bewegungen seiner Hand weitgehend mit der ausgestreckten Zungenspitze zu steuern.

»Ist das Lotte vor dem Karren?«, fragte Rasmus den Frohn und legte den Kopf schief.

Der Henker zog die Stirn kraus und sah ihn vorwurfsvoll an.

»Eigentlich eine Katze …«, brummte er ungehalten und korrigiert mürrisch einige Striche.

Rasmus hoffte, er würde daran denken, die Zeichnungen abzuwischen, bevor der Brookvogt hier wieder Häftlinge verhörte.

»Ich werde dann mal die Runde machen, Meister Grave«, erklärte Rasmus und griff sich den Korb.

Der Henker nickte und wischte sich den Kreidestaub an den Hosenbeinen ab. »Ich bringe die beiden zur Hertha. Sie können ihr Erbsen pulen helfen, das beruhigt die Nerven. Außerdem will mich der Brookvogt noch sprechen«, seufzte Grave und stand auf. Er hielt den Mädchen die Hände hin, die sie marionettenhaft ergriffen und sich bereitwillig aus der Schreibstube führen ließen. Erneut fragte sich Rasmus, was wohl in dieser Nacht geschehen sein mochte und warum. Die Jule Sattler mochte ein verrücktes, altes Weib sein und ihr Sohn offenkundig schwachsinnig, aber

gefährlich oder gar mit dem Teufel im Bunde erschienen sie ihm beide nicht. Aber was war dann in Eppendorf geschehen?
Rasmus verdrängte die Fragen und machte sich in Begleitung eines Henkersknechts auf zur Versorgung der Gefangenen. In den letzten Tagen hatte das Hochgericht »zur Wahrheitsfindung« zweimal die peinliche Befragung angeordnet und nun galt es, die Befragten wieder zu heilen. Vermutlich lediglich, um sie bereit für die nächste Befragung zu machen, dachte Rasmus bitter.
Nach der Versorgung der gequetschten Gelenke, gezerrten Sehnen und geprellten Gliedmaßen machte Rasmus seinen üblichen Besuch bei Ursel Lehmbauer. Auch wenn ihre Wunden mehr und mehr verheilt waren, hatte sich ihr Gesamtzustand kaum verändert. Er mochte auch nicht mehr recht glauben, dass die Abdeckermagd wieder richtig zu Sinnen kam. Aber wer konnte das schon mit Gewissheit sagen. Der menschliche Körper war zäher, als man dachte, und überraschte Bader und Ärzte immer wieder aufs Neue. Noch hatte das Gericht in ihrer Sache kein Urteil gefällt. Man hoffte noch immer, dass sie wieder zu sich kam und vernommen werden konnte.
Rasmus stellte den Korb neben ihrer Pritsche ab und nahm den Becher mit Brühe heraus. Ein wenig davon ließ sich der mittlerweile stark abgemagerten Frau zumeist einflößen. Danach würde er ihre verheilenden Wunden noch auf Brand untersuchen und nötigenfalls die Verbände wechseln.
Er setzte ihr den Becher an die Lippen und sie riss die Augen auf und starrte ihn an. Das tat sie ab und an und Rasmus schauderte jedes Mal. Beim ersten Mal war er noch vor Schreck schreiend zurückgetaumelt, mittlerweile wusste er, dass sie ihn trotz der geöffneten Augen nicht wahrnahm.
In kleinen Schlucken ließ er die Brühe über die Lippen der Frau rinnen, als plötzlich ihre Hand wie eine zubeißende Schlange nach vorne schoss und sich in seinem Hemd verkrallte. Ihre Augen im

verzerrten Gesicht öffneten sich noch weiter, sodass sie Ähnlichkeit mit einem Frosch hatte. Rasmus stieß einen Schrei der Überraschung und des Schreckens aus und ließ den Becher fallen. Er wich zurück oder besser versuchte es. Die Hand der Frau hielt sich wie erstarrt an seinem Hemd fest und sie hing wie eine Klette an ihm. Halb hatte er sie vom Lager gerissen, als sie ihn auch mit der anderen Hand an der Kleidung packte und ihn eng an sich heranriss.

Wie erstarrt blickte Rasmus in ihr verzerrtes Gesicht.

»Ihr müsst mich gehen lassen, mein Herr erwartet mich«, zischte sie ihn an, während sich ihr ausgemergelter Oberkörper durchbog wie ein englischer Langbogen.

»Lass mich los!«, keuchte Rasmus, doch die Frau lachte nur schrill.

»Der Teufel ist der einzig wahre Engel, du musst mich zu ihm lassen!«, verlangte sie stöhnend, während ihr Speichel und Brühe von Kinn und Wange lief.

»Lass ab von mir!«, rief Rasmus entsetzt und riss mit aller Kraft eine ihrer Hände von sich, sodass sein Hemd mit einem hässlichen Geräusch zerriss. Mit einem Aufbäumen ließ auch ihre andere Hand los und sie fiel kraftlos auf die Holzpritsche wie eine Marionette, der man die Fäden zerschnitten hatte. Wie vom Schlag getroffen wankte Rasmus zurück, bis er mit dem Rücken an die kalte Zellenwand stieß, und betrachtete mit angstgeweiteten Augen die Frau auf dem Lager. Nichts deutete mehr auf ihren Anfall hin, nur ihr Atem ging etwas tiefer und stoßweise.

»Alles rechtens hier?«, fragte der Henkersknecht, der misstrauisch seinen Kopf durch die Zellentür steckte. Rasmus nickte mit schweißnasser Stirn.

»Du siehst nicht so aus«, argwöhnte der Knecht und zog eine Augenbraue hoch.

»Ich bin hier gleich fertig«, wiegelte Rasmus ab und der Knecht zog schulterzuckend seinen Kopf zurück.

Er versuchte seinen Atem zu beruhigen und musterte die Kranke, aber es war keine neuerliche Regung zu erkennen. Vorsichtig ging er auf sie zu und streckte die zitternde Hand aus, jederzeit bereit wieder zurückzuspringen, wenn sie sich erneut aufrichtete. Doch auch als er ihre Stirn fühlte, kam kein neues Leben in sie. Nur das Fieber schien deutlich gestiegen. Er musste mit Max Grave darüber sprechen!

Er nahm den Korb und verließ aufgewühlt die Zelle. Noch bevor er aus der Tür hinaus war, warf er einen Blick zurück, doch die Lehmbauer lag wie ohnmächtig auf ihrem Lager. Rasmus war froh, dass der Frohn trotz der stark belegten Kerker die Frau lieber alleine in einer Zelle ließ.

»Weißt du, wo Meister Grave ist?«, fragte er den Henkersknecht, während dieser die Zelle abschloss.

»Da drin, mit dem Brookvogt«, erklärte der Knecht und deutete mit dem Daumen auf die Kerkertür von Catharina Kätner. Rasmus nickte und ging durch die nur angelehnte Tür.

»Meister Grave, ich muss Euch sprechen, es geht um die Ursel Lehmbauer«, platzte er in das Gespräch des Brookvogts mit dem Frohn. Die beiden Männer, Catharina und zwei weitere weibliche Häftlinge sahen ihn überrascht an.

»Was fällt ihm ein uns zu stören«, argwöhnte der Brookvogt zu Rasmus. Dann wandte er sich an den Frohn: »Meister Grave, so schickt doch Euren Knecht fort, sodass wir die Sache zu Ende besprechen können.«

Der Henker sah Rasmus ebenfalls erstaunt an. »Das ist keiner der Knechte, das ist Rasmus Steinschneider, Ihr erinnert Euch? Er geht mir hier bei der Heilung zur Hand.«

Der Brookvogt winkte ab. »Ach ja, der Bader, der seinem eigen Vater den Kopf abgesägt hat«, brummte er.

»Der hat was? Und ich sitz hier drin, nur weil ich in einer Gasse kurz die Röcke gehoben hab?«, empörte sich eine der anderen Häftlinge.
»So schweige sie doch, Weib. Für derart juristische Fragen ist ihr Kopf doch gar nicht zugänglich«, mahnte sie der Brookvogt ab.
»Pah, wenn ihr wüsstet, wie viele Juristen mir schon zugegangen sind«, raunzte sie, aber der Brookvogt hörte ihr bereits nicht mehr zu.
»Aber er da, Steinreißer, komm er doch mal näher«, winkte der Brookvogt ihn heran.
»Steinschneider«, korrigierte Rasmus halbherzig und trat zu ihnen.
»Er ist doch mit diesem Weib hier zusammen aufgegriffen worden und hat mit ihr in einer Zelle genächtigt. So bringe er die Frau doch einmal zu Verstand, damit wir ihre Daumen nicht zerknacken müssen«, forderte der Brookvogt und deutete auf Catharina.
»Ich verstehe nicht«, gestand Rasmus und blickte zu der Frau, der er in den letzten Tagen immer wieder einmal etwas zusätzliches Brot und ein paar aufmunternde Worte hatte zukommen lassen. Sie kaute nervös auf ihrer Unterlippe und Feuchtigkeit sammelte sich verräterisch in ihren Augenwinkeln.
»Das Hochgericht ist nicht überzeugt von Frau Kätners Aussage über die Herkunft des Teufelstalers in ihrem Besitz«, erklärte Grave.
»Absurd!«, stieß der Brookvogt aus. »Gefunden will sie ihn haben und drei Anläufe hat sie gebraucht, bis sie sich festgelegt hat, wo«, verteidigte der Brookvogt kopfschüttelnd die Meinung des Gerichts.
»Und nun zieht das Hochgericht die peinliche Befragung für Frau Kätner in Erwägung«, sagte der Frohn um einen möglichst sachlichen Tonfall bemüht.

»Um ihre verstockte Zunge zu lösen, damit sie endlich wahr spreche«, bekräftigte der Brookvogt erneut die Entscheidung des Gerichts. »Aber wenn Ihr dieser Frau ein wenig Vernunft beibringen könntet, ersparen wir dem geschätzten Meister Grave hier vielleicht ein wenig Arbeit«, ergänzte er.

Rasmus blickte eine Weile zu Catharina hinunter, die jedoch ihr Gesicht in die Hände vergraben hatte. Dann wandte er sich wieder den beiden Männern zu. »Ich bin mir nicht sicher, ob es rechtens ist, diese Frau der Tortur zu unterziehen«, tastete sich Rasmus langsam vor.

Der Brookvogt verdrehte die Augen. »Ist denn jetzt jedermann hier Gelehrter und Jurist?«, fragte er resigniert die steinerne Decke des Kerkers.

»Nur Mediziner«, murmelte Rasmus halblaut.

»Und warum zweifelst du an der Rechtmäßigkeit der peinlichen Befragung?«, wollte der Frohn in seiner üblich bedachten Art wissen.

»Nun, ich bin zwar keine Hebamme, aber halte es für wahrscheinlich, dass sie schwanger ist«, erklärte Rasmus sachlich.

»Ha, ich hab dir doch gesagt, die Kleine hat nen Braten im Ofen, dafür hab ich n Auge«, frohlockte eine der beiden anderen Frauen und stieß ihrer Sitznachbarin feixend den Ellenbogen in die Seite.

»Wart Ihr das etwa?«, rief der Brookvogt empört aus.

»Gott behüte, nein!«, beteuerte Rasmus, aber der Brookvogt schnaubte ungläubig.

Der Henker rieb sich das Kinn. »Wenn die Frau tatsächlich guter Hoffnung ist, dann wäre eine peinliche Befragung nicht zulässig, Herr Brookvogt«, warf er ein.

»Dessen bin ich mir selber bewusst, Meister Grave!«, brummte der Brookvogt. Dann blickte er hinunter zu Catharina. »So spreche sie, Weib! Trägt sie ein Balg in ihrem Bauch?«, herrschte er sie an.

Schluchzend nickte sie und der Brookvogt stöhnte gequält, als hätte er übles Kopfreißen.
»Gibt es einen Vater?«, fragte er wenig hoffnungsvoll.
Catharina schüttelte schluchzend den Kopf.
»Ich werde den Stadtphysikus Doktor Santmann die Sache prüfen lassen«, murrte er. »Und ihm auch vielen Dank, Steinreißer«, knurrte er so sarkastisch, wie er es vermochte.
»Steinschneider«, verbesserte Rasmus geduldig. »Und da ist noch etwas. Die Ursel Lehmbauer hat gesprochen. Und es war nichts Gutes.«

Kapitel 15

26. Juni 1618

»Meint Ihr, dass wir in Schwierigkeiten sind oder zumindest ich, Meister Grave?«, fragte Rasmus und scheuchte einen räudigen Straßenhund beiseite, der allzu aufdringlich um seine Beine lief.

Grave schüttelte den Kopf. »Mach dir keine Sorgen. Außer Hamburgs Reichsunmittelbarkeit und der Bedrohung durch den Dänenkönig hat der Rat momentan nur ein Thema und das ist die vermeintliche Teufelsverschwörung. Sie haben uns nur vorgeladen, um Zeugnis über die letzten Wochen abzulegen.«

»Aber sagte der Brookvogt nicht, dass ich auch vor dem Hochgericht erscheinen soll?«, fragte Rasmus skeptisch.

»Zunächst sollen wir in der Ratssitzung vorsprechen. Danach sollst du vor dem Hochgericht über die Ursel Lehmbauer als Zeuge aussagen, hat der Brookvogt gesagt. Auch wenn teilweise dieselben Männer darin sitzen«, beruhigte der Henker ihn noch einmal, während sie ihren Weg in Richtung des Rathauses fortsetzten.

»Diese ganzen Räte und Gremien habe ich ohnehin nie verstanden«, gab Rasmus zu.

Grave lachte. »Der Rat regiert schon immer die Stadt. Ratsherr ist man auf Lebenszeit und danach wählt der Rat selber die Nachfolger. Meist zählen sie zwischen dreißig und sechzig Köpfen. Sie repräsentieren die Stadt und wählen die zwei Bürgermeister aus ihren Reihen, oder genau genommen vier, von denen sich zwei jährlich abwechseln. Außerdem stellen sie das Obergericht.«

»Besser als ein Graf oder König, aber viel Macht für ein paar Leute«, warf Rasmus ein.

»Deshalb gibt es ja immer wieder Misstrauen wegen der Vetternwirtschaft. Der Ruf des Rates ist nicht immer der Beste, aber das weißt du ja selber«, seufzte Grave und Rasmus nickte.
»Seit der Reformation gibt es ja daher noch die bürgerlichen Kollegien der Kirchspiele mit den Oberalten an der Spitze, denen der Rat Rechenschaft ablegen muss«, erklärte der Frohn.
»Einige nennen sie ›Überalte‹«, witzelte Rasmus halblaut.
Der Frohn ginste. »Ja, die Kollegien sind vielleicht selber mittlerweile etwas verfilzt und veraltet«, gab er zu.
»Dann wollen wir mal, Meister Grave«, sagte Rasmus und deutete auf das Rathaus. Der Sitz des Hamburger Senats war ein imposantes Backsteingebäude an der Trostbrücke, das zur Jahrhundertwende noch einen dreistöckigen Anbau erhalten hatte. Wie um Hamburgs Stellung als Handelsstadt noch weiter zu verdeutlichen, stand gegenüber vom Rathaus direkt die Börse.
Nachdem der Frohn den beiden Türwächtern ihr Anliegen erläutert hatte, traten sie über die Vordiele in einen Korridor und setzten sich auf eine Holzbank. Die Selbstverständlichkeit, mit der sich Grave durch das Gebäude bewegte, verriet, dass er nicht das erste Mal hier zu Gast war.
»Hier ist der große Rathaussaal. Das Obergericht ist weiter hinten«, erklärte der Frohn und deutete mit dem Daumen tiefer in das Gebäude hinein. »Ich hole da immer die verurteilten Angeklagten ab und bringe sie in die Frohnerei«, ergänzte er noch.
Rasmus nickte und knetete nervös seine Finger. Hinter der schweren Holztür hörte er dumpfe Stimmen, die mal lauter und dann wieder leiser diskutierten. Verstehen konnte er jedoch nichts.
Nach einer gefühlten Ewigkeit öffnete sich die schwere Tür und ein Ratsdiener forderte sie auf den großen Saal zu betreten.
Auf etwas weichen Knien folgte Rasmus dem Frohn in den großen Ratssaal. Er fühlte sich sichtlich unwohl, während die hohen Herrschaften in ihrer vornehmen Kleidung und den

gestärkten Halskrausen ihn beim Eintritt musterten. Umzingelt vom Rund der Ratsmitglieder ließ Rasmus seine Augen durch den Saal schweifen. Es lag eine spürbare Anspannung im Raum und er vermutete, dass die vorangegangene Konversation nicht von großer Einigkeit geprägt war. Er machte sogar das Gesicht von Lucas Beckmann aus und wenn er sich nicht täuschte, zwinkerte dieser ihm kurz zu.

»So lasst uns die Sitzung denn nun fortsetzen«, rief ein Mann, dessen Sitz eine exponierte Stellung aufwies. Rasmus vermutete, dass es sich um einen der beiden amtierenden Bürgermeister, Hieronymus Vogeler oder Sebastian van Bergen, oder den Stadtschreiber handelte. Vermutlich eher Letzterer. Das umgebende Gemurmel wurde daraufhin zumindest leiser.

»Der Rat dankt Euch für Euer Erscheinen, Meister Grave. Da Ihr hinlänglich bekannt seid, ist keine weitere Vorstellung von Nöten. Doch Euer Begleiter …«, sagte derselbe Sprecher, der bereits die Sitzung wiedereröffnet hatte, und blätterte in einigen Papieren. »Rasmus Steinschneider?«, fragte er mit einem Blick auf den Medizinstudenten.

Rasmus nickte und fügte noch ein »Ja, der bin ich« hinzu.

»Stell er sich dem Rat vor, damit wir wissen, mit wem wir es zu tun haben«, forderte ihn der Sprecher höflich, aber bestimmt auf.

»Mein Name ist Rasmus Steinschneider, Hamburger Bürger. Ich habe in Hamburg das Baderhandwerk erlernt, aber die letzten Jahre in Prag an der Universitas Carolina Medizin studiert«, begann Rasmus.

»Hört, hört«, flüsterte eine Stimme halblaut im Publikum.

»Ende Mai bin ich aus Prag aufgebrochen, da ich Nachricht vom Tod meines Vaters Ulrich erhielt«, schloss Rasmus seine Vorstellung.

»Dann habt Ihr von den Unruhen in Prag etwas mitbekommen?«, fragte eine Stimme aus der Versammlung.

»Das tut doch in dieser Angelegenheit nichts zur Sache«, wiegelte ein anderer Mann die Frage ab.
»Immerhin ist Krieg in Böhmen ausgebrochen, Bürgermeister Vogeler, das berührt doch sehr wohl Hamburgs Interessen!«, verteidigte der erste Mann seine Frage.
»Es ist Krieg?«, fragte Rasmus erstaunt.
»Es gab erste Gefechte, aber darüber mag der Rat in einer anderen Sitzung sprechen. Heute wollen wir über die besorgniserregenden Ereignisse der letzten Wochen in Hamburg reden«, schloss Vogeler das Thema ab.
Der Schreiber nickte und wandte sich an Grave. »Euch sind ja die Ereignisse der letzten Wochen bekannt, Meister Grave. Der Brookvogt sagte uns, Ihr und der Herr Steinschneider könntet uns Näheres berichten aus Eppendorf und bezüglich des ›Casus der Ursel Lehmbauer‹. Ist das richtig?«
Der Frohn nickte und berichtete von ihren Erlebnissen in Eppendorf und den zwei Waisen, die sich in seiner Obhut befanden. Rasmus fiel auf, dass der Frohn zwar wahrheitsgemäß alle Tatsachen wiedergab, aber um einen möglichst sachlichen Ton bemüht war.
»Und welchen Eindruck hat dieses Weib im Moor auf Euch gemacht, Meister Grave?«, fragte ein Ratsherr mit rötlichem Bartwuchs hörbar misstrauisch.
Der Frohn überlegte kurz. »Nun, sie wirkte auf mich etwas verschroben, aber grundsätzlich harmlos. Ihr Sohn ist offensichtlich geistig umnachtet, schien mir jedoch gutmütiger Natur.«
Der Rotbärtige schnaubte ungläubig. »Ihr wollt uns erzählen, dass dieses Weib und ihr riesiges Balg abseits von Kirche und Gemeinde im Moor lebt, aber eigentlich ganz anständige Leute sind?«, setzte er nach.

Grave zuckte die Schultern. »Ich habe nur versucht, wahrheitsgemäß Eure Frage zu beantworten, Herr Bosch«, gab Grave gleichmütig zurück.

»Ich kann Herrn Bosch nur beipflichten, nach gottesfürchtigen Menschen hört sich das nicht an. Wenn derart Teufelswerk geschieht und die braven Eppendorfer einen klaren Verdacht haben, dann sind wir verpflichtet, der Sache nachzugehen! Als gute evangelische Christen ist das unsere Pflicht!«, rief ein hochgewachsener Mann mit dichtem schwarzen Vollbart lautstark und wischte sich mit einem Taschentuch den Schweiß vom blassen Gesicht.

»Euer bekannter Eifer in dieser Angelegenheit in Ehren, Herr Grööndorp, aber bitte mäßigt Euch doch, bevor Euch gar der Schlagfuß trifft«, rief ein anderes Ratsmitglied halblaut und erntete eine Mischung aus zustimmendem Gelächter und Empörung. Die Geräuschkulisse legte sich erst wieder, als der Schreiber zur Ordnung rief.

»Meister Graves Urteil ist sicher um jeden Zweifel erhaben, aber vielleicht sollten wir noch seinen jungen Begleiter nach seiner Einschätzung fragen, um eine zweite Meinung zu erhalten«, schlug ein weiteres Ratsmitglied vor. Seine Stimme klang ruhig und ausgeglichen. Er mochte bereits an die sechzig Sommer zählen, aber seine hellblauen Augen blickten wach und klar.

»Das kann sicherlich nicht verkehrt sein, Herr Wedemann«, stimmte der Schreiber zu und nickte Rasmus auffordernd zu.

Noch während Rasmus nach Worten suchte, hob besagter Wedemann die Hand. »Nur um alles richtig zu verstehen, würde ich jedoch zunächst gerne wissen, warum Ihr Meister Grave gerade zur Hand geht. Wenn ich recht verstehe, gar in der Frohnerei selbst. Das ist doch höchst ungewöhnlich«, fragte der Mann und stützte nachdenklich sein sauber geschabtes Kinn auf seinem Handrücken ab.

Eine unangenehme Welle durchlief Rasmus bei dieser Frage und er war heilfroh, dass der Brookvogt sich beinahe hastig in das Gespräch einschaltete.
»Herr Steinschneider arbeitet dieses Jahr in der Frohnerei, als eine Art … Buße für ein juristisch schwierig zu erfassendes Problem«, erklärte er sichtlich nervös.
»Ich kann mich diesbezüglich an keinen Fall erinnern«, rief ein anderer Ratsherr.
»Weil die Sache aufgrund ihrer besonderen Umstände nicht verhandelt wurde«, erklärte der Brookvogt händeringend und sah sich mehrerer zweifelnder Blicke ausgesetzt. Er holte noch einmal tief Luft, bevor er fortfuhr: »Es gab Gerüchte, dass sein verstorbener Vater keine Ruhe gefunden hat und des Nachts in Sankt Georg auf der Erde wandelt. Da hat er sich berufen gefühlt, dem Treiben ein Ende zu machen.«
Gemurmel brach im Ratssaal aus.
»Handelt es sich hier etwa um den Wiedergänger, der mehrfach in Sankt Georg gesichtet wurde? Den Selbstmörder?«, fragte der rotbärtige Bosch und richtete sich gerade auf.
»Da könnten Parallelen bestehen«, gab der Brookvogt zu.
»Und wie habt Ihr ›dem Treiben ein Ende bereitet‹?«, wollte Wedemann wissen und musterte Rasmus eindringlich.
»Ich … ich habe ihm den Kopf abgetrennt und ihn mit einem Stein und einem Kreuz beschwert«, sagte Rasmus mit zittriger Stimme in die aufgekommene Stille hinein.
Ein lautes Gemurmel, durchsetzt von ungläubigen Zwischenrufen, brach im Saal aus.
»Einen feinen Zeugen haben wir hier vorgeladen«, rief der schwarzbärtige Grööndorp, wischte sich erneut den Schweiß von der Stirn und nahm einen tiefen Schluck aus seinem Bierhumpen.

»Es handelt sich hier nicht um eine Verhandlung, daher ist der junge Herr Steinschneider auch kein Zeuge«, stellte der Schreiber klar.

Da stand Beckmann auf. »Meine Herren, ich war beratend in der Sache involviert und lassen Sie mich versichern, dass die Sache juristisch einwandfrei geklärt ist und der junge Herr Steinschneider lediglich nach bestem Wissen und Gewissen handelte. Es wäre sicherlich besser gewesen, sein Anliegen offiziell vorzutragen, aber für diese Fehleinschätzung leistet er ja bereits Abbitte in der Frohnerei«, trug er vor.

»Ob die Sache juristisch einwandfrei geklärt ist, entscheidet immer noch das Niedergericht und nicht Ihr, Herr Beckmann!«, empörte sich ein anderer Ratsherr mit einem Feuermal auf der Wange.

Nun stand der Bürgermeister Vogeler auf und hob Einhalt gebietend die Hände. »Meine Herren, erneut möchte ich darauf hinweisen, dass es sich hier nicht um eine Verhandlung handelt und erst recht nicht um die von Herrn Steinschneider. Ich denke, der Hintergrund dieses Mannes ist zunächst ausreichend erklärt, sodass wir zurück zur eigentlich Fragestellung kommen können.«

Nur langsam senkte sich der Geräuschpegel im Saal wieder, sodass Rasmus sich an den Ratsherrn Wedemann wenden konnte.

»Die beiden sind vielleicht den Menschen etwas entfremdet, aber machten auf mich keinen bösartigen Eindruck«, erklärte Rasmus und verdrängte die Bilder, wie er panisch vor dem riesenhaften Gerd geflüchtet war.

»Dann habt Ihr den Eindruck, dass es sich um fromme, gottesfürchtige Menschen handelt und würdet Euer Wort für sie in die Waagschale werfen, dass sie nicht mit dem Teufel im Bunde stehen?«, fragte Wedemann unbeeindruckt von seiner ersten Aussage.

»Ich kenne sie ja kaum«, entgegnete Rasmus mit langsam aufkommender Verzweiflung.

»Hattet Ihr Angst in ihrer Gegenwart, Herr Steinschneider?«, fragte Wedemann und seine Blicke stachen beinahe schmerzhaft in Rasmus' Augen.

Er schluckte. »Mir war zunächst vielleicht ein wenig unwohl«, gestand er und Wedemann nickte wissend.

»Hat noch jemand Fragen in dieser Angelegenheit? Andernfalls würde ich vorschlagen, wir gehen zum nächsten Punkt, dem ›Casus Ursel Lehmbauer‹ über. Einwände?«, fragte der Schreiber und blätterte in seinen Unterlagen.

Als niemand widersprach, wendete er sich wieder an Rasmus und Grave. »Die Beschuldigte ist diese Woche erwacht, teilte uns der Brookvogt mit.«

Grave nickte. »Nur vorübergehend, sie ist gleich wieder dem Fieberwahn verfallen«, berichtete der Frohn.

»Aber vorher hat sie dem jungen Herrn Steinschneider gegenüber noch etwas erwähnt, nicht wahr?«, fragte der Schreiber und blickte von seinen Unterlagen auf und sah Rasmus an.

Dieser räusperte sich. »Ja, sie sagte: ›Der Teufel ist der einzig wahre Engel, du musst mich zu ihm lassen!‹«

Ungläubige, teils wütende Stimmen brandeten im Saal auf.

»Härte, wir brauchen mehr Härte bei dieser Teufelsverschwörung!«, plädierte Ratsherr Bosch.

»Wir müssen mit Bedacht handeln, eine unkontrollierte Hexenverfolgung schadet der ganzen Stadt und unseren Geschäften«, entgegnete ein anderer Ratsherr.

»Wenn der Teufel erst Einzug gehalten hat, haben wir bald keine Stadt für unsere Geschäfte mehr. Also lasst uns diesem Weib jetzt endlich den Prozess machen!«, forderte Bosch und Speichel spritzte zwischen seinen roten Barthaaren hervor.

»Sie ist doch noch immer nicht vernehmungsfähig. Nach der Gerichtsordnung …«, begann Beckmann, wurde jedoch von Grööndorp unterbrochen, der hustend aufstand.

»Die Zauberer und Zauberinnen, die mit verbotenen Mitteln dem Menschen oder dem Vieh an Leib und Seele Schaden zufügen oder auch die aus bösem Vorsatz von Gott und seinem heiligen Wort vergessentlich abtreten …«, begann er und musste sich nach Luft schnappend auf seinem Tisch abstützen. Sein Gesicht besaß eine kalkweiße Farbe und der Schweiß lief ihm in Bächen vom Haupt.

»Ist Euch nicht wohl, Herr Grööndorp? Sollen wir den Physikus rufen?«, fragte Beckmann besorgt.

Keuchend, als erlitte er einen Asthmaanfall, streckte Grööndorp die rechte Hand zur Decke und zitierte weiter aus dem Hamburger Stadtrecht: »… und mit dem bösen Feinde sonderbare hochärgerliche Verbündnisse machen …, werden, nach Gelegenheit ihrer beweislichen Verwirkung …, mit Feuer oder mit dem Schwert am Leben gestraft.«

Der Ratsherr schnappte nach Luft wie ein Fisch auf dem Trocknen und griff sich mit der Linken an die Kehle. »Luft!«, keuchte er verzweifelt. Unter den erschrockenen Rufen der Umstehenden spritzte blutiger Schaum aus seinem Mund.

»Er erstickt!«, rief einer der Umstehenden.

Grööndorp wankte und mit lautem Poltern riss er Tisch und Stuhl mit sich zu Boden. Erschrockene Rufe nach dem Stadtphysikus hallten durch den Saal und ein aufgeregtes Durcheinander machte sich breit.

Der Frohn und Rasmus eilten zum gestürzten Ratsherrn, der umrundet von seinen Sitznachbarn auf dem Boden lag. Gerade wollte Grave nach dem Mann sehen, da hielt ihn ein anderer Ratsherr zurück. »Denkt doch an die Ehre des Mannes, bevor Ihr ihn berührt«, sagte er entgeistert.

»Wenn er das Zeitliche segnet, kann er sich davon auch nichts mehr kaufen«, brummte Grave mehr zu sich selbst. Aber Rasmus

hatte bereits Hand an den Gestürzten gelegt, der reglos zwischen den umgestürzten Möbeln, Papieren und Tonscherben lag.
Er öffnete Wams und Hemd des Mannes und drehte ihn auf die Seite.
»Er atmet kaum, nur das Herz pocht wie wild«, erklärte Rasmus, während er den Mann weiter untersuchte.
»Was ist das!«, rief ein Mann erschrocken und deutete mit dem Finger auf den Stuhl Grööndorps.
»Hexenwerk!«, flüsterten einige ängstlich und wichen zurück.
Auf der Unterseite des umgefallenen Stuhls war ein merkwürdiges Gebilde zu sehen. Es sah aus wie ein fünfzackiger Stern, der aus Knochen gebunden war. Fremdartige Muster waren in rötlichbrauner Farbe auf die Knochen gemalt worden. Zudem waren schwarze Federn, Haare und gar ein eingetrockneter Hahnenkopf in das Gebilde geflochten. Und in der Mitte hing eine silberne Münze.
»Gott steh uns bei, das Teufelspack will seine Feinde vernichten, am helllichten Tag«, stöhnte Ratsherr Bosch.
»Ich würde vorschlagen, Ihr verbrennt dieses Teufelsding, bevor es sein Werk vollendet, Meister Grave«, schlug Wedemann mit ruhiger Stimme vor.
»Ja, tut das!«, bestärkte der Ratsschreiber die Aufforderung.
Der Frohn nahm ein Messer und löste das unheimliche Ding vom Stuhl ab. Die Reihen öffneten sich für ihn ängstlich, als er es an der Messerspitze nach draußen trug.
Wie ein Ertrinkender, der gerade seinen ersten Atemzug nach dem Auftauchen machte, schnappte Grööndorp nach Luft und hustete sogleich blutige Tröpfchen auf Rasmus' Wams.
Mit weit aufgerissenen Augen blickte er sich um und saugte gierig die Luft in seine Lunge.
»Das war wohl in letzter Sekunde«, flüsterte einer der Umstehenden.

Rasmus besah sich den Mann, der sich zusehends erholte. Irgendetwas passte für ihn nicht ins Bild, aber er konnte nicht sagen, was es war.
Die Aussage vor dem Senat hatte er sich auf jeden Fall anders vorgestellt. Er hoffte, dass seine Aussage vor dem Obergericht ruhiger verlaufen würde.

Kapitel 16

30. Juni 1618

»Hier drinnen stinkt es, dagegen ist meine Hütte ein Blumenbeet«, nörgelte Jule Sattler und rümpfte die Nase. Man hatte die Frau und ihren Sohn kurz nach der Ratssitzung festsetzen lassen und nach Hamburg gebracht. Nach einer ersten Anhörung vor dem Niedergericht wurden beide schnurstracks in die Frohnerei überstellt und warteten nun auf ihre Verhandlung vor dem Obergericht.

Einige Blutergüsse und Blessuren zeugten davon, dass bei ihrer Inhaftierung nicht sonderlich zimperlich vorgegangen war. Zu allem Unglück wurde unter ihrer Pritsche im Moor noch ein ganzes Säckchen mit den Teufelstalern gefunden. Ihre Beteuerung, sie hätte das Säckchen nur für Marie Fischer aufbewahrt und kenne den Inhalt nicht, stieß bisher auf wenig Glauben.

»Ich wäre sicherlich auch lieber woanders«, seufzte Rasmus, der sich mittlerweile einigermaßen an den Gestank in dem Kellergewölbe gewöhnt hatte. Nur Casper beschwerte sich über den ihm anhängenden Geruch, wenn er zurück in die Baderei kam.

»Und warum werkelt so ein hübscher Bursche denn hier in so einem Loch?«, fragte die Sattler.

»Hat seinem Vater den Kopf abgesägt«, erklärte ein Gefangener, der mit geschlossenen Augen an die feuchte Mauer gelehnt döste. Rasmus rollte mit den Augen. Wusste denn wirklich jeder hier, warum er hier war?

Die Sattler sah ihn mit aufgerissenen Augen an.

»Er war tot!«, erklärte Rasmus schnell.

»Sowas überlebt man ja auch kaum«, sagte die Frau lachend.

»Schon vorher!«, präzisierte Rasmus mürrisch und räumte seinen Korb mit den Heilmitteln wieder zusammen. Er hatte wenig Lust, diese Unterhaltung weiterzuführen.
»Und wir sind hier drinnen, weil unsere Hütte zu weit vom Dorf weg steht«, lachte die Sattler wieder.
»Ich wünsch Euch noch einen guten Tag, Frau Sattler«, brummte Rasmus. Unter dem freundlichen Winken von Gerd stand er auf und fragte sich, ob dieser überhaupt ansatzweise den Ernst der Lage verstand, in der seine Mutter und er sich befanden.
»Kannst du dir das hier noch einmal anschauen, bevor du gehst?«, fragte eine heruntergekommene Dirne, die nahe der Tür auf einem Strohhaufen hockte.
Sie hatte ihr Hemd geöffnet und zeigte auf ihre Schulter.
Etwas misstrauisch hockte sich Rasmus vor sie und beugte sich zu ihr hinüber. Eine unangenehme Mischung aus Schweiß, Gebranntem und Schmutz ging von ihr aus.
»Ich glaube, das ist nur ein Bluterguss«, murmelte er, während er die rötlich-blaue Stelle betrachtete.
»Wenn du mehr über deinen Vater und den Teufel wissen willst, sei in fünf Tagen abends zur zehnten Stunde bei Jakobi und halte nach einem blinden Bettler Ausschau. Kein Wort zu niemanden, sonst wirst du nichts erfahren!«, flüsterte sie ihm da ins Ohr.
»Was sagst du da?«, stieß Rasmus aufgeregt hervor.
»Oh, dass es weh tut, als wäre da was gebrochen«, sagte sie betont laut und schob im Flüsterton noch ein warnendes »Kein Wort!« hinterher.
Rasmus blickte sie entgeistert an.
»Aber wenn es nur ein Bluterguss ist, will ich mir keine Sorgen machen«, sagte sie und schloss ihr Hemd wieder. Gähnend schloss sie die Augen.
Kurz wollte Rasmus sie am Kragen packen und schütteln. Sie anfahren, was sie über seinen Vater wusste, aber dann dachte er

an ihre Warnung und dass sie nicht alleine in der Zelle waren. Sie würde ihm hier nicht weglaufen. Besser er dachte erst nach, wie er am besten damit umgehen sollte.
Gedankenverloren stand er auf und verließ die Zelle. Er nahm kaum wahr, wie der Henkersknecht hinter ihm wieder abschloss. Was sollte diese Dirne schon von seinem Vater wissen? Auf der anderen Seite war sie vielleicht auch nur der Bote für jemanden, der wirklich etwas wusste. Aber wer konnte das sein? Und vor allem, was wusste er oder sie?
»Versuchst du da Wurzeln zu schlagen? Das wird auf den Steinfliesen nichts werden«, riss ihn die amüsierte Stimme des Frohns aus seinen Gedanken, sodass er zusammenzuckte.
»Oha, wer so erschreckt, hat sündhafte Gedanken, hat meine Mutter immer gesagt«, unkte der Frohn, aber grinste dabei breit.
»Ich wünschte, dafür wäre ich in der Stimmung, Meister Grave«, seufzte Rasmus.
»Der Brookvogt möchte dich sprechen«, sagte Grave und deutete mit dem Finger zur Treppe.
»Krieg ich Schwierigkeiten? Geht es um meine Aussage über die Ursel Lehmbauer vorm Hochgericht?«, fragte Rasmus besorgt, während er dem Henker folgte.
»Ich denke nicht, aber ich weiß auch nicht, was er von dir möchte«, gab der Frohn zu, bevor er die Tür zur seiner Schreibstube öffnete.
Der Brookvogt saß am Schreibtisch vor einem Dokumentenstapel und begrüßte Rasmus mit einem für ihn eher unüblichen Lächeln. Er deutete sogar freundlich grüßend auf einen Hocker. Jetzt machte Rasmus sich wirklich Sorgen.
Während er sich setzte, hörte er, wie der Frohn die Tür schloss, und es erinnerte ihn an das Geräusch der Zellentüren im Kerker. Einzig die verwischten Reste der Kreidezeichnung an den

Wänden hoben seine Stimmung ein wenig. Er konnte immer noch die eher kläglichen Reste von Graves Katze ausmachen.
»Nun, er soll hier gerade eine wahre Hilfe in diesen unruhigen Zeiten sein. Meister Grave ist voll des Lobes über ihn«, lobte der Brookvogt und Rasmus nickte dem Henker dankbar zu. »Es gibt jedoch einige Stimmen im Rat, die ihn durchaus mit Argwohn betrachten, das sollte er besser wissen, Steinschneider«, warnte der Brookvogt ihn. Die Stimme mit dem scharfen Unterton klang jedoch weniger wie ein gutgemeinter Rat, sondern mehr wie eine Drohung.
»Ist es wegen meiner Aussage bezüglich der Ursel Lehmbauer? Ich versichere Euch, dass ich alles nach bestem Wissen …«, begann Rasmus, aber der Brookvogt winkte ab.
»Nein, seine Aussage vor dem Obergericht erweckte kein Missfallen. Der Casus Lehmbauer wird bald geschlossen, nicht zuletzt dank seiner Aussage«, entgegnete der Brookvogt lapidar. Rasmus schluckte. Er konnte sich vorstellen, was das bedeutete.
»Es waren seine wenig rühmlichen Vorgänge in St. Georg und um seinen Vater, die das Misstrauen einiger Ratsmitglieder erweckte. Viele glauben an die große Teufelsverschwörung, die Hamburg bedroht, und da hat er bei dem einen oder anderen das Misstrauen erweckt, ob er nicht selbst ein Teil davon sein könnte«, berichtete der Brookvogt und musterte ihn wie einen alten Hering, bei dem man sich fragte, ob er noch genießbar wäre.
Rasmus schluckte und verlor eine Nuance seiner Gesichtsfarbe. Dem Brookvogt schien seine Reaktion zu gefallen. Er lächelte zufrieden und legte die Fingerspitzen aneinander. »Er braucht sich aber zunächst keine Sorgen zu machen. Herr Beckmann und ich haben für ihn gesprochen und das Misstrauen zerstreuen können. Vorerst zumindest.«
»Dann dank ich Euch ganz herzlich«, sagte Rasmus und bemühte sich möglichst wenig seines Misstrauens durchhören zu lassen. Er

konnte sich kaum vorstellen, dass der Brookvogt für ihn bürgen würde. Er bemerkte auch, wie selbst Grave unmerklich eine seiner blonden Augenbrauen nach oben zog.
Der Brookvogt winkte mit einem Theaterlächeln ab. »Wenn er doch hier eine so gute Unterstützung ist«, bestärkte er noch einmal sein Wohlwollen. »Aber nun zum eigentlichen Thema, weshalb er sich zu uns gesellen sollte. Bedauerlicherweise hat er mit der Einschätzung über diese Catharina Kätner richtig gelegen und das Weib ist tatsächlich guter Hoffnung. Der Stadtphysikus hat es bestätigt«, sagte er mit hörbarem Ärger in der Stimme.
Rasmus und der Frohn blickten ihn abwartend an, da er eine längere Pause einlegte. »Das bringt uns in eine prekäre Lage. Eine mögliche peinliche Befragung ist damit bis auf Weiteres verschoben. Noch dazu sind die Zellen im Gefängnis am Winserbaum und der Kerker in der Frohnerei zunehmend überfüllt. Manch frommer Mann im Rat hält es für unchristlich, das Weib unter diesen Umständen austragen und gar gebären zu lassen. Zumal sie ja bisher noch nicht einmal wegen etwas verurteilt wurde«, fuhr er fort. Beinahe leidend atmete er aus und stützte sein Kinn auf seine gefalteten Hände. Rasmus und Grave tauschten einen kurzen, unverständlichen Blick, da sich beide fragten, worauf der Brookvogt hinaus wollte.
»Auf der anderen Seite unterliegt das Weib aber auch einem höchst ernstzunehmenden Verdacht, sodass wir sie nicht einfach gehen lassen können, nur weil da ein kleiner Bastard in ihr wuchert. Und ich kann sie ja kaum in meine Kammer sperren und für die Zwangsarbeit am Wall taugt sie in diesem Zustand ja auch nicht«, bedauerte er. Dann zog er ein Gesicht wie Essig. »Unglücklicherweise hat mich der Rat mit der Lösung dieses Dilemmas beauftragt«, seufzte er mit einem Anfall von Selbstmitleid.
Noch immer sahen ihn seine beiden Zuhörer fragend an.

»Das ist sicherlich keine beneidenswerte Aufgabe, wenn ich …«, unterbrach Rasmus die aufgekommene Stille und schreckte zusammen, als der Brookvogt mitten in seinem Satz in die Hände klatschte.

»Das wusste ich doch, dass ich auf ihn zählen kann, Steinschneider!«, rief er freudig aus.

Rasmus sah ihn verständnislos an.

Der Brookvogt beugte sich langsam nach vorn. »Er wird das Weib in der Baderei beherbergen und auf sie Acht geben«, stellte er fest.

Nun blickte der Medizinstudent vollständig entgeistert, bevor er langsam unbewusst den Kopf schüttelte. »Das kann nicht … Ich meine, Herr Brookvogt, wie soll ich …?«, versuchte er sich an einer Ablehnung, aber sein Gegenüber winkte nur ab.

»Ich habe vollstes Vertrauen in ihn. Hier kümmert er sich doch auch um die Gestrauchelten und bei seiner Vorgeschichte sollte ihn ein solches Weib unter dem Dach nun auch nicht stören. Noch dazu ein Dach, das ohnehin der Stadt gehört, wie ich einmal festhalten möchte. Es ist ja auch nur, bis sie den kleinen Bastard zur Welt gebracht hat, dann sehen wir weiter«, erklärte der Brookvogt und verschränkte zufrieden die Hände vor der Brust.

Rasmus indes sank auf seinem Schemel immer weiter zusammen.

»Herr Brookvogt, die Baderei ist doch kein Gefängnis, was ist, wenn sie aus Hamburg flieht?«, versuchte er noch einen weiteren Anlauf.

Der Brookvogt blies die Backen auf und ließ langsam nickend die Luft entweichen. »Das sollte ihm besser nicht passieren. Ich mache ihn höchstpersönlich für das Weib verantwortlich«, stellte er klar.

»Das könnt Ihr nicht machen!«, entrüstete sich Rasmus.

Der Brookvogt wackelte mahnend mit dem erhobenen Zeigefinger. »Er tut gut daran, sich meiner Meinung anzuschließen. Schließlich möchte er doch, dass der Rat ihm

gegenüber weiter wohlgesonnen ist und sich kein Misstrauen gegen ihn richtet«, argumentierte er.
Jetzt endlich verstand Rasmus seine vorherige Ansprache und sackte weiter auf dem Schemel zusammen.
Der Brookvogt nickte. »Wie ich sehe, verstehen wir uns nun. Nicht wahr?«, fragte er und begann seine Papiere auf dem Tisch zu ordnen.
»Natürlich, Herr Brookvogt«, gab Rasmus auf.
»Sehr gut. Wenn Ihr also nichts mehr habt, Meister Grave?«, wandte er sich noch an den Henker, aber stand dabei bereits auf.
Grave schüttelte den Kopf und der Brookvogt verließ offensichtlich zufrieden mit sich selbst die Schreibstube.
Rasmus vergrub das Gesicht in den Händen.
»Kopf hoch, es gibt Schlimmeres als ein paar Monate ein junges Ding unter deinem Dach zu beherbergen«, versuchte der Frohn ihn aufzumuntern.
»Ja und wenn sie das Weite sucht, verlier ich am Ende meinen Kopf auf dem Köppelberg«, brummte Rasmus resigniert.
Der Frohn winkte ab. »So schnell verliert man den nicht, aber du und Casper tun sicherlich gut daran, ein Auge auf sie zu werfen. Wenn du mich fragst, wäre es dem Brookvogt ganz recht, wenn sie sich aus dem Staub macht. Er möchte nur einen Sündenbock dafür haben.«
»Jetzt geht es mir gleich viel besser, Meister Grave«, stöhnte Rasmus. »Wird die Ursel Lehmbauer jetzt wirklich hingerichtet?«, fragte er dann auf einmal.
Der Henker nickte. »Das scheint wohl schon beschlossen, auch wenn der Urteilsspruch noch nicht erfolgt ist.«
»Sie scheint nicht bei Sinnen zu sein. Meint Ihr, ich hätte nicht aussagen sollen?«, fragte Rasmus.
Der Henker schüttelte den Kopf. »Du hast nur bezeugt, was wahrlich passiert ist und was sie gesagt hat. Das ist deine Pflicht.

Für das Urteil ist dann das Gericht zuständig und nicht du. Es wird schnell gehen und sie wird nichts merken. Schließlich wird sie geköpft und nicht gehängt. Der Strang ist dagegen ein hässlicher Tod.«

Rasmus wirkte nicht ganz überzeugt. Doch dann setzte er sich plötzlich aufrecht auf seinem Schemel hin und machte ein nachdenkliches Gesicht. »Ja, es ist vermutlich besser als der Strang. Ich habe schon Menschen gesehen, die keine Luft mehr bekommen. Sie laufen rot an und ihre Lippen werden ganz blau«, murmelte er.

Der Henker nickte. »Ja, am Galgen verlieren sie dazu oft noch die Kontrolle über Blase und Darm. Das ist keine schöne Art zu sterben«, bekräftigte der Frohn seine Einschätzung.

»Wisst Ihr, Meister Grave … Nach der Ratssitzung und dem Anfall von Herrn Grööndorp hatte ich die ganze Zeit das Gefühl, etwas stimmt nicht«, sagte Rasmus.

Der Henker vergewisserte sich mit einem schnellen Blick zur Tür, dass diese geschlossen war. »Nicht stimmen ist bei diesem Teufelswerk wohl kaum die richtige Wortwahl. Aber du weißt, der Rat hat uns aufgetragen, darüber kein Wort zu verlieren«, warnte er.

»Und jetzt weiß ich es, es war die Farbe!«, überging Rasmus den Einwand.

»Welche Farbe?«, wollte der Henker verständnislos wissen.

»Grööndorps Gesicht. Wenn er wirklich am Ersticken war, hätte er rot oder gar blau sein müssen, aber er war kalkweiß«, teilte Rasmus seinen Gedanken.

Nun schwieg der Henker. »Das ist wohl richtig, aber wer weiß schon, wie so ein Zauber wirkt«, gab er zögerlich zu bedenken.

Nun sah Rasmus ihn wenig überzeugt an.

»Meinst du, er hat das alles nur vorgetäuscht? Er wirkte schon sehr krank«, meinte der Henker.

»Ohne Frage. Aber nichts, was sich nicht mit ein paar Mitteln und einem ausgiebigen Aderlass erzeugen lassen könnte«, argumentierte Rasmus. »Ich sage ja auch nicht, dass der Grööndorp ein Schauspiel betrieben hat, nur, dass es möglich wäre und das Bild nicht stimmig ist.«

»Und warum sollte er das tun? Was verspricht er sich davon?«, wollte der Henker wissen.

Rasmus zuckte die Schultern. »Dieser Grööndorp machte den Eindruck, dass er unbedingt mit harter Hand gegen die vermeintliche Teufelsverschwörung vorgehen will. Wenn er den restlichen Rat überzeugen will, dann wäre das sicherlich ein guter Weg.«

Der Henker lächelte. »Du denkst so schmutzig, du solltest selber Politik machen«, brummte er. »Aber das sind alles Spekulationen, die du besser keinem anderen erzählst. Nichts davon ist bewiesen und der Grööndorp kann ja auch wirklich Opfer eines üblen Schadenszaubers geworden sein. Lassen wir die Sache auf sich beruhen und seien wir froh, wenn wir damit zunächst nichts zu tun haben.«

Rasmus nickte.

»Eins noch, Meister Grave«, fragte er in möglichst beiläufigem Ton.

Der Henker nickte einladend.

»In der Zelle von der Ursel Lehmbauer sitzt eine … Dame«, begann er.

Der Henker schmunzelte. »Eine Dirne von außerhalb. Dem Rat wurden es mal wieder zu viele. Sie wird mit einigen anderen morgen mit Ruten gestrichen und der Stadt verwiesen«, erklärte der Henker.

»Wisst Ihr etwas über sie?«, fragte Rasmus.

Grave sah ihn verdutzt an. »Warum willst du das wissen? Das Weib ist nichts für dich, glaub mir das. Und nein, ich weiß nur, was ich dir gerade gesagt hab.«
Rasmus überlegte kurz, ob er dem Henker von ihrer Nachricht erzählen sollte. Dann siegte die Sorge über ihre Warnung. Wenn er wirklich etwas über den Tod seines Vaters erfahren konnte, dann wollte er das nicht gefährden.
»Ach nichts, Meister Grave, sie war mir nur aufgefallen«, entgegnete Rasmus nachdenklich.

Kapitel 17

4. Juli 1618

»Die Badestube ist so weit im Reinen und ich hab einige Rollen Leinen frisch gewaschen«, sagte Catharina und deutete auf den Verbandstoff auf dem Tisch.

»Danke, Catharina«, bedankte Rasmus sich und auch Casper nickte ihr freundlich zu.

Die Freunde saßen, wie so oft, in der Arbeitsstube der Baderei und sprachen über die anstehende Arbeit der nächsten Tage.

Catharina wischte sich eine der langen, braunen Locken aus der schweißfeuchten Stirn und lächelte etwas müde zurück. »Wenn es nichts mehr zu tun gibt, würde ich mich sonst hinlegen«, bat sie.

Rasmus nickte. »Wir sind hier fertig, geh ruhig schlafen«, stimmte er zu.

Casper sah ihr hinterher, bis sie gähnend das Zimmer verlassen hatte, und wandte sich dann halblaut an Rasmus. »Sie schafft mächtig was weg und plietsch ist sie auch. Wenn ihr Prozess vorbei ist, solltest du sie fragen, ob sie nicht als Magd bleiben will«, schlug er vor.

Rasmus nickte. »Hab ich auch schon überlegt, ich hab nur immer noch Sorge, dass sie das Weite sucht und ich dann den Ärger hab.«

Casper machte eine hilflose Geste. »Es war deine Entscheidung, ihre Tür nachts nicht mehr zu verschließen.«

»Das war doch kein Zustand. Sie kommt doch gerade aus der Frohnerei und ich weiß, wie man sich da fühlt. Dazu trägt sie noch ein Kind in sich«, rechtfertigte Rasmus seine Entscheidung.

»Und außerdem hast du es einfach nicht übers Herz gebracht, nicht wahr«, vermutete Casper und zwinkerte ihm zu.

Rasmus nahm den letzten tiefen Zug aus seinem Bierkrug und nuschelte etwas wie »Schwanger« in den Humpen.

»Ich kann das schon verstehen … Nachdem sie und ihr Zeug mal Wasser und Seife gesehen haben, kann man da nur schwer wegsehen. Da ändert auch ihr wachsender Kindsbauch nichts dran. Zumal es offensichtlich nicht das Einzige an ihr ist, was in den letzten Monaten gewachsen ist«, bemerkte Casper mit einem wackligen Lächeln.

»Ja, sie ist ganz nett«, stimmte Rasmus gleichmütig zu.

Casper lachte kurz trocken auf. »Ich hab genau gesehen, wie du sie anschaust!«

Rasmus zuckte ein wenig verlegen die Schulter.

Dann wurde Caspers Miene wieder ernst. »Sei vorsichtig und verguck dich besser nicht in sie. Du kennst sie nicht und sie ist vermutlich der einzige Mensch hier, der noch mehr in Schwierigkeiten steckt als du!«, warnte er seinen Freund besorgt.

Rasmus winkte ab. »Da kenne ich in der Frohnerei mittlerweile eine ganze Menge mehr Leute«, entgegnete er mit einem freudlosen Lachen. Dann stand er auf und streckte sich. »Ich werde noch einmal raus und mich etwas bewegen«, sagte er gähnend.

»Wie, jetzt noch? Hat dir der Tag nicht gereicht?«, fragte Casper erstaunt.

»Meine Augen müssen einmal was anderes sehen als die Badestube und die Frohnerei«, erklärte der Medizinstudent.

»Verstehe. Treib es nicht zu bunt! Nichts für ungut, aber ich bin zu erledigt, auch wenn es noch etwas hell ist«, gähnte Casper und stand ebenfalls auf.

Wenig später passierte Rasmus bereits den Hopfenmarkt und St. Nikolai. Er war froh, dass Casper ihn nicht begleiten wollte, so brauchte er sich wenigstens keine Ausrede einfallen lassen, warum er den Freund nicht dabei haben wollte. Diesen Gang wollte er besser alleine machen.

Mulmig war ihm schon zumute. Was würde ihn in Jakobi erwarten? Würde er wirklich Informationen über den Tod seines Vaters erhalten? Oder war es gar eine Falle? Aber auch wenn das Kirchspiel um St. Jakobi nicht den besten Ruf hatte, konnte er sich nicht vorstellen, dass er mitten vor der Kirche auf offener Straße in Gefahr wäre. Zumal es zu dieser Jahreszeit zur zehnten Stunde noch ein wenig hell war und der Mann, den er treffen sollte, blind sein sollte. Zu aller Vorsicht hatte er aber ein scharfes Messer im Gürtel unter seinem Hemd verborgen. Nur war er leider alles andere als ein erfahrener Kämpfer.

Er passierte den Marktplatz am Berg und St. Petri, bevor er seinen Weg auf der Steinstraße fortsetzte. Trotz der vergleichsweise späten Stunde herrschte noch ein reges Treiben auf Hamburgs großen Straßen. Die Bewohner der Hansestadt nutzten das lange Tageslicht im Sommer aus, um noch einige Arbeiten zu erledigen oder auch um nach dem Tagewerk die Schenken zu besuchen.

Je weiter ihn sein Weg in das Kirchspiel Jakobi führte, desto mehr änderte sich das Stadtbild. Die Steinstraße war zwar breit und gut gepflastert, aber die abzweigenden Gassen wurden immer enger und düsterer. Die Häuser waren ärmlicher und zunehmend lag Unrat und Gerümpel an den Ecken. Kaum noch sah man gut gekleidete Bürger über die spätabendliche Straße flanieren, umso mehr von der Arbeit erschöpfte Bauern und Handwerker, dazu die ersten wankenden Zecher und manch zwielichtig dreinschauendes Gesindel. In den Twieten, die oft so schmal waren, dass sich die Bewohner der anliegenden Häuser über sie hinweg die Hand reichen konnten, sah Casper auch bereits die eine oder andere Dirne verstohlen aus den Schatten hervorlugen. Es würden noch mehr werden, wenn es dunkler wurde.

Während er noch in Gedanken versunken war, tauchte zu seiner Linken bereits die Jakobi-Kirche auf. Er schaute sich auf dem Vorplatz und den Treppenstufen um. Üblicherweise hielten hier viele Bettler ihre Schalen in die Höhe und baten um eine milde Gabe, aber um diese Uhrzeit hatten die meisten von ihnen bereits ihren Platz geräumt. Zu wenig spendable Bürger waren unterwegs und die meisten von ihnen waren eher misstrauisch, wenn sie in der fortschreitenden Dunkelheit von abgerissenen Gestalten angesprochen wurden.

Rasmus schlenderte über den Kirchplatz und versuchte möglichst unbeteiligt zu wirken und unauffällig die wenigen Bettler zu mustern. Er biss sich nervös auf die Lippe, vermutlich konnte es nichts Auffälligeres geben als seine gewollte Unauffälligkeit.

Da war ein Kerl mit einem Bein und einem Arm, der eine heruntergekommene Landsknechtstracht trug und abwesend an der Kirchenwand lehnte. Vermutlich ein Söldner, der seine Gliedmaßen in der Schlacht verloren hatte.

Eine alte Frau mit Augenbinde saß direkt auf den Kirchenstufen. Mit ihren Händen arbeitete sie zwar gerade an einer Flickarbeit, aber sie blickte in eine andere Richtung und trug eine schmutzige Binde vor den Augen. Rasmus überlegte, aber die Dirne im Kerker hatte von einem Bettler gesprochen und nicht von einer Bettlerin.

Zwei andere Gestalten, deren Leiden Rasmus im Dämmerlicht nicht ausmachen konnte, standen gerade auf und verließen den Platz.

Sonst kam keiner mehr auf dem Kirchplatz in Frage. Unschlüssig blickte sich der Medizinstudent um. Die zehnte Stunde war bereits angebrochen. Was sollte er nun tun? War es nur ein dummer Scherz, dem er aufgesessen war? Doch wer, außer dem Frohn und Casper, sollte schon ahnen, dass er gerade den Tod seines Vaters näher untersuchte?

In Ermangelung einer besseren Alternative schlenderte er zu der blinden Frau auf der Kirchentreppe zu.

Als er keine zwei Schritte vor ihr stand, blickte sie grob in seine Richtung und hielt ihm eine Holzschale hin.

»Eine milde Gabe, Herr? Oder etwas zu flicken? Mein Augenlicht ist fort, aber meine Finger sind immer noch geschickt«, sprach sie ihn mit einer heiseren Stimme an. Aber ohne Zweifel handelte es sich um eine Frau.

Rasmus ließ klappernd eine Kupfermünze in die Schale fallen.

»Oh, habt Dank, werter Herr! Ihr helft einer armen Frau durch die Nacht«, bedankte sie sich.

Unschlüssig blieb Rasmus vor der sitzenden Alten stehen und blickte sich noch einmal um. Ein anderer Bettler, auf den die Beschreibung besser gepasst hätte, war jedoch weit und breit nicht zu sehen.

Er räusperte sich. »Mein Name ist Rasmus Steinschneider«, sprach er sie an in der Hoffnung, eine Reaktion zu erhalten.

»Mich nennt alle Welt nur Flicken-Gerlin, werter Herr. Sollten wir uns kennen?«, fragte die Alte irritiert.

»Nein, wohl nicht«, antwortete Rasmus halblaut und ließ die verdutzte Frau auf den Stufen sitzen. Enttäuscht ging er über den Kirchplatz zurück.

»Einen Almosen, Herr?«, erreichte ihn da eine Stimme direkt an der Häuserecke zur Steinstraße. Rasmus schaute hinunter zum Sprecher. Direkt an der Mauer saß eine abgerissene Gestalt. Er trug zwar keine Augenbinde, aber selbst in diesem Licht war zu erkennen, dass die Augen des Mannes unnatürlich hell und trüb waren. Im Gegensatz dazu war seine Haut von der Sonne gebräunt und faltig wie altes Leder. Sein struppiger Bart hatte eine undefinierbare Farbe und sein kahles Haupt war von Schorf und rötlichen Pickeln bedeckt. Der Mann hielt ihm auffordernd einen speckigen Filzhut hin. Hatte er ihn tatsächlich bisher übersehen oder war er eben erst gekommen?

Rasmus beugte sich zu ihm hinunter und legte auch ihm eine Kupfermünze in den Hut. Er nahm den intensiven Geruch von Schweiß, Straßenschmutz und Urin wahr, den der Mann ausströmte. Und noch ein Geruch kroch in seine Nase, der ihm bekannt vorkam, aber den er zunächst nicht einordnen konnte. Eier? Schießpulver? Vielleicht beides. Schwefel!

Statt zu antworten oder sich zu bedanken, murmelte der Fremde nur etwas Unverständliches und ließ die Münze in einer seiner Taschen verschwinden. Er schmatzte laut, setzte sich den speckigen Hut auf und stemmte sich ächzend in die Höhe.

Zu Rasmus' Überraschung griff er einen knotigen Stock und begann langsam in Richtung Jakobi zu gehen. Dabei ließ er die Spitze des Stocks suchend über den Boden gleiten.

Irritiert sah Rasmus zu, wie der Mann von dannen ging. Einige Ellen weit ließ er ihn kommen, dann schloss er mit ein paar schnellen Schritten zu ihm auf.

»Hey da, bist du es, mit dem ich gehen soll?«, zischte Rasmus ihm halblaut und mit aufkeimendem Ärger ins Ohr.

»Hamburg ist eine freie Stadt. Ihr könnt gehen, mit wem auch immer Ihr wollt«, nuschelte der Mann, ohne sich umzudrehen. Seine Stimme klang, als hätte man seine Zunge lange in Alkohol eingelegt und dann in Sand und Schmutz gewälzt.

Wütend ergriff Rasmus den Mann an der Schulter und drehte ihn zu sich. »Verkauf mich nicht für dumm!«, zischte er den Mann an und merkte, dass seine Nerven die wachsende Anspannung bald nicht mehr vertrugen.

Der Mann lachte dreckig und entblößte einige Zahnruinen, die von Weizengelb bis Kohlschwarz ein reichhaltiges Farbspektrum abdeckten. »Wollt Ihr mich hier schlagen, feiner Herr? Einen blinden Bettler auf dem Kirchplatz?«, fragte er und grinste schmierig.

»Du weißt genau, was ich von dir will, oder?«, fragte Rasmus gereizt, ließ aber die Schulter des Mannes los.

»Wollen wir nicht alle irgendwas?«, entgegnete der Bettler achselzuckend, nahm seinen Hut wieder ab und hielt ihn Rasmus hin.
Rasmus biss die Zähne zusammen. »Wie viel?«, fragte er.
Wieder zuckte der Mann die Schultern. »Was auch immer meine Gesellschaft Euch wert ist«, entgegnete er und sein Grinsen entblößte einige Zähne, die besonders vorwitzig vor den anderen hervorragten.
Rasmus überlegte. »Ich gebe dir einen Groschen, aber dafür musst du mir sagen, was du weißt«, verlangte Rasmus.
»Ich bin ein armer , blinder Mann und weiß nichts. Aber für einen Groschen kann ich Euch vielleicht zu jemandem bringen, der Euch etwas erzählen kann«, offerierte er mit unverhohlener Gier in der Stimme.
»Gib mir erst etwas, das mir beweist, dass du der Richtige bist!«, forderte Rasmus.
»Sonst sägt Ihr mir den Schädel vom Rumpf, Herr?«, fragte der Bettler und lachte heiser.
Rasmus' Kiefer bissen hart aufeinander. Zornig legte er dem Mann die Silbermünze in den Hut und augenblicklich verschwand das Geld in den Taschen des Mannes.
Ohne ein weiteres Wort ging er davon und Rasmus folgte dem Mann auf den Fersen.
Ihr Weg führte sie an Jakobi vorbei in eine der schmalen Twieten, die die Kirche wie ein Labyrinth umschlossen. Das Gängeviertel aus ärmlichen Häusern und Mietskasernen um St. Jakobi war über die Jahrzehnte durch legale und wilde Bebauung so stark gewachsen, dass irgendwann jeder Innenhof und jeder freie Fleck bebaut war. Manche Häuser waren mit oder ohne Duldung ihrer Eigentümer derart erweitert worden, dass sie eher an einen heruntergekommenen Bienenstock, denn an menschliche Behausungen erinnerten.

Rasmus fühlte sich sichtlich unwohl, seinem wenig vertrauenswürdigen Führer in das verrufene Viertel zu folgen. Nicht nur, dass er in den düsteren Gassen nur noch dunkle Umrisse erkennen konnte, vermutlich lauerten in den Hauseingängen und Schatten genügend Gestalten, denen seine guten Lederschuhe mehr wert waren als seine Gesundheit.
»Ist es noch weit?«, fragte er und bemühte sich seiner Stimme einen beiläufigen Ton zu geben. Der Bettler lachte kurz auf und bog erneut in eine der schmalen Twieten ab. Dann stoppte das Schaben seines Stocks auf dem Boden und seine Hände tasten kurz über die Hauswand zu seiner Linken. Zielsicher fand er einen Knauf und zog eine Holztür auf.
»Was ist das für ein Haus?«, wollte Rasmus wissen.
»Einfach nur ein Haus, Herr«, antwortete der Bettler schmierig.
»Wer lebt hier, meine ich!«, fragte Rasmus angespannt.
»Viele Menschen wie meist in Jakobi. Soll ich Euch nun führen oder nicht?«, drängte der Bettler und hielt die Tür weiter offen. Rasmus schluckte, folgte ihm aber in das Haus.
Kaum fiel die Tür hinter ihnen zu, umfing die beiden eine bedrückende Dunkelheit. Durch wenige geöffnete Luken schien ein wenig nächtliches Licht hinein, das eigentlich nicht als solches bezeichnet werden konnte. Rasmus schloss kurz die Augen, um zumindest noch ein paar Schatten in der Dunkelheit ausmachen zu können.
Vermutlich waren sie in einer Art Hausflur. Vermutlich ein Mietshaus. Aus den hölzernen Wänden um sie herum drangen dumpf mannigfaltige Geräusche. Er hörte Husten und das Klappern von Geschirr, jemand stritt sich mit einer Frau und ab und an knarrte das Holz der alten Dielen, wenn jemand über sie ging.
Dazu ein schwerer Übelgeruch nach menschlichen Ausscheidungen, Rauch und Schmutz. Zu allem Überfluss war der

Tag sehr sonnig gewesen und die Häuser strahlten in der Nacht die aufgenommene Hitze aus, was eine beklemmende Mischung ergab. Rasmus' Atem wurde zunehmend flacher.

»Ja, kein Rosengarten hier«, kicherte der Bettler.

Rasmus nickte, dann wurde ihm klar, dass sein Gegenüber das nicht wahrnehmen konnte. Oder doch?

»Seid Ihr so weit?«, fragte sein Führer ihn ungeduldig.

»Ich kann kaum was sehen«, beschwerte sich Rasmus.

»Hier gibt es keine Lampen, folgt mir einfach. Und gebt acht, hier liegt einer«, erklärte der Bettler lapidar. Kurz darauf hörte Rasmus wieder seine Schritte und das Schleifen des Stocks auf dem Holzboden.

»Wartet!«, rief Rasmus und machte einen schnellen Schritt, um seinen Führer nicht zu verlieren. Seine Füße stießen gegen etwas Weiches.

»Ich sagte doch, gebt acht!«, brummte der Bettler ungehalten.

»Ist … das ein Toter?«, fragte Rasmus erschrocken.

»Woher soll ich das wissen? Vermutlich nur besoffen oder krank«, vermutete der Blinde und setzte seinen Weg fort.

Rasmus tastete sich widerwillig über den reglosen Körper hinweg und ging seinem Begleiter dicht hinterher. Innerlich fluchte er. Hätte er doch nur eine Lampe mitgenommen, aber wer rechnete schon damit, dass sie eine solche Absteige besuchen würden.

Der Weg, den der Bettler ihn durch das Haus führte, war verschlungen und Rasmus musste sich schon nach wenigen Abzweigen eingestehen, dass er die Orientierung verloren hatte. Sie wechselten sogar einmal über eine schmale Stiege in eine höhere Etage. Nur ab und an schien ein dünner Lichtstrahl zwischen den Ritzen der klapprigen Türen hervor. Dafür wechselte die Geräuschkulisse aus Schnarchen, Gepolter und Gesprächen mit jedem Zimmer, das sie passierten.

Ein dicker Kloß bildete sich in Rasmus' Hals, als ihm klar wurde, wie sehr er sich hier ausgeliefert hatte. Wenn sein Führer ihn zu ein paar Halsabschneidern führen würde, bräuchten sie nicht einmal schnell oder leise vorgehen. Hier konnte er sicherlich keine Hilfe erwarten. Unwillkürlich tastete er nach dem Messer unter seinem Hemd.

»Es ist nicht mehr weit«, raunte sein Führer da, als hätte er seine Gedanken gelesen.

Rasmus brummte ungläubig. Dann stieg die dumpfe Geräuschkulisse stetig an. Irgendwo hier schienen mehr Leute versammelt zu sein. War das ein gutes Zeichen oder eher ein schlechtes? Seine Anspannung stieg an.

Als der Bettler stehen blieb, prallte Rasmus leicht gegen ihn und zuckte erschrocken zusammen.

»Keine Sorge, werter Herr«, amüsierte der Mann sich über Rasmus. Dann zog er die Tür vor sich auf und Rasmus' Augen wurden von ungewohntem Lichtschein getroffen. Zwar war der Raum hinter der Tür auch nur spärlich beleuchtet, aber nach ihrem Irrweg durch die beinahe Finsternis musste er dennoch einige Male kurz blinzeln.

Er versuchte den Raum zu erfassen, was sich als nicht ganz so einfach erwies. Vermutlich ein Dutzend Leute standen oder saßen hier auf morschen Holzkisten, klapprigen Schemeln oder auf dem Boden. Ihre hölzernen oder tönernen Becher standen auf schiefen Tischen oder gar alten Fässern und das wenige Licht stammte von Ölfunzeln und blakenden Kienspanen. Bei den Gestalten, die sich hier versammelt hatten, war es vermutlich auch besser, man konnte nicht allzu viel erkennen. Wie das gesamte Haus war auch dieser Raum unübersichtlich und wirkte, als hätte jemand einen Haufen Gerümpel gesammelt und zusammengezimmert. Verwinkelte Trennwände, verhangene Nischen und dunkle Ecken machten es unmöglich auszumachen, wie groß der Raum wirklich war und wie viele Menschen sich hier befanden. Vermutlich war es eine ganz üble Winkelschänke ohne jede Zulassung. Aber welcher Röper oder Amtsträger sollte sich hierher schon verirren, um eine Schankerlaubnis zu prüfen. Und dann musste er auch noch wieder hinauskommen, um von seiner Entdeckung zu erzählen.

Die geröteten, verschlagenen Augen, die sie misstrauisch bei ihrem Eintritt musterten, ließen keine Zweifel offen, dass Skrupel für die meisten Gäste hier ein Fremdwort war. So sehr ihm sein Führer bisher missfallen hatte, so war er nun insgeheim doch froh, in seiner Begleitung hier zu sein.

»Kommt schon, Herr. Wenn wir hier zu lange Maulaffen feilhalten, könnten wir den einen oder anderen auf Ideen bringen, die Euch nicht zuträglich sind«, sagte der Bettler halblaut. Rasmus musste ihm beipflichten, es war besser, nicht so auf dem Präsentierteller zu stehen. Unter den musternden Blicken der anderen Gäste ließ er sich von seinem Führer durch den Schankraum führen, wollte man ihn denn so nennen. Dabei bewegte sich der blinde Mann mit Hilfe seines Stockes mit erstaunlicher Sicherheit durch die dichtgestellte Stube.

Ihr Weg endete vor einer der Wandnischen. Funzliges Licht dämmerte hinter einem Vorhang aus schmutzigem Sackleinen. Der Bettler klopfte einmal an das Holz neben dem Stoff und nach einer kurzen Pause noch mit schneller Folge zwei weitere Male.

Ein Kopf mit langen, fettigen Haaren schob sich durch einen Spalt im Vorhang und blickte den Bettler missmutig an. Zwei schlecht verheilte Narben zogen sich über das Gesicht und verschoben einen der Mundwinkel zu einem unnatürlichen Dauergrinsen. Die beiden hielten die Köpfe näher zueinander und wechselten so leise Worte miteinander, dass Rasmus sie nicht verstehen konnte. Jedoch blickte das Narbengesicht zweimal abschätzend zu ihm

herüber, während er dem Bettler zuhörte. Schließlich öffnete er den Vorhang weiter und gab Rasmus ein Zeichen, einzutreten.
Mit ungutem Gefühl beugte sich Rasmus durch den niedrigen Durchgang und machte einen Schritt in die Nische. Sie war gerade groß genug, um einen kleinen Tisch und drei Stühle zu beherbergen. Auf einem davon saß zu Rasmus' Überraschung ein dürres Weib, das kurz aus stechenden, dunklen Augen zu ihm aufsah. Rasmus schauderte bei ihrem Blick. Sie deutete mit ihren Spinnenfingern auf den Platz ihr gegenüber und murmelte etwas, das er nicht verstand. Er setzte sich, während sich der Vorhang hinter ihm wieder schloss. Anscheinend sollte er hier mit der Frau allein bleiben. Ihm sollte es nur recht sein.
Er musterte sie genauer, während sie eine Silberzwiebel von einem Holzteller nahm und sich zwischen die schmalen Lippen schob. Sie war sicherlich bereits sechzig Jahre, vielleicht auch siebzig, aber ihr Gesicht war so faltig und wettergegerbt, dass ihr genaues Alter kaum zu bestimmen war. Ihre Haare mochten einmal schwarz gewesen sein, aber nun waren sie aschgrau. Mit langen, gräulichen Zähnen zerbiss sie die Zwiebel und spülte mit einem Schluck aus einem fein gravierten Zinnbecher nach.
»Man sagte, du hast Informationen für mich«, sagte Rasmus schließlich, als sie keine weiteren Anstalten machte, ihn anzusprechen.
»Junge Menschen … Immer so ungeduldig«, erwiderte sie vorwurfsvoll in einem fremdartigen Dialekt, den Rasmus nicht einordnen konnte. Rasmus atmete tief durch und wartete ab, bis sie noch das letzte Stück Brot und Speck vom Teller gegessen und aus dem Becher nachgespült hatte.
Gerade setzte sie an etwas zu sagen, da öffnete sich unwirsch der Vorhang. Ein glatzköpfiger Kerl stellte wortlos einen gefüllten Tonbecher vor ihm hin und goss auch aus einer Kanne den

Zinnbecher der Alten auf. Er zog rasselnd die Nase hoch und sah Rasmus auffordernd an.

»Ich habe nichts bestellt«, entgegnete Rasmus dem Mann verdattert.

»Das ist eine Schenke, Pfeffersack, keine heilige Messe. Wenn du hier sitzt, säufst du auch!«, stellte der Mann bellend klar. Rasmus war in dieser Umgebung wahrlich nicht auf Ärger aus und griff zum dritten Mal an diesem Abend in seinen Geldbeutel. »Wie viel schulde …«, begann er, doch der Mann schnappte sich ungefragt eine Münze von seinem Handteller und zog harsch den Vorhang wieder zu. Rasmus schluckte seinen Protest runter und ließ sich wieder in den wurmstichigen Stuhl sinken.

»Wann bist du geboren, junger Mann?«, fragte sie und es klang wie etwas Bedeutungsvolles.

»Was soll das zur Sache tun?«, entgegnete Rasmus irritiert. »Am 4. August 1593«, gab er schließlich preis, als sie ihn weiter wortlos anstarrte. Sie nickte lediglich.

Es war heiß und stickig in dem Kabuff und Rasmus überwand sein Misstrauen gegenüber den hiesigen Getränken und nahm einen Schluck aus dem Tonbecher. Das lauwarme Bier hatte eine feine Note von ausgekochter Wäsche, nur weniger schmackhaft. Doch die Hitze des Abends und die Anspannung hatten seine Kehle ausgetrocknet, sodass er den Becher trotzdem fast bis zur Neige leerte.

Die Frau räumte ihren Teller und Becher auf den freien Stuhl und hob einen kleinen Kasten vom Boden auf. Sie platzierte den Kasten auf ihren Knien und klappte bedächtig den Deckel auf. Neugierig beobachtete Rasmus, wie sie ein schwarzes Tuch mit feinen Silberstickereien hervorholte. Zu seiner Überraschung glänzte der Stoff edel, wie es nur Seide oder Brokat tat. Als sie im Begriff war, das Tuch über dem Tisch auszubreiten, nahm er schnell seinen Becher fort. Das edle Tuch wirkte in der Absteige wie eine Dame im Ballkleid auf einem Schlachtfeld. Ihre dürren Finger fischten einen Stapel Karten aus der Kiste und legten sie behutsam auf die Decke.

»Was soll das werden?«, fragte Rasmus zunehmend ungeduldig.

»Geduld, junger Mann«, sagte sie abwesend und begann die Karten geschickt zu mischen. Rasmus seufzte und verschränkte die Arme vor der Brust. Sie begann die Karten nach einem wohl nur ihr bekannten Muster auf dem Tisch auszulegen und musterte abwechselnd die bunten Bilder und ihren Gast.

»Was soll das werden? Wollt Ihr mir meine Zukunft vorhersagen? Wenn Ihr nichts über meinen Vater erzählen könnt, dann sagt es einfach und lasst diesen Hokus-Pokus!«, erzürnte er sich und stand auf, wobei er beinahe Stuhl und Tisch umstieß.

Kaum hatte er seine Stimme erhoben, wurde der Vorhang hastig beiseite gezogen und das Narbengesicht schob seinen Oberkörper bedrohlich in die Nische. In der Rechten hielt er eine kurze, gekrümmte Klinge.

Rasmus' Magen zog sich zusammen und instinktiv wich er nach hinten aus, bis er an die Holzwand stieß.

»Es ist schon gut, unser junger Gast ist nur etwas angespannt. Nicht wahr?«, wandte sie sich erst an ihren Beschützer und dann an Rasmus. Der Medizinstudent nickte heftig und biss sich nervös auf die Unterlippe.

»Setzt euch wieder«, sagte sie ihm und halb klang es wie eine Einladung und halb wie ein Befehl.

Rasmus nahm wieder Platz, wobei er die gefährlich blitzende Klinge nicht aus den Augen ließ. Er war ein Narr gewesen, allein hierher zu kommen und sich nicht mit Grave oder zumindest Casper abzusprechen. Aber nun war es zu spät.

»Es ist gut«, wiederholte die Alte noch einmal. Mit einem letzten funkelnden Blick in Rasmus' Richtung schloss das Narbengesicht wieder den Vorhang.

»Gebt mir Eure Hand, junger Mann«, forderte die Alte ihn auf.
Rasmus hielt ihr die rechte Handfläche hin und versuchte das leichte Zittern zu unterdrücken, das sich in seine Glieder geschlichen hatte. Eine Weile musterte sie die Linien auf seiner Hand. Dann griff sie in ihre Rocktasche und holte etwas Blinkendes hervor, das sie ihm auf die Handfläche legte.
»Vielleicht glaubt Ihr nun, dass Ihr hier richtig seid, und habt etwas mehr Geduld?«, fragte sie lauernd.
Rasmus betrachtete das Metallstück und schluckte. Es war eine Münze. Selbst im schwachen Licht der Ölfunzel erkannte Rasmus die feinen Linien darauf. Der Kopf eines Ziegenbocks vor einer dreizinkigen Gabel umrahmt von drei Sechsen. Ein Teufelstaler! Er schluckte einen Kloß hinunter und nickte stumm.
Die Alte korrigierte beiläufig die Lage einiger Karten. »Euer Vater war das Opfer schwarzer Mächte und sie wollen auch Euch«, flüsterte sie laut genug, dass Rasmus sie verstand.
Ein Schauer lief über seinen Rücken. »Was sollte der Teufel von mir wollen?«, fragte er tonlos.
»Es ist nicht der Teufel, den Ihr fürchtet solltet. Es sind die Dämonen, Geister und Unholde. Sie sind unter uns und sie wollen Euch, Steinschneider«, warnte sie ihn.
Rasmus schüttelte ungläubig den Kopf, aber der Schweiß trat ihm aus allen Poren und sein Herz pochte aufgeregt. »Was sollten sie schon von mir wollen?«, fragte Rasmus zittrig und wischte sich mit dem Hemdsärmel den Schweiß von der Stirn.
Die Alte beugte sich zu ihm rüber. »Sie wollen Eure Seele, so wie die Eures Vaters«, zischte sie ihm entgegen. »Sie werden sie Euch aus dem Leib reißen, wenn sie Euch getötet haben, auf dass Ihr ewig als Verdammter über die Erde wandelt«, fuhr sie eindringlich fort.
»Nein … nein«, stammelte Rasmus und rieb sich die brennenden Augen.

»Doch, ich kann es in Eurem Schicksal sehen«, hielt ihm die Alte trocken vor und blickte kurz auf ihre Karten.
Rasmus schüttelte wieder den Kopf. Astronomische Horoskope waren wissenschaftlich fundierte und mit exakten mathematischen Methoden berechnete Vorhersagen, aber das hier? Dennoch spürte er eine unaufhaltsame Panik in sich aufsteigen. Ein Teil von ihm wusste, dass Wahrheit in ihren Worten lag, so sehr er sich dagegen sträubte.
»Ihr wisst, dass ich Recht habe, Ihr fühlt es, nicht wahr? Ihr seht sie nicht, aber sie sind da! Ihre Augen schwarz wie Kohle oder rot wie die Glut im Schmiedeofen. Leiber feist wie Maden oder dürr und von Pest überzogen. Klauen und Zähne wie Tiere und Stimmen, bei denen Neugeborene aufhören zu atmen. Sie verschmelzen mit den Schatten und warten auf Euch in der Dunkelheit.«
Rasmus schüttelte wüst den Kopf. Das Blut rauschte in seinen Ohren. »Hört auf!«, rief er entsetzt und presste die Handballen auf die Ohren. »Was soll ich tun?«, fragte er schließlich verzweifelt.
»Ihr müsst kämpfen! Ihr müsst erbarmungslos und grausam sein wie sie. Wenn du leben willst, musst du kämpfen, bis aufs Blut! Beeil dich, sie kommen dich zu holen. Ich kann sie spüren«, zischte sie.
Rasmus nickte. Er richtete sich auf. Sein Atem ging stoßweise und sein Gesicht verzerrte sich zu einer grimmigen Grimasse. Er würde seine Seele nicht aufgeben wie sein verfluchter Vater!
Als der Vorhang zur Seite glitt, ruckte sein Kopf hastig herum.
»Ich sag doch, saufen oder gehen«, knurrte der Wirt mit dem Krug in der Hand.
Rasmus musterte ihn mit weit aufgerissenen Augen. Der Wirt … Das war nicht sein wahres Gesicht! Er sah die Schwärze hinter den Augen des Mannes und die Krallen, die aus seinen Fingern sprossen. Er war einer von ihnen.

»Hast du den toll gemacht?«, bemerkte der Mann mit dem Krug lapidar in Richtung der Alten.
Entschlossen griff Rasmus nach seinem Tonbecher und schlug ihm dem Dämon ohne weiteres Federlesen ins Gesicht. Der Becher zerbarst und der Mann schlug sich laut schreiend die Hände vors Gesicht. Rasmus lachte grimmig. Er hatte noch den Boden mit einigen scharfen Splittern in der Hand. Entschlossen rammte er dem Mann mehrmals die Scherben in Gesicht und Hals. Aufheulend wankte dieser zurück, während ihm Blut zwischen den Fingern hindurchspritzte.
Eine tumultartige Unruhe brach in der Winkelschänke aus. Die Besucher riefen etwas durcheinander, das Rasmus nicht verstand, einige wichen von ihm zurück, andere zogen Messer und Knüppel.
Mit einem Satz wie ein junger Kater sprang er auf ein nahestehendes Fass und von dort auf einen Tisch. Einem Mann, der ihn am Hosenbein halten wollte, rammte er sein Knie ins Gesicht, sodass ihm knackend die Nase brach. Das Höllengezücht würde seine Seele nicht fressen!
Er sprang zurück auf den Boden, dem Ausgang jetzt schon ein wenig näher gekommen. Ein grobschlächtiger Kerl mit einem Knüppel tauchte vor ihm auf. Der dreckigen Schürze nach zu urteilen, arbeitete auch er hier. Rasmus sah zwei schwarze Hörner auf der Stirn des Mannes und als er seine Lippen zu einem wütenden Schrei öffnete, lange, schwarze Zähne wie Obsidian. Öliger roter Speichel rann dem Dämon zwischen den Kiefern hervor.
Der Knüppel flog auf Rasmus zu, der nach hinten auswich und gleichzeitig den Arm hochriss. Das Schlagholz strich seinen linken Unterarm, doch er nahm es kaum wahr. Er entsann sich des Messers, das er bei sich führte, und zog es mit der Rechten unter

dem Hemd hervor. Noch während er die Klinge zog, raste der Knüppel erneut auf ihn zu.
Diesmal hatte er weniger Glück. Zwar nahm er dem Schlag noch einen guten Teil seiner Wucht, indem er den Kopf zur Seite riss, dennoch krachte der Knüppel hart gegen seinen Schädel. Nur kurz nahm der Treffer Rasmus die Orientierung, dann besann er sich und stach, hackte und schnitt wüst gegen seinen Gegner ein. Es dauerte nicht lange, bis dieser schreiend zurücktaumelte und zu Boden ging.
Da legte sich etwas von hinten um seinen Hals und drückte zu. Ob es ein Arm war oder etwas Dämonisches, konnte er nicht ausmachen. Gerade wollte er mit der Klinge nach hinten stechen, da hing auch etwas an seinem Arm. Wütend schrie Rasmus auf und während er den Gegner, der an seinem Arm hing, an einen Pfosten schleuderte, beugte er sich nach hinten und biss in das Gesicht seines Würgers und riss ein Stück Fleisch heraus.
Der Arm löste sich. Er war frei! Stechend, tretend und schlagend stürzte er zur Tür. Er spürte den einen oder anderen Treffer auf seinem Körper, ließ sich aber nicht von seinem Weg abbringen. Mit einem wuchtigen Tritt beförderte er die Tür aus den Angeln und hastete hinaus.
Kaum war er einige Schritte durch den dunklen Flur gestolpert, prallte er gegen eine Holzwand. Das Entkommen aus diesem Labyrinth würde nicht einfach sein. Aber er schwor sich, hier nicht zu sterben. Seine Seele würden sie nicht bekommen.
Er hastete weiter, nahm einige Abzweigungen und sogar eine Stiege nach oben. Noch immer hörte er Tumult im Haus, doch es wurde bereits leiser. Er konnte ihnen entkommen!
Eine Tür öffnete sich und ein dürrer Mann in einem löchrigen Nachtgewand mit einem brennenden Kienspan in der Hand trat halb auf den Flur.
»Was ist denn das für ein Tumult?«, fragt er verdattert.

»Helft mir, ich werde verfolgt!«, keuchte Rasmus.
»Von wem?«, fragte der Mann und blickte ihn argwöhnisch an.
»Von …«, begann Rasmus und zuckte zusammen. Eine lange, gespaltene Zunge war dem Mann zwischen den Lippen hervorgefahren und kurz über sein Kinn gehuscht. Ebenso wie es bei Eidechsen und Schlangen der Fall war.
»Dämon!«, knurrte Rasmus und drosch dem Mann ohne Vorwarnung die Faust ins Gesicht. Noch während er fiel, trat er ihm gegen die Brust und stürzte weiter.
Er würde hier herauskommen. Nichts konnte ihn aufhalten!

Kapitel 18

5. Juli 1618

Etwas berührte Rasmus am Arm. Sein ohnmachtsgleicher Schlaf dämpfte die Empfindung auf etwas Traumartiges. Ein Teil seines Verstandes wehrte sich gegen das Wachwerden und hatte gute Gründe dafür. Ein leidendes Stöhnen schlich sich dünn zwischen seinen Lippen hervor. Seine Augenlider flackerten kurz, blieben jedoch geschlossen.

Erneut berührte ihn etwas. Diesmal an der Schulter. Als der räudige Straßenhund auf der Suche nach Fischabfällen etwas forscher den Unrat durchwühlte, kippte Rasmus' Kopf haltlos zur Seite und seine Augen öffneten sich ruckartig. Mit einem beinahe panischen Atemzug saugte er Luft in seine Lunge und richtete sich hastig auf.

Ein Fehler. Augenblicklich wurde ihm schwindlig und die düstere Umgebung um ihn herum drehte sich. Stöhnend ließ er sich zurückgleiten. Übelkeit stieg in ihm auf und sein Atem ging schwer, als wäre er eine lange Stiege mehrfach hoch- und runtergegangen.

Es dauerte eine Weile, bis er sich wieder traute, die Augen zu öffnen. Er richtete sich langsam ein wenig auf und kämpfte das aufkommende Schwindelgefühl zurück.

Benebelt blickte er sich um. Er war draußen und es war noch immer dunkel. Er lag in einer schmalen Twiete, halb auf, halb in einem Haufen aus Abfall und Gerümpel. Ein Hund wühlte in dem Unrat nach Essbarem. Die Twiete endete an einem kleinen Kanal und sein rechtes Bein trieb zur Hälfte in dem schmutzigen Wasser. Er atmete tief durch und zog es an Land. Das Bein fühlte sich fremd an, wahrscheinlich lag es schon lange im Kanalwasser. Wie kam er hierher?

Er versuchte sich zu erinnern. Da war ein blinder Bettler gestern Abend … Rasmus grübelte weiter. Es fühlte sich an, als wenn Kinder mit kleinen Kieseln versuchten, diese in ein Gefäß zu werfen. Die meisten gingen daneben und nur ab und an klickte etwas im Behältnis.

Da war die üble Mietskaserne und die Winkelschenke. Eine Frau, sie hatte … ihn gewarnt. Dämonen! Er hatte gekämpft. War ihnen entkommen. War er das wirklich? Bilder schossen ihm in den Kopf. Unholde mit bluttriefenden Fängen, glänzenden Hörnern und feuerroten Augen.

Er sprang auf, instinktiv hatte sich seine Hand um ein Stück Holz geklammert, das in dem Haufen gelegen hatte.

Kaum stand er, begann sich die enge Twiete um ihn herum wieder zu drehen. Er taumelte keuchend zur Seite und stützte sich an der Mauer eines Hauses ab. Seine Beine wackelten und wollten nachgeben. Er schloss die Augen und verwendete all seine Kraft darauf, stehen zu bleiben.

Es gelang ihm und wenn er vorsichtig die Augen öffnete, hörte die Welt um ihn herum sogar auf, sich zu drehen. Waren es wirklich Dämonen und Teufel, gegen die er letzte Nacht gekämpft hatte? Die Bilder in seinem Kopf wirkten real, dennoch schien irgendwie die ganze Nacht wie ein Fiebertraum. Hatte er getötet? Ein bitterer Kloß wuchs in seinem Hals. Er wusste es einfach nicht.

Aber er wusste, dass er besser von hier weg sollte. Nach Haus in die Baderei. Besser noch, solange es dunkel war. Er blickte besorgt in den Nachthimmel, der im Sommer nie so richtig düster werden wollte.

Er hatte keine Ahnung, wo er war. Er bemerkte, dass er immer noch das Holz in der Hand hielt, und ließ es achtlos fallen. Wacklig machte er einige Schritte in die Gasse hinein und musste gleich wieder Pause machen und sich an der Wand abstützen. Je wacher er wurde, desto mehr bemerkte er die Schmerzen. Sein Kopf hämmerte wie ein Schmiedeamboss, sein Gesicht wirkte geschwollen und sein Körper fühlte sich an, als wäre er unter ein Pferdefuhrwerk gekommen.

Er wankte langsam bis zu einer Kreuzung und sah sich um. Die Gassen waren zu eng und die Häuser zu hoch, als dass er hätte einen Kirchturm ausmachen können, der ihm Orientierung gab. Willkürlich ging er weiter geradeaus, bis er an eine Abzweigung kam, die ihm nur links und rechts erlaubte. Er stützte sich an einer Häuserwand ab und überlegte.

Da fiel seine Blick auf seine Hand und seinen Hemdsärmel. Beides war von einer dunklen Flüssigkeit überzogen, das Hemd wirkte beinahe darin getränkt. Er war lange genug Bader, um selbst in diesem Licht zu erkennen, dass es sich um Blut handeln musste. Er blickte an sich herunter und schluckte.

Der Stoff seines Hemdes war zerrissen, hing teils gar in Fetzen und er war so blutbesudelt wie ein Feldscher, der nach der Schlacht ein ganzes Bataillon versorgt hatte.

Er musste schnell nach Hause und darauf achten, dass er keinem Röper oder Nachtwächter in die Hände lief. Am besten niemand würde ihn sehen. Auch nicht in der Badestube. Wie sollte er sein Erscheinungsbild erklären?

Er holte tief Luft und kämpfte sich nach rechts weiter die Gasse entlang. Dann wieder nach links. Den engen Gassen nach zu urteilen, war er noch immer in Jakobi.

Er fluchte. Da waren auf einmal zwei Männer, die auf ihn zukamen. Er hatte sie in der Dunkelheit zu spät bemerkt. Zum Verstecken war es zu spät, das würde höchstens ihre Aufmerksamkeit noch mehr erregen. Rasmus senkte den Kopf, verschränkte die Arme vor der Brust und torkelte ihnen weiter entgegen. Er hoffte, dass sie ihn in der Dunkelheit einfach für einen späten Zecher hielten.

Er sollte Glück haben. Auch die zwei Kerle wankten kräftig und passierten ihn lediglich mit einem groben Witz. Vermutlich hielten sie ihn für ihresgleichen. Eine Krähe hackt der anderen kein Auge aus.

Er setzte seine Suche fort, bis die Wege wieder breiter wurden und er am Rand des Pferdemarkts stand. Von hier aus würde er sich wieder zurechtfinden. Er mied aber auf seinem weiteren Weg die breiten Straßen und großen Plätze, da selbst zu dieser Zeit immer noch oder schon wieder einzelne Bürger unterwegs waren. Die meisten waren Trunkenbolde oder Arbeiter, die unterwegs zum Hafen waren, aber Rasmus wollte keinem von ihnen begegnen. Gelegentlich hielt er inne, um wieder etwas zu Atem zu kommen, aber die Sorge um Entdeckung trieb ihn wieder zügig voran. Er mied den oft belebten Hafen und die Trostbrücke und betrat stattdessen das Kirchspiel Nikolai von Norden aus.

Erleichterung machte sich in ihm breit, als er die Baderei ausmachte. Jetzt musste er nur noch ungesehen in sein Zimmer kommen. Ein paar Beulen und Blutergüsse könnte er später mit einer Kneipenschlägerei erklären, aber nicht das Schlachtfest, nach dem er aussah.

Noch einmal sah er zum Himmel hoch. Die Morgendämmerung nahte zwar schon, aber noch würden vermutlich alle schlafen.

Rasmus sah sich vor der Haustür noch einmal kurz um und nestelte in seinen Taschen nach dem Schlüssel. Er dankte Gott mit einem Stoßgebet, als er das Metall in seiner Tasche spürte und den Bund nicht verloren hatte. Das schartige Kratzen des Bartes im Schloss kam ihm unglaublich laut vor und er meinte, dass man es bis zum Dammtor hören müsste.

Rasmus schlüpfte durch den Spalt und verschloss die Tür wieder. Auf Zehenspitzen schlich er über die knarrenden Dielen durch den Flur.

Er bog um die Ecke und steuerte auf die Treppe in den ersten Stock zu, in dem sich sein Schlafgemach befand, was vormals das seines Vaters gewesen war.
Er hörte etwas klappern. Es kam aus der Badestube. Rasmus fluchte. Das musste die Magd sein. Sie konnte öfters nicht schlafen und begann schon halb in der Nacht mit einigen Arbeiten. Rasmus hatte ihr bereits mehrfach angeraten, Baldriantee am Abend zu trinken.
Die Tür der Badestube öffnete sich knarrend und Rasmus hastete so leise er es vermochte in den Behandlungsraum und zog eilig die Tür zu. Mit pochendem Herzen lauschte er den Schritten auf dem Flur. Am schnaufendem Atem erkannte er, dass es sich tatsächlich um die recht füllige Magd handelte.
Würde sie Rasmus in diesem Zustand sehen, würde sie vermutlich sogleich schreiend auf die Straße laufen und die nächste Kirche oder den Nachtwächter aufsuchen. Rasmus lauschte mit dem Ohr eng an der Tür. Trotz seiner Aufregung floss die Kraft immer mehr aus seinen Gliedern.
Als die Geräusche nur noch sehr leise und gedämpft waren, öffnete er die Tür einen Spalt. Der Flur war dunkel und leer. Vorsichtig ging er wieder hinaus und lehnte die Tür an. Auf Zehenspitzen schlich er zur Treppe.
Da knarrte die Tür links von ihm und flackernder Lichtschein traf seine Augen. Catharina stand im Nachtgewand vor ihm, in der Hand einen Halter mit einem brennenden Kienspan. Sie brauchte einen Atemzug lang, um Rasmus' Anblick zu verarbeiten. Dann riss sie ihre Augen auf und ihr Mund öffnete sich, bereit einen erschrockenen Schrei zu entlassen.
Rasmus blickte sie flehentlich an und schüttelte stumm den Kopf. Sie schloss den Mund und schluckte aufgeregt.
»Was …«, stammelte sie.

»Bitte, du darfst niemandem etwas erzählen«, flüsterte er eindringlich auf sie ein und blickte besorgt über seine Schulter nach hinten in den Flur.
Auf ihrem Gesicht zeichnete sich Schreck und Sorge ab, aber sie nickte. Da öffnete sich abermals knarrend die Tür der Badestube. Panisch wechselte Rasmus' Blick zwischen der Tür und der Stiege. Er würde es unmöglich rechtzeitig hinauf schaffen, schon tauchte das Bein der Magd aus der Türöffnung auf.
Etwas zog ihn unwirsch am zerrissenen Hemd. Fast hätte er sich im Reflex gewehrt, als er merkte, dass Catharina ihn in ihr Zimmer zog. Hastig folgte er ihr in die kleine Kammer und vernahm, wie sie die Tür hinter ihnen schloss. Beide lauschten auf die Schritte der Magd, die auf den Flurdielen knarrten, jedoch nicht näher kamen. Sie schien sie nicht gehört zu haben. Erleichtert lehnte sich Rasmus gegen die Wand.
»Gute Güte, bist du schwer verletzt?«, flüsterte sie aufgeregt.
Rasmus zuckte die Schultern. Um ehrlich zu sein, war er sich da nicht ganz sicher.
Sie musterte ihn fassungslos. »Hast du jemanden umgebracht?«, fragte sie tonlos.
Abermals zuckte er die Schultern. Dann ließ er sich kraftlos an der Wand hinuntergleiten und vergrub das Gesicht in den Händen. »Ich weiß es einfach nicht«, gab er resigniert zu.
Auch Catharina setzte sich nun auf ihr schmales Bett.
»Was ist passiert?«, hauchte sie und lauschte zwischendurch nach den Schritten im Flur.
Rasmus schluckte und schwieg eine Weile. »Entweder die Hölle will meine Seele oder ich verliere den Verstand. Ich weiß nicht, was ich glauben soll. Ich kann jetzt nicht darüber sprechen. Bitte sage keinem ein Wort.«

Nach seiner kurzen Erklärung wischte er sich fahrig das verkrustete Haar aus dem Gesicht und zuckte bei der eigenen Berührung zusammen.
Catharina musterte ihn eine Weile, dann nickte sie und stand auf.
»Was wirst du jetzt tun?«, fragte er sie besorgt.
»Als Erstes das, was ich vorhatte, bevor du mich zu Tode erschreckt hast. Mein Wasser lassen«, flüsterte sie und lächelte. »Geh am besten schnell auf dein Zimmer. Ich bring dir Wasser und Seife, Verbandsleinen und Branntwein«, sagte sie leise und steckte ihren Kopf durch die Tür.
Auch Rasmus stand wieder auf. »Danke«, sagte er kraftlos, aber aufrichtig und legte ihr die Hand auf die Schulter.
Catharina lächelte kurz und nickte. »Es ist niemand da«, flüsterte sie und schlüpfte durch die Tür.
Auch Rasmus ging auf den Flur und stahl sich die Stiege hinauf. Erleichtert ging er in sein Zimmer und schloss die Tür hinter sich. Auf dem Nachttisch stand noch ein Krug mit Wasser. Er goss das kühle Nass in einen Becher und trank gierig. Sein Blick fiel auf einen Handspiegel, der einst seiner Mutter gehört hatte.
Entschieden griff er danach und schaute hinein. Der Anblick war schockierend. Sein Gesicht war blutverschmiert. Teils stammte es wohl von ihm selbst, denn er hatte eine ordentliche Platzwunde auf der Stirn und vielleicht noch ein oder zwei weitere. Aber sein Mund und sein bärtiges Kinn waren so blutbesudelt, als hätte er ein Reh mit bloßen Zähnen gerissen. Er öffnete den Mund und selbst zwischen den Zähnen klebte eine rotbraune Masse. Er schüttelte den Kopf. Was war nur alles passiert? Es war ein Wunder, dass Catharina nicht schreiend das Weite gesucht hatte.
Stöhnend streifte er sich das Hemd ab, wenn man es denn noch so nennen durfte. Blutergüsse, Schürfwunden und gar einige Schnitte überzogen seinen verdreckten Oberkörper, Hände und Arme. Selbst Bissmale konnte er ausmachen. Er schluckte und

untersuchte die Verletzungen oberflächlich. Sie waren nicht wirklich gefährlich, zumindest nicht lebensgefährlich, wenn sie sich nicht entzündeten.
Er legte noch die Schuhe und die Beinkleider ab. Seine Ledermütze hatte er wohl verloren. Erschöpft trank er noch einen Becher Wasser und zuckte zusammen, als die Tür sich öffnete. Zu seiner Erleichterung war es nur Catharina. In den Händen trug sie eine große Holzschüssel, aus der das Wasser beim Tragen überplätscherte. Schwer atmend stellte sie die Schüssel auf den Boden und schloss die Tür hinter sich. Sie erblickte Rasmus auf seinem Bett und schüttelte erneut in Anbetracht seines Erscheinungsbildes und seiner Verletzungen bestürzt den Kopf. Etwas verlegen wich der beinahe nackte Rasmus ihrem Blick aus. Über die Schulter hatte sie eine Leinentasche gelegt, aus der sie nun Verbandsleinen und eine Flasche hervorholte. »Wasch dich erst mal. Ich helfe dir dann beim Verbinden. Deine Sachen nehm ich nacher mit und wasche sie später heimlich in der Badestube«, sagte sie mit gedämpfter Stimme.
»Ich weiß nicht, wie ich dir danken soll. Ich schulde dir was«, entgegnete Rasmus matt.
»Sei vor allem leise. Ich trage schon einen Bastard in mir und soll eine Hexe sein. Da muss man mich nicht noch halb in der Nacht in deinem Zimmer finden«, flüsterte sie eindringlich und legte Verbandsleinen und Schere bereit. »Erst recht nicht, wenn wir nicht einmal was davon hatten«, murmelte sie kaum hörbar hinterher.

Kapitel 19

9. Juli 1618

»Und hier? Tut es hier auch weh, Frau Kutschke?«, fragte Rasmus beinahe etwas gleichmütig.

»Was? Achso, ja ja, hier auch. Drückt gerne etwas fester«, ermunterte die Frau ihn. »Ich bin ja so froh, dass Sie die Badestube wieder übernommen haben. Es ist einfach wunderbar, einen Bader mit so geschickten Händen in der Nachbarschaft zu haben. Gerne etwas fester, Meister Steinschneider«, plauderte sie fröhlich.

»Ich bin noch kein Meister, Frau Kutschke«, stellte Rasmus klar und drückte ihr erneut die Handknöchel in das üppig gerundete Hinterteil.

»Ach, das macht doch keinen Unterschied, wenn man so geschickt ist. Es ist schon ein Kreuz mit dem Kreuz, nicht wahr? Ohja, da, gerne fester. Wissen sie, Meister Steinschneider, ich finde es ja überhaupt nicht anständig, dass Ihnen die Sache mit Ihrem Vater so angekreidet wird. Sie waren doch schließlich so weit weg. Prag, nicht wahr?«, redete sie munter weiter und seufzte wohlig bei jeder von Rasmus' Berührungen.

»Ja, Prag, Frau Kutschke«, bestätigte Rasmus abwesend.

»Das soll eine wunderschöne Stadt sein. Es ist so ein Jammer, dass jetzt dort Krieg ausgebrochen ist«, seufzte sie.

»Ihr wisst was über den Krieg?«, fragte Rasmus nun das erste Mal interessiert.

»Ich habe gehört, dass es erste Gefechte gegeben hat. Die Böhmen haben Friedrich V. von der Pfalz, das Oberhaupt der Protestantischen Union und den Herzog von Savoyen Karl Emanuel I. für sich gewinnen können. Peter Ernst II. von Mansfeld führt ihre Armee. Der Kaiser hat Charles Bonaventure de Longueval engagiert. Noch hat sich die kaiserliche Armee aber nicht in Marsch gesetzt. Zumindest hat mir das alles Herr

Gutsieder erzählt und der macht viele Geschäfte in Böhmen und liest auch jede Woche unsere neue Zeitung«, fuhr sie fort, erfreut, dass Rasmus ihr interessiert zuhörte.

Rasmus grübelte. Es war absehbar gewesen, dass Kaiser Matthias und vor allem sein erzkatholischer Cousin Ferdinant, offizieller König von Böhmen, den Affront des Fenstersturzes nicht auf sich beruhen lassen würden. Sein Studium in absehbarer Zeit in Prag fortzusetzen wurde damit noch unwahrscheinlicher, als es ohnehin schon war.

»Aber zum Glück ist das weit weg, nicht wahr? Und bald haben wir hier in Hamburg einen Wall, den keine Armee einnehmen kann. Sagt zumindest Gutsieder, und Herr Klaußen die Straße runter stimmt ihm zu und der ist schließlich Baumeister. Ohja, Herr Steinschneider, gerne auch hier«, säuselte sie und drehte sich etwas auf der Behandlungsliege.

»In diesen Teil des Schenkels dürfte der Schmerz eigentlich nicht ausstrahlen«, argwöhnte Rasmus.

»Oh doch, oh doch, wenn er sehr stark ist schon. Manchmal zieht er bis hier oben«, erklärte sie mit geröteten Wangen und fuhr sich an der Seite ihres luftigen Unterkleides entlang bis zum imposant wogenden Busen. »Aber Ihre Hände lassen alles verfliegen. Es ist wie Zauberei, Herr Steinschneider«, erklärte sie und schlug dann die Hand vor den Mund. »Oh, das habe ich nicht so gemeint!«, versicherte sie eilends.

Rasmus ignorierte den letzten Satz und fuhr mit der Behandlung fort. Was hätte er dafür gegeben, jetzt einen Bruch richten oder einen Star stechen zu dürfen. Aber dem war noch die Zunft im Wege.

»Auf jeden Fall ist es ja trotzdem gut, dass wir diese Befestigung bald haben. Nachdem uns das Reichskammergericht die Reichsunmittelbarkeit zugesprochen hat, wird der Dänenkönig sicher schon überlegen, wie er Hamburg an die Kandare legen kann. Aber nicht mit uns, nicht wahr?«, erklärte sie und klopfte entschieden mit ihrer Hand auf die Holzliege.

»Hamburg ist jetzt reichsunmittelbar?«, fragte Rasmus erstaunt.

Seine Patientin lachte. »Wo waren Sie denn nur den ganzen Tag? Es gibt doch kaum ein anderes Gespräch auf den Straßen. Sie arbeiten einfach zu viel! Kommen Sie doch einfach mal zu mir rüber und entspannen sich ein wenig. Ich habe da einen köstlichen Wein aus dem Rheinland, mit dem wir auf Ihre Rückkehr anstoßen können. Mein Mann, Gott habe ihn selig, hat diesen Tropfen geliebt. Ich könnte Sie mit den neuesten Nachrichten versorgen und allem, was sie sonst noch so benötigen …«, gurrte sie und eine zarte Röte breitete sich von ihren Wangen bis in ihr Dekolletee aus.

»Das ist sehr freundlich, Frau Kutschke, aber ich muss leider gerade wirklich viel arbeiten. Seit wann ist Hamburg unabhängig?«, fragte er und drehte sie zurück in ihre vorherige Lage. Ein wenig schielte er dennoch darauf, wie sich dabei ihre durchaus ansehnlichen Pfunde neu auf der Pritsche arrangierten.

»Hach ja, die Arbeit. Das Reichskammergericht in Speyer hat Hamburg am 6. Juli die Reichsunmittelbarkeit zugesprochen. Die Nachricht ist heute gerade erst per Eilbote eingetroffen. Der Kaiser hofft jetzt sicherlich auf Steuern und militärische Unterstützung durch Hamburg. Christian der IV. soll aber den Spruch nicht anerkannt haben. Er sieht uns immer noch als Teil Holsteins. Auf jeden Fall ist einiges los auf den Straßen«, plauderte sie weiter.

»Ich hoffe, es gibt jetzt nicht noch Krieg mit dem Dänenkönig«, entgegnete er besorgt. Er rieb nur noch abwesend über ihr Hinterteil, wie man ein Pferd abbürstete. Ihr schien es jedoch nicht zu missfallen.

Sie winkte, immer noch liegend, ab. »Ach, Hamburg wird das schon meistern. Und um noch einmal auf mein Angebot

zurückzukommen. Falls Sie heute ein wenig unsere Reichsunmittelbarkeit feiern wollen, sind Sie mir herzlich willkommen«, bot sie erneut an. Dann blickte sie sich verschwörerisch um. »Sie brauchen doch auch einmal andere Gesellschaft, von anständigen Leuten. Die Nachbarn reden ja schon. Ich natürlich nicht. Aber man munkelt, dass Sie immer wieder bei der Frohnerei zu sehen sind, und dann noch diese Frau in Ihrem Haus. Also man sieht ja schon an ihrem Bauch, was das für eine ist. Jetzt noch diese Verletzungen in ihrem Gesicht. Sie sehen gar nicht gut aus. Ich meine, Sie sehen natürlich an sich sehr reizend aus, aber so müde und erschöpft. Herr Steinschneider, Ihr guter Ruf! Und die Leute hier kennen Sie ja kaum noch. Und nachdem Ihr Vater … ›Ich‹ weiß ja, dass er an sich ein guter Mann war. Hat selbst noch an seinem letzten Tag, bevor er … Na ja, Sie wissen schon. Selbst da war er noch für seine Mitmenschen da und hat Patienten behandelt, obwohl er sicherlich schon anderes im Sinn hatte«, ergoss es sich aus ihr.
Rasmus hatte den Redeschwall gleichmütig über sich ergehen lassen und nur ein gelegentliches »Ja, sicher, Frau Kutschke« eingestreut. Bei ihrem letzten Satz horchte er auf.
»Wie meinen Sie das, Frau Kutschke, mein Vater hatte Patienten?«, fragte er aufmerksam.
»Nun, das war an seinem letzten Abend. Ich habe rein zufällig gerade einmal aus dem Fenster geschaut, da habe ich zwei Männer in die Badestube gehen sehen«, erklärte sie, verwundert über sein Interesse.
»Woher wissen Sie, dass es Patienten waren und kein Besuch?«, fragte er.
»Das weiß ich natürlich nicht, aber einer von ihnen hat gehumpelt und der andere hat ihn gestützt. Da bin ich eben davon ausgegangen, dass sie Ihren Vater aufgrund eines Unfalls aufgesucht haben«, entgegnete sie schulterzuckend.

»Wissen Sie, wie die Männer ausgesehen haben?«, fragte Rasmus angespannt.
Sie schüttelte den Kopf. »Nein, das war ja noch Mitte April, da ist es ja viel früher dunkel als jetzt«, gab sie zu bedenken. »Ist das wichtig?«, fragte sie neugierig.
Rasmus schüttelte den Kopf. »Nein, sicher nicht, Frau Kutschke«, verneinte er, grübelte jedoch weiter. »Aber wir sind über die Zeit und es ist schon spät, Frau Kutschke. Das Badehaus ist eigentlich schon geschlossen. Wir müssen jetzt aufhören, die Leute reden ja sonst noch«, sagte Rasmus und die Frau stand seufzend auf.
Nachdem sie sich vollständig angekleidet hatte, drückte sie ihm einige Münzen in die Hand. »Das ist mehr als ausgemacht, Frau Kutschke«, erkannte er erstaunt und blickte sie fragend an.
»Sie sind jeden Groschen wert und denken Sie mal über mein Angebot nach«, bat sie ihn augenzwinkernd und verließ den Behandlungsraum.
Rasmus ließ sich müde auf einen Stuhl fallen und schenkte sich einen Kornbrand ein. Der Tag war anstrengend gewesen, zumal Casper heute frei hatte.
»Kann ich abräumen?«, riss ihn Catharinas Stimme aus den Gedanken.
»Ja, bitte«, seufzte er und kippte den gebrannten Schnaps in einem Zug hinunter.
»Ich dachte, sie reißt sich gleich das Untergewand vom Körper«, brummte Catharina, während sie Tücher und Salben forträumte.
»Hast du etwa gelauscht?«, fragte Rasmus entrüstet.
»Die Tür war nur angelehnt«, erklärte die junge Frau und es klang nur halb wie eine Verteidigung. »Aber in einem hat sie Recht. Du siehst fürchterlich aus und brauchst Schlaf«, stellte sie besorgt fest.
»Ich brauche einen neuen Kopf«, entgegnete er trocken.
»Du brauchst ein neues Hemd«, erwiderte sie augenzwinkernd und spielte darauf an, dass der blutige Fetzen, in dem er vor

einigen Tagen heimgekommen war, am Ende nur noch für den Lumpensammler getaugt hatte.

Rasmus lachte kurz auf und blickte dann zur Tür. Catharina verstand und schloss den Durchgang. Casper war zwar nicht im Haus, aber die Badersknechte und die Magd konnten jederzeit über den Flur gehen.

»Zumindest hat der Sammler sich vor dem Haus eines Baders nicht über all das Blut auf dem Stoff gewundert«, flüsterte Rasmus mit einem schiefen Grinsen.

»War es schwierig, das mit deinem Gesicht zu erklären?«, fragte Catharina ebenfalls im Flüsterton.

Rasmus zuckte die Schultern. »Ich habe allen gesagt, ich bin in der Schänke in eine Schlägerei gekommen. Ob mir Casper und der Frohn das glauben, weiß ich nicht, aber es hat keiner nachgefragt.«

Catharina schwieg eine Weile. »Erzählst du mir, was passiert ist in dieser Nacht? Hat es was mit all diesen … Geschichten zu tun?«

Rasmus vergrub das Gesicht in den Hände und schüttelte gleichzeitig den Kopf. »Ich glaube nicht, dass du das wissen willst.«

»Ich stehe doch auch mit einem Bein im Gericht und vielleicht gar mit einem halben auf dem Köppelberg. Momentan hilft mir nur mein wachsender Bauch und dass ich hier ein Dach über dem Kopf gekriegt hab. Aber nachts mach ich mir Gedanken, was passiert, wenn das Kind erst da ist, und immer wenn ich nicht schlafen kann, hör ich auch dich auf und ab gehen. Dein Zimmer liegt ja direkt über meinem. Wir beide sind doch irgendwie in diese Sache verwickelt und es klebt an uns wie geteerter Hanf. Vielleicht können wir uns helfen und wenn es nur zuhören ist. Ich schwöre dir, bei allem was mir heilig ist, dass ich kein Wort verraten werde«, trug sie mit gedämpfter Stimme vor.

»Im Kerker der Frohnerei habe ich Gerätschaften gesehen, die solche Versprechen ganz schnell vergessen machen«, schnaubte Rasmus bitter.

Catharina sah ihn mit schreckgeweiteten Augen an. Dann machte sie zwei schnelle Schritte seitwärts und erbrach sich in einen Putzeimer.
Eilig ging er zu ihr und legte ihr besorgt die Hand auf die Schulter.
»Ist schon gut. Eigentlich ist das schon länger wieder vorbei, aber manchmal bin ich noch etwas anfällig«, murmelte sie und lächelte wacklig.
»Das war eine dumme Bemerkung von mir«, seufzte Rasmus, der sich vor Augen führte, dass für Catharina die Folter durchaus im Raum gestanden hatte.
Sie zuckte die Schultern und wischte sich mit dem Ärmel über den Mund.
»Es ist noch ein Krug Bier da«, sagte Rasmus und deutete einladend auf den Tisch. Wortlos folgte sie ihm und setzte sich mit an den Tisch. Nach einigen tiefen Schlucken aus dem Tonbecher kehrte die kurzzeitig verschwundene Farbe wieder zurück in ihr Gesicht.
»Ich kann mich auf dein Schweigen verlassen?«, fragte Rasmus schließlich müde. Die Nacht in Jakobi hatte sich wie ein schwerer Stein in ihn gelegt und zog ihn bei jedem Schritt und jeder Bewegung nach unten. Aber er konnte sich bisher nicht überwinden, Casper oder Grave von den Geschehnissen zu erzählen.
Catharina nickte und wartete geduldig.
»In der Frohnerei war eine Frau, die mir erzählte, sie wüsste etwas über meinen Vater und wie er zum Teufel stand. Wenn ich mehr wissen wollte, dann sollte ich einen blinden Bettler vor Jakobi treffen. Aber wenn ich jemanden einweihen würde, dann sollte ich nichts erfahren. Ich war dumm, darauf einzugehen«, begann Rasmus kraftlos und nahm noch einen Schluck aus seinem Bierkrug. Dann erzählte er ihr von der Begegnung mit dem Bettler, ihrem Weg in die schäbige Spelunke in der Mietskaserne

und der merkwürdigen Frau mit ihren Karten und Prophezeiungen. Zunächst war seine Stimme stockend und vorsichtig nach Worten suchend, doch umso länger er sprach, desto mehr genoss er das Gefühl, sich den Abend von der Seele zu reden. Ins Stocken kam er erst wieder, als er von den furchteinflößenden Bildern berichtete, die er dann gesehen hatte. Von den Kämpfen gegen die Dämonen und Unholde, die ihn umgaben, und seiner Flucht aus dem Labyrinth der Armenwohnungen, bis ihn die Erinnerung verließ und er in dem Haufen aus Unrat erwachte.

Catharina hatte ihm zunächst still und geduldig und dann mit vor Furcht angespanntem Gesicht gelauscht. Nun leerte Rasmus den Krug mit zittriger Hand bis zur Neige und verschränkte die Hände vor der Brust.

»Ich weiß nicht, ob ich jemanden getötet habe. Oder mehrere. Verletzt zumindest. Jeden Morgen warte ich, ob mich die Röper abholen und mich in Eisen legen. Ich weiß nicht, was wahr war in dieser Nacht, es war alles wie ein Fiebertraum. Vielleicht verliere ich den Verstand oder die alte Hexe mit ihren Karten hat mich verhext. Oder mein Vater und ich sind wirklich verflucht«, schloss Rasmus verbittert und gleichzeitig angsterfüllt seinen Bericht.

Langsam griff Catharina seine Hand und er ließ es geschehen.

»Ich glaube nicht, dass ihr beide verflucht seid. Ich denke, ihr hattet nur Pech«, flüsterte sie.

»Ich wünschte, ich könnte mir da sicher sein«, seufzte der Medizinstudent.

Catharina machte eine längere Pause. »Ich will dir etwas erzählen, aber erst musst du mir versprechen, dass du mich nicht verrätst und … und mir versprechen, dass du mich nicht fortjagst von hier«, sagte sie stockend.

»Warum sollte ich?«, entgegnete er lapidar.

»Versprich es mir!«, forderte sie eindringlich mit gedämpfter Stimme und ihre Hand drückte die seine so fest, dass sich ihre Nägel schmerzhaft in sein Fleisch gruben.

»Ist ja gut, ich verspreche es! Brich mir nur nich die Finger«, lenkte er überrascht ein.

Sie murmelte eine Entschuldigung und entließ seine Hand.

»Ich glaube nicht daran, dass dein Vater verflucht ist und sich aus dem Grab erhoben hat, weil ich gesehen habe, wie es passiert ist«, erklärte sie vorsichtig.

»Ich verstehe nicht. Wie was passiert ist?«, fragte Rasmus irritiert.

»Wie sie sein Grab geöffnet und sein Gesicht genommen haben«, flüsterte sie zittrig.

Rasmus starrte sie nur ungläubig an.

»Es war einige Tage nachdem dein Vater begraben wurde. Ich war des Nachts dort und habe gesehen, wie Männer sein Grab geöffnet haben. Es waren drei. Sie trugen schwarze Kutten oder Umhänge. Nachdem sie die Leiche ausgegraben hatten, haben sie ein Messer genommen und ihm die Haut vom Kopf geschnitten, wie ein Gerber es wohl machen würde. Dann haben sie ihn wieder begraben und sind gegangen«, schloss Catharina ihren Bericht und blickte abwesend auf ihre Hände.

»Also doch!«, rief Rasmus aus. »Ich wollte es nicht wahrhaben, dass jemand so gottlos sein kann«, zürnte er. Dann blickte er Catharina fragend an. »Aber warum hast das niemandem erzählt und was hast du überhaupt mitten in der Nacht am Grab zu suchen gehabt?«, fragte er mit einem Anflug von Misstrauen.

Sie blickte von ihren Händen auf, schaffte es aber nicht, ihm direkt in die Augen zu schauen.

»Oh nein …«, stöhnte Rasmus und erinnerte sich daran, warum man sie in der Nacht gemeinsam mit ihm in Sankt Georg verhaftet hatte. »Sag nicht, dass du auch Teile von meinem Vater verkaufen wolltest wie von dem Erhängten!«

»Ich … Ich trug schon das Kind in mir und wusste einfach nicht weiter«, stammelte sie.
Rasmus stöhnte erneut und vergrub das Gesicht in seinen Händen.
»Bitte schick mich jetzt nicht fort«, bat sie verzweifelt.
Rasmus holte tief Luft. Die Vorstellung, dass die Frau ihm gegenüber die Leiche seines Vaters fleddern wollte, um sie als Talisman oder Medizin zu verscherbeln, war nur schwer erträglich. Aber als Student in Prag hatte er selbst genug Leichen geöffnet, zerschnitten und zersägt und sich nie darum geschert, woher sie kamen. Als Arzt oder Badermeister würde er wie jeder andere auch Medizin aus Leichenteilen anraten und sich dabei wenig Gedanken über die Hingerichteten und Selbstmörder machen, aus denen sie hergestellt wurden. Wie anders fühlte sich dieser Gedanke doch an, wenn der eigene Vater eine Zutat sein sollte, die nach Pfund und Unze verkauft wurde.
»Ich werde dich nicht fortschicken«, erklärte er müde. »Hast du was von den Männern erkennen können? Haben sie etwas gesagt?«, versuchte Rasmus seine Gedanken wieder in eine andere Richtung zu lenken.
Catharina überlegte kurz. »Nicht sehr viel, sie trugen ja diese Kapuzen und es war Nacht und sie hatten nur eine Laterne. Ich hatte mich im Unterholz versteckt, als sie gekommen sind, und wäre vor Angst fast gestorben.« Sie machte eine kurze Pause, bevor sie fortfuhr: »Einer war sehr groß und kräftig und hatte helle Haare oder zumindest konnte ich einen hellen Bart im Lichtschein sehen. Am Anfang gab es Streit mit den anderen. Er sollte wohl graben und meinte, er kann das noch nicht. Ich hab aber nicht alles verstehen können. Der zweite war viel schmächtiger und hatte einen Spitzbart. Seine Stimme war höher und hörte sich seltsam an, als wenn er nicht von hier kommt«, erklärte sie.
»Aber du kanntest den Akzent nicht?«, fragte Rasmus.

Catharina schüttelte den Kopf. »Nein, aber ich glaube, ich habe ihn am Hafen schon das eine oder andere mal gehört«, vermutete sie. »Der dritte stand etwas abseits im Schatten. Ich glaube, er hatte den anderen was zu sagen. Aber er wirkte aufgeregt und hat manchmal gestottert«, berichtete sie.

»Hast du denn verstehen können, worüber sie gesprochen haben?«, fragte Rasmus hoffnungsvoll.

Sie schüttelte erneut den Kopf. »Immer nur einzelne Worte. Ab und an haben sie leise gelacht und von Auferstehung und dem Teufel gesprochen«, berichtete sie und schauderte.

»Meinst du, du würdest sie wiedererkennen? Oder ihre Stimmen?«, fragte Rasmus.

Sie zuckte die Schultern. »Vielleicht, ich denke ihre Stimmen schon«, mutmaßte sie.

Rasmus nickte und verschränkte die Arme nachdenklich vor der Brust.

»Meinst du, das waren Teufelsanbeter?«, fragte Catharina beklommen.

»Ich weiß nicht, ob sie mit dem Teufel im Bunde stehen. Aber ich bin mir jetzt sehr sicher, dass sie Vaters Gesicht genommen haben, um mit ihm als lebende Leiche Angst und Schrecken zu verbreiten. Das kommt mir eher wie ein böser Mummenschanz denn als Teufelswerk vor. Nur Sinn ergibt das keinen«, teilte er seine Überlegungen.

»Du hast doch versprochen, nichts zu verraten«, entgegnete Catharina nach einer Pause.

»Ich halte mein Wort«, bekräftigte der Medizinstudent.

»Ich habe noch mehr gesehen …«, begann sie zögerlich.

Rasmus setzte sich gerade auf. »Mit meinem Vater?«

Sie schüttelte den Kopf. »Nicht direkt. Es kam ein vierter Mann und hat mit den anderen gesprochen. Ich glaube, er hatte wirklich das Sagen. Die Männer sind dann gegangen und als ich sicher war, dass sie weg sind, bin ich auch gegangen, die Stadttore waren zwar noch zu, aber ich wollte weg von diesem Ort.«

»Konntest du ihn besser erkennen?«, fragte Rasmus.

Statt zu antworten, fuhr sie fort. »Ich wusste eigentlich gar nicht, wo ich hin wollte. Am Waldrand bin ich stehen geblieben und hab überlegt und geschaut, ob die Männer noch irgendwo sind. Dann hörte ich direkt hinter mir eine Stimme. Ich weiß gar nicht mehr, was der Mann gesagt hat. Ich bin herumgefahren und da stand der vierte Mann keine zwei Schritte hinter mir. Ich hab vor Schreck geschrien wie am Spieß und wollte weglaufen, bin aber hingefallen«, erzählte sie sichtlich aufgewühlt und nahm mit zittriger Hand einen Schluck aus dem Becher. »Ich dachte, meine letzte Stunde hat geschlagen, als der Mann langsam auf mich zukam. Aber er hat nur freundlich gefragt, ob ich mir etwas getan habe, und mir hochgeholfen. Dann hat er mir gar seinen Arm geboten, wie man es mit einer feinen Bürgerstochter tun würde, und mich gefragt, ob er mich ein Stück des Weges begleiten dürfe«, fuhr sie fort.

»Und du bist mit ihm gegangen?«, fragte Rasmus entrüstet.

»Ich hab ja gar nicht gewusst, wie mir geschieht vor lauter Angst!«, verteidigte sich Catharina und Rasmus murmelte eine Entschuldigung.

»Er ist dann mit mir über die Armengräber von Sankt Georg flaniert wie mit einer Jungfer an der Alster an einem Sommertag. Ich weiß nicht mehr, was er mir erzählt hat, aber seine Worte waren sehr höflich und artig. Seine Stimme war wundervoll weich und warm wie ein Becher heißer Wein an einem Winterabend. Da hab ich sogar ein wenig die Angst verloren«, erinnerte sie sich. »Gar sein Mitgefühl hat er mir ausgesprochen. ›Armes Ding, musst hier ganz allein des Nachts die Toten plündern‹, hat er gesagt, daran erinner ich mich noch genau. Einen furchtbaren Schrecken hab ich dann wieder gekriegt, weil er davon wusste. Ich hab in dem Moment ja nicht nachgedacht, dass er und die Seinen das Gleiche getan haben. Da hat er mich dann wieder beruhigt, dass es nicht meine Schuld wäre, wenn das Leben so grausam zu mir ist.«

»Und was ist dann geschehen?«, fragte Rasmus, als sie ihren Bericht nicht fortsetzte.

Sie schluckte. »Dann schenkte er mir eine Münze«

Rasmus riss die Augen auf. »Die Teufelsmünze?«

Sie nickte. »Da konnte ich noch nicht sehen, was auf das Silber geschlagen war. Er bot mir noch mehr, wenn ich ihn tags darauf um Mitternacht wieder dort treffen würde. Aber ich bin nicht gekommen und wollte ihn nie wieder sehen. Erst als ich die Miete für meine Kammer nicht mehr zahlen konnte, bin ich wieder nach Sankt Georg. Ich schwöre bei Gott dem Vater, dass ich nur zu dem Erhängten wollte und nicht zu dem Fremden. Du musst mir glauben, Rasmus!«

»Ist gut, ich glaube dir«, beteuerte er. »Würdest du ihn wiedererkennen?«

Catharina schloss kurz die Augen. Sie sah blass und kraftlos aus. »Ich weiß es nicht. Es war ja noch immer dunkel. Aber er trug keinen Umhang, sondern feine, schwarze Kleider aus Samt und Brokat. Breite Spitze trug er am Kragen und den Ärmeln und hohe Stiefel und einen Federhut. Er sah fast ein wenig wie ein Stutzer aus, nur düsterer.«

»Hmm«, brummte der Medizinstudent und grübelte.

»Rasmus?«, fragte Catharina.

»Ja?«

»Glaubst du, ich habe mit dem Teufel gesprochen?«, fragte sie bange.

Er schwieg eine Weile. »Wenn, dann war es nicht deine Schuld, aber ich glaube vielmehr, dass hier fauler Zauber am Werk ist«, argwöhnte er.

»Meinst du, ich sollte die Wahrheit sagen?«, fragte sie.
»Nein«, entgegnete Rasmus entschieden. »Ich weiß nicht, was schlimmer für dich wäre, wenn dir das Gericht glaubt oder nicht. Wir können später überlegen, ob wir vielleicht mit Grave sprechen. Er ist ein guter Mann, dem man vertrauen kann.«
Catharina nickte und legte beklommen eine Hand auf die Wölbung ihres Bauches.

Kapitel 20

11. Juli 1618

Verstohlen schob die ausgemergelte Gestalt ihren Kopf aus der Twiete und beobachtete den Zecher, der zu dieser nächtlichen Stunde durch Jakobi wankte.

Trotz der Dunkelheit konnte sie erkennen, dass der Zecher ganz respektable Kleidung trug, dafür hatte sie ein Auge entwickelt. Vielleicht sogar ein Handwerksmeister oder ein einfacher Händler, dachte sie. Er wankte auch nicht so stark, dass er mit seiner Männlichkeit nichts mehr anzufangen wüsste. Jetzt durfte er nur nicht sein ganzes Geld in der Schenke gelassen haben, dann würde ihr Magen vielleicht morgen etwas weniger knurren.

»Pssst, starker Mann«, zischte sie leise zu ihm hinüber.

Der Mann stoppte und sah sich um. Instinktiv glitt seine Hand unter sein Wams, wo vermutlich ein Dolch oder Messer steckte. Der Zecher war sich bewusst, dass er sich nicht in der besten Gegend befand.

»Hier drüben bin ich«, flüsterte sie zu ihm hinüber. Sie schob ihren Oberkörper weiter aus der Twiete hervor und spielte mit dem Finger an der lockeren Hemdschnürung. Ihren Fuß hatte sie auf einer klapprigen Kiste abgestellt und den Rock bis zum Knie hochgeschoben. Weiter wäre nicht klug gewesen, an ihrem Schenkel hätte er zu schnell gesehen, wie dürr sie in den letzten Monaten geworden war.

Unentschlossen musterte der Mann sie und torkelte schließlich zögerlich näher. Vorsorglich blickte die Frau noch einmal links und rechts die Straße entlang. Als kein Nachtwächter oder sonstiger Zeuge auszumachen war, zog sie sich wieder tiefer in die enge Twiete zurück.

»Und was willst du nun von mir?«, fragte der Mann etwas barsch, aber mit gedämpfter Stimme. Schließlich wusste er genau, was sie von ihm wollte und dass es gegen die gute Policey und das Stadtrecht von Hamburg verstieß.

»Dich einfach nur zufrieden machen, ich kann sehr gut zu dir sein«, gurrte die Frau und strich ihm über das Wams. Es war ein guter, fester Stoff und darunter befand sich ein guter, fester Bauch. Der Mann sollte also wirklich etwas im Geldbeutel haben. Sie schmiegte sich eng an ihn und ließ ihre Hand von seinem Wams weiter hinunter zwischen seine Beine gleiten. Sie nahm einen schweren Geruch von Wein, Bier und Zwiebeln wahr. Vermutlich war das Bier der Grund, warum sein Gemächt auf ihre Berührung nur zögerlich reagierte.

»Lass dich erst mal anschauen, kauf ja nicht die Katz im Sack«, knurrte der Mann und zog sie derb am Hemd aus der Twiete heraus. Beinahe hätte sie ob der rohen Behandlung vor Schreck laut aufgeschrien, biss jedoch gerade noch rechtzeitig die Zähne zusammen.

»Bitte nicht, wenn die Röper mich sehen«, flüsterte sie eindringlich und sah sich ängstlich um.

»Bist nicht aus Hamburg, was?«, spöttelte der Mann. Er war von ihrer Bitte wenig beeindruckt, hielt sie weiter am Hemd und musterte sie abschätzig. »Sind da alle so dürr und hässlich wie du, wo du herkommst?«, fragte er höhnisch.

Die Frau blickte ihn hilflos an und hoffte nun, dass er bald weiterziehen würde. Münzen würde sie von dem Kerl vermutlich keine kriegen, höchstens ein blaues Auge. Es wäre nicht das erste Mal.

»Bei deinem Gebiss weiß ich nicht, ob ich dir Geld geben soll oder doch eher Hafer oder Karotten«, sagte er und lachte bellend über seinen Scherz.

Die Frau verkrampfte sich instinktiv. Es war nicht die Beleidigung, die war sie gewohnt, aber der laute Kerl konnte einen

Nachtwächter herbeilocken. Mit etwas Glück wäre es der alte Uhu, mit dem ließ sich zumeist eine Übereinkunft treffen.

»Die Euter meiner Frau zuhaus sind schwerer als du Klappergestell«, fuhr er mit offensichtlichem Spaß an der Erniedrigung fort. Roh griff er dabei in ihr Hemd und betastete ihre flache Brust.

»Ist schon gut, ist gut. Ich geh einfach wieder, wenn ich dir nicht gefalle. Du hast sicher eine schöne Frau zuhause«, flüsterte sie ängstlich und versuchte sich von ihm zu lösen.

»Du gehst, wenn ich's dir sage!«, knurrte er und hielt sie derb am Haar fest. Schmerzhaft keuchte sie auf und verharrte.

»Glaubst gar, ich bin nicht gut genug für dich, was? Will so eine dürre Hure noch wählerisch sein? Komm mit, du ….«, befahl er und zog sie an den Haaren einige Schritt in die düstere Twiete hinein. Er stieß sie gegen die Häuserwand, sodass es ihr die Luft aus der Lunge trieb, und presste sich mit seinem ganzen Gewicht gegen sie.

»Nicht gut genug für dich, was?«, keuchte er nun hörbar erregt. Seine rechte Hand hielt sie weiter an den Haaren, während er sie mit der linken erkundete, wie man einen Brotteig knetete.

»Ich mach ja alles, was du willst, und du sollst auch nichts zahlen, tu mir nur nich weh. Ich will ja still halten«, stammelte sie ängstlich.

»Vielleicht will ich ja gar nicht, dass du still hältst?«, sagte er böse. Seine Hand ließ ihre Haare los und legte sich stattdessen um ihren Hals. Entschlossen drückte er zu.

Augenblicklich blieb ihr die Luft weg und Panik stieg in ihr auf. Sie wollte etwas sagen, betteln, dass er sie losließe, aber lediglich ein Röcheln verließ ihre Lippen. Wollte der Mann sie hier in dieser schmutzigen Gasse umbringen? Todesangst ergriff von ihr Besitz. Kopflos begann sie in seinem Griff zu zappeln und versuchte sich vergebens hinauszuwinden.

»So taugst du was«, keuchte der Mann gierig und griff ihr unter den Rock.
In ihrer Angst schlug sie dem Mann ins Gesicht und ihre schartigen Fingernägel zerkratzen seine Haut und strichen schmerzhaft über ein Auge.
Erschrocken und schmerzerfüllt ließ er von ihr ab und griff sich ans Gesicht.
»Du dreckige Hure!«, rief er hasserfüllt aus, während die Frau röchelnd Luft holte.
»Du Hure!«, wiederholte er und schlug ihr mit der Faust krachend ins Gesicht. Sie prallte gegen die Hauswand und ging stöhnend zu Boden.
»Dich werd ich lehren …«, drohte er und ging auf sie zu.
Verzweifelt versuchte die benommene Frau vor ihm davonzukriechen. Sie kam nicht sehr weit, bevor sein Lederschuh ihr wuchtig in die Seite trat. Mit einem dumpfen Geräusch fiel sie zurück in den Schmutz der Gasse und hielt sich die Rippen. Während sie röchelnd bittere Galle hervorwürgte, drückte er ihr Gesicht mit dem Schuh in den Dreck.
»Ich sorg dafür, dass du mich nicht mehr vergisst, Hure«, versprach er kalt.
»Ich denke nicht, werter Herr«, erscholl da eine volltönende Stimme hinter ihnen. Der Neuankömmling hatte nicht laut gesprochen und seine Stimme klang warm und sauber wie die eines Sängers, der Tonfall war dennoch unmissverständlich ein Befehl gewesen.
Der Mann hob den Fuß vom Kopf der Dirne und stellte sich dem Fremden breitbeinig entgegen. »Was geht das dich an, das ist nur eine Hure von draußen«, knurrte er und seine Hand wanderte unter sein Wams und zog eine Klinge hervor.
Der Fremde wirkte wenig beeindruckt. Viel war nicht von ihm zu sehen, er stand als dunkler Schatten wie ein Scherenschnitt vor

dem Eingang der Twiete. Lediglich ein großer Hut mit einer Seitkrempe und Straußenfeder war als Detail von ihm zu erkennen. »Ihr werdet nun gehen und die Jungfer nicht weiter behelligen«, wies der Fremde an.

»Jungfer?«, lachte der Mann und schüttelte den Kopf. Dann hob er drohend das Messer. »Sonst was?«, fragte er herausfordernd.

Der Fremde griff an seinen Gürtel und zog die Klinge eines Rapiers mit spanischem Griffkorb hervor. »Das sonst obliegt Euch. Ihr habt die Wahl zwischen Hals, Herz und Leber«, erklärte er, während er mit der Spitze des Rapiers auf die entsprechenden Körperregionen des Mannes deutete.

Einen Augenblick starrte der Mann die lange Klinge an. Dann steckte er sein Messer wieder ein und zog sich in die Twiete zurück. »Hundsfott! Hurenknecht!«, fluchte er, nachdem er einen ausreichenden Sicherheitsabstand erreicht hatte, und zog sich dann zügig in die Dunkelheit zurück.

Der Fremde ging langsam auf die immer noch liegende Frau zu, die zitternd das Schauspiel verfolgt hatte. Ängstlich zuckte sie zurück, als er ihr die Hand reichte.

»Es ist gut, mein Kind, ich will dir nichts Böses. Darf ich dir aufhelfen?«, fragte er und hielt ihr immer noch den ausgestreckten Arm hin. Kurz zögerte sie, dann ergriff sie seine Hand und ließ sich von ihm auf die wackligen Beine stellen.

Trotz des angeschlagenen Zustands nahm sie den betörenden Geruch wahr, den der Fremde ausströmte. Eine herb-süße Mischung, die von feinsten Duftölen zeugte, mit einer eigentümlichen Unternote. Als würde die Lunte einer Muskete brennen.

»Danke«, murmelte sie heiser und griff sich an den wunden Hals.

»Bist du verletzt?«, fragte der Fremde mitfühlend.

Sie zuckte unentschlossen die Schultern und wischte sich fahrig über Wange und Kinn. »Es wird schon wieder«, entgegnete sie leise.
Der Fremde hielt ihr ein Taschentuch hin und sie sah ihn verwundert an. »Du blutest ein wenig, nimm es ruhig«, ermunterte er sie.
Zögerlich griff sie nach dem Tuch. Es fühlte sich unglaublich weich und trotz der warmen Sommernacht irgendwie kühl an. Feine Spitze fasste dazu den Stoff ein. »Ist das Seide?«, fragte sie verwundert.
»Wenn nicht, hätte mich der Händler ganz schön übers Ohr gehauen«, erwiderte er und sie hörte ihn lächeln.
»Aber ich werde den Stoff ruinieren«, rief sie erschrocken aus und hielt ihm das Tuch entgegen.
»Das macht nichts, nimm es ruhig«, sprach er ihr wieder zu und schob die Hand zurück.
Vorsichtig wischte sie daraufhin das Blut von der Lippe und der Wange.
Er griff erneut in eine Tasche und reichte ihr eine kleine glänzende Flasche. »Gegen den Schrecken und den Schmerz«, sagte er.
Sie nahm die Flasche und trank einen kleinen Schluck daraus. Der Geschmack feinen Weinbrands breitete sich in ihrem Mund aus und rann heiß ihre Kehle herunter. Kurz zuckte sie zusammen, als der Alkohol ihre aufgesprungene Lippe benetzte, aber der Schmerz ließ schnell wieder nach.
Immer noch zittrig gab sie dem Fremden dankbar nickend die Flasche zurück. Wer war der Mann und warum half er ihr? Konnte sie ihm trauen oder war er noch gefährlicher als ihr vorheriger Freier?
»Darf ich dich nach Hause bringen?«, fragte er in ihre Gedanken hinein.
Unschlüssig schweigend starrte sie ihn an.

»Oder hast du keine Kammer?«, ergänzte er mitfühlend.
»Doch schon, aber ich verstehe nicht. Warum tut Ihr das, Herr?«, fragte sie unsicher.
»Es sollte keine Herren in dieser Welt geben«, entgegnete er, ohne ihre Frage zu beantworten, und reichte ihr galant den Arm. Trotz des Schrecks und der Schmerzen in ihren Gliedern musste sie ob der ungewöhnlichen Geste kichern. Aber was sollte schon passieren, was ihr nicht ohnehin in der dunklen Gasse jederzeit passieren konnte? Irgendwie gefiel ihr das Theater, das der Fremde hier aufführte. Sie ergriff seinen Arm und fühlte, dass sein Hemd aus dem gleichen Seidenstoff wie das Tuch war, das er ihr gereicht hatte. Sie musste sich beherrschen, es nicht abzutasten wie ein Stoffhändler auf dem Markt.
»Es ist schon lange Sperrstunde. Ich werde Schwierigkeiten kriegen, wenn man uns zusammen sieht, Herr«, gab sie zu bedenken, als er mit ihr auf die breitere Straße trat.
»Gegen ein paar Münzen sind die Nachtwächter gerne bereit, die Sperrstunde zu vergessen«, meinte der Fremde.
»Die Sperrstunde vielleicht, aber Ihr wisst, was ich bin«, murmelte sie verlegen und blickte sich besorgt um.
»Eine Jungfer auf dem Weg nach Hause«, stellte der Fremde lapidar fest. Sie lachte kurz auf und griff unbewusst etwas fester nach seinem Arm. Der Geruch, den er verströmte, war wahrlich betörend. Verstohlen blickte sie immer wieder zu ihm hinüber. Er war von schlankem, schönem Wuchs und seine restliche Kleidung war edel und kostbar. Sein Gesicht war weitgehend von einem breitkrempigen Hut beschattet, auf dem elegant einc Straußenfeder wippte. Dennoch konnte sie im Mondlicht erkennen, dass er vornehm blass war und einen schwarzen Spitzbart trug.
»Ich bin eine Hure, eine Strichkatze, Herr, und ich komme nicht aus Hamburg. Die Leute werden reden, falls man Euch hier mit

mir auf offener Straße sieht«, flüsterte sie besorgt und sah sich wieder um.
»Es ist mir gleich, was die Leute reden, und das sollte es dir auch sein. Du hast dir deinen Platz in ihrer Ordnung nicht aussuchen dürfen, also sollten sie dich nicht scheren«, stellte er fest.
»Das würde ein Herr Pfarrer wohl nicht als gottgefällig ansehen«, meinte sie unsicher.
»Was schuldest du der Kirche, dass dich ihre Meinung interessiert? Wenn du nicht aus Hamburg kommst, werden sie dir selbst die Almosen verwehren. Und wenn du dann aus Hunger deine Röcke heben musst, verdammen sie dich. Wenn das ihr Gott will, dann brich besser mit ihm«, plauderte er seelenruhig weiter.
Erschrocken riss sie die Augen auf und schlug hastig ein Kreuz. »Herr, bitte, das ist Sünde!«, sagte sie erschrocken.
Er legte ihr beruhigend die Hand auf die Schulter. »Ich wollte dich nicht erschrecken, mein Kind, lass uns weitergehen«, redete er sanft auf sie ein.
»Ich habe noch niemanden wie Euch reden hören«, sagte sie mit einer Mischung aus Verblüffung und Aufregung, während sie ihren Weg durch Jakobi fortsetzten.
»Dann wird es Zeit, dass du deinen Gedanken etwas mehr Freiheit erlaubst«, stellte er fest.
»Wir sind da, Herr«, sagte sie, statt auf seinen Einwand zu reagieren, und stoppte vor dem Eingang einer schäbigen Mietskaserne. Sie räusperte sich verlegen. »Ich … Ich weiß nicht, wie ich Euch danken soll, aber falls Ihr …«, stammelte sie und blickte vielsagend zum Eingang des schiefen Fachwerkhauses.
Sie sah ihn unter dem Hutschatten lächeln. »Du brauchst Ruhe heute Nacht«, sagte er und strich ihr leicht über die Hand, die noch auf seinem Arm lag. »Aber vielleicht magst du mich ja wieder treffen? In zwei Nächten um Mitternacht? In der Gasse, in der wir

uns begegnet sind?«, fragte er und legte den Kopf jungenhaft schief.
Sie zögerte kurz und nickte dann heftig.
»Gut. Ich möchte dir noch ein Andenken geben, dass du mich bis dahin nicht vergisst«, sagte er und drückte ihr etwas Glänzendes in die Hand.
»Das ist eine Silbermünze«, sagte sie freudig und betrachtete die silberne Scheibe auf ihrem Handteller.
»Ja, aber eine ganz besondere. Zeig sie erst einmal keinem«, riet er ihr und schloss ihre Hand mit der seinen. Wieder nickte sie aufgeregt.
Beinahe stolperte sie über die Schwelle, als sie sich mehrfach umsehend in das Mietshaus begab. Er lächelte ihr warm hinterher. Als die Tür zugefallen war, fielen seine Mundwinkel herab zu einem gleichgültigen, kalten Gesichtsausdruck. Er betrachtete missmutig den Arm, den er ihr geboten hatte, und wischte darüber, als würde etwas Unappetitliches daran kleben. Dann setzte er seinen Weg schlendernd durch die nächtlichen Gassen fort.

Kapitel 21

29. Juli 1618

Flackernder Fackelschein tauchte den düsteren Kerker in ein wechselhaftes Licht. Wie die fünf Anwesenden hätte sich auch die Flamme an einer besseren Luftzufuhr in dem stickigen Raum erfreut. Doch das massive Mauerwerk war dafür geschaffen, Worte und Schreie vor der Außenwelt zu verbergen, was für Fenster wenig Raum ließ.

»Dann wollen wir alle hoffen, dass das Weib heute weniger verstockt ist und wir diesen Ort alsbald wieder verlassen können«, brummte einer der Männer und hielt sich zum erneuten Male schützend ein Taschentuch vor Mund und Nase. Der Mann trug einen sauber gestutzten grauen Schnurrbart und sein lockiges Haar in derselben Farbe fiel ihm bis auf die frisch gestärkte weiße Halskrause. Sein Sitznachbar, der ihn fast um einen halben Kopf überragte, nickte abwesend, während er in ein Dokument vertieft war. Beide Männer waren Prätoren, die dem Hamburger Obergericht als oberste Gerichtsherren vorstanden.

»Je länger dieses Hexengezücht schweigt, desto größer kann das Ausmaß ihrer Schuld angenommen werden«, tat Matthäus Grööndorp seine Meinung kund. Er schien nach dem Zusammenbruch in der Ratssitzung wieder vollständig genesen zu sein.

»Ihr seid vorschnell, Herr Grööndorp. Die Schuld meiner Mandantin ist keineswegs bewiesen und ihr entschlossenes Leugnen ist lediglich ein klares Zeichen ihrer Unschuld«, hielt Lucas Beckmann dagegen.

»Pah, das Weib ist schuldig! Das ist für jeden offensichtlich, der nur bereit ist, es zu sehen«, giftete Grööndorp, spie aus und sah den Defensor kampfeslustig mit gerecktem Kinn an.

Beckmann lehnte mit verschränkten Armen an einer Wand und blickte auf den neben ihm sitzenden Ratsherrn abfällig hinab. »Eine derartige Urteilsfindung ohne Verhandlung und Beweisfindung sieht weder die Carolina noch das Hamburger Stadtrecht vor. Aber ich möchte Euch Euer Unwissen nicht nachtragen, Herr Grööndorp. Schließlich verfügt Ihr nur über äußerst primitive juristische Kenntnisse. Ich bin immer noch erstaunt, dass Eure Anwesenheit hier geduldet wird.«
Der schwarzbärtige Ratsherr sprang so heftig von seinem Stuhl auf, dass selbst der stoisch auf seine Unterlagen konzentrierte Gerichtsschreiber kurz aufblickte und sich mit einem tintenverschmierten Zeigefinger nervös an der Nase kratzte. Auch Nikolaus Santmann, der Stadtphysicus, hob vielsagend eine Augenbraue.
»Meine Herren, ich bitte Sie. In diesen schwierigen Zeiten müssen die führenden Köpfe der Stadt Einigkeit bewahren«, ermahnte einer der Prätoren die beiden Kontrahenten und Grööndorp setzte sich mit einem funkelnden Seitenblick wieder auf seinen Stuhl.
Dann wandte sich der Prätor an Beckmann. »Auch wenn die Anwesenheit Dritter bei Befragungen nach dem Prozessrecht im Normalfall nicht vorgesehen ist, hat das Gericht entschlossen hier eine Ausnahme zu machen und Herrn Grööndorp als Beisitzer zuzulassen. Schließlich handelt es sich hier um eine außergewöhnliche Bedrohung, der sich unsere Stadt zu stellen hat, und um ein Haar wäre Herr Grööndorp selbst Opfer dieser Bedrohung geworden. Da wollen wir sein Engagement in der Sache nicht nur akzeptieren, sondern gutheißen und loben«, erklärte der Prätor und auch der andere Gerichtsherr nickte zustimmend.
Beckmann wollte gerade etwas erwidern, da öffnete sich quietschend die eisenbeschlagene Tür des Raumes.

Herein trat der Frohn in Begleitung eines Henkersknechts. In der Mitte führten sie Jule Sattler mit sich. Sie trug lediglich ein schmutziges, graues Gewand, selbst ihre hölzernen Pantinen hatte man ihr genommen. Ihr graues Haar hatte sich größtenteils aus dem Knoten gelöst und hing strähnig an ihr herab. Sie wirkte müde und hatte dunkle Schatten im Gesicht, aber ihre Augen blickten unverändert energisch und beinahe kampfeslustig zu den Anwesenden.

»Jule Sattler aus Eppendorf«, sagte der Schreiber in monotoner Stimmlage und es hätte sowohl eine Frage als auch eine Feststellung sein können.

»Ja, immer noch«, antwortete die Frau mürrisch. Es war bereits die dritte Befragung, zu der sie gerufen wurde. Hatte man sie beim ersten Verhör lediglich energisch über ihre ›Machenschaften in Eppendorf und wie sie zum Teufel stehe‹ befragt, so hatte man ihr bei der zweiten Vorladung bereits warnend die Folterinstrumente vorgezeigt. Eine Steigerung, die für die heutige Vorladung wenig Gutes verhieß.

»Ein schlichtes Ja ist ausreichend«, murmelte der Schreiber monoton und führte seine Feder kratzend über das Papier.

»Nun, hat sie denn in den letzten Tagen endlich Einsicht erlangt und ist zu Sinnen gekommen?«, fragte der Prätor mit dem feinen Schnurrbart eindringlich.

»Ich mag nicht so feine Kleider haben wie ihr Herren und auch sonst hat es mir wohl schon oft an vielem gefehlt, aber an Vernunft hat es mir wahrlich noch nie gemangelt«, erwiderte die Sattler und blickte dem Prätoren fest in die Augen. Wären ihre Hände nicht in den Eisenfesseln gebunden gewesen, hätte sie wohl entschieden die Arme vor der Brust verschränkt. Die Kiefer des Prätoren bissen in unterdrücktem Zorn aufeinander.

Sein Amtskollege seufzte. »So komme sie doch zur Vernunft«, versuchte er es in einem milden Tonfall. »Halb Eppendorf hat sich gegen sie ausgesprochen und bezeugt, dass sie die Marie Fischer behext hat und auch sonst allerlei Schadzauber gesprochen hat. Und hierfür kann sie wahrlich keine rechtschaffene Erklärung haben«, schloss der Prätor und deutete auf das Säckchen mit den Teufelstalern, das man bei ihrer Festsetzung unter den Dielenbrettern gefunden hatte.

»Die Eppendorfer fürchten sich vor ihrem eigenen Schatten und wie oft soll ich es noch sagen, dass mir die Marie die Münzen zur Aufbewahrung gegeben hat«, erklärte die Sattler gleichmütig.

Grööndorp schnaubte verächtlich. »Will sie uns für dumm verkaufen? Die Marie Fischer soll ihr ganze dreißig Silber anvertraut haben? Und zufällig diese Teufelsmünzen?«

»Ihr seid nur Beisitzer und habt kein Recht zu Fragen oder Anmerkungen«, bemerkte Beckmann scharf und der bärtige Ratsherr funkelte ihn böse an.

Der Prätor mit dem Schnurrbart hob Einhalt gebietend die Hand. »Da muss ich Herrn Beckmann zustimmen. Bitte richtet doch das Wort das nächste Mal an mich, wenn Ihr etwas fragen oder anmerken möchtet, Herr Grööndorp. Dennoch stimme ich Euch natürlich zu, dass diese Behauptung mehr als unglaubwürdig ist. Auch wenn es sich nach meinen Unterlagen lediglich um fünfundzwanzig dieser Teufelstaler handelt.«

Die Sattler lachte kurz meckernd auf. »Ich hab's nie gezählt, nur verwahrt, da die Marie es nicht hätte sicher verstecken können. Da erkennt man doch sogleich den Unterschied zwischen mir einfacher Frau und den feinen Kaufleuten.«

Mehrere empörte Atemzüge glitten durch den Raum, nur Beckmann konnte sich ein kurzes Lächeln nicht verkneifen.

»So kommen wir hier nicht weiter. Ich schlage vor mit der Realterrition zu beginnen«, seufzte der Prätor.

Sein Amtskollege nickte und blickte noch einmal zu Beckmann. »Wenn Ihr nicht noch auf Eure Mandantin einwirken könnt, dass

sie zur Wahrheitsfindung …«, begann er, doch er wurde von einem ungehaltenen Schmatzen der Sattler unterbrochen.
»Ich kann Euch keine andere Wahrheit bieten, wenn Euch die echte nicht gefällt«, knurrte sie. Beckmann schloss kurz die Augen, er wusste, dass er an dem weiteren Verlauf der Befragung nichts ändern konnte.
»Meister Grave, dann untersucht das Weib nun auf Hexenmale«, wies der hochgewachsene Prätor den Frohn an, nachdem von Beckmann kein Einwand mehr kam.
Der Henker öffnete daraufhin emotionslos die Bänder am Gewand der Frau und der schmutzige Stoff fiel raschelnd auf den Steinboden. Unter dem Tuch war sie zur Gänze nackt und trotz der warmen, stickigen Luft im Keller zeichnete sich eine fröstelnde Gänsehaut auf ihr ab.
Teils betont geschäftsmäßig, teils mit nur mühsam unterdrückter Sensationsgier musterten die Augen der anwesenden Männer sie, während der Frohn Zoll für Zoll ihren Körper nach auffälligen Malen untersuchte.
Grööndorp wandte sich an die beiden Gerichtsherren. »Finden es die Herren Prätoren nicht ebenfalls auffällig, wie wenig Eindruck die Prozedur auf sie macht? Eine gottesfürchtige Frau wäre doch schon ganz anders von der Scham ergriffen, nicht wahr?«
Die Sattler schnaubte kurz. »Es gibt einige hier, die wohl Grund zur Scham hätten, ich gehöre sicher nicht dazu.«
»Sie hat hier nicht ungehörig zu sprechen«, wies sie einer der Prätoren zurecht, doch sie schien ihm nicht zuzuhören.
»Ich kann keine Auffälligkeiten entdecken«, schloss Grave schließlich seine penible Untersuchung.
Grööndorp schob ungläubig seinen Kopf nach vorn wie eine Gans und blickte dann zu den beiden Prätoren. »Und dieser Fleck dort über ihrer Hüfte? Schwarz wie die Nacht und ganz ungewöhnlich geformt!«, befand er aufgeregt.

»Ein Leberfleck, wie es deren viele gibt«, sagte Grave fast gelangweilt, während die beiden Gerichtsherren ihre Köpfe ebenfalls weiter nach vorne schoben.
»Ein Leberfleck«, bestätigte der Stadtphysikus geschäftsmäßig, nachdem er an die nackte Frau herangetreten war und sich das Hautmal genauer besehen hatte.
»Aber diese Form ist schon ungewöhnlich«, beharrte Grööndorp.
»Hmm, ja. Ähnelt ein wenig dem an Eurem Hals«, befand Grave ungerührt und Beckmann ließ ein amüsiertes Geräusch verlauten, das ein wenig an ein aufgeregtes Nagetier erinnerte und so gar nicht zu dem stattlichen Mann passen mochte.
»Ich denke, wir können der Einschätzung der beiden Fachleute hier wohl vertrauensvoll folgen und in der Untersuchung weiter fortfahren«, beendete der hochgewachsene Prätor die unangenehme Situation und nickte dem Frohn zu.
Der stämmige Henkersknecht griff an seinen Gürtel und zog eine Schafschere hervor. Doch ehe er sie ansetzen konnte, streckte sein Meister ihm auffordernd die Hand entgegen. Verwundert reichte er dem Frohn das Werkzeug, war doch das Scheren bei Befragungen üblicherweise seine Aufgabe.
Zügig, aber achtsam schnitt der Henker das lange, graue Haar der Frau dicht über der Kopfhaut ab, bis nur noch ungleichmäßige Stoppel verblieben. Zu Grööndorps offensichtlichem Verdruss ertrug sie auch diese entwürdigende Prozedur ungerührt und mit stolz erhobenem Kinn.
»Ich kann auch hier keine verdächtigen Male erkennen«, befand der Frohn, nachdem er anschließend gründlich ihre Kopfhaut untersucht hatte. Diesmal verkniff es sich Grööndorp, die Einschätzung Graves infrage zu stellen.
Ein Weile herrschte Schweigen in dem düsteren Raum. Dann blickte der Prätor mit dem wohlgestutzten Schnurrbart die nackte Frau eindringlich an, bevor er erneut das Wort an sie richtete. »Das

Gericht hat sie im gütlichen befragt und ihr auch die Instrumente zur scharfen Befragung vorgestellt. So habe sie doch Einsicht und erzähle uns endlich, wie sie die Marie Fischer verhext hat und wie sie zum Teufel steht. Es geht doch auch um ihre Seele«, mahnte der Gerichtsherr.

Eine Weile schwieg die Frau und schien stumm mit sich zu ringen, dann reckte sie wieder das Kinn. »Tut, was ihr glaubt tun zu müssen, aber an der Wahrheit wird das nichts ändern, ich habe nichts zu gestehen.«

Der Gerichtsherr seufzte. »Doktor Santmann, könnt Ihr bestätigen, dass die Frau vernehmungsfähig durch die peinliche Befragung ist?«

Der Stadtphysikus räusperte sich. »Die Frau ist bereits fortgeschrittenen Alters, dafür jedoch in guter Verfassung und wirkt nahezu zäh und nicht greisenhaft. Ein vorzeitiges Ableben durch die verschärfte Befragung ist somit nicht zu erwarten. Auch konnte ich keinerlei Schwachsinn feststellen und dass die Frau nicht taub oder stumm ist, war wohl für alle Anwesenden gut zu vernehmen. Ebenfalls konnte ich keine Anzeichen einer Schwangerschaft …«

Der Prätor hob abwehrend die Hand. »Sie ist also vernehmungsfähig, Doktor Santmann?«

Der Stadtphysikus räusperte sich. »Ja«, antwortete er einsilbig.

Der Prätor nickte und blickte wieder zum Frohn. »Meister Grave, beginnt mit dem ersten Grad«, wies er den Henker an.

Der Henker führte ohne eine erkennbare Reaktion die nackte Frau zu einem schweren Tisch und platzierte sie davor auf einem Schemel. Auf dem Tisch glänzte im Fackellicht eine eiserne Daumenschraube. Widerstandslos ließ sie es zu, dass der Henker ihre Hände ergriff und die Daumen in die Zwinge führte. Behutsam drehte der Henker an der Gewindeschraube, sodass sich die beiden dornenbewehrten Backen langsam schlossen. Als

die Frau kurz das Gesicht verzog und die Zwinge fest genug saß, sodass ein Entkommen unmöglich war, ließ er die Schraube wieder los und richtete sich auf.
Die Sattler blickte mit versteinerter Miene auf ihre Hände, die in dem Folterinstrument gefangen waren. Sie waren recht kräftig und sehnig für eine Frau Mitte sechzig. Das harte Leben hatte seine Zeichen und Schwielen hinterlassen, in die sich schon lange Altersflecken mischten. Hände erzählen Geschichten, hatte Jule Sattlers Mutter früher öfters gesagt. Diese erzählten eine sehr ernste Geschichte, in der wenig Musik und Wein vorkam.
»Hat sie uns was zu sagen? Will sie sich endlich besinnen und gestehen, wie sie zum Teufel gekommen ist?«, fragte einer der beiden Gerichtsherren.
»Ich glaube, näher als hier bin ich dem Teufel noch nie gewesen«, antwortete sie ohne aufzusehen.
»Beginnt, Meister Grave«, erschall es, noch bevor das entrüstete Keuchen im Kerker ganz verklungen war.
Grave beugte sich wieder zur Zwinge hinunter. »Du musst ausatmen, wenn ich drehe«, flüsterte er der Sattler zu.
Dann griff er die Gewindeschraube und zog an. Die Backen schlossen sich und begannen unbarmherzig die Fingergelenke dazwischen zu quetschen. Gepeinigt stöhnte die Frau auf und beugte sich instinktiv mit ihrem Oberkörper vom Schmerz weg.
Nach etwa zwei Umdrehungen ließ der Frohn die Schraube los und wartete auf weitere Anweisungen.
»Hat sie uns vielleicht etwas zu sagen?«, fragte einer der Prätoren lauernd.
Der Atem der Sattler ging laut und stoßweise, aber sie wendete demonstrativ ihren Kopf von den Gerichtsherren ab.
»Meister Grave!«, ertönte die knappe Anweisungen an den Henker.

Diese ergriff erneut die Schraube und machte eine weitere Umdrehung an der eisernen Schraube. Die Gemarterte stieß einen langgezogenen Schmerzensschrei aus, der zittrig nachhallte. Erstes Blut quoll unter ihren Fingernägeln hervor.

Es herrschte eine bedrückende Stille in dem Kerker, die nur von den stoßweisen Atemzügen der Gepeinigten unterbrochen wurde. Fragend blickte der Frohn zu den Gerichtsherren. Als sie nickten, ergriff er ein massives Schlageisen und hämmerte einige Male trocken wie ein Schmied auf die Zwinge. Bei jedem Schlag zuckte die Sattler schreiend zusammen und bog ihren Körper durch, als hätte man ihr ins Kreuz getreten.

Als Grave das Eisen wieder beiseitelegte, zitterte sie am ganzen Körper. Schweiß lief ihr vom geschorenen Schädel hinab und sie hatte Mühe, auf dem Schemel sitzen zu bleiben.

Nach einer kurzen Pause drehte der Frohn erneut an der Stellschraube der Zwinge. Diesmal mischte sich in das Quietschen des Metalls und die Schreie der Sattler ein hässliches Knirschen. Blut rann aus den dornenbewerten Backen der Daumenschraube und tropfte zäh auf den Tisch.

»Das hier kann schnell ein Ende finden. Es liegt nur an ihr. Erleichtere sie ihr Gewissen und gestehe sie den Bund mit dem Teufel ein. Dann muss sie auch keine Qual mehr ertragen«, sagte der hochgewachsene Prätor eindringlich.

Eine Weile war in dem Kerker nur das Knistern der Fackeln und der schnaufende Atem der Frau zu hören. »Es ist egal, wie viel Knochen ihr mir noch brechen werdet und wie viel Fragen ihr mir stellt. Das ändert nichts daran, dass ich mit dem Teufel nichts zu schaffen habe«, presste sie mit zittriger Stimme hervor.

»Vielleicht löst eine weitere Umdrehung ihre Zunge«, entgegnete der Gerichtsherr nach kurzer Überlegung.

Grave sah fragend auf. »Die Backen berühren sich fast. Ein weiteres Anziehen wäre unüblich.«

»Hauptsache die Zunge des verstockten Weibes löst sich«, schnaubte Grööndorp.
»Ich muss insistieren! Das verstößt gegen die Prozessordnung!«, entrüstete sich Beckmann und machte einen energischen Schritt nach vorn.
»Ich muss Herrn Beckmann beipflichten. Eine weitere Schließung der Schrauben wäre aus medizinischer Sicht unangemessen«, brachte sich der Stadtphysikus in die Diskussion ein.
»Meine Herren, ich fordere sie zur Mäßigung auf«, versuchte der hochgewachsene Gerichtsherr wieder Ruhe in den Kerker zu bringen. »Wenn Meister Grave und Doktor Santmann von einer weiteren Anwendung der Daumenschrauben abraten, wird das Gericht ihnen folgen.«
Beckmann nicke zufrieden und lehnte sich wieder an die Wand hinter ihm.
Grööndorp räusperte sich aufmerksamkeitsheischend. »Darf ich das Gericht noch darauf hinweisen, dass die Beschuldigte zwar zetert, schreit und schwitzt, aber bisher ein erstaunlicher Mangel an Tränen vorliegt. Soll das nicht ebenfalls ein Anzeichen für einen Teufelspakt sein?«, fragte er unschuldig.
»Das sind doch Ammenmärchen!«, protestierte der Defensor erneut.
Der hochgewachsene Prätor kratzte sich nachdenklich am Kinn. »Vielleicht sollten wir diesbezüglich noch einmal das ›Malleus maleficarum‹ studieren. Vorerst soll es reichen, diese Auffälligkeit in das Vernehmungsprotokoll aufzunehmen«, grübelte er laut. »Doktor Santmann, ist die Sattler denn noch vernehmungsfähig oder liegt die Gefahr eines vorzeitigen Ablebens vor?«, fuhr er dann fort.
Der Stadtphysikus ging einige Schritte vor und musterte die nackte Frau. »Eine grundsätzliche Vernehmungsunfähigkeit scheint mir noch nicht vorzuliegen«, diagnostizierte er schließlich.

»Gut, dann öffnet nun die Zwinge und legt den spanischen Stiefel oder von mir aus eine Schnürung an. Aber gebt Acht, dass das Weib nicht zu schnell ohnmächtig wird«, wies der Gerichtsherr daraufhin an.

»Seid Ihr zufrieden mit Eurer Arbeit, Meister Grave?«, keuchte die Sattler sarkastisch hervor.

Der Frohn wickelte ungerührt sauberes Leinen um ihren gequetschten Unterschenkel. Das Fleisch würde blau und grün werden und war an einer Stelle gar etwas aufgeplatzt. Aber zumindest hatte der spanische Stiefel nach seiner Einschätzung den Knochen nicht ernsthaft beschädigt. Ihre Daumen hatten da weniger Glück gehabt, aber die hatte er schon versorgt.

»Die peinliche Befragung liegt nicht in meinem Ermessen und ich bin nun einmal der Frohn. Mir muss nicht alles gefallen, was ich tue«, murmelte Grave abwesend, während er weiter wickelte.

Kurz verzog sie stumm das Gesicht, als er den Verband verknotete.

»Ich hab das Gerberhandwerk gelernt, bevor ich Frohn wurde. Aber ich glaube nicht, dass ich schon einmal etwas in der Hand hatte, was so zäh war wie Ihr«, sagte der Frohn anerkennend, während er seine Arzneien wieder in seinem Korb verstaute.

Fast eine Stunde hatte die peinliche Befragung der Sattler noch gedauert, bis Doktor Santmann die Tortur untersagt hatte.

»Ich hab schon Schlimmeres erlebt. Der Gerd hatte verflucht breite Schultern«, erklärte sie mit einem schiefen Lächeln und sah hinüber zu ihrem schlafenden Sohn. Die Aufregung bei der Ankunft seiner verletzten Mutter hatte ihn so entkräftet, dass er kurz danach in einen todesähnlichen Schlaf gefallen war. Zumindest hatten sie hier drin ihre Ruhe. Grave versuchte Gefangene, die der hochnotpeinlichen Befragung unterzogen wurden, möglichst allein in einer Zelle unterzubringen.

Der Frohn lachte kurz auf. Dann griff er in seinen Korb und legte ein unterarmlanges, graues Bündel auf die Pritsche der Sattler. Es waren ihre Haare, die er ihr noch vor wenigen Stunden abgeschnitten hatte.
»Meint Ihr, die wachsen wieder an?«, spottete sie müde.
»Ich dachte, falls Ihr sie noch haben wollt. Ein wenig was wert sind sie auch noch«, erklärte er.
»Und Ihr glaubt, ich werd es noch ausgeben können?«, fragte sie skeptisch.
»Nun ja, ohne Geständnis können sie Euch praktisch nicht verurteilen«, entgegnete Grave mit wenig Überzeugung in der Stimme.
»Und wie oft werde ich bis dahin noch das Vergnügen Eurer geschickten Hände haben?«, spottete sie.
»Heute war die Befragung ersten Grades. Der zweite und dritte Grad mit mehr Schärfe steht noch aus. Allerdings kann das Gericht weitere Wiederholungen anordnen. Beliebig viele dürfen es nicht sein, aber klare Grenzen gibt es nicht.«
Die Sattler schaute auf die Verbände über ihren gequetschten Daumen. Es war unwahrscheinlich, dass sie sie je wieder richtig benutzen könnte. »Sprecht offen mit mir, Frohn. Kann ich das hier überleben?«
Grave schwieg eine Weile und zuckte dann die Schultern. »Es liegt viel Druck auf dem Gericht. Alle haben Angst, dass der Teufel sich in Hamburg breit macht. Unter diesen Umständen werden sie es bis zum Äußersten treiben mit Eurer Befragung. Solltet Ihr das tatsächlich durchstehen, sterbt Ihr vermutlich kurz darauf. Bestenfalls haltet Ihr noch ein oder zwei Winter durch. Aber mehr als vor der Kirchtür betteln werdet Ihr nicht mehr können. Zur Arbeit werdet Ihr nicht mehr taugen. Wenn Ihr gesteht, werden sie Euch vermutlich einen schnellen Tod durch das Schwert gewähren«, erklärte der Frohn mit ruhiger Sachlichkeit.

»Ich hab nichts zu gestehen«, entgegnete die Frau leise, aber entschlossen.
Grave nickte. »Das glaube ich Euch.«
»Wenn ich denn ohnehin sterben soll, dann werd ich diesen Pfeffersäcken noch ordentlich in die Suppe spucken. Meinen Stolz kriegen sie nicht von mir. Nur um den Gerd mach ich mir Sorgen«, flüsterte sie beinahe.
»Schwachsinnige dürfen nicht peinlich befragt werden. Vermutlich kommt er auf den Pesthof vor den Toren der Stadt. Dort gibt es auch Betten für die geistig Umnachteten. Wenn er sich gut einfügt, kann er dort auch arbeiten«, sagte der Henker.
Die Frau nickte müde.
»Eine Frage noch, Frau Sattler. Wie viele Münzen waren nun in dem Beutel?«, wollte der Frohn wissen.
Die alte Frau seufzte. »Ich kann auch jetzt nichts anderes sagen, als dass ich es nicht weiß. Die Marie hat mich gebeten, dass ich den Beutel für sie verstecke. Sie hatte Angst, dass der Martin es sonst findet. Ich hab es unter den Dielen versteckt, ohne hineinzuschauen. Sie wollte ja fort mit den Zwillingen und dafür sollte es sein. Etwas hatte sie wohl schon abgezweigt für ihre Flucht, aber ich weiß nicht, wie viel und für was.«
Grave nickte abwesend. Dann stand er mit knackenden Knien auf.
»Ich lass Euch jetzt schlafen, Ihr braucht Ruhe.«

Kapitel 22

12. August 1618

Es war früher Nachmittag und Lucas Beckmann schlenderte an St. Nikolai vorbei und lächelte verschmitzt einer jungen Bürgerstochter zu, die an der Seite ihrer Eltern über den Hopfenmarkt flanierte. Auch wenn die Hitze den Gestank in den Stadtmauern zum Brodeln brachte, war Hamburg doch stets ein schöner Anblick im Sommer.

Luisa war wenig erfreut darüber gewesen, dass er diesen Sonntag nicht gänzlich mit ihr verbringen wollte. Nach der Kirche hatte sie sich eigentlich auf einen Spaziergang an der Alster mit ihm gefreut oder vielleicht einen Ausflug nach Altona. Zumal er die letzten Wochen mehr als beschäftigt gewesen war und nur wenig Zeit für sie gehabt hatte. Seine eigenen Handelsgeschäfte, sein Sitz im Rat und nicht zuletzt seine Rolle als Defensor für viele Angeklagte bei den Teufelsprozessen beschäftigten ihn beinahe rund um die Uhr. Aber der Frohn hatte gestern so eindringlich um eine Unterredung mit ihm und dem jungen Steinschneider gebeten, dass er letztendlich nicht ablehnen mochte. Vielleicht war es auch einfach nur seine Neugierde gewesen, die ihn diesen Sonntag auf den Weg zur Baderei getrieben hatte.

Er hoffte, dass sich der Weg lohnte und er seine Luise nicht umsonst verärgert hatte, als er an die Tür der Baderei klopfte.

Einen Moment stutzte er, als die Tür sich öffnete und er in das bekannte Gesicht von Catharina Kätner blickte. Dann erinnerte er sich daran, dass der Brookvogt die Frau für die Zeit ihrer Schwangerschaft in der Baderei »zwangseinquartiert« hatte. Die Wochen hier hatten ihr offensichtlich gutgetan. Sie sah gesünder aus und runder ohnehin.

»Guten Morgen, Herr Beckmann«, begrüßte Catharina ihn etwas verlegen ob seiner Musterung.

»Guten Morgen«, entgegnete er freundlich und ließ sich von ihr erst in das Haus und schließlich in die Behandlungsstube führen. Hier wurde er bereits von Meister Grave und dem jungen Steinschneider begrüßt. Auch ein Badergeselle namens Casper Sandacker wurde ihm noch vorgestellt, bevor man dem Ratsherrn und Defensor einen Stuhl und einen Krug Bier anbot. Zu seiner Überraschung schloss die Kätner die Tür und nahm ebenfalls Platz in dem Raum. Beckmann sah sich nachdenklich um und fragte sich, wohin diese Reise gehen sollte.

»Wir danken Euch für Euer Erscheinen, Herr Beckmann«, eröffnete der Henker und Beckmann nickte ihm jovial zu. »Was wir mit Euch zu besprechen haben, ist allerdings äußerst heikel, und wir wären auf Euer Stillschweigen angewiesen«, fuhr der Frohn fort und blickte Beckmann fragend an.

Dieser zuckte lächelnd die Schultern. »Von zwei der Anwesenden bin ich bereits der gerichtlich bestimmte Defensor und unterliege dem Schweigegebot. Wenn Herr Sandacker hier ebenfalls meine Dienste in Anspruch nehmen möchte, bin ich für einen Groschen bereit für eine erste Anhörung seines Falls.«

Casper lächelte, aber der Ratsherr und Defensor blickte ihn nur weiter auffordernd an.

»Ich … ich habe keinen Groschen hier«, gab er verdattert preis.

»Na, dann holt einen«, sagte Beckmann gleichmütig.

Der Badergeselle schaute hilfesuchend zu Rasmus, der einen Silbergroschen aus seiner Geldkatze fischte und ihn Beckmann gab. »Danke, ich geb es dir natürlich wieder«, bedankte sich Casper bei seinem alten Freund.

Beckmann steckte ungerührt die Münze in seine Tasche. »Da den Formalitäten nun Genüge getan ist, bin ich gespannt, was meine Mandanten zu berichten haben«, sagte der Ratsherr und lehnte sich mit verschränkten Armen abwartend zurück.

»Vermutlich ist es am besten, wenn Casper beginnt«, schlug der Frohn vor und schaute den Badergesellen aufmunternd an.
Casper räusperte sich und erklärte seinem neu gewonnenen Verteidiger zunächst, dass auch er an der Exhumierung von Ulrich Steinschneider teilgenommen hatte. Eine Information, die Beckmann lediglich mit einem leicht belustigten Lächeln zur Kenntnis nahm.
Deutlich beeindruckter war der Ratsherr hingegen, als Casper ihn von der abendlichen Begegnung mit dem lebenden Leichnam Ulrich Steinschneiders erzählte.
»Ganz sicher?«, fragte er ungläubig nach und setzte sich steif auf.
»So wahr ich hier stehe!«, bekräftigte Casper seine Erzählung.
Nun brachte sich der Frohn wieder ein. »Allerdings gibt es Anlass dazu, zu glauben, dass hier keine schwarzen Mächte, sondern vielmehr verruchtes Pack am Werk ist. Rasmus und Casper hatten bei der Exhumierung bereits den Verdacht, dass die Gesichtshaut von Ulrich Steinschneider entfernt wurde«, gab er zu bedenken.
»Ihr meint, dass jemand sich eine Maske aus einem Menschen gefertigt hat, Meister Grave? Wer sollte so etwas Gotteslästerliches tun?«, fragte Beckmann ungläubig.
Nun sahen alle außer Beckmann zu Catharina hinüber.
Diese atmete tief durch. »In der Nacht nach der Beerdigung des Badermeisters haben drei Fremde ihn ausgegraben und sein Gesicht genommen«, berichtete sie.
»Woher willst du das wissen?«, fragte der Ratsherr. Dann stutzte er. »Du wolltest ihn selber ausgraben und fleddern, nicht wahr?«, fragte er nicht ohne Vorwurf in der Stimme.
Catharina blickte verschämt zu Boden. Dann berichtete sie haarklein von den Vorkommnissen der Nacht und ließ auch ihre Begegnung mit den Schwarzgewandeten und die Teufelsmünze nicht aus.

Beckmann schlug hastig ein Kreuz. »Du meinst, du hast den Teufel getroffen?«, fragte er erschrocken. Catharina zuckte müde die Schultern.

Grave hingegen ließ ein ungläubiges Brummen vernehmen. »Ich mag nicht daran glauben. Vielmehr an ganz faulen Zauber. Bisher hab ich noch nichts vernommen, was nicht auch Menschen verrichten können. Sie müssen nur verdorben genug sein.«

Beckmann nickte und blickte wieder zu der jungen Frau. »Es fällt mir zwar schwer, das zu sagen, aber kein Wort davon an das Gericht, sonst wird Meister Grave hier vermutlich der Letzte sein, den Ihr zu Gesicht bekommt.«

Catharina schluckte hart und nickte.

»Ich fürchte, dass ich ebenfalls noch etwas beitragen kann«, seufzte Rasmus und berichtete von seinen nächtlichen Erfahrungen in Jakobi. Allerdings ließ er aus, dass er sich wie ein Wilder gebärdet und vielleicht gar Menschen getötet hatte. Casper und Grave sahen ihn zwischendurch mit ungehalten verzogenem Gesicht an. Sie hatten ihm immer noch nicht ganz verziehen, dass er diese Nacht bis vor ein paar Tagen vor ihnen geheim gehalten hatte. Ganz ehrlich war er ja noch immer nicht zu ihnen, aber die volle Wahrheit wollte ihm einfach nicht über die Lippen kommen.

Beckmann hatte stumm zugehört und fuhr sich dann nachdenklich durchs Haar. »Wenn Ihr das bezeugt, wird man Euch vielleicht Besessenheit unterstellen. Bestenfalls.«

Rasmus nickte. »Das war auch meine Befürchtung. Ich habe viel darüber nachgedacht und mittlerweile halte ich es für wahrscheinlicher, dass ich vergiftet worden bin. Ich bin kein Experte auf dem Gebiet, aber es gibt meines Wissens vielerlei Substanzen, die zu Wahnvorstellungen führen können. Wenn dazu noch der Verstand des Opfers mit den passenden Worten manipuliert wird, halte ich es schon für möglich.«

»Aber warum?«, fragte Beckmann.

Rasmus hob hilflos die Hände. »Das erschließt sich eben nicht. In meinem Fall habe ich vielleicht zu viele Nachforschungen über meinen toten Vater angestellt, was ja leider nicht gerade verborgen geblieben ist.«
Der Ratsherr schüttelte ungläubig den Kopf. »Ihr meint, die ganze Sache ist nur eine üble Verschwörung? Das ist schwer zu glauben.«
Der Frohn grinste schief. »Ist denn eine Verschwörung, hinter der der Teufel steckt, einfacher zu glauben?«
Beckmann rümpfte die Nase. »Nein, Ihr habt schon Recht, Meister Grave. Beides mag möglich sein. Erst recht nach dem, was Ihr mir grade erzählt habt. Aber wer sollte das tun? Niemand gewinnt bei der Sache etwas.«
»Da gäbe es noch etwas, es betrifft Herrn Gröndorp«, sagte der Henker statt einer Antwort.
»Was soll mit dem Mann sein?«, fragte Beckmann missmutig. Seinem Gesicht war leicht anzusehen, dass sie keine Freunde waren.
Grave berichtete zunächst von der merkwürdigen Besonderheit, dass Gröndorp bei seinem aufmerksamkeitserregenden Erstickungsanfall in der Ratssitzung eigentlich keine typischen Anzeichen einer Atemnot aufwies, was Beckmann jedoch relativ unbeeindruckt zur Kenntnis nahm.
Dann ging der Henker zur peinlichen Befragung der Jule Sattler über. »Gröndorp erwähnte, dass dreißig Silbertaler viel Geld für eine arme Vettel aus dem Moor sind. Es waren aber nur fünfundzwanzig.«
Beckmann drehte verständnislos die Hände gen Decke. »Und?«, fragte er ungeduldig.
»In dem Beutel waren definitiv immer nur fünfundzwanzig dieser Teufelstaler«, erklärte Grave. »So hat es die Bürgerwehr aufgenommen, so habe ich es bei Erhalt gezählt und so ist es auch in die Gerichtsakten gekommen.«

»Darin besteht ja auch kein Zweifel, aber was soll uns das sagen?«, wollte der Ratsherr mit aufkeimender Ungeduld wissen.
»Ich habe mit der Jule Sattler gesprochen. Sie sagte, die Marie Fischer hat ihr den Beutel gegeben, aber vorher etwas für die Vorbereitung ihrer Flucht abgezweigt. Es waren also ursprünglich mehr als fünfundzwanzig Münzen in dem Beutel. Vielleicht dreißig? Doch dafür muss man tatsächlich wissen, was die Marie Fischer ›vom Teufel‹ erhalten hat«, meinte Grave.
Beckmann hob eine Augenbraue. »Und Ihr meint, Herr Grööndorp verfügt über dieses verräterische Wissen?«
Der Frohn zuckte die Schultern. »Ich sage ja nicht, dass Grööndorp hinter der Sache steckt, aber es sind merkwürdige Ungereimtheiten. Dazu noch sein verbissener Einsatz gegen die vermeintliche Teufelsbedrohung.«
Beckmann brummte ungläubig. »Ich gebe ja zu, dass einiges etwas merkwürdig ist, aber es können auch einfach Zufälle sein. Niemals wird das eine Grundlage für eine offizielle Befragung oder gar eine Anklage sein können. Grööndorp ist ein angesehener Ratsherr und auch wenn er sich mit seinem Ehrgeiz nicht nur Freunde gemacht hat, ist sein Name ohne jeden Tadel.«
Grave hob abwehrend die Hände. »Ihr habt ja Recht, Herr Beckmann. Vielleicht ist ja alles nur ein Zufall und wir wollen ja auch gar nichts offiziell machen. Aber es ist der einzige Hinweis, den wir haben, und in Anbetracht des Ernsts der Lage schadet es vielleicht nicht, den Grööndorp ein wenig näher anzuschauen.«
»Und wie soll das vonstattengehen?«, fragte Beckmann noch immer nicht sonderlich überzeugt.
»Nun, mein Beruf bringt es mit sich, dass ich eine ganze Reihe von Leuten kenne, und der eine oder andere ist ganz geschickt darin, sich einmal umzuhören«, sagte der Henker lächelnd.
»Hmm, ich glaube nicht, dass ich davon Näheres wissen möchte«, erklärte der Ratsherr.

»Stimmt, wollt Ihr nicht«, bestätigte Grave. »Aber vielleicht könnt Ihr Euch in Euren Kreisen auch einmal etwas über die Grööndorps umhören. Eventuell ist in letzter Zeit ja noch mehr Ungewöhnliches passiert«, schlug Grave vor.
Beckmann seufzte. »Ich weiß nicht, ob das hier alles in eine gute Richtung führt«, argwöhnte er.
»Die bisherige Richtung gefällt mir aber auch nicht sonderlich«, meldete sich Rasmus zu Wort.

Kapitel 23

20. September 1618

»Wie oft und an welchem Orte hat sie mit dem bösen Feind in Unzucht gehalten?«

»Mit welchen Worten und Gebärden hat sie Gott dem Herrn abgeschworen?«

»War der böse Geist in der Zeit der Gefangenschaft bei ihr gewesen?«

»Hat sie einen Pakt mit ihm gehabt, dass ihr durch die Tortur die Wahrheit nicht ausgepresst werden solle?«

»In welcher Gestalt war er erschienen und was hat er ihr befohlen?«

Die Fragen prasselten auf die gemarterte Frau ein wie Hagelkörner in einem Wintersturm. In ihrem gepeinigten Zustand vermochte sie die schnell und laut gesprochenen Worte kaum auseinanderzuhalten und schüttelte nur immer wieder störrisch den geschorenen Kopf.

Sie kniete auf dem Steinboden und hatte Mühe, sich aufrecht zu halten. Ihr nach vorn gebeugter Oberkörper schwankte immer wieder, als würde sie von einem gelegentlichen Windstoß erfasst. Schweiß lief über ihren schmutzigen, nackten Körper und vermischte sich teils mit Blut. Ihr Körper war übersäht von Striemen und Quetschungen in ungesunden Blau-, Grün- und Schwarztönen, die von den vorangegangenen Verhören zeugten.

Heute hatte das Gericht die »scharfe Frage« begonnen, also den dritten Grad der Folter.

»Wenn sie nicht endlich spricht, werden wir ihre Pein fortsetzen müssen«, warnte einer der Prätoren.

Die Sattler atmete schwer, hob den Kopf und blickte die Männer vor ihr mit glasigen Augen an. Statt zu antworten, spuckte sie eine Mischung aus Speichel und Blut vor ihren Peinigern aus.

Der Prätor mit dem fein gestutzten Schnurrbart schüttelte angewidert den Kopf. »Zieht sie wieder auf, Meister Grave«, wies er an.
Die Hände der Sattler waren mit einem derben Strick hinter ihrem Rücken gebunden. Der Strick lief über eine Winde an der Decke bis zu einem Haken an der Wand.
Der Frohn folgte der Anweisung und zog mit seinem Knecht zum wiederholten Male die Frau empor. Ein gequältes Stöhnen entrang sich ihrer Kehle, als ihr Gewicht im widernatürlichen Winkel an ihren bereits ausgekugelten Schultern hing. Man hatte die Qual noch erhöht, indem man einen kopfgroßen Stein an ihre Fußgelenke gebunden hatte.
Mühsam versuchte sie, Luft in ihren zusammengepressten Leib zu zwingen, während der unsagbare Schmerz sich mit jedem Atemzug tiefer in sie hineinfraß. Ein langer Speichelfaden troff ihr haltlos aus dem halb geöffneten Mund, während sie mit schmerzverzerrtem Gesicht leicht an dem Seil schaukelte.
»Hat sie es sich endlich überlegt? Will sie endlich zur Wahrheit finden?«, schallte es erneut durch den Kerker.
Unter Aufbietung aller Kräfte hob die Frau das Haupt und blickte die Männer zornig an. »Ich habe mit dem Leibhaftigen nichts zu schaffen und eher lernen Schweine fliegen, als dass ihr etwas anderes von mir hört«, keuchte sie und ließ ihren Kopf wieder fallen.
»Meister Grave!«, befahl daraufhin einer der Gerichtsherren.
Der Frohn ging mit ausdrucklosem Gesicht zum Kohlebecken und entnahm das Brenneisen. Es zischte und Rauch stieg auf, als er es der Frau etwa zwei Atemzüge lang auf die empfindliche Haut über den Rippen presste.
Mit einem lauten Schrei, der eher etwas Tierhaftes an sich hatte, bäumte sie sich auf, bevor sie zusammensackte und reglos an dem Seil hing.

Mit zusammengepressten Lippen stieß der Frohn das Eisen wieder in die Glut. »Sie hat das Bewusstsein verloren. Ich würde anraten, sie schnellstmöglich aus dieser Position zu befreien, wenn ihr Tod nicht in Kauf genommen werden soll«, meinte der Henker.

»Doktor Santmann?«, fragte einer der Prätoren und blickte zum Stadtphysikus.

»Ich stimme Meister Grave zu, die Frau befindet sich in einem kritischen Zustand. Daher sollte die peinliche Befragung nun abgebrochen werden.«

»Dann bindet die Frau los und bringt sie wieder in ihre Zelle«, befahl der hochgewachsene Prätor, nachdem er sich mit seinem Amtskollegen im Flüsterton ausgetauscht hatte.

Augenblicklich ließen der Frohn und sein Knecht die Frau vorsichtig wieder auf den Boden gleiten und begannen, sie von den Seilen zu befreien.

Der Stadtphysikus wandte sich währenddessen erneut an die beiden Gerichtsherren. »Zudem möchte ich zu Protokoll geben, dass aus medizinischer Sicht von einer weiteren Befragung abzuraten ist. Die Grenze der körperlichen Leidensfähigkeit ist erreicht und überschritten. Die erneute Anwendung der Folter kann ich in den nächsten Monaten als Arzt nicht gutheißen«

Die beiden Prätoren sahen sich ratsuchend an, während die Feder des Schreibers emsig über das Papier kratzte.

»Das kann nicht Euer Ernst sein, Doktor Santmann! Das Weib ist schuldig!«, entrüstete sich Grööndorp.

»Um das herauszufinden, sind wir hier, Beisitzer!«, zischte Beckmann den Ratsherrn böse an.

»Ruhe!«, befahl der hochgewachsene Prätor den beiden Streithähnen, die während der Befragungen nun bereits schon öfters aneinandergeraten waren.

»Das Weib ist sturer als ein Esel«, stieß der andere Prätor zornig hervor.
Beckmann wandte sich mit beschwichtigender Geste an die beiden Gerichtsherren. »Weil sie vielleicht doch unschuldig ist. Sie beharrt darauf, dass die Marie Fischer ihr den Beutel übergeben hat und sie ihn nie geöffnet hat und dass sie nie mit dem Teufel gebuhlt hat. Wir sollten in Erwägung ziehen, dass sie die Wahrheit spricht. Seht sie Euch an! Wer kann bei dieser Tortur noch eine Lüge aufrechterhalten?«, plädierte Beckmann und deutete auf die besinnungslose Frau am Boden.
Grööndorp schnaubte. »Jemand, dem der Teufel die Kraft dazu gegeben hat! Sie steht mit dem Leibhaftigen im Bunde, das ist offensichtlich. Anders kann sie diese Pein nicht ertragen. Und wollt Ihr den braven Menschen in Eppendorf erzählen, dass die Teufelsbuhle und ihre Brut bald wieder unter ihnen lebt?«
An den Gesichtsausdrücken der beiden Gerichtsherren war zu erkennen, dass er einen wunden Punkt getroffen hatte. Die vielen Vorfälle der letzten Monate hatten für eine angespannte Stimmung in der Öffentlichkeit gesorgt. Ein Freispruch würde nicht gut aufgenommen werden.
»Ich sage, die Befragung muss fortgesetzt werden!«, forderte Grööndorp, der spürte, dass er in die richtige Richtung argumentiert hatte.
»Eine beliebige Wiederholung der Folter lässt die Prozessordnung nicht zu und über die Vernehmungsfähigkeit entscheidet allein Doktor Santmann«, argumentierte der Prätor mit dem Schnurbart und reckte verzweifelt über das Dilemma seine Handflächen gen Decke. »Doktor Santmann, so überdenkt Eure Einschätzung der Vernehmungsfähigkeit doch noch einmal«, flehte er schon fast.
»Als Mediziner muss ich bei meinem Urteil bleiben, ich bin nun einmal kein Jurist«, bekräftigte der Stadtphysikus seine Aussage.

»Vielleicht gibt es noch eine Möglichkeit, die Sache zum Guten zu wenden, die sowohl der Wahrheitsfindung wie auch der Urteilsfindung dient«, murmelte der hochgewachsene Prätor, während er sich nachdenklich das sauber geschabte Kinn massierte. Alle Anwesenden sahen ihn fragend an.
»Meister Grave, bitte richtet die Frau wieder so weit her, dass sie sich auf einem Stuhl halten kann. Die peinliche Befragung mag beendet sein, aber dem Gericht steht es weiterhin zu, Fragen an die Angeklagte zu stellen. So lange werden wir pausieren. Doktor Santmann, ich möchte Euch zu einer Unterredung mit mir und meinem Kollegen bitten«, verteilte der Prätor mit hoffnungsvoller Miene Anweisungen in die Runde.
Beckmann war nicht wohl, als er die beiden Gerichtsherren und den Stadtphysikus den Raum verlassen sah, und selbst Grööndorp blickte eher unentschlossen, was er davon halten sollte.

Fast zwei Stunden sollte es dauern, bis die Sattler wieder in der Lage war, schwankend auf einem Stuhl zu sitzen. Grave hatte ihre Ohnmacht genutzt, um ihre Gelenke wieder einzurenken, und hatte ihre Wunden gewaschen und Verbände angelegt. Sogar ein Hemd hatte man ihr wieder zugestanden. Doch sie war schwach, fiebrig und abwesend.
»Kann sie mich hören?«, fragte der hochgewachsene Prätor in einem Tonfall, in dem man zu einem kleinen Kind spricht.
»Mehr als mir lieb ist«, flüsterte die Sattler heiser.
Ihr Gesprächspartner überhörte die Provokation und nickte lediglich zufrieden. »Wir haben gute Nachrichten für sie. Sie hat das Gericht von ihrer Unschuld zu überzeugen vermocht«, fuhr der Prätor sanft lächelnd fort.
Langsam hob die Frau den Kopf und blickte den Prätor ungläubig an. Auch Beckmanns Kopf ruckte überrascht in Richtung der beiden Gerichtsherren. Selbst Grave zog fragend eine Augenbraue

nach oben. Gröondorp hingegen riss entsetzt die Augen auf und ballte die Fäuste so fest, dass die Knöchel weiß hervortraten.
»Ich … bin … frei …?«, stammelte die Sattler verblüfft.
Der Prätor nickte. »Ja, sie ist frei. Es bleiben zwar einige äußerst fragwürdige Sachverhalte ungeklärt, aber durch ihre Standhaftigkeit hat sie das Gericht davon überzeugt, dass nichts davon ihr anzulasten ist«, fasste der Prätor zusammen.
»Dann kann ich den Gerd nehmen und gehen?«, fragte sie zittrig, aber voller Hoffnung.
Der Prätor hob einhaltgebietend seine Hand. »Diesem Wunsch kann das Gericht nun leider nicht stattgeben. Wie erwähnt bleiben noch einige schwierige Fragen ungeklärt. Auch wenn sie uns von ihrer Unschuld überzeugt hat, gilt das noch nicht für ihren Sohn, dem …« Der Prätor blickte hilfesuchend zum Gerichtsschreiber.
»Gerd Sattler«, sprang dieser ihm bei.
»Gerd Sattler«, wiederholte der Prätor mit einem bestätigenden Nicken. »Sie kann gehen und ist frei, aber ihr Sohn wird zur weiteren Vernehmung in Haft bleiben. Der Verdacht ist ja naheliegend, dass es in diesem Fall eine andere Person im Haushalt geben muss, die mit dem Teufel buhlt, wenn sie es nicht selbst ist. Aber wir werden sehen, ob er sich als ebenso unschuldig und … standhaft erweist wie seine Mutter. Ihr hingegen wünscht das Gericht noch einen angenehmen Tag.«
Die Sattler brauchte eine Weile, bis sie den Sinn der Worte begriff. Dann schüttelte sie bestürzt den Kopf. »Nein, dass dürft ihr nicht tun«, sagte sie heiser.
Beckmann trat einen Schritt nach vorne. »Ich protestiere! Gerd Sattler ist offensichtlich schwachsinnig, eine peinliche Befragung verstößt damit gegen die Prozessordnung! Doktor Santmann?«, brachte er aufgebracht vor und blickte zwischen dem Stadtphysikus und den beiden Gerichtsherren hin und her.

Der Prätor hob gebieterisch die Hand. »Das Gericht hat sich mit Doktor Santmann ausgetauscht. Zum jetzigen Zeitpunkt liegt noch kein Gutachten über den Geisteszustand von Gerd Sattler vor.«

Beckmann lachte auf. »Aber der Geisteszustand ist doch wohl offensichtlich, Doktor Santmann!«

Der Stadtphysikus machte eine hilflose Geste. »Bisher wurde mir nur Frau Sattler vorgeführt, über die Vernehmungsfähigkeit ihres Sohnes kann ich nichts sagen, da ich ihn noch nicht einmal zu Gesicht bekommen habe. Geschweige denn begutachtet.«

»Nichts leichter als das! Er ist in der Zelle nebenan und ein Urteil lässt sich hier wohl schnell fällen«, schlug der Verteidiger vor.

Der hochgewachsene Prätor erhob sich von seinem Stuhl und blickte Beckmann scharf an. »Das Gutachten für die Vernehmungsfähigkeit wird vom Gericht angefordert. Nicht vom Defensor und auch nicht eigenmächtig durch den Stadtphysikus. Das Gericht wird das Gutachten anfordern, wenn diese Befragung hier abgeschlossen ist, und keinen Deut früher. Ist diese Befragung hier abgeschlossen, Frau Sattler?« Die Stimme des Prätors klang lauernd. Er verschränkte seine Hände hinter dem Rücken und beugte sich nach vorn wie eine warnende Kobra.

Beckmann schüttelte empört den Kopf. »Frau Sattler, der Gerd wird nicht vernehmungsfähig sein«, brachte er entschieden hervor.

»Schweigen Sie!«, rief der Prätor aufgebracht und Speichel spritzte zwischen seinen Lippen hervor. Dann hatte er sich wieder unter Kontrolle und sprach mit ruhiger Stimme weiter: »Sie sind kein Arzt, sondern Jurist. Den Gerichtsakten habe ich entnommen, dass der Gerd Sattler ein recht geschickter Jäger und Fischer sein soll. Selbst Fallen soll er stellen können. Und bei seiner Arretierung hat er alle Fragen zu seiner Person beantworten können. Ich für meinen Teil bin gespannt, wie das Urteil von

Doktor Santmann ausfallen wird. Aber diese Frage werden wir nicht heute klären.«
Beckmann sah seine Mandantin an, die wie ein Häuflein Elend auf dem Stuhl saß. Warnend schüttelte er kaum merklich den Kopf. Die Frau schloss müde die Augen. Eine einzelne Träne stahl sich in ihren Augenwinkel und rann die eingefallene Wange hinab. »Der Gerd weiß von nichts. Mir allein ist der Teufel erschienen und ich habe mich mit ihm eingelassen und mit ihm Unzucht getrieben«, flüsterte die Sattler kraftlos.
Beckmann schloss niedergeschlagen die Augen und rieb sich über das Gesicht, während sich ein triumphierender Ausdruck über Grööndorps Gesicht legte.
»Na sehe sie, ist es nicht erleichternd für sie, endlich wahr zu sprechen?«, vermerkte der Prätor in lobendem Tonfall. »Schreiber, gebt Obacht, dass Ihr nun alles notiert.«

Es sollte ein langer Tag werden, an dem noch viel Tinte auf Papier verstrichen wurde, bis die Sattler wieder in ihrer Zelle auf der Pritsche lag. Sanft strich sie ihrem Sohn neben sich mit der verbundenen Hand über das Haar. Wie meist während ihrer Inhaftierung schlief Gerd tief und fest.
»Meint Ihr, sie hätten den Gerd wirklich gefoltert?«, fragte sie mit geschlossenen Augen.
Der Frohn holte tief Luft und ließ sie langsam wieder entweichen. »Doktor Santmann ist an sich ein guter Stadtphysikus, vermutlich hätte er ihn für schwachsinnig erklärt. Aber man kann nie wissen.«
»Dann hab ich richtig entschieden«, seufzte sie und wirkte auf eine merkwürdige Art zufrieden. »Mich plagt schon so lange das Zipperlein und immer wieder find ich Blut auf dem Abort. Ich hab nur noch für den Gerd durchgehalten und hätt den nächsten Winter wohl eh nicht mehr überstanden. Nur dass ich den Pfeffersäcken nun ihren Willen gegeben hab, stößt mir bitter auf.«

Grave wusste nicht, was er darauf sagen sollte, und beendete den letzten Verband an ihr.
»Was wird jetzt geschehen?«, fragte sie leise, aber mit einer ruhigen Schicksalsergebenheit.
»Ihr werdet das Geständnis vor Gericht wiederholen müssen. Dann werdet Ihr verurteilt. Sicherlich zum Tode«, erklärte der Frohn ruhig.
»Meint Ihr, sie werden mich verbrennen?«, fragte sie und nun hatte sich doch ein ängstliches Zittern in ihre Stimme geschlichen.
Der Frohn schüttelte den Kopf. »Unwahrscheinlich. Die Feuerstrafe wird in Hamburg so gut wie nicht mehr angewendet und erst recht nicht bei einem Geständnis. Aber macht Euch keine Sorgen, selbst wenn Euch der Scheiterhaufen drohen sollte, werde ich es schmerzlos für Euch machen.«
»Ihr könnt kaltes Feuer machen? Sie hätten Euch befragen sollen und nicht mich«, spottete die Sattler mit immer noch geschlossenen Augen.
»Nein. Aber man kann den Scheiterhaufen so errichten, dass der Rauch Euch ohnmächtig macht, bevor Ihr die Hitze fühlt. Solche Geheimnisse werden von Henker zu Henker weitergegeben. Den meisten von uns ist am Leid ihrer Kunden nichts gelegen. Aber ich denke, man wird Euch das Schwert zugestehen.«
»Wird das sehr wehtun?«
»Nun, um ehrlich zu sein, wurde ich noch nie hingerichtet. Aber ich denke nicht. Außerdem werdet Ihr in der Zeit davor kirchlichen Beistand erhalten.«
Die Sattler verzog das Gesicht. »Ich dachte, dieser Doktor Santmann hat verboten, mich weiter zu foltern. Besucht lieber Ihr mich, Henker.«
Grave lachte und legte ihr die Hand auf den Arm. »Ich werde sehen, was ich tun kann.« Dann wurde er wieder ernst. »Ihr habt

sehr anständig getan, außer der Marie Fischer niemand anderen zu beschuldigen«, sagte er anerkennend.

Eine Weile blieb sie stumm und Grave dachte bereits, sie wäre eingeschlafen.

»Ich hab wohl überlegt. Viele hätten es verdient, aber wer weiß, wen diese dann wieder beschuldigt hätten. Besser die Sache endet mit mir.«

Der Henker nickte und holte eine Steingutflasche aus seinem Arzneikorb. »Das ist gute Medizin. Sie nimmt Euch die Schmerzen und hilft beim Schlafen«, erklärte er, während er die Flasche entkorkte.

Die Sattler schnappte keuchend nach Luft, nachdem sie einige Schlucke der grün-braunen Flüssigkeit genommen hatte. »Ist da außer Kornbrand noch etwas anderes in Eurer Medizin?«, fragte sie und atmete tief durch.

»Nicht viel, daher hilft sie ja so gut«, erwiderte Grave lächelnd.

Kapitel 24

14. Oktober 1618

»Dann habt Ihr nichts in Erfahrung bringen können, Herr Beckmann?«, fragte Rasmus hörbar niedergeschlagen.

Der Ratsherr zuckte die Schultern. »Nun ja, nichts, was auf einen Zusammenhang zu den düsteren Ereignissen der letzten Monate steht. Grööndorp ist wie gesagt recht ehrgeizig und will seine Stellung in Hamburg ausbauen. Aber das wollen auch viele andere Ratsherren. Vielleicht setzt er sich deswegen auch so verbissen gegen die vermeintliche Teufelsverschwörung ein. Er ist anständig verheiratet, hat zwei Söhne und ein respektables Haus in St. Petri. Seine Geschäfte gehen wohl ganz gut. Ich fürchte, das war es schon.«

Beckmann griff sich einen Bierkrug und nahm einen tiefen Schluck. Er hätte sich selbst und den Anwesenden gerne bessere Nachrichten übermittelt. Ganz wohl fühlte er sich jedoch nicht dabei, in dieser Runde, die weit unter seinem Stand war, über den unbewiesenen Verdacht über Grööndorp zu sprechen. Dazu noch heimlich am Gericht und allen offiziellen Stellen vorbei. Es kam ihm ein wenig wie Verrat am eigenen Stand vor. Aber Situation und Stimmung in der Hansestadt waren kompliziert, da mochte ein unkonventionelles Vorgehen gerechtfertigt sein. Zumindest ging es ihm besser, wenn er sich das einredete. Der Rat würde das vermutlich anders sehen.

»Und Ihr, Meister Grave?«, fragte Rasmus wenig hoffnungsvoll.

Zu seiner Überraschung lächelte der Henker. »Etwas Handfestes habe ich zwar nicht, aber ein Vögelchen hat mir gezwitschert, dass es dieses Jahr schon ein wenig anders ist bei den Grööndorps.«

»Inwiefern?«, wollte Beckmann wissen und auch die anderen Anwesenden sahen den Frohn gespannt an.

»Die Grööndorps sind öfters des Nachts fort und kommen erst im Morgengrauen wieder heim. Zumeist sind es die Söhne, aber auch Matthäus und vielleicht auch der eine oder andere Angestellte.«
»Junge Kerle missachten doch gern einmal die Sperrstunde. Zechen bis in die Nacht und der eine oder andere Ratsherr lässt auch kein Gelage aus«, meinte Beckmann skeptisch.
Grave schmunzelte kurz, da Beckmann nicht nur Ratsherr war, sondern auch selbst keine dreißig Lenze zählen mochte. »Da habt Ihr wohl Recht, Herr Beckmann, aber sie sollen wohl sehr auf Unauffälligkeit bedacht sein und insgesamt viel Geheimniskrämerei betreiben. Angespannt sollen sie sein, vor allem der Matthäus. Grad so, als stünde jede Woche ein recht großes Geschäft für sein Haus an.«
»Und woher wisst Ihr all das, wenn ich fragen darf, Meister Grave?«, fragte Catharina etwas zaghaft.
»Sagen wir, ich kenne jemanden, der jemanden kennt, der eine Magd aus dem Hause der Grööndorps kennt. Jetzt zumindest.«
Beckmann wirkte nicht sonderlich überzeugt. »Das mag ja ganz interessant sein, aber reicht bei Weitem nicht aus, um irgendwelche offiziellen Untersuchungen einzuleiten.«
»Vielleicht können wir den Grööndorps ja ein wenig weiter auf den Zahn fühlen«, schlug Casper vor.
»Darüber habe ich auch gerade nachgedacht, aber wir haben wohl kaum die Möglichkeiten, den Grööndorps und allen ihren Angestellten den ganzen Tag und die ganze Nacht hinterherzuschleichen und gar des Nachts vor ihrem Haus zu lagern. Aber vielleicht sollten wir es trotzdem einfach versuchen«, seufzte Rasmus.
Casper nickte. »Was ist denn mit Catharina? Bei ihrer nächtlichen Begegnung in St. Georg hat sie zwar nur Umrisse gesehen und

Stimmen gehört, aber vielleicht erkennt sie jemanden aus dem Haus der Gröondorps wieder.«
»Das ist eine großartige Idee, Casper«, rief Catharina aufgeregt.
Rasmus schüttelte indes entschieden den Kopf. »Das erscheint mir viel zu gefährlich! Sie könnten was merken. Und was wenn tatsächlich ›der Teufel‹ aus dem Haus der Gröondorps kommt und Catharina wiedererkennt? Und das ... und das in deinem Zustand!«, ereiferte er sich aufgeregt und deutete auf ihren gewölbten Bauch.
Die anderen in der ungleichen Runde lächelten vielsagend ob seines emotionalen Einwurfs.
Dennoch stimmte Beckmann ihm zu. »Grundsätzlich stimme ich zu, dass es ein wertvoller Erkenntnisgewinn wäre, wenn Catharina jemanden aus dem Hause Gröondorp wiedererkennen würde. Aber wir können sie ja schwerlich im Hause Gröondorp unterbringen oder bei allen Mitgliedern der Familie und den Angestellten herumreichen. Das würde sicherlich schnell auffallen und sie vermutlich in Gefahr bringen. Dazu dürfen wir nicht vergessen, dass der Brookvogt sie hier unter Hausarrest gestellt hat. Wie soll sie da denn jeden Tag und jede Nacht unbemerkt in der Stadt umherspionieren?«
»Eben das!«, pflichtete Rasmus ihm sichtlich erleichtert bei.
Catharina wirkte indessen enttäuscht.
»Ich war mit meinem Bericht allerdings noch nicht fertig«, holte sich der Henker die Aufmerksamkeit der Anwesenden wieder zurück. »Besagte Magd hat gestern zufällig ein Gespräch der Gröondorps mitgehört. Da war die Rede davon, dass sie noch einiges erreichen müssen bis zum nächsten Treffen zu Neumond am Köppelberg.«
Beckmann blickte ungläubig. »Ist sich diese Frau da sicher, Meister Grave? Zu Neumond an der Richtstätte? Hat sie sich nicht verhört? Wer soll das besprochen haben?«

Der Gedanke, dass Knechte oder Mägde ihren Dienstherrn aushorchten, schien ihm sichtliches Unbehagen zu bereiten.
Der Frohn hob abwehrend die Hände. »Viel mehr kann ich Euch auch nicht sagen. Sie war wohl beim Kehren einer Feuerstelle und hat das Gespräch nur dumpf durch den Kaminschacht aus dem Arbeitszimmer von Matthäus Grööndorp gehört. Mehr hat sie wohl auch nicht verstanden, weil dann wieder leiser gesprochen wurde. Wer gesprochen hat oder überhaupt anwesend war, konnte sie ebenfalls nicht sagen. Aber auffällig ist das in diesem Zusammenhang nun sicherlich.«
»Der letzte Neumond war gerade erst vor ein paar Tagen. Aber es sollte sich ja leicht herausfinden lassen, wann der nächste ist«, vermutete Rasmus.
»Neunter November«, bemerkte Grave schelmisch grinsend.
»Dann werden wir wohl dem Köppelberg einen Besuch abstatten müssen. Kann man sich dort irgendwo verstecken, Meister Grave?«, fragte Rasmus.
Grave nickte bedächtig. »Da wird mir schon was einfallen.«
Casper räusperte sich. »Wäre es nicht sinnvoll, Männer mit Waffen mitzunehmen?«, fragte er vorsichtig.
»Wir können ja wohl kaum die Bürgerwehr für unser Vorhaben gewinnen«, spottete Beckmann.
Grave stimmte ihm zu. »In dieser Angelegenheit können wir kaum jemanden in unser Vertrauen ziehen. Der Einzige, der mir einfallen würde, ist gerade nicht in Hamburg. Außerdem weiß ich mich meiner Haut wohl zu wehren und eigentlich wollen wir uns ja nur auf die faule Haut legen und ein wenig zuhören.«
»Ich begleite Euch auf jeden Fall, Meister Grave!«, sagte Catharina.
»Gute Güte, mach das nicht! In vier Wochen solltest du nicht einmal mehr diesen langen Weg gehen«, warnte Rasmus und blickte wieder auf ihren Bauch. »Außerdem stehst du unter

Hausarrest, wie Herr Beckmann richtig angemerkt hat«, ergänzte er und verschränkte die Arme vor der Brust.
Catharina seufzte. »Die Hebamme sagt, dass ich vielleicht sogar noch bis Weihnachten Zeit habe. Ich bin die Einzige, die die Männer am Grab deines Vaters wiedererkennen kann. Mir ist ja auch bange, aber ich glaube nicht, dass wir eine andere Wahl haben.«
Rasmus wirkte wenig überzeugt und auch Beckmann schien von der Idee nicht sonderlich angetan.
»Mein Verfahren ist nur aufgeschoben, bis ich mein Kind zur Welt gebracht habe. Falls diese böse Geschichte sich nicht irgendwie aufklärt, droht mir immer noch die Folter und vielleicht Schlimmeres«, ergänzte sie schließlich nüchtern.
Grave stimmte zu. »Das ist richtig. Wir können tagsüber mit dem Karren anfahren, dann wird es einfacher für dich und wir können dich verstecken. Niemand wird sich wundern, wenn der Henker und sein Helfer der Richtstätte einen prüfenden Besuch abstatten in diesen unruhigen Zeiten.«
Eine Weile herrschte Schweigen in der Behandlungsstube. Dann nickten alle.

Kapitel 25

18. Oktober 1618

»Tragt keine Angst im Herzen, Gott ist mit Euch und wird Euch barmherzig aufnehmen«, versuchte sich der Geistliche erneut an ein paar beruhigenden Worten.

Die Sattler machte einen leidenden Gesichtsausdruck. »Es ist gut, ich glaub Euch ja schon, Ihr könnt aufhören«, erwiderte sie missmutig. Sie musste sich dabei ihrem geistlichen Beistand zuwenden und ihre Stimme erheben, um den Lärm zu übertönen. Das Holpern der Räder des Schinderkarrens auf dem Kopfsteinpflaster der Steinstraße vermischte sich mit den Schritten von genagelten Stiefeln der Bürgerwehr, die sie begleiteten. Beides wurde noch übertönt von den Schmährufen und dem Gejohle der Gaffer am Wegesrand, von denen manche die Prozession begleiteten.

»Hexe!«, »Teufelsbuhle!«" und »Satansweib!« gehörten noch zu den gemäßigten Ausrufen der Umstehenden. Gelegentlich flog gar ein fauliges Obst oder Gemüse in Richtung der Sattler. Sie gab sich nur noch halbherzig Mühe, den Wurfgeschossen auszuweichen. Wurde jemand aus der Menge allzu keck, sorgte die Bürgerwehr mit ihren Partisanen wieder für mehr Abstand und Ordnung.

Je näher sie dem Steintor kamen, desto mehr Menschen säumten den Straßenrand.

»Ich kann kaum glauben, dass alle nur gekommen sind, um meinen Kopf fallen zu sehen!«, rief die Sattler in Richtung Graves breitem Rücken.

»Tja, Ihr seid eben eine echte Berühmtheit. Es ist ein Jammer, dass Ihr keinen Eintritt verlangen könnt«, antwortete der Frohn vom Kutschbock und blickte sich kurz grinsend um.

Die Frau lachte meckernd. »Ja, das tät mir schon gefallen. Ich würd glatt mit Euch teilen, Meister Grave, Ihr habt ja auch Euren Anteil an der Sache.«

»Das wär sehr anständig von Euch und das, obwohl mich die Stadt ja schon bezahlt«, bedankte sich der Henker, während sie durch das Steintor fuhren.

Auf den Wiesen vor der Stadtbefestigung wurde es augenblicklich ruhiger. Kaum noch Gaffer säumten den Weg, auch wenn immer noch eine gehörige Anzahl Köpfe den Schinderwagen begleiteten. So ruhig würde es jedoch nicht bleiben. Schon von hier war die stattliche Menge auszumachen, die sich bereits um den Köppelberg versammelt hatte. Die meisten Zuschauer machten sich lieber früher auf die Beine, statt mit dem Schinderwagen einzutreffen, um sich einen der besseren Plätze in den vordersten Reihen zu sichern.

Mit einem beklommenen Gefühl steuerte Grave den Schinderwagen in Richtung des Köppelbergs. Die Sattler würde bereits die zehnte Frau sein, die er dieses Jahr mit dem Vorwurf der Schadenszauberei durch das Schwert richten würde, und in den Kerkern der Frohnerei warteten noch mehr Angeklagte auf ihre Verfahren und Urteile. Bitter spuckte er aus. Henker zu sein war ein blutiges Handwerk, doch zumeist konnte er sich sagen, dass es ein notwendiges war, das nun einmal auch von jemandem getan werden musste. Doch bei diesen Verfahren um Teufelszeug und Hexerei mochte er nicht glauben, dass es Recht war, was geschah. Es war dringend an der Zeit, dass die Sache ein Ende fand, bevor es noch ein echter Brand wurde, der über Hamburg und das ganze Umland hinwegfegte.

Grave schaute nach oben und blinzelte. Die letzte Nacht war kalt gewesen, dafür war der Himmel an diesem Vormittag strahlend blau und die Sonne stand hell über der Elbe.

»Da habt Ihr aber feines Wetter für meinen letzten Tag bestellt, Meister Grave«, freute sich die Sattler. Der Henker lachte freundlich und als er kurz nach hinten blickte, sah er, wie sie versonnen die helle Landschaft betrachtete.
»Hoo, Lotte!«, sagte er halblaut und zog leicht an den Zügeln, sodass die Sattler sich in Ruhe umsehen konnte, ohne dass der Wagen über den Weg holperte.
»Was ist los, Meister Grave?«, fragte der Führer des Trupps Bürgerwehr, der sie begleitete.
»Lotte brauch Pause«, antwortete Grave gleichmütig, während die Sattler zufrieden in die Sonne schaute.
»Der Gaul kann nach den paar Schritten schon nicht mehr?«, fragte der Mann ungläubig.
Grave nickte. »Braucht Pause«, bestätigte er knapp, legte die Beine übereinander und verschränkte die Arme vor der Brust.
»Meister Grave?«, ertönte die Stimme der Sattler hinter ihm.
»Ja?«
»Man hat mir gesagt, die Hingerichteten werden nicht auf einem echten Totenanger bestattet, sondern von Euch hier auf den Wiesen«, fragte sie, während sie sich weiter umsah.
»Das ist richtig«, bestätigte der Frohn.
»Könnt Ihr mich dort hinten begraben, da tät es mir gut gefallen. Und wenn ich Euch um noch einen Gefallen bitten dürfte. Ich mag nicht dran denken, dass mich die Füchse und die Schweine fressen. Wenn Ihr mich also recht tief begraben würd, wär ich sehr dankbar. Vielleicht könnt Ihr ja auch ein paar Worte sagen. Ich kann Euch nur nichts dafür geben. Meine Hütte hat ja die Bürgerwehr ausgeräuchert und abgerissen und sonst hab ich nur noch den Gerd und den wollt Ihr nicht.«
Grave nickte. »Lasst gut sein. Die Stelle dort hinten soll es sein und wir graben eine gute Elle tief.«

»Danke, Meister Grave. Das werd ich Euch mein Lebtag nicht vergessen«, sagte sie und lachte wieder meckernd.

Als der Henker den Karren wieder in Bewegung setzte, sah sie immer noch zufrieden in der Umgebung umher. Je näher sie der Richtstätte kamen, desto deutlicher vernahmen sie die Kakophonie aus Schmährufen, Gejohle und Beifallsbekundungen. Trotz der vormittäglichen Stunde hatte so mancher seinen Durst mit mehr als nur Dünnbier gestärkt. Straßenhändler versorgten das leibliche Wohl der Zuschauer oder verkauften Talismane. Hinrichtungen hatten stets auch etwas von einem Volksfest und da der Anlass auch alle Anwesenden an ihre eigene Vergänglichkeit erinnerte, saßen die Geldbeutel ganz besonders locker.

Die Bürgerwehr trieb die Menge auseinander, sodass der Frohn den Karren zum Köppelberg lenken konnte.

Der Köppelberg, andernorts auch Rabenstein genannt, war eine künstlich aufgeschüttete Richtstätte. Fast drei Mann hoch ragte sie empor und war zur Sicherheit noch von einem Wassergraben umgeben. Hinrichtungen waren schließlich immer ein Akt, der die Gemüter schnell hochkochen ließ. Sei es ein besonders verabscheuungswürdiges Verbrechen, bei dem die Bürger gern selbst Hand anlegen wollten, sei es ein Fehlschlag durch den Henker, mit dem er des Volkes Zorn auf sich zog.

Grave lenkte Lotte geübt über die Zugbrücke, die an Hinrichtungstagen heruntergelassen wurde. Die Brücke mündete fast direkt in ein steinernes Gewölbe unter dem Köppelberg. Nachdem Grave den Karren in das Gewölbe gefahren hatte, zog ein Mitglied der Bürgerwehr die Zugbrücke mittels einer Winde wieder nach oben. Mit jeder Umdrehung wurde es dunkler in dem feuchten Gewölbe.

Grave blickte kurz prüfend zur Seite und bemerkte zufrieden, dass seine Knechte bereits den schweren Richtblock aus dem Verschlag nach oben getragen hatten.
Mit dem Richtschwert in der Scheide in seiner Rechten stieg er vom Bock und half dann der Sattler vom Karren. Ihre Handgelenke steckten in eisernen Fesseln, so wollte es die Vorschrift.
»Seid ohne Furcht, denn …«, begann der Geistliche, wurde aber von einem abfälligen Schmatzen der Sattler unterbrochen.
»Lasst uns die Sache endlich hinter uns bringen«, verlangte sie. Etwas konsterniert folgte der Gottesdiener daraufhin dem Frohn und der Verurteilten die Steintreppe hinauf. Kaum waren sie durch die große Falltür nach oben auf die Plattform des Köppelbergs getreten, brandete der Lärm der Menge auf.
Sichtlich verunsichert blickte sich die Sattler um. Die Plattform des Köppelbergs wurde von einem gemauerten, dreibeinigen Galgen dominiert. Vor dem Galgen standen die beiden Henkersknechte und zwischen ihnen der massive Richtblock. Vier Männer der Bürgerwehr blickten am Rand der Plattform stoisch in die Menge und ein Mann in wohlhabender Kleidung, den sie als den Brookvogt wiedererkannte, schien bereits ungeduldig ihre Ankunft zu erwarten.
»Jetzt ist mir doch ein wenig bange«, gab sie mit zittriger Stimme leise von sich.
»Das Gute, wenn man hingerichtet wird, ist, dass man eigentlich nichts mehr fürchten muss«, antwortete der Frohn mit ruhiger Stimme, während er sie sanft vorwärtsschob.
»Ihr habt leicht reden, Meister Grave. Ich mach das hier zum ersten Mal«, murmelte sie ungewohnt eingeschüchtert.
Ihre Augen blickten nervös in der Menge umher, während der Brookvogt irgendetwas verlas. Vermutlich ihr Urteil. Sie hörte ihm

ebenso wenig zu wie dem Geistlichen, dessen Stimme sie glaubte im Hintergrund zu hören.

»Ihr werdet doch saubere Arbeit machen, Meister Grave, oder?«, flüsterte sie noch und kaute nervös an ihrer Unterlippe.

»Ich habe noch nie fehlgerichtet und werde heut nicht damit anfangen«, sagte er bestimmt.

Sie hatte keine letzten Worte. Widerstandslos ließ sie es zu, dass die Knechte sie auf die Knie drückten und ihren Kopf auf den Richtblock ablegten. Kaum war der fromme Wunsch des Geistlichen verklungen, dass sich Gott ihrer Seele erbarmen möge, schlug Grave zu.

Das Richtschwert fuhr mit Wucht, Geschwindigkeit und Präzision auf ihren Nacken hinab und trennte den Kopf sauber zwischen zwei Wirbeln vom Rumpf.

Tosender Jubel brach in der Menge aus.

Wie es Brauch war, hob der Henker zum Beweis der erfolgten Hinrichtung den Kopf der Toten in die Höhe und fing dann das Blut aus dem Körper in einer Schale auf. Er würde es später den Fallsüchtigen als milde Gabe gegen ihre Krankheit geben.

Grave atmete tief durch. Es gab wahrlich bessere Tage als diesen.

Kapitel 26

9. November 1618

»Nun hör doch endlich auf, da raus zu starren, du machst mich ganz nervös«, murrte Catharina und setzte sich auf eine Treppenstufe.

»Meister Grave müsste bald zurück sein. So weit weg ist die Abdeckerei doch eigentlich nicht«, murmelte Rasmus und presste sein Gesicht weiter an die Fugen der hochgeklappten Zugbrücke des Köppelbergs. Seine Hände spielten nervös an der Scheide des Rapiers, das er in den Händen hielt. Auch wenn er als Student ein wenig die Fechtkunst gelernt hatte, war er doch kein geübter Kämpfer. Aber in Anbetracht der Umstände war es besser, als mit ganz leeren Händen zu kommen.

»Er wird noch eine Weile brauchen. Vielleicht hat er auch was mit dem Abdecker zu besprechen, schließlich ist Meister Grave sein Dienstherr. Außerdem wird er ihm noch eine Geschichte auftischen müssen, warum er den Schinderkarren heute Nacht in der Abdeckerei abstellt«, meinte Catharina und zog fröstelnd die Decke enger um sich.

Rasmus murmelte eine halbherzige Zustimmung und löste sich von der Zugbrücke. Sichtlich unwohl sah er sich in dem düsteren Gewölbe um und schauderte kurz.

Noch konnten sie das einfallende Licht mit einer kleinen Öllampe aufhellen, aber wenn es erst dunkel war und sie sich in dem Verschlag verstecken würden, konnten sie sich kein verräterisches Licht mehr erlauben. Doch bis dahin waren es noch ein paar Stunden.

»Das ist schon recht unheimlich«, schauderte Rasmus und blickte die Treppe zum Richtplatz hinauf. Es war noch nicht lange her, dass der Frohn mit der Sattler diesen Weg genommen hatte.

»Was meinst du, wie ich mich gefühlt habe, als ich mich des Nachts allein hierher geschlichen habe. Hätte ich nicht das Geld gebraucht, wäre ich lieber gestorben, als diesen Ort im Dunkeln zu betreten«, flüsterte Catharina heiser.
»Darf ich dich etwas fragen?«, fragte Rasmus vorsichtig und setzte sich neben sie.
Als Catharina schwieg, fuhr der Medizinstudent fort: »Wie ist das passiert? Also ich meine, wo ist der Vater? Nicht dass es mich etwas anginge …«, meinte er unbeholfen.
Catharina holte tief Luft und blickte auf den Boden, wo eine langbeinige Spinne über den kalten Stein kroch. »Nachdem meine Tante gestorben ist, hatte ich niemanden mehr in Hamburg. Nicht mal mehr ein Dach über dem Kopf, da ihre Stube nur von der Zunft als Rente gestellt war. Aber ich hatte Glück, ein Nachbar hat mir eine Stellung als Magd angeboten. Er hat in einer Apotheke gearbeitet, in die ich manchmal gesammelte Kräuter verkauft hab.«
Sie machte eine Weile Pause und schlang die Decke noch ein wenig enger um sich. »Er war immer gut zu mir, auch wenn er manchmal etwas Unheimliches an sich hatte. Dann hat er mich eines Tages gefragt, ob ich seine Frau werden will. Er war zwar viel älter als ich, aber ich hätte es schlechter treffen können. Da er ja kein Meister war, brauchte er aber die Zustimmung der Zunft, um zu heiraten, und das hat eben seine Zeit gebraucht. Aber so lange wollte er nicht warten, wenn du verstehst … Ich dachte, wir heiraten ja eh, oder zumindest hab ich gehofft, dass er es ehrlich meint. Dann ist er plötzlich gestorben. Das Fieber hat ihn geholt und er steckte wohl auch in Schwierigkeiten.«
»Tut mir leid«, sagte Rasmus.
»Ich bin keine Hure«, flüsterte sie nach einer Weile der Stille mit einer Mischung aus Trotz und Trauer.
»Bist du nicht«, bestätigte er und legte seinen Arm um sie.

Fröstelnd schmiegte sie sich an ihn. »Rasmus, du kennst doch viele gute Leute in der Stadt«, fragte sie vorsichtig.
»Na ja, ein paar vielleicht. Ich bin ja auch nur Bader und nicht einmal Meister.«
»Wenn sie mich verurteilen nach der Geburt, kannst du jemanden finden, der sich um mein Kind kümmert? Ich weiß nicht, ob sie es im Waisenhaus aufnehmen, da ich ja eigentlich aus Öjendorf komme.«
»Rede keinen Unsinn, sie werden dich nicht verurteilen«, widersprach Rasmus.
Catharina machte ein ungläubiges Geräusch, drückte sich aber noch enger an ihn und legte ihren Kopf auf seine Schulter. Er genoss ihre Wärme und das Geräusch ihres gleichmäßigen Atems. Ohne dass er darüber nachdachte, legte er seine Lippen auf ihre und zu seiner Freude fühlte er, wie sie seinen Kuss erwiderte. Warm und weich fühlte er ihre Zunge in seinem Mund und spürte, wie ihm das Blut ins Gemächt schoss.
»Ich hätte nicht gedacht, dass du so schnell verlegen wirst, oder gefalle ich dir nicht?«, fragte sie kokett und verunsichert zugleich, als sie seine Zurückhaltung bemerkte.
»Oh nein, das ist es nicht«, stammelte Rasmus, der in Prag einige Erfahrungen gesammelt hatte und Catharina mehr als anziehend fand. »Aber … das Kind?«, warf er unsicher ein.
Sie lächelte. »Es ist zwar mein erstes, aber ich bin mir ziemlich sicher, dass es uns nicht sieht«, erklärte sie und legte ihre Lippen wieder auf die seinen.
Ein Poltern vor der Zugbrücke ließ beide erschrocken zusammenfahren. Hastig ergriff Rasmus das Rapier und sprang auf. Doch wenige Atemzüge später sahen sie erleichtert, dass es nur Meister Grave war, der die schmale Planke über dem Wassergraben überquert hatte und nun durch die schmale Tür neben der Zugbrücke das Gewölbe betrat.

»Ich bins nur«, erklärte er und hob entschuldigend die Hände in die Höhe.

Dann wanderten seine Augen unstet zwischen Catharina und Rasmus hin und her und er zog fragend eine Augenbraue nach oben. »Hab ich euch bei irgendwas gestört?«, fragte er schmunzelnd. Die hastige Beteuerung der beiden, dass dem nicht der Fall war, nahm er schulterzuckend zur Kenntnis.

»Ist noch eine Weile hin, bis es dunkel wird, aber wir sollten uns langsam mal einrichten«, erklärte er.

Ein Teil des Gewölbes war durch eine Mauer abgetrennt und nur durch eine verschlossene Tür zu betreten. Grave fummelte den Schlüssel aus seiner Tasche und machte sich mit klammen Fingern daran, das Türschloss zu öffnen. »Den hätt ich euch eigentlich auch hier lassen können«, murmelte er, bis der Schlüssel seinen Dienst im widerspenstigen Schloss getan hatte und die Tür sich öffnete.

Neugierig blickten seine beiden Begleiter über seine Schultern in die düstere Kammer. Der Raum hinter der Tür war geräumiger als vermutet, aber mit allerlei Gerätschaften belegt. Rasmus sah einen Handkarren, drei große Wagenräder, einen massiven Holzblock sowie einige Rundhölzer und diverses anderes Gerümpel.

Grave entzündete eine weitere Laterne und ging in die Kammer.

»Ist das das Lager für die Abdeckerei?«, wollte Rasmus wissen und sah sich um.

»Nein, die haben ihr eigenes. Das ist alles für den Köppelberg. Auf der Bank da steht der Brookvogt, wenn er das Urteil verliest, und das da ist der Richtblock. Und die Stangen und Räder sind … na, zum Rädern eben. Auf dem Handkarren …«

»Ist schon gut, ich kanns mir vorstellen, Meister Grave«, versuchte Rasmus den unheimlichen Vortrag des Henkers zu beenden.

Grave nickte. »Auf jeden Fall sollten wir hier drin sicher abwarten können, ob und was heute Nacht so passiert, und sollten unsere

Gäste sich nicht ins Ohr flüstern, müssten wir durch die Tür auch genug mitbekommen.«

»Ich mach mir mehr Sorgen, dass die da draußen was von uns mitbekommen«, warf Catharina ein.

Grave machte eine wegwerfende Handbewegung. »Die Tür lässt sich auch von hier drin verschließen und wenn wir still sind und das Licht löschen, sollte niemand etwas bemerken. Vermutlich ist das Ganze eh nur eine fixe Idee und das Einzige, was heute Nacht passiert, ist, dass wir uns den Allerwertesten abfrieren.«

»Ich weiß gar nicht, ob ich darüber dann noch so unglücklich wäre«, murmelte Rasmus und blickte weiter zwischen den unheimlichen Geräten umher. »Falls sie kommen, hoffe ich nur, dass sie sich wirklich hier drin treffen und nicht oben auf dem Richtplatz oder vor dem Graben.«

»Das wäre dann Pech, aber lasst uns lieber den Kopf darüber zerbrechen, wo wir uns hier drin am besten niederlassen«, erwiderte der Frohn und legte einen Stapel mitgebrachte Decken auf den Handkarren.

Eine Weile später hatte es sich Catharina auf dem Handkarren nahe der Tür bequem gemacht und Rasmus saß auf der Rednerbank, während der Henker zwei längliche Gegenstände aus der letzten Decke auswickelte. Zum Vorschein kam ein schweres Handbeil, von dem Rasmus und Catharina besser nicht fragten, wozu es sonst verwendet wurde, und eine abenteuerlich anmutende Schusswaffe. Die Waffe war gut armlang, wirkte gedrungen und hatte an der Mündung einen trichterförmig erweiterten Lauf.

»Was ist denn das für ein Ungetüm?«, fragte Rasmus misstrauisch.

»Ich glaube, man nennt es Espingole oder einfach Donnerbüchse. Die hier gehörte einem Kunden von mir, einem Räuber. Er hat sie mir vermacht, damit ich recht schön gerade schlag und möglichst nur einmal«, erklärte Grave.

»Ihr könnt mit dem Ding umgehen?«, fragte Rasmus zweifelnd.
Der Henker räusperte sich. »Nun, ich bin eigentlich kein geübter Schütze und um ehrlich zu sein, hab ich das Ding nur einmal ausprobiert. War aber nicht so schwierig. Da kommt keine Musketenkugel rein, nur 'ne Handvoll Bleischrot oder was man sonst grad so zur Hand hat. Zielen muss man damit eigentlich nicht so richtig. Irgendwas trifft man immer und mit etwas Glück ist dann das dabei, was man gern treffen wollt. Hat sogar ein Steinschloss mit 'nem Flintstein, muss also nicht die ganze Zeit 'ne Lunte brennen. Meistens sollen die Dinger auch funktionieren.«
»Aha«, machte Rasmus und betrachtete das Objekt weiterhin argwöhnisch.
Grave legte die Waffen vorsichtig ab und setzte sich auf den Richtblock.
»Noch ist es draußen nicht mal richtig dunkel, da wird niemand kommen. Wir sollten uns ausruhen, es kann eine lange Nacht werden. Ihr könnt versuchen zu schlafen, ich halte Wache«, schlug der Frohn vor.
Rasmus schnaubte kurz auf. »Ich glaube nicht, dass ich hier schlafen kann«, sagte er halblaut. Die ganze Situation erschien ihm surreal. Hätte ihm jemand vorhergesagt, dass er bei Nacht im Gewölbe unter dem Köppelberg sitzen würde, hätte er den Verschluss in einer Tollkiste angeraten.
Catharina nickte hingegen und legte sich so gut es ging auf den Handkarren. Die letzten Stunden waren sichtlich anstrengend für sie gewesen und so dauerte es nicht lange, bis ihr regelmäßiger Atem ihren Schlaf anzeigte.
Selbst Rasmus schaffte es wider Erwarten, die Augen zu schließen und ein wenig zu dösen. Zumindest so lange, bis ein Grollen ihn aus seinem Halbschlaf riss. Erschrocken setzte er sich auf und blickte im Raum umher.

»Ein Gewitter zieht auf«, beruhigte ihn der Frohn und gähnte.
Rasmus entspannte sich und sah unwillkürlich nach Catharina, die unruhig schlief.
»Ihr könnt euch gut leiden, nicht wahr?«, fragte der Henker irgendwann leise und sah zwischen den beiden hin und her.
Rasmus murmelte etwas, aus dem mit viel gutem Willen die Worte »ganz nett« herauszuhören war.
»Als ich angekommen bin, zeigte dein Gemächt nordwärts wie eine Gallionsfigur, das ist eigentlich mehr als nett«, spöttelte der Frohn.
Rasmus war froh, dass nur die winzige Flamme der Ölleuchte ein Quäntchen Licht ausstrahlte, so war die Röte nicht zu erkennen, die ihm ins Gesicht geschossen war.
»Ich weiß noch, wie das war, als ich meine Hertha kennen gelernt hab«, seufzte der Frohn und schloss versonnen die Augen.
Ein gedämpftes Poltern schreckte ihn auf. Hastig sah er kurz zu Rasmus und löschte dann die Öllampe. Der Lichtschein zwischen Tür und Schwelle hätte sie sonst vielleicht verraten. Das Rascheln von Kleidung ließ den Frohn vermuten, dass Rasmus auch Catharina geweckt hatte.
Stumm und starr lauschten sie in die Dunkelheit. Tatsächlich war das Klappern der Tür und schließlich Schritte aus dem Nebenraum zu vernehmen. Sie hörten das deutliche Flattern von Stoff und gedämpftes Fluchen. Vermutlich hatte es begonnen zu regnen und der Fremde schüttelte seinen nassen Mantel aus. Erneut klapperte und raschelte es.
Ein wenig später floss dämmriges Licht unter der Tür hindurch. Dann wurde es wieder still. Nur gelegentlich hörten sie ein dumpfes Räuspern oder vereinzelte Schritte aus dem Nachbarraum.
Rasmus schluckte unterdrückt. Trotz der Kühle in dem Gewölbe lief ihm ein Schweißtropfen vom Haaransatz über die Schläfe und

kroch träge über seine Wange. Er wagte kaum zu atmen, geschweige denn sich zu bewegen. Wie gut würde der Mann draußen sie von hier drin hören können? Schluckte der Regen und das gelegentliche Grollen des aufziehenden Gewitters ihre Geräusche? Wie lange konnten sie sich hier verstecken? Mussten sie vielleicht gar noch stundenlang in dem Verschlag regungslos verharren? Was, wenn ihm ein Krampf in die Glieder fuhr?

Rasmus versuchte die besorgniserregenden Überlegungen beiseitezuschieben und konzentrierte sich stattdessen darauf, gleichmäßig zu atmen. Als der Mann im Nebenraum laut hustete, zuckte Rasmus vor Schreck zusammen. Er fühlte, wie seine Hand, die er auf dem Karren abgelegt hatte, weichen Stoff berührte. Vorsichtig tastete er weiter und fand schließlich Catharinas Hand. So ließ sich die Anspannung und die bedrückende Dunkelheit schon etwas besser ertragen.

Erneut zuckten beide zusammen, als sie schwere Schritte über die Planke vor dem Köppelberg gehen hörten und sich schließlich die schmale Tür neben der Zugbrücke knarrend öffnete. Die Schritte auf dem Steinboden und das Rascheln von Leder und Wachstuch zeugten von mindestens zwei, eher drei Neuankömmlingen.

»Regna Firmat Pietas«, sprach einer der Neuankömmlinge halblaut zur Begrüßung.

»Regna Firmat Pietas. Ihr kommt spät«, beschwerte sich der wartende Mann knapp. Seine Stimme klang rau und selbstbewusst. Er sprach zwar Hochdeutsch, aber mit einem merkwürdigen Akzent, den Rasmus nicht einordnen konnte.

»W… w… wir mussten vorsichtig sein«, antwortete einer der Neuankömmlinge aufgeregt stotternd. Der Stimme nach war es ein junger Mann, vielleicht in Rasmus' Alter. Dem Wortklang nach war er Hamburger oder kam zumindest aus der Umgebung.

Rasmus fühlte, wie sich Catharinas Nägel in seine Hand gruben. Vermutlich hatte sie die Stimme des Neuankömmlings

wiedererkannt. Rasmus schluckte hart und fühlte, wie sein Herz heftiger schlug.
Der Fremde machte ein ungläubiges Geräusch. »Außerdem seid ihr noch nicht vollzählig«, bemerkte er dann kühl.
»E… e… er ist un… unabkömmlich«, entgegnete der junge Mann. Er versuchte eine mannhafte Selbstverständlichkeit in seine Worte zu legen, klang jedoch hörbar verunsichert.
Der Fremde schnaubte verärgert. »Das ist nicht akzeptabel! Die Dinge laufen noch nicht mit dem angestrebten Erfolg. Es wurde eine Unterredung auf höherer Ebene vereinbart. Wir haben bereits viel investiert und lassen uns zu diesem kritischen Zeitpunkt nicht mit einem Laufburschen abspeisen!«
»Ihr seid un… un… unverschämt!«, beschwerte sich der junge Mann etwas zu schrill.
»Soll ich irgendwas machen?«, fragte ein weiterer Mann. Seine Stimme klang etwas dümmlich, aber tief und volltönend wie die eines großen, schweren Mannes.
»Aber, aber, meine Herren, lassen Sie uns doch nicht vergessen, dass wir alle ein gemeinsames Ziel verfolgen«, ertönte eine letzte Stimme. Sie klang heiser und gleichzeitig recht hoch, ein wenig so, als hätte eine Ratte das Sprechen erlernt. Auch dieser Mann hatte einen leichten Akzent, der dem des ersten Fremden nicht unähnlich klang. Catharina drückte kurz Rasmus' Hand, vermutlich als Zeichen, dass sie auch diesen Mann bereits einmal gehört hatte.
»Selbstverständlich war unserem Herrn daran gelegen, das vereinbarte Treffen wahrzunehmen. Jedoch könnt Ihr Euch sicherlich vorstellen, dass wir in der momentanen Lage sehr sensibel vorgehen müssen, um unnötige Risiken zu vermeiden und das große Ziel nicht zu gefährden. Ein Erscheinen unseres Herrn am heutigen Abend wäre ein solches Risiko gewesen«, erklärte die Nagerstimme sachlich.

Rasmus rümpfte die Nase. Diesem Mann sollte man besser kein gebrauchtes Pferd abkaufen.
»Dann müsst ihr eben einen Weg mit weniger Risiko finden«, verlangte der Fremde immer noch hörbar ungehalten.
»Unser Herr hat ein entsprechendes Schriftstück verfasst, in dem er zum aktuellen Verlauf Stellung bezieht und eine neue Zeit für ein Treffen vorschlägt, nicht wahr?«, entgegnete der Nager.
»Ja«, stimmte der junge Mann zu und man hörte Stoff rascheln.
Der Fremde ließ ein wenig überzeugtes Brummen verlauten.
»Ich d… denke, Ihr habt auch etwas für uns«, warf der junge Mann nach einer längeren Pause ein.
»Wenn das nächste Treffen zufriedenstellend verläuft, wird es weitere Zuwendungen geben«, erklärte der Fremde kühl.
»D… d… das war so nicht abgem… macht!«, empörte sich der junge Mann.
»Es war auch ein schnellerer Fortschritt und ein Treffen in anderer Besetzung abgemacht«, argumentierte der Fremde knapp. Es war deutlich hörbar, dass er nicht bereit war, weiter über diesen Punkt zu verhandeln.
»Dann g… g… gibt es hier nichts mehr z… zu besprechen«, stotterte der junge Mann trotzig.
»Dem stimme ich ausnahmsweise uneingeschränkt zu. Ich schlage vor, Ihr verlasst wieder zuerst diesen Ort. Wir sollten draußen nicht gemeinsam gesehen werden. Gehabt Euch wohl«, sagte der Fremde spöttisch. Würden sie sich nicht in einem Gewölbe unter dem Galgen befinden, fühlte man sich an einen Wirt erinnert, der in der Sperrstunde ein paar lästige Zecher vor die Tür setzte.
Ein ungehaltenes Gemurmel ertönte im Gewölbe, in dem nur mit Mühe eine Verabschiedung herauszuhören war. Dann schritten wieder schwere Nagelstiefel über den Steinboden. Kurz darauf war es totenstill in dem unterirdischen Gewölbe. Nur der Wind,

Regen und gelegentliches Donnergrollen drangen dumpf in die Gerätekammer.
Rasmus atmete ein wenig durch. Zwar befand sich immer noch der Fremde nebenan, aber zumindest hatten sie es nicht mehr mit vier Männern zu tun. Er hoffte, dass auch der letzte Besucher sie bald verlassen würde. Dann konnten sie in Ruhe nachdenken, was die Worte der Männer zu bedeuten hatten. Vor allem konnten sie dann endlich ihre steifen Glieder wieder ausschütteln und richtig durchatmen.
Doch ihr merkwürdiger Gast schien es nicht sonderlich eilig zu haben. Ob es daran lag, dass er besonders vorsichtig sein wollte, nicht mit den anderen Besuchern in Verbindung gebracht zu werden, oder ob ihn der Regen hier noch länger verharren ließ, vermochte Rasmus nicht zu sagen.
Mit verzogenem Gesicht drückte er vorsichtig seinen schmerzenden Rücken durch und hoffte, dass keiner seiner Knochen ein verräterisches Knacken verlauten ließ. Schon seit geraumer Zeit drückte zudem Catharina immer wieder fest seine Hand. Es wirkte eher verkrampft denn vertraulich und gelegentlich zuckte sie gar zusammen. Rasmus hoffte, dass es ihr gut ging.
Plötzlich ließ sie seine Hand los und Rasmus spürte, wie sie zusammenzuckte, sodass sogar der Karren, auf dem sie lag, ein wenig wackelte. Ein merkwürdig dumpfes Zischen begleitete die Bewegung. Sie musste husten oder gar niesen und hielt sich Mund und Nase zu, wurde ihm klar.
Zu seinem Entsetzen hörte Rasmus daraufhin von nebenan Schritte. Seine Haltung verkrampfte sich und seine Hand glitt zittrig zum Griff seines Rapiers. Mit klopfendem Herzen lauschte er auf die Schritte von nebenan. Der Mann ging unstet durch den Raum und hielt immer wieder für einige Atemzüge an.

Da ertönte von Catharina wieder das unterdrückte Zischen und der Karren wackelte. Rasmus lauschte, doch der Fremde schien das Geräusch nicht vernommen zu haben. Noch immer ging er unstet durch das Gewölbe. Vermutlich hatten Regen und Wind sie übertönt.

Dann hörte er einige schnelle Schritte und mit einem lauten Krachen flog die Tür aus den Angeln und schlug hart gegen Rasmus. Benommen vom Aufprall fiel er nach hintcn auf den Karren und halb auf Catharina, während die Tür neben ihm zu Boden polterte. Kurz blitzten Sterne vor seinen Augen auf, während Catharina erschrocken aufschrie.

Wie ein Racheengel aus der Hölle sah er den Fremden in dem leeren Türrahmen stehen. In der einen Hand eine Pistole in der anderen ein Rapier. Aus seiner Position sah der Fremdc für Rasmus wie ein Halbriese aus, aber das mochte vermutlich eher seiner Angst geschuldet sein.

Benommen versuchte Rasmus seine Waffe aus der Lederscheide zu ziehen und auf die Beine zu kommen. Da schob sich bereits Graves kräftige Gestalt zwischen ihn und den Fremden. In der Hand hielt der Frohn die furchteinflößende Donnerbüchse. Irgendetwas schrie der Henker dem Fremden zu, aber Rasmus verarbeitete die Worte nicht.

Doch der Fremde schien ein erfahrener Kämpfer zu sein, den auch das Auftauchen eines dritten Gegners nicht aus dem Konzept brachte. Er korrigierte lediglich ein wenig die Richtung des Pistolenlaufs und drückte ohne zu zögern ab. Mit einem ohrenbetäubenden Knall und einem hellen Blitz schleuderte die Treibladung die Bleikugel aus dem Lauf.

Zu seinem Entsetzen musste Rasmus ansehen, wie Graves Kopf abrupt zur Seite ruckte und selbst seine Mütze fortflog. Er meinte gar, dass etwas Feuchtes aus Graves Richtung sein Gesicht benetzte. Während sich der beißende Schwarzpulvernebel im

Gewölbe ausbreitete, taumelte der Henker einen Schritt zurück und sackte dann zu Boden wie eine Marionette, der man die Fäden durchgeschnitten hatte. Der Fremde musste dem Frohn mitten in den Kopf geschossen haben, fraß sich die Erkenntnis fassungslos in Rasmus' Verstand.

Als Grave auf dem Boden aufschlug, ertönte ein zweiter Knall, noch lauter als der erste. Der Abzug der Donnerbüchse hatte sich beim Aufprall gelöst und seine todbringende Ladung entlassen.

Mit von der Explosion der Waffe dumpfen Ohren hörte Rasmus den Fremden aufschreien und sah, wie er zurückwankte. Endlich schaffte es Rasmus in dem Durcheinander, seine Waffe zu ziehen, und blickte kopflos zwischen Catharina, dem reglosen Körper des Henkers und der Tür umher. Er musste zuerst zu dem Fremden, schoss es ihm durch den Kopf. Der Mann würde keine Skrupel haben, auch sie zu töten. Mit Glück hatte die Ladung der Donnerbüchse ihm den Garaus gemacht. Wenn nicht, sollte er besser ausnutzen, dass der Fremde angeschlagen oder zumindest überrascht war.

Kaum stand Rasmus in der Türzarge, sah er jedoch den Fremden mit der Degenspitze voraus auf ihn zuspringen. Hastig machte Rasmus einen Satz zurück und stolperte ausgerechnet über Graves leblosen Körper. Haltlos fiel er rückwärts und prallte gegen die Gewölbemauer, wo er gemeinsam mit einem Stapel Bretter und Holzstangen zu Boden ging.

Selbst im Dämmerlicht sah er, dass das Gesicht des Fremden blutverschmiert war. Seinen linken Arm hatte er auf die Leibesmitte gepresst und er humpelte stark.

Dennoch kam der Mann entschlossen auf ihn zu. Der schreienden Catharina schlug er beinahe beiläufig ins Gesicht, sodass sie gurgelnd auf dem Karren zusammensackte.

Trotz der Verletzungen des Fremden glaubte Rasmus nicht, dass er eine Chance gegen diesen Mann haben würde. Panisch griff er nach einer der Stangen, die noch neben ihm an der Wand lehnte, und riss sie mit der freien Hand auf den Fremden runter.

Fluchend wich dieser aus und Rasmus schaffte es in der Zeit, wieder auf die Beine zu kommen. Doch schon drang der Fremde mit seinem Rapier auf ihn ein. Im Dämmerlicht konnte Rasmus den kalten Stahl kaum erkennen, doch zu seinem Glück ging es seinem Gegner noch schlechter. Da dieser die letzten Stunden zumindest im Licht seiner Öllampe verbracht hatte, waren seine Augen noch viel weniger an die Dunkelheit im Nebenraum gewöhnt, weswegen er immer wieder die schwarze Silhouette seines unerfahrenen Gegners verfehlte.

Nichtsdestotrotz war es ein ungleicher Kampf. Hastig versuchte Rasmus die Angriffe mit seiner eigenen Waffe zu parieren und sprang dabei wie ein aufgeschrecktes Huhn in der kleinen Kammer umher. Lediglich, dass Rasmus noch über zwei gesunde Beine verfügte und sein Gegner humpelte, verschaffte ihm einige Atemzüge Zeit.

Aber es dauerte nur wenige Schläge, bis der scharfe Stahl das erste Mal in seine Seite biss. Schreiend sprang Rasmus zurück und prallte gegen die Wand

»Halt still, dann mach ich es schnell«, knurrte der Mann böse.

Schon kam der nächste Stich. Rasmus schaffte es gerade noch, zur Seite auszuweichen, dennoch hinterließ die Spitze eine blutige Furche auf seinem Oberarm.

Er wich weiter zur Seite aus und der Fremde setzte ihm hinterher. Plötzlich strauchelte er und krachte auf den Boden. Er musste über eine der Stangen gefallen sein.

Rasmus wusste, dass das die einzige Gelegenheit war, die er bekommen würde. Hastig stach er mit seiner eigenen Waffe auf den am Boden liegenden Mann ein.

Mit dem Instinkt des erfahrenen Kämpfers schaffte es der Fremde noch, seinen Degen vor sich zu bringen, doch Rasmus' Klinge drang kurz oberhalb des Handgelenks in den Unterarm des Fremden ein. Sie durchschnitt Fleisch, Muskeln und Adern zwischen Elle und Speiche und trat kurz unterhalb des Ellenborgens wieder aus. Rasmus hatte mit solcher Verzweiflung zugestochen, dass sie sich anschließend in die Muskulatur zwischen Brust und Schulter bohrte. Mehr wütend als schmerzerfüllt öffneten sich die Finger des Fremden und seine Waffe fiel zu Boden.

Blut rauschte in Rasmus' Ohren. Er würde jetzt töten müssen. Und das nicht mit einer schlechten Diagnose, sondern mit den eigenen Händen. Unwirsch riss er die Waffe zurück, damit er sie dem Fremden in die Brust treiben konnte. Er vernahm ein trockenes, metallisches Knacken und starrte fassungslos auf das Gefäß seines Rapiers und die abgebrochene Klinge, die dem Mann noch immer in Unterarm und Schulter steckte.

Auch sein Gegner brauchte einen Atemzug, um zu verstehen, was passiert war. Dann suchte er hastig mit seiner linken Hand sein fallengelassenes Rapier.

Ohne weiter nachzudenken, stürzte sich Rasmus auf ihn und versuchte dem Mann mit dem Griffkorb ins Gesicht zu schlagen. Doch trotz der schweren Verletzung war der Fremde ihm an Erfahrung und Kraft deutlich überlegen. Der Mann riss seinen Kopf geistesgegenwärtig zur Seite und Rasmus schlug auf den Boden. Kurz darauf wurde sein eigener Kopf von harten Schlägen erschüttert. Plötzlich lag er unter dem Fremden und sah eine Klinge vor sich aufblitzen. Binnen Sekundenbruchteilen schossen dem Medizinstudenten zahlreiche Gedanken durch den Kopf. Alle endeten mit seinem Tod.

Da stieß der Fremde einen merkwürdigen Laut aus. Fast so, als hätte er sich verschluckt. Im gleichen Atemzug sackte der Mann schlaff zusammen und fiel auf ihn. Panisch stieß Rasmus den Körper von sich und schob sich auf den Hacken fort.

Catharina stand neben ihnen und im Hinterkopf des Fremden steckte die Schneide von Graves Handbeil beinahe bis zum Schaft. Rasmus sah schwer atmend zwischen beiden hin und her, während Catharina ihr Gesicht in den Händen vergrub.

Zittrig stand er auf und ging zu ihr hin.

»Bist du verletzt?«, fragte er zwischen zwei Atemzügen.

Unwillkürlich betastete sie ihr Gesicht, wo sie der Faustschlag getroffen hatte, schüttelte dann aber ihren Kopf. Mit weichen Knien gingen sie zum Handkarren, wo sich Catharina seufzend niederließ.

»Bist du sicher, dass es dir gut geht?«, fragte Rasmus erneut.

Catharina nickte abermals, schloss die Augen und lehnte sich zurück.

»Du hast mir das Leben gerettet«, flüsterte Rasmus und griff zitternd ihre Hand.

Sie biss hart die Kiefer zusammen und blickte dann hinunter auf Graves Körper.

»Aber ich habe ihn getötet, weil ich husten musste«, sagte sie beklommen.

Rasmus schüttelte heftig den Kopf, hörte jedoch schnell wieder damit auf, da ihm schwindlig wurde.

»Er hat ihn getötet«, sagte er und deutete auf den toten Fremden. Dann ließ er ihre Hand los und holte die Öllampe des Fremden aus dem Hauptgewölbe. Die kleine Lampe beleuchtete ein heilloses Durcheinander in der Gerätekammer um die zwei reglosen Körper herum.

Rasmus stellte die Lampe auf den Boden und drehte den Frohn vorsichtig auf den Rücken. Dunkles Blut verklebte das halbe Gesicht. Grave war ein stämmiger Kerl und den schlaffen Körper umzudrehen war alles andere als einfach. Stöhnend griff sich Rasmus anschließend an die Seite.

»Du bist verletzt!«, sagte Catharina erschrocken.

»Ich glaube, nicht sehr schwer«, murmelte Rasmus und besah sich den Frohn. Mit zusammengezogenen Augenbrauen nahm er den Windfang von der Ölleuchte und hielt dem Henker die Flamme vor Mund und Nase.

»Er atmet!«, rief er überrascht aus und begann nach Graves Puls zu tasten. »Auch sein Herz schlägt«, ergänzte er euphorisch. »Ich brauche mehr Licht«, murmelte er und suchte ihre eigene Lampe in dem Durcheinander. Mit zittriger Hand entzündete er die Lampe an der ersten und stellte sie dicht neben Graves Kopf ab. Vorsichtig untersuchte er den Schädel nach einem Einschussloch. Auf dem Gesicht oder der Stirn wurde er nicht fündig, aber das Blut hatte die Haare verklebt und es ließ sich oberhalb des Haaransatzes nur wenig erkennen.

Erneut sah Rasmus sich um. Sie hatten sich auf eine lange Nacht eingerichtet und etwas sauren Wein und auch Branntwein dabei. Die Steingutflaschen hatten den Kampf sogar heil überstanden. Er entkorkte den Wein und wusch behutsam das Blut von Graves Kopf.

»Es ist nur ein Streifschuss! Die Kugel ist etwas am Schädelknochen entlanggeschabt, aber wenn es sich nicht entzündet, wird er das überstehen!«, rief Rasmus erleichtert.

»Dem Herrgott sei Dank«, stieß Catharina hervor und atmete hörbar auf.

»Verbände …«, murmelte Rasmus und sah sich suchend um. Sein Blick fiel auf den toten Fremden. Rasch trat er zu ihm und begann ihn zu entkleiden.

»Kannst du ihm das Ding aus dem Kopf nehmen, mir wird schlecht«, stöhnte Catharina.

Rasmus nickte kurz und entfernte dem Toten das Beil mit einem schmatzenden Geräusch aus dem Schädel. Kurz hörte er Catharina würgen und erkundigte sich erneut nach ihrem Befinden. Als Bader und Medizinstudent hatte er sich in seinem jungen Leben bereits so häufig mit Leichen und Gliedmaßen beschäftigt, dass ihm manchmal nicht bewusst war, wie der Anblick auf normale Menschen wirkte. Vermutlich galt dies noch umso mehr, wenn man selbst für ihr Ableben verantwortlich war. Er zerschnitt das Hemd und legte Grave einen festen Kopfverband an. Dann bettete er den Ohnmächtigen noch in zwei Decken. Danach versorgte er seine eigenen Wunden. Wie erhofft waren diese nicht sehr tief. Ein paar Stiche wären zwar angemessen gewesen, aber es würde auch so gehen.

Erschöpft schlurfte er zu Catharina und legte sich neben sie auf den Karren.

»Was machen wir denn jetzt?«, fragte sie fröstelnd und schmiegte sich enger an ihn.

Rasmus blies unschlüssig die Luft aus den Wangen. »Hoffen, dass Meister Grave bis morgen früh wieder zu sich kommt. Dann holen wir den Wagen und fahren zurück nach Hamburg. Über alles andere können wir uns später Gedanken machen.«

»Und er? Wollen wir ihn hier einfach liegen lassen?«, fragte Catharina.

Rasmus kratzte sich am Kinn. »Da hast du wohl recht. Vielleicht hat Meister Grave eine Idee, wenn er aufwacht. Ansonsten hätte ich die Hoffnung, dass hier unten niemand so schnell auftaucht, wenn er nicht die Anweisung vom Scharfrichter dazu bekommen hat.«

»Ich bin mir nur nicht sicher …«, begann Catharina, unterbrach dann jedoch ihren Satz.

»Was ist nicht sicher?«, fragte Rasmus.

Doch Catharina antwortete ihm nur mit einem Stöhnen, das in einen langgezogenen Schmerzenslaut überging. Gequält griff sie sich an den Unterbauch und zog die Beine etwas an.

»Was hast du? Bist du doch verletzt?«, rief Rasmus erschrocken und setzte sich auf.

Catharina schüttelte den Kopf. »Ich glaube, es ist nur doch schon so weit«, sagte sie und atmete tief durch.
»Wie meinst du das?«, fragte Rasmus irritiert.
»Ich glaube, das war eine Wehe. Das Kind kommt.«
Rasmus blickte sie an und dann im Raum umher. »Aber das geht jetzt nicht«, verkündete er mit einem Anflug von Verzweiflung.
»Ich glaube nicht, dass es sich darum schert«, meinte sie und lächelte schief.
Rasmus fuhr sich fahrig durch das Haar. »Ich könnte versuchen, den Wagen vom Abdecker zu holen. Wenn ich sage, ich komme in Meister Graves Auftrag, werden sie ihn mir schon geben.«
Sie überlegte einen Moment. »Ich glaube nicht, dass ich momentan bei Nacht im Regen auf einem Wagen über die Straße holpern will. Außerdem sind die Stadttore noch zu. Mir wäre lieber, du bleibst hier bei mir. Es kann ja noch einen halben Tag oder länger dauern. Wenn es hell wird und Grave wach ist, kommen wir bestimmt noch rechtzeitig durch die Tore.«
Rasmus seufzte, war von dem Gedanken, hier tatenlos abzuwarten, jedoch nicht sonderlich begeistert.
»Du bist doch Bader und studierst Medizin«, sagte sie schmunzelnd.
»Aber ich bin doch keine Hebamme. Ich habe keine Ahnung von Geburten!«, erklärte er aufgeregt.
»In Öjendorf war ich schon zwei- oder dreimal dabei«, beruhigte sie ihn und verschwieg, wie lange das schon her war.
Rasmus nickte und griff sich einen Eimer. »Ich werde von draußen frisches Wasser besorgen und schaff dann etwas Platz hier drin«, schlug er vor.
Wenig später hatte Rasmus den Eimer mit Regenwasser gefüllt und ein wenig Ordnung in die Kammer gebracht. Er hatte dem Fremden die Habe entnommen und seine Leiche an einer Wand hinter ein paar Brettern und Stangen verstaut.

Grade schob er Catharina Wams und Mantel des Fremden unter den Rücken, da entließ sie wieder einen langgezogenen Schmerzenslaut.
Suchend betastete sie anschließend ihre Schenkel unter den gerafften Röcken und Rasmus bemerkte, wie etwas Flüssigkeit zwischen den Brettern des Karrens auf den Boden tropfte.
»Die Fruchtblase hat sich geöffnet«, meinte sie und schluckte.
»Das ist richtig so, oder?«, fragte Rasmus unsicher.
Zu seiner Erleichterung nickte sie.
Ein Rascheln riss sie aus ihrer Unterhaltung. Beide blickten sie hinter zu Grave, der flackernd die Augen öffnete. Ein dunkles Stöhnen entrang sich seiner Kehle, während er sich tastend an den Kopf griff.
»Schön, dass Ihr wieder unter den Lebenden wandelt, Meister Grave. Aber Ihr solltet vorsichtig mit Eurem Schädel sein«, riet Rasmus ihm.
Grave drehte langsam den Kopf, hielt jedoch schnell inne und schloss wieder die Augen. »Wo ist der Kerl hin?«, fragte er leise.
»Tot«, antwortete Rasmus knapp.
Der Frohn murmelte etwas, das beide nicht verstanden. »Geht es euch gut?«, fragte er, nachdem er tief durchgeatmet hatte.
»So weit schon. Es wäre gut, wenn es Euch auch schnell besser gehen würde. Ich fürchte, die Nacht ist noch nicht zu Ende«, antwortete Rasmus und griff nach Catharinas Hand.

Gebannt betrachtete Rasmus den kleinen Erdenbürger, der an Catharinas milchschwerer Brust saugte. Ihr Haar klebte noch schweißnass auf dem blassen Gesicht, aber sie war wohlauf wie auch der Junge, den sie in den letzten Stunden zur Welt gebracht hatte. Er war einige Wochen zu früh gekommen und wirkte noch kleiner und zerbrechlicher, als es Säuglinge ohnehin schon taten.

Dennoch hatte er seine Ankunft auf dem Weltenrund lautstark kundgetan.
»Für eine Hebamme ist es jetzt wohl zu spät«, sagte Rasmus und lächelte gähnend.
»Hat es verflucht eilig gehabt, der Schietbüddel, genau wie damals mein zweiter«, stimmte Grave zu, der sitzend an einer Wand lehnte. Wacklig schraubte er sich in die Höhe und schloss kurz die Augen. Wenn er sich bewegte, ergriff ihn schnell der Schwindel.
»Es ist schon fast hell. Ich werde den Wagen holen«, erklärte er.
»Als Bader würde ich Euch eigentlich Ruhe verordnen, Meister Grave«, meinte Rasmus zweifelnd.
»Ich mir auch, aber wenn der sture Bock von Abdecker dir den Wagen nicht gibt, dauert alles nur noch länger«, argumentierte der Frohn.
»Was machen wir mit ihm?«, fragte Rasmus und deutete auf die Wand, an der die Leiche lag.
Der Frohn überlegte kurz. »Wir nehmen eine Schaufel mit. Wir haben hier auf dem Gräberfeld noch eine leere Grube. Vermutlich ist die halb voll Wasser, aber es wird schon gehen. Falls uns jemand sieht, wird jeder denken, wir verscharren einen Ortsfremden. Wenn zu viele Leute unterwegs sind, machen wir eben einen Umweg und werfen ihn in die Elbe.«
Rasmus schluckte kurz, nickte dann aber.
»Meinst du, du kannst schon fahren?«, fragte der Henker Catharina.
Die lächelte matt und nickte. »Es wird schon gehen. Wenn ich mein Kind schon unter dem Galgen zur Welt bringe, soll es nur recht und billig sein, wenn mich nun der Frohn im Schandkarren zurück nach Hamburg kutschiert.«

Kapitel 27

11. November 1618

Catharina zog die Decke höher und betrachtete versonnen das Neugeborene, das eng an sie geschmiegt schlief. Durch seine frühe Geburt stand er anderen Kindern an Größe und Gewicht ein wenig nach, machte ansonsten aber einen gesunden Eindruck. Gestern hatte sie Besuch von Hertha Grave, der Frau des Henkers, bekommen. Die erfahrene Mutter, die dem Henker auch bei der Heilung zur Hand ging, hatte ihr manch guten Ratschlag gegeben und ihr auch ein wenig die Sorgen nehmen können. Catharina war jedoch noch immer beunruhigt, ob die Geburt unter der Richtstätte vielleicht ein böses Omen war.

Schwerer auf ihrem Herzen lag jedoch die Frage, was passieren würde, wenn das Gericht oder der Brookvogt von dem Kind erfuhren. Würden sie zunächst das Wochenbett abwarten und sie in Ruhe stillen lassen oder ihr Verfahren sogleich wieder aufnehmen? Bisher wussten zumindest nur sehr wenige von der Niederkunft und so wollten sie es auch weiter halten.

Dösend schloss sie die Augen. Es fehlte ihr immer noch an Kraft, auch wenn sie sich bereits etwas erholt hatte. Zum Glück war heute Sonntag und statt der üblichen Unruhe durch die Kunden herrschte Stille in der Baderei. Nur gelegentlich hörte sie das Knarren von Schritten auf den Holzdielen.

Kurz schreckte sie zusammen, als es an der Tür klopfte, doch es war nur Rasmus, der heute zum wiederholten Male nach ihr sah. Er stellte einen Krug Kräutertee und ein dickes, gebuttertes Brot neben ihrer Bettstatt ab und musterte sie kurz.

»Wie geht es dir?«, fragte er, während er routiniert Temperatur und Puls fühlte.

»Immer ein wenig müde, wenn ich nicht gerade schlafe«, antwortete sie lächelnd.

Rasmus nickte zufrieden und betastete dann vorsichtig die Stirn des Kindes und nickte ebenfalls zufrieden.
»Hast du etwas von Grave gehört?«, fragte Catharina.
»Ich war vorhin nach ihm sehen«, antwortete Rasmus, setzte sich auf einen Schemel und legte eine abgegriffene Ledermappe beiseite. »Ihm brummt der Schädel, aber die Wunde sieht gut aus. Er braucht nur etwas Ruhe die nächste Zeit.«
»Das wird dem Brookvogt kaum gefallen«, meinte Catharina.
»Erst recht nicht, weil Grave ihm erzählt hat, dass er sich das bei einem Sturz auf der Treppe zum Köppelberg zugezogen hat, weil Unbekannte dort einiges verwüstet haben und die Tür repariert werden muss.«
»Schlauer Mann, der Grave«, sagte Catharina augenzwinkernd. »Habt ihr eine Ahnung, wie wir jetzt weitermachen sollen?«, fragte sie nach einer kurzen Pause.
Rasmus zuckte die Schultern. »Casper und Herr Beckmann waren auch in der Frohnerei und wir haben alles besprochen.«
»Du hast ihnen doch gesagt, dass ich die Stimmen der drei ganz sicher vom Grab deines Vaters wiedererkannt habe?«, vergewisserte sich Catharina.
»Hab ich. Auch, dass du den Toten vorher noch nicht gehört hattest«, versicherte Rasmus. »Wir können jetzt zwar relativ sicher sein, dass die Grööndorps irgendeine Art Dreck am Stecken haben, nur helfen tut uns das nicht viel. Wir haben nur die Aussage einer Magd der Grööndorps, dass sie irgendjemanden über den Kaminschacht über ein Treffen am Galgenberg belauscht hat. Wenn sie das überhaupt offiziell wiederholen würde. Dazu deine Aussage, dass du versteckt in einem Abstellraum ein paar Stimmen aus dem Wald wiedererkannt hast. Ich fürchte, das reicht nicht einmal, um einen Hausierer vor das Niedergericht zu bringen, geschweige denn einen Ratsherrn aus einer angesehenen Familie. Außerdem müssen wir vorsichtig sein. Vielleicht stehen ja noch

andere einflussreiche Bürger auf der Seite der Gröndorps. Schwer zu sagen, wem wir trauen können. Das sieht leider auch Beckmann so«, berichtete Rasmus und seufzte.

»Und nun?«, fragte Catharina ernüchtert.

»Beckmann wird sich weiter umhören. Vielleicht bringt er was in Erfahrung. Falls rauskommt, dass jemand von den Gröndorps stottert, könnten wir versuchen in seine Nähe zu kommen und zu horchen, ob wir die Stimme wiedererkennen. Vor Gericht würde uns das aber auch nichts bringen. Und bis dahin versuche ich dieses vermaledeite Schreiben zu entziffern, das der Fremde von den Gröndorps bekommen hat«, murrte Rasmus und tippte mit dem Fuß gegen die Ledermappe.

»Du hast noch keine Idee?«, fragte Catharina vorsichtig.

Rasmus schüttelte entschieden den Kopf, während er ein Schriftstück aus der Mappe nahm. »Schaus dir an«, bot er ihr an. Vorsichtig, um das Kind nicht zu wecken, nahm sie das Dokument. In akkuraten Buchstaben stand dort geschrieben

Z G N O I Y B V G N M T Z X T N A X W Z H M A M I L E
B W C R Z
M W Z R L B R Y O R Z G A P M X M E R L K X B S X M R
G F F T Z O L A E B I O G E W Z V S
T P X Z Q T C Z V R L B R Y A T T R B I B I
U E J V M Z F Z J P E M C A I T M V H W V V L B L L M
V D S M T E S A L Z R F K A D J J L Q R Z T Z A N R V V R
U U N J E V U T X G M W S U L L R H R Z N K Y F I Z I
T E Z E R L R K U M J V U M N Z T A T T N F K
V G G U S L F N E K P T X X U F V M T F
Z J Q K R U K L M M M E J V W I U R N B K Q
W B G J I G O L Z K K A M J P I Y I M I M P
X R T Z X Z R T W M W R E G P U W X C Z J Y T Q Z B I E
L I Z H B I G N G M I S O E W

O C Q I V W M V H R L
V Y K E E W O V N E G T Z H B E F V V

Catharina, die das Schriftstück zum ersten Mal selbst betrachtete, runzelte nachdenklich die Stirn. »Ich bin im Lesen zwar wenig geübt und im Schreiben noch weniger, aber das sieht alles so sinnlos aus.«

Rasmus nickte bestätigend. »Ich bin mir recht sicher, dass es chiffriert ist. In Prag hab ich in den ersten Semestern auch Logik und Mathematik lernen müssen, da hat uns ein Professor auch die Chiffre von Julius Caesar gelehrt.«

»Dann kannst du es übersetzen?«, fragte Catharina hoffnungsvoll und reichte ihm den Brief zurück.

Rasmus lachte kurz freudlos auf und schlug dann schuldbewusst die Hand vor den Mund, als das Kind daraufhin unruhig schmatzte. »Ich wünschte, ich könnte. Bisher bin ich kein bisschen daraus schlau geworden. Vielleicht kann Beckmann ein gutes Wort für mich einlegen, dass ich mich in der Bibliothek des Johanneums umsehen kann. Am liebsten würde ich es jemandem geben, der sich wirklich mit so etwas auskennt. Aber wer sollte das sein und wem können wir schon trauen?«, erwiderte Rasmus mit gedämpfter Stimme.

Catharina schaute enttäuscht. »Hatte der Tote sonst noch etwas bei sich, das uns weiterhilft Licht ins Dunkel zu bringen?«, fragte sie schließlich etwas resigniert.

Rasmus schüttelte den Kopf. »Leider nicht. Außer seiner Kleidung und seinen Waffen hatte er nur einen Beutel mit ein paar Münzen bei sich, leider keine Reichtümer oder teuflische Geständnisse.«

»Wäre auch zu schön gewesen«, seufzte Catharina.

»Ja, aber …«, begann Rasmus, unterbrach seinen Satz jedoch, als er hastige Schritte auf der Treppe und im Flur vernahm.

Stirnrunzelnd blickte er zur Tür, die sich wenige Momente später öffnete.
»Rasmus?«, fragte Casper nervös, während er unsicher den Kopf durch den Türspalt schob.
»Hat dich was gestochen?«, wollte der Medizinstudent von seinem Freund wissen.
»Ich muss dich sprechen, Rasmus«, rang sich Casper mühsam ab.
Rasmus lupfte fragend die Augenbrauen. »Na, dann sprich doch.«
Casper räusperte sich, sichtlich unbehaglich. »Es geht um Christina, deine Schwester.«
»Was soll mit ihr sein?«, fragte Rasmus irritiert.
»Ein Bote von Grave war hier. Christina wurde verhaftet. Sie wird der Hexerei bezichtigt«, übermittelte Casper stockend die Nachricht.
Rasmus sprang auf. »Sie ist in der Frohnerei?«, rief er entsetzt.
Sein Freund schüttelte den Kopf und blickte zwischen ihm und dem nun endgültig aufgewachten, greinenden Kind hin und her.
»Nein, im Gefängnis im Winserbaum. Bisher wurde ja erst Anklage erhoben, eine Verhandlung oder gar ein Urteil gab es noch nicht. Aber Grave hat es vom Brookvogt gehört.«
Rasmus raufte sich die Haare. »Ich muss zu Christina. Und zu Beckmann«, stammelte er.

Kapitel 28

23. November 1618

»Das ›Z‹ ist also nicht nur ein ›A‹, sondern gleichzeitig auch ein ›D‹ und ein ›G‹?«, fragte Casper und kratzte sich ungläubig am Kopf.

»Ich fürchte, jeder Buchstabe kann jeder Buchstabe sein. Es ist nicht wie bei der Caesar-Chiffre, wo jeder originale Buchstabe eine eindeutige Zuordnung zu einem Buchstaben oder Zeichen der Chiffre hat. Es scheint nicht einmal so zu sein wie bei dieser Chiffre, die die Maria Stuart aus England benutzt haben soll, wo Wörter oder häufige Buchstabenfolgen noch ein Sammelzeichen kriegen«, erklärte Rasmus und tippte auf die Abschriften, die er in der Bibliothek des Johanneums anfertigen durfte.

Mehrere Notizen und eine Kreidetafel lagen auf dem Behandlungstisch vor ihm. Seufzend richtete er sich auf und rieb sich müde die Augen. Draußen war es bereits dunkel und das Lesen im Licht der Öllampe hatte seine Augen angestrengt. »Es scheint so, als wenn die Zuordnung der Zeichen ebenfalls wieder einer Art Schlüssel unterliegt.«

»Mach ein wenig Pause. Ich grüble hier solange für dich weiter. Schlaf etwas oder geh zu Catharina. Die wird sich über deine Gesellschaft freuen«, schlug Casper augenzwinkernd vor.

Sein Freund schüttelte wenig überzeugt den Kopf und schielte wieder auf den Brief. »Wenn ich Christina schon nicht helfen kann, dann muss ich zumindest das hier schaffen«, murmelte er.

»Rasmus, du musst den Kopf frei kriegen, sonst kommst du nicht weiter«, riet der Badergeselle ihm. »Hast du noch etwas von ihr gehört?«, fragte Casper dann vorsichtig nach einer längeren Pause.

»Sie sitzt immer noch im Winserbaumgefängnis. Es soll wohl belastende Zeugenaussagen geben. Das Niedergericht ist gerade überlastet, es kann also noch eine Weile dauern, bis es zu einem ersten Prozess kommt. Bei meinem Besuch wirkte sie zwar gefasst, aber ich weiß, dass es anders ist. Beckmann sagt, es ist besser, wenn ich sie nicht mehr besuche. Das könnte das Gericht misstrauisch machen und auf uns beide ein schlechtes Licht werfen.«

Casper legte dem Freund die Hand auf die Schulter. »Mach dir keine Sorgen, die Christina hat nichts Unrechtes getan.«

Rasmus schnaubte. »Ich bin mir sicher, dass die Jule Sattler auch nichts mit dem Teufel zu schaffen hatte, und die anderen, die auf Graves Richtblock gelandet sind, auch nicht. Was hats denen geholfen?«

Der Badergeselle wusste nicht, was er darauf antworten sollte, und war froh, als die Tür sich öffnete und einer der Baderknechte seinen Kopf in den Behandlungsraum schob.

»Da ist ein Kunde, Herr. Ich meine ein richtiger«, sagte er nach Worten suchend.

»Ein richtiger? Dann sind die anderen Leute, die hier immer rumlaufen, eigentlich verkleidete Gesunde?«, fragte Casper den Knecht mit erhobenen Augenbrauen.

»Nein, nein, ich meine ein Verletzter, der wirklich einen Bader braucht. Er wollte eigentlich zu Eurem Vater, Herr Steinschneider«, erklärte sich der Knecht.

»Wir dürfen ohne Meister im Haus …«, begann Rasmus, wurde jedoch von einem Mann unterbrochen, der sich resolut am Baderknecht vorbei in den Raum schob. Blut war dem Mann aus einer Stirnwunde über das Gesicht gelaufen und bereits teils getrocknet. Außerdem hielt er sich mit einer blutverschmierten Hand die linke Seite.

»Euer Knecht hat mich bereits vom Ableben Eures Vaters unterrichtet. Mein aufrichtiges Beileid hierzu«, sagte der Mann höflich und deutete sogar eine winzige Verbeugung an. »Ich bin mir dennoch sicher, dass ich mich bei Euch in sehr guten Händen befinde. Auch wenn ich es bedaure, Eure Studien zu stören, würde ich nun wirklich gerne auf dem Tisch dort Platz nehmen und mich an Eurer Kunst mit Nadel und Faden erfreuen.«

Rasmus räusperte sich. »Wenn das Amt erfährt, dass ich Geld verdiene mit …«

Der Fremde hob Einhalt gebietend die Hand, wobei sich sein Gesicht kurz schmerzhaft verzerrte. »Von mir wird es das sicher nicht und wenn es dem formalen Prozess dienlich ist, bezahle ich Euch in Kornbrand. Ich habe allerdings nicht vor, mich wieder auf mein Pferd zu setzen und zum nächsten Bader zu reiten, und dem Schneider von nebenan traue ich nicht.«

Rasmus lächelte knapp und zuckte die Schultern. »Das macht den Kohl jetzt wohl auch nicht mehr fett. Helft dem Mann aus der Kleidung zu kommen«, entschied er.

Während er begann den Tisch freizuräumen, musterte er den Fremden. Seine Kleidung war zwar nicht edel, aber hochwertig und wies Gebrauchsspuren auf. An seiner Seite hing ein Rapier mit spanischem Griffkorb. Vielleicht ein gut situierter Händler, der sich für seine Geschäfte oft auf Reisen befand.

Er hatte hellgrüne Augen und feuerrotes Haar, das widerspenstig von seinem Kopf abstand. Wie das Blut und der Spitzbart bildete es einen krassen Kontrast zu seiner hellen, sommersprossigen Haut. Auch wenn er nicht hässlich war, hatte er als Kind mit dieser Erscheinung sicherlich viel Spott erdulden müssen.

»Ihr kanntet meinen Vater?«, fragte Rasmus beiläufig, während er gemeinsam mit Casper die Wunden des Mannes säuberte. Wenn die Patienten nicht zu stark verletzt waren, tat es ihnen gut, sie bei der Behandlung ein wenig vom Schmerz abzulenken.

»Nur flüchtig. Mein Haus liegt unweit von hier in St. Nikolai. Ich habe das Baden immer zu schätzen gewusst. Und das eine oder andere Mal hat Euer Vater schon Hand an ein paar Blessuren gelegt.«

Rasmus nickte, doch mehr aus Höflichkeit. Es gingen ihm zu viele Gedanken durch den Kopf, um dem Fremden wirklich zuzuhören.
»Ich fürchte, das muss alles drei genäht werden, bevor wir Salbenverbände anlegen«, meinte Casper und deutete auf eine tiefe Schnittwunde an der Seite, die Platzwunde über dem Auge und einen unschönen Riss am Oberschenkel.
Rasmus nickte zustimmend. »Ich kann Euch einen guten Schluck Gebrannten geben, das macht es etwas erträglicher«, bot er dem Fremden an.

Eine Weile später lag ihr Patient mit frischen Leinenverbänden und einer merklichen Branntweinfahne auf dem Tisch. Er wirkte sogar noch etwas blasser als bei seiner Ankunft.
»Der Rest scheinen mir nur Prellungen zu sein. Ich glaube nicht, dass was gebrochen ist«, meinte Casper.
Wieder nickte Rasmus, musterte den entblößten Leib des Fremden aber noch etwas länger.
»Habt Ihr das hier schon länger?«, fragte er und deutete auf einige unscharfe rötliche Flecken auf der Haut des Mannes.
»Eine Weile«, entgegnete der Rothaarige gleichmütig.
»Lasst sie von einem Doktor ansehen, am besten vom Stadtphysikus«, meinte Rasmus nachdenklich.
»Ist es was Ernstes?«, fragte der Mann und hob eine Braue.
Rasmus zuckte die Schultern. »Ich bin kein Arzt«, entgegnete er und fügte ein ›noch nicht‹ in Gedanken hinzu.
»Aber zunächst solltet Ihr nach Hause und Euch schonen«, riet Casper.
Der Mann nickte und stemmte sich in eine sitzende Position. »Sobald ich beim Brookvogt oder zumindest bei den Röpern war und Meldung gemacht hab«, brummte er ungehalten.

»Wurdet Ihr hier in der Stadt angegriffen?«, fragte Rasmus, denn es war offensichtlich, dass zumindest die Schnittwunde von einem Kampf stammte.
Der Fremde schüttelte vorsichtig den Kopf. »Nein, vor den Toren in St. Georg. Ich war gerade auf dem Rückweg aus Lauenburg und spät dran. Da springt mir so ein Verrückter auf den Weg und brüllt wie ein Dämon. Mein Brauner ist gestiegen und ich bin geflogen«, erzählte der Mann und deutete auf seine Kopfwunde und den Riss im Oberschenkel, während Casper ihm in seine Kleidung half.
»Als ich mich berappelt hab, hab ich mein Rapier gezogen und wollt dem Kerl Manieren beibringen. Dann hab ich mich doch ganz schön verjagt. Es war ja schon fast dunkel und der trug nur ein schmutziges Hemd und das Gesicht … Wie ein Toter sag ich. Wie ein ganz alter Toter.«
»Was?«, riefen Casper und Rasmus beinahe gleichzeitig.
»Kommt ja gleich anders«, meinte der Fremde und winkte ab.
»Ich war so überrascht, dass ich nicht hab kommen sehen, dass der mir eine verpasst«, berichtete er und deutete auf den tiefen Schnitt an der Seite. »Aber dann bin ich wieder klar geworden und hab ihm eine ordentliche Lehrstunde erteilt«, sagte er und tippte grinsend gegen sein Rapier. »Darauf hat er das Weite im Wald gesucht. Ich bin mir nicht so ganz sicher, ob der morgen früh wieder aufwacht«, schloss er zufrieden.
»Hat … hat er noch irgendwas gesagt und wisst Ihr, wohin er gelaufen ist?«, fragte Rasmus durcheinander.
Der Fremde überlegte kurz. »Gelaufen ist er in die Büsche und er sagte so was wie … Aua … ahh … Du Schwein hast mir in den Wanst gestochen. Aber ein Dämon oder Wiedergänger war das sicher nicht. Die tragen nicht sowas«. Der Fremde griff in eine Tasche und hielt sich etwas vor das Gesicht.

Rasmus stockte. Es war eine Maske und er erkannte klar die Züge seines verstorbenen Vaters. »Das … das …«, stammelte er und auch Casper schlug erschrocken die Hände vor das Gesicht.
»Ich dachte nicht, dass die Herren bei ihrem Beruf so schreckhaft sind. Er trug nur eine Maske und war kein Toter oder Dämon. Ihr versteht?«, erklärte er irritiert und steckte die Maske wieder weg.
Rasmus schluckte. »Ich bitt Euch, bleibt hier noch und geht noch nicht zum Brookvogt.« Dann wandte er sich an Casper. »Am besten wir holen Herrn Beckmann.«

Kapitel 29

25. November 1618
»Also Herr Steinschneider, welche Neuigkeiten sind nun so dringlich, dass Ihr uns zur fortgeschrittenen Stunde in die Baderei zitiert?«, fragte Beckmann mürrisch. »Wenn es Eure Schwester oder die … Überreste Eures Vaters betrifft, versichere ich Euch erneut, dass ich mit den richtigen Leuten in Kontakt stehe, aber …«

»Nein, nein, Herr Beckmann, das ist es nicht«, versicherte Rasmus und wirkte wie ein Schuljunge, der dringend auf den Abort musste. Kurz blickte er in die kleine Runde, die sich in der Baderei versammelt hatte. Neben Beckmann hatten sich auch der angeschlagene Grave, Catharina und Casper eingefunden.

»Bezüglich des verschlüsselten Dokumentes …«, begann er und hielt den Brief hoch.

»Habt Ihr es etwa übersetzen können?«, rief Beckmann erstaunt dazwischen.

»Etwas Geduld«, bat Rasmus. »Casper und ich haben festgestellt, dass es sich nicht um eine Monoersatzchiffre handeln konnte. Weder in Deutsch, Griechisch oder Latein hätten diese Buchstabenkombinationen Sinn ergeben. Ich bin zu dem Schluss gekommen, dass es sich um ein polyalphabetisches Substitutionsverfahren handeln muss, wie es vor etwa zweihundert Jahren von Leon Battista Alberti entwickelt wurde und später von Blaise de Vigenère verbessert wurde«, dozierte Rasmus und tippte nicht ohne Stolz auf den wüsten Stapel von Aufzeichnungen und Kreidetafeln auf dem Tisch.

Beckmann räusperte sich. »Könnten wir vielleicht etwas schneller zum Ergebnis kommen?«

»Nein«, antwortete Rasmus etwas säuerlich. »Bei der von Vigenère entwickelten Chiffre wird ein Schlüsselwort verwendet und repetitiv dem Originaltext zugeordnet, sodass jeder Buchstabe des Originaltextes mit einem spezifischen Buchstaben des Schlüsselworts korrespondiert. Mit der Kombination aus beiden lässt sich sodann in dem Vigenère-Quadrat Zeile und Spalte identifizieren, die zum zugehörigen Chiffre-Element führen.«

Rasmus breitete die Arme aus wie ein Zauberer nach einer Vorführung und sah strahlend und mit geröteten Wangen in das Rund seines Publikums.

Catharina hob zögerlich die Hand, während sie in der anderen ihr Kind hielt. »Bin ich sehr dumm, wenn ich nichts verstanden habe?«

»Nein«, sagte Grave entschieden. »Denn dann wäre ich das auch und ich mag nicht dumm sein.«

»Ich glaube, Ihr habt uns irgendwo nach ›etwas Geduld‹ verloren, Herr Steinschneider«, meinte Beckmann und es klang ein wenig, als wollte er einem Betrunkenen gut zureden.

Rasmus lächelte verkniffen. »Für die Übersetzung des Textes ist ein Losungswort oder auch ein ganzer Satz notwendig. Wie eine Art Schlüssel für ein Schloss. Die Vigenère-Verschlüsselung gilt ansonsten gemeinhin als unlösbar.«

Grave schnaubte. »Deine Erkenntnis in allen Ehren, aber dafür hast du uns alle zusammengetrommelt?«, fragte er enttäuscht und griff sich unwillkürlich an seine Kopfwunde.

Rasmus lächelte. »Nun, das ist die schlechte Nachricht. Die Gute ist, dass wir das Losungswort haben und die Nachricht übersetzt ist.«

Beckmann setzte sich aufrecht auf dem Stuhl hin und auch Grave beugte sich neugierig vor.

»Wir haben uns zunächst an einigen zufälligen Worten ausprobiert wie ›Hamburg‹ oder ›Teufel‹. Das war aber mehr ein Akt der Verzweiflung und führte zu keinem Ergebnis. Dann habe ich mich

daran erinnert, wie sich die Männer unter dem Köppelberg begrüßt haben«, fuhr Rasmus fort.
Grave nickte. »Da war irgendeine Losung«, murmelte er nachdenklich.
»Regna Firmat Pietas!«, stimmte Rasmus triumphierend zu.
»Regna Firmat Pietas«, wiederholte Beckmann nachdenklich. »Frömmigkeit stärkt Königreiche«, übersetzte er aus dem Lateinischen. »Das habe ich irgendwo schon einmal gehört.«
Rasmus nickte. »Das glaube ich gern. Aber dazu später. Wir dachten, wenn es die Losung für die persönlichen Treffen ist, dann kommt es auch als Schlüsselwort für die Vigenère-Chiffre in Frage. Was soll ich sagen? Das Ergebnis ist derart stimmig, dass es sich unmöglich um einen Zufall handeln kann.«
Rasmus machte eine kurze Pause und griff nach einem Schriftstück. Kurz blickte er in die Runde, dann begann er vorzulesen.

Ich bitte untertanigst um Verzeihung.
Mein Fortgang haette zu grosse Aufmerksamkeit erregt.
Wir machen Fortschritte.
Bereits zehn achtliche Erfolge.
Erste wohlhabende Buerger wurden ohne weiteres Zutun bezichtigt.
Lage zunehmend angespannt.
Rat und Oberalte uneins.
Zeit für weitere Schritte.
Wir benoetigen mehr Mittel.
Erbitte Treffen am sechsundzwanzigsten November.
Gleicher Ort.
Euer ergebener Diener

Eine Weile herrschte beklommenes Schweigen. Grave unterbrach als Erstes die Stille. »Zum Zeitpunkt der Nachricht hatte ich zehn

Menschen wegen Zauberei und Buhlschaft mit dem Leibhaftigen auf dem Köppelberg hingerichtet. Das sind dann wohl die achtlichen Erfolge«, sagte er bitter.
Beckmann schüttelte fassungslos den Kopf. »Dann ist all dies wirklich eine bösartige Verschwörung, um Menschen der Zauberei zu bezichtigen? Und dieses Geschwür wächst unter dem Dach eines Ratsherrn. Unterschrieben ist die Nachricht vermutlich nicht?«
»Natürlich nicht, aber es ist schwer zu glauben, dass eine solche Verschwörung unter dem Dach der Grööndorps ohne das Wissen von Matthäus selbst wächst, und es gab ja bereits andere Auffälligkeiten, die auf ihn verweisen. Es bleiben zwar noch viele Fragen ungeklärt, aber alles deutet auf ihn hin, auch wenn wir bis dato noch keine handfesten Beweise haben«, meinte Rasmus.
Erneut schüttelte Beckmann den Kopf. »Aber warum sollte Grööndorp wollen, dass die Angst vor Teufeln und Hexen die Menschen auf den Köppelberg bringt? Niemand gewinnt etwas dabei, es gibt nur Verlierer.«
Rasmus machte eine abwägende Geste. »Vielleicht doch nicht nur.«
Die anderen sahen ihn fragend an, doch Rasmus nahm zunächst wieder Platz, bevor er fortfuhr. »Als wir nicht weiterkamen, habe ich mir die Sachen des toten Fremden vom Köppelberg noch einmal angesehen. Es war auch ein Beutel mit Münzen dabei.«
Grave nickte. »Sonderlich viel war es aber nicht.«
Rasmus strich sich nervös eine widerspenstige Haarsträhne aus dem Gesicht. »Nein, Meister Grave, die Menge war nicht sonderlich beachtlich, aber vielleicht die Herkunft. Es handelte sich sämtlich um dänische Münzen. Auf einer ›Corona Danica‹ waren außer dem Bild von Christian IV. auch die Buchstaben ›RFP‹ eingeprägt. Regna Firmat Pietas. Frömmigkeit stärkt Königreiche. Der Wahlspruch des dänischen Königs.«

Beckmann schlug sich mit der flachen Hand auf das Hosenbein. »Ich wusste doch, dass ich das schon einmal gehört habe.«

»Nach den dänischen Münzen und dem Wahlspruch Christian IV. würde ich vermuten, dass der Dialekt, in dem der Fremde und auch einer der Delegation der Grööndorps gesprochen haben, Dänisch ist.«

Beckmann zuckte ein wenig die Schultern. »Das ist schon gut möglich, dass Grööndorp einen Dänen in seinen Reihen hat. Er hat Handelsbeziehungen nach Dänemark und ich meine gar, dass er eine Zeit in Kopenhagen studiert hat.«

»Das würde ins Bild passen«, meinte Rasmus. »Also … Ich habe mich gefragt, ob es nicht doch jemanden geben würde, der davon profitiert, wenn ganz Hamburg geschwächt und uneins ist.«

Der Ratsherr sah ihn fragend an, dann riss er die Augen auf. »Gute Güte, Himmel hilf, Ihr meint, die Dänen intrigieren hier, um uns zu schwächen?«

Rasmus blickte verunsichert auf den Dielenboden. »Beweise habe ich natürlich keine, aber es passt alles zusammen. Christian IV. hat sofort nach dem Urteil des Reichskammergerichts Berufung eingelegt und Hamburg aufgefordert, den Status quo zu erhalten. Ich verstehe nichts von großer Politik, aber dass er um Hamburg kämpfen wird, ist offensichtlich. Je schwächer wir sind, desto besser. Es muss nicht einmal vom König selbst ausgehen, es reicht, dass einer seiner Lehensleute die Fäden zieht.«

»Und wie passen dann die Grööndorps hinein?«, fragte Grave.

»Herr Beckmann berichtete uns bereits, dass die Grööndorps durch ihren Ehrgeiz aufgefallen sind. Es kann viel geben, was ihnen für ihren Erfolg versprochen wurde. Geld, Handelsvorteile oder gar eine bedeutende Rolle, wenn die Machtverhältnisse in Hamburg nach dänischen Vorstellungen neu geordnet worden sind.«

Beckmann schuckte. »Es ist zwar nichts bewiesen, aber ich denke, ich sollte versuchen mit den Bürgermeistern zu sprechen. Morgen Abend werden wir dann Gewissheit haben, welche Fische in unserem Netz zappeln!«

Kapitel 30

26. November 1618
Die vier Gestalten ritten bedächtig durch die Nacht. Es ging auf Mitternacht zu und der Regen hatte den Boden aufgeweicht. Leicht konnten die Tiere in der Dunkelheit auf diesem Untergrund den Tritt verlieren, wenn man nicht achtsam war.
Leise fluchend blies Matthäus Grööndorp einige Regentropfen von der Nasenspitze und zog die Krempe des breiten Huts tiefer ins Gesicht. Er hasste es, sich außerhalb der Stadt aufzuhalten. Es sei denn, die Sonne schien und er machte einen Ausflug auf seinen Landsitz. Im Sommer, wenn die Luft in den Straßen von Hamburg stand, konnte das eine Erholung sein. Doch im Totenmonat November war man in seiner warmen Stube, dem Ratssaal oder einem guten Schankhaus besser aufgehoben.
»Wie geht es Georg, David?«, fragte er, mehr um die Zeit zu überbrücken.
»Ich denke, er stirbt«, antwortete Matthäus' Vertrauter und Leibwächter, als hätte er Auskunft nach dem Wetter gegeben. Der Akzent des Mannes verriet seine dänischen Wurzeln.
»Sollten wir nicht doch einen Bader holen, Vater?«, fragte ein anderer Reiter vorsichtig.
Matthäus stieß ein wenig überzeugtes Brummen aus.
»Ich denke, es ist besser, wenn er stirbt, Vater«, tat der vierte im Bund seine Meinung kund. Seine Stimme hatte einen verführerisch weichen Klang und trotz des Regens saß er aufrecht in seinem Sattel. »Es ist nun bereits das zweite Mal, dass Georg versagt. Er ist zwar groß und kräftig wie ein Ochse, aber auch so dumm. Er bringt uns in Gefahr.«
»Aber Vater«, begann der andere Mann wieder, aber Matthäus unterbrach ihn.

»Lass es gut sein, Nikolaus. Lorenz hat Recht. Er ist eine Gefahr und wenn wir wieder einen Bader hinzuziehen, endet es vielleicht wie das letzte Mal. Ich will keine weiteren Komplikationen«, stellte er klar.
Matthäus wünschte sich insgeheim zum wiederholten Male, dass sein jüngerer Sohn etwas mehr von seinem älteren hatte. Lorenz war nicht nur für die Weiber so anziehend wie ein Honigtopf auf Bienen, er war dazu auch selbstsicher und gerissen wie ein Fuchs. Wenn es um den Erfolg ging, kannte er so wenig Skrupel, dass er selbst Matthäus manchmal unheimlich war.
Im Gegensatz dazu beherrschte Nikolaus nicht einmal mehr seine Zunge, wenn er aufgeregt war. Würde er ihm und dem tumben Georg nicht immer seine rechte Hand David Grothemann zur Seite stellen, wäre ihr Vorhaben vermutlich schon längst aufgeflogen. Aber was sollte er machen? Er war Familie, sein eigen Fleisch und Blut. Außerdem wäre es zu gefährlich gewesen, ihn nicht einzuweihen. Wenn die neue Ordnung kam, würde es auch für ihn einen guten Platz geben.
»Hast du Fortschritte gemacht?«, fragte Matthäus seinen älteren Sohn nach längerem Schweigen.
»Eine Hure aus Jakobi ist reif. Sie hat den Trank und wird heute Nacht das Ritual ausführen«, berichtete Lorenz.
»Gut gemacht, erzähl das gleich dem Gesandten. Wir können gute Nachrichten gebrauchen«, lobte Matthäus.
»Dann liefern sie hoffentlich auch weiteres Silber. Wir brauchen dringend Rohmaterial. Es wäre bereits das letzte Mal eine Lieferung fällig gewesen«, stellte Lorenz fest und blickte kurz in Richtung seines Bruders. Seine Stimme hatte sich kaum verändert, trotzdem schwang der unausgesprochene Vorwurf hörbar mit.
»Ich … Ich ha… habe doch gesagt, dass …«, begann Nikolaus, wurde jedoch von seinem Vater unterbrochen.

»Wir werden gleich mehr Silber erhalten und alles, was wir sonst noch brauchen. Wir binden die Pferde hier an, dort drüben ist schon der Köppelberg«, bestimmte der Ratsherr.
Zu Fuß setzten sie ihren Weg zur Richtstätte fort. Wie vier dunkle Geister näherten sie sich dem Galgenberg. Das Schmatzen ihrer schweren Lederstiefel auf dem durchweichten Boden und das Rascheln ihrer Mäntel vermischte sich mit dem stetigen Prasseln des Regens.
»Wartet einmal, Herr«, sagte da Grööndorps rechte Hand und hielt inne. Suchend blickte er sich um und wirkte fast wie ein Jagdhund, der die Fährte verloren hatte.
»Was hast du?«, fragte Matthäus.
Eine Weile blieb der Mann stumm stehen und suchte mit seinen Augen weiter die Dunkelheit ab. Dann zuckte er zögerlich mit den Schultern. »Ich weiß nicht, Herr. Ein ungutes Gefühl. Wir sollten vorsichtig sein«, sagte der Leibwächter.
»Ich s… s… sehe nichts«, sagte Nikolaus und starrte in die Dunkelheit.
»Sei still!«, zischte Matthäus seinen Sohn an. Er kannte David Grothemann bereits seit seinen Studientagen in Kopenhagen und wenn dieser ein schlechtes Gefühl hatte, war man gut beraten, ihm zu folgen. Geduldig wartete der Ratsherr ab, bis sein Vertrauter langsam weiterging.
»Vielleicht ist es nichts, aber gebt Acht und lasst die Hände an den Waffen«, murmelte er, während sie ihren Weg fortsetzten.
Dämmriger Lichtschein schlich sich zwischen den Ritzen der Zugbrücke vor dem Köppelberg hindurch.
»Ich gehe am besten einmal vor«, schlug Grothemann vor und machte sich, ohne eine Antwort abzuwarten, auf den Weg.
Die drei Grööndorps blickten dem erfahrenen Kämpen hinterher, wie er über die Planke ging und hinter der schmalen Tür neben der Zugbrücke verschwand. Sie hörten dumpfe Stimmen aus dem

Gewölbe und als Grothemann kurz die Stimme erhob, griffen die drei Wartenden instinktiv zu ihren Waffen. Doch dann schien sich die Situation wieder zu beruhigen und die Stimmen wurden wieder dumpf und gingen im Regen unter.

»Was haben die denn da so lange zu besprechen, warum holt er uns nicht rein?«, fragte Matthäus ungeduldig.

Dann wurde es unruhig in dem Gewölbe. »Eine Falle!«, hörten sie Grothemanns brüllende Stimme dumpf in dem Gewölbe hallen. Keinen Atemzug später krachte eine Pistole oder eine Muskete unter dem Köppelberg, gefolgt von drei weiteren Schüssen.

»Weg hier«, rief Matthäus, während sich rasselnd die Zugbrücke über den Graben legte.

»Stehen bleiben, im Namen der Stadt Hamburg!«, ertönte es befehlsgewohnt vom Hinrichtungsplatz auf dem Köppelberg, wo sich ebenfalls mehrere Männer aufgerichtet hatten. Instinktiv feuerte Matthäus im Laufen seine Pistole in Richtung der Verfolger, um ein wenig Zeit zu gewinnen. Auch seine beiden Söhne taten es ihm gleich.

Als Antwort pfiffen ihnen etliche Bleikugeln von den Verfolgern hinterher. Einzig, dass die Verfolger die Zugbrücke abwarten mussten beziehungsweise einzeln über den schmalen Steg über den Graben übersetzen mussten, verschaffte ihnen etwas mehr Zeit. Aber um den Köppelberg herum hätte es für die Männer kaum eine andere Deckung gegeben, um sich zu verstecken.

Hastig hetzten die Grööndorps in Richtung des Wäldchens, wo sie ihre Pferde angebunden hatten.

»Wir sind …«, keuchte Nikolaus, beendete sein Satz jedoch mit einem Keuchen und flog wie von unsichtbaren Fäden gezogen nach vorne und blieb reglos auf dem Bauch liegen. Entsetzt stoppte Matthäus seinen Lauf und rüttelte seinen jüngeren Sohn an der Schulter.

»Er ist tot! Wir müssen weiter!«, rief Lorenz und blickte sich gehetzt um. Wie um ihn zu bestätigen, ertönte ein weiterer Schuss vom Köppelberg. Die Kugel schlug jedoch etliche Schritte neben ihnen im weichen Erdreich ein.
»Da hinten kommen Reiter!«, rief Lorenz und setzte seine Flucht ohne weiteres Zögern fort. Matthäus schluckte hart, folgte jedoch seinem Sohn. Sie mussten hier weg und wenn sie in der Dunkelheit erst einmal ihre Pferde hatten, hätten sie vielleicht eine Chance. Alles Weitere würden sie dann sehen.
Es waren nur noch ein paar Schritte bis zum Waldrand, als erneut ein helles Pfeifen ertönte und Matthäus schreiend zu Boden stürzte. Keuchend hielt er sich den linken Oberarm. Lorenz vermeinte Jubelrufe weit hinter ihnen zu vernehmen.
»Weiter!«, schrie er und riss seinen Vater am Mantel in die Höhe. Der stolperte hastig hinter seinem Sohn her und hielt sich den getroffenen Arm. Endlich die Bäume! Nun würden sie in der Dunkelheit für die Schützen kaum noch auszumachen sein und nach wenigen Schritten hatten sie ihre Pferde erreicht.
Lorenz band ihre Tiere los und nachdem er sich hastig umgesehen hatten, auch die Pferde seines Bruders und des Leibwächters. Nach einem Hieb auf das Hinterteil stieben die beiden Reittiere ins Unterholz. In der Dunkelheit würden die Verfolger so vielleicht den reiterlosen Tieren folgen.
Eilig stieg er dann auf sein Pferd. Matthäus hatte es trotz des verletzten Arms geschafft, sich fluchend auf das Reittier zu schwingen. Lorenz gab seinem Pferd die Hacken und sie eilten in die Dunkelheit.
»Erst einmal Richtung Lauenburg«, entschied Matthäus schwer atmend, während er angestrengt in die Dunkelheit vor ihm starrte. Es war kreuzgefährlich, bei diesen Sichtverhältnissen über den nassen Waldboden zu hetzen, aber Vorsicht war für sie gerade ein unerschwingliches Gut.

»Schneller!«, forderte Lorenz nach einer Weile. Er warf einen Blick zurück zu seinem Vater und trieb sein Pferd weiter an.
Da wieherte Matthäus' Pferd erschrocken auf und stürzte. Zum zweiten Mal in der heutigen Nacht schlug der Ratsherr auf dem durchnässten Boden auf. Er hätte wohl laut aufgeschrien, als sich ein fingerdicker Ast in sein Bein bohrte, aber die Landung trieb ihm so die Luft aus dem Körper, dass daraus lediglich ein gequältes Gurgeln wurde.
Dem Reittier erging es noch schlechter. Unter jämmerlichen Lauten versuchte es aufzustehen, fiel jedoch immer wieder zuckend auf die Seite.
Matthäus kämpfte sich stöhnend auf alle viere und blickte auf sein Pferd. »Der Gaul hat sich was gebrochen. Schnell, wir müssen zusammen auf deinem weiter.«
Schweigend betrachtete Lorenz seinen Vater vom Pferd hinunter.
»Nun mach schon!«, verlangte Matthäus ungeduldig und blickte gehetzt zurück in die Dunkelheit.
»Du bist verletzt und wir sind zu langsam auf meinem Pferd. Ich muss ohne dich weiter«, erklärte Lorenz ruhig.
Fassungslos blickte der Ratsherr seinen Sohn an. »Das kannst du nicht machen, ich bin dein Vater!«
Lorenz schüttelte nur stumm den Kopf. Gerade wollte er wieder losreiten, da stoppte ihn der wütende Ruf seines Vaters. »Wenn sie mich kriegen, werde ich dafür sorgen, dass sie auch dich kriegen«, versprach er wütend.
Lorenz hielt tatsächlich inne. Nach kurzem Zögern stieg er vom Pferd ab und ging zu seinem Vater. »Ich denke nicht, dass sie mich kriegen. Und wenn … Es gibt keine Zeugen.«
Lorenz beugte sich hinunter und hob einen Stein von der Größe eines Kinderkopfs auf. Erst jetzt sah er, worüber das Pferd seines Vaters gestürzt war, es war das Grab dieses Badermeisters gewesen, dessen Gesicht sie genommen hatten. Das Holzkreuz

war nun zerbrochen und die Steine, die es gestützt hatten, lagen zerstreut umher. Welche Ironie, so dachte er.

»Was tust du?«, fragte Matthäus mit einem Anflug von Angst, als sein Sohn den Stein aufhob. »Ich bin dein Vater!«, rief er erschrocken auf, als ihm klar wurde, was Lorenz vorhatte.

»Deinen Samen für mich zu geben, war das einzig wirklich Bedeutende, was du erreicht hast«, murmelte Lorenz und ließ den Stein wuchtig auf seinen Vater hinunterkrachen. Dieser riss noch schützend die Hände vor das Gesicht, doch der schwere Brocken zermahlte die Knochen der Hand ebenso leicht, wie er den Schädel knackte. Stumm und unnatürlich deformiert sackte der Kopf des Ratsherrn zur Seite.

Selbst wenn sie ihn fassen würden, gäbe es nun keinen Zeugen mehr, der seine Beteiligung beschwören konnte. Ob das vor Gericht reichen würde, war ungewiss, aber immerhin ein wenig Absicherung mehr. Am besten, sie würden ihn nicht erwischen. Kurz horchte er in die Nacht. Es waren keine Stimmen oder Hufschläge zu hören, aber weit konnten sie nicht sein. Er musste weiter! Rasch ging er wieder zu seinem Pferd und setzte einen Fuß in den Steigbügel.

»Du bleibst mal fein hier!«, stoppte ihn da eine Stimme.

Hastig fuhr Lorenz herum, die Hand am Rapier. Ein Mann stand vor ihm, der nun den Verschluss seiner Blendlaterne öffnete. Unangenehm stach ihm das Licht in die Augen.

»Verschwinde besser, das hier geht dich nichts an!«, giftete Lorenz und riss die Klinge aus der Scheide.

Noch ehe die Spitze der Waffe das Lederfutteral verlassen hatte, sauste ein kurzer, schwerer Knüppel auf Lorenz zu und traf ihn wuchtig an der Schläfe. Blitze zuckten vor seinen Augen auf und wie ein gefällter Baum fiel er mit einem dumpfen Geräusch auf den Boden.

Abfällig brummend kratzte sich der Mann am vernarbten Gesicht und rieb nervös an seiner Augenbinde. Seine Narben juckten immer, wenn er aufgeregt war. Der Abdeckermeister stieß den Mann mit dem Fuß an und nickte zufrieden, als er sich nicht rührte.
»Erst wird die Ursel wahnsinnig und nimmt mir das Auge, dann laufen hier die Toten umher und des Nachts mehr Volk herum als aufm Marktplatz. Und nun diese Sauerei«, brummte er und blickte auf den Toten und das verendende Pferd. Dann holte er einen kurzen Strick aus der Tasche. »Ich lass mir den ganzen Spuk vor der Tür ja nich gefallen. Wenn du einer von den Teufelsbuhlen bist, piss ich auf dein Grab, wenn du vom Köppelberg kommst«, freute sich der Abdecker und band den ohnmächtigen Mann.

Kapitel 31

8. Dezember 1618

Rasmus stellte den Korb ab und griff nach dem Schlüssel. Er hatte dieses Jahr schon so viele Rundgänge durch die Kerker der Frohnerei gemacht, dass die Henkersknechte es nicht mehr für nötig erachteten, ihm die ganze Zeit auf Schritt und Tritt zu folgen. Rasmus sollte es recht sein, denn diesen Gang hier wollte er besser allein machen.

Schabend öffnete er die Tür, ging in die Zelle und lehnte die Tür wieder an. Der faulige Geruch, der sich sonst nach dem Öffnen der Türen intensiv in die Nasenlöcher stahl, blieb hier aus. Frisches Stroh lag auf der Pritsche und dicke Decken spendeten wohlige Wärme.

Der Mann unter ihnen hatte lässig die Arme hinter dem Kopf verschränkt und ein Bein über das andere geschlagen. Mit den entsprechenden finanziellen Mitteln konnte man sich den Aufenthalt in der Frohnerei ein wenig erträglicher gestalten.

»Stell es dort hinten hin, ich esse später«, wies der Mann Rasmus an, ohne aufzusehen.

»Sicher«, antwortete Rasmus und stellte den Krug mit dem Wasser und die Schale mit dem Brot auf den Boden.

»Ist noch was?«, fragte der Mann mit seiner samtweichen, herablassenden Stimme, als Rasmus keine Anstalten machte, die Zelle wieder zu verlassen.

»Ich möchte Euch nur ein wenig ansehen, bevor Ihr sterbt«, erwiderte Rasmus höflich und setzte sich auf einen Holzschemel.

Verärgert setzte sich der Gefangene auf und die Kettenglieder seiner Fußfessel klimperten leise. Seine finanziellen Mittel hatten ihn nicht vor dieser Sicherheitsmaßnahme schützen können.

»Was nimmst du dir raus, Knecht?«, fragte der Mann und blickte Rasmus abfällig an.

»Kennen wir uns?«, fragte der Gefangene schließlich, als Rasmus ihn nur weiter still musterte.
»Mein Name ist Rasmus Steinschneider, ich denke, Ihr kanntet meinen Vater«, entgegnete Rasmus kühl.
Ein kurzes Lächeln umspielte die Lippen von Lorenz Grööndorp. »Woher sollte ich den kennen?«, fragte er unschuldig.
»Weil Ihr oder Eure Männer ihn getötet haben. Bevor Ihr sein Grab geschändet und ihm noch das Gesicht genommen habt«, erklärte Rasmus sachlich.
Lorenz Grööndorp schlug in gespieltem Entsetzen die Hände vor seine elegant geschwungenen Lippen. »Der Herr Jesus sei mein Zeuge, eine solche Tat würde ich nie begehen!«
Rasmus nickte nur stumm. »Doch, das und noch viel mehr.«
Lorenz lächelte und lehnte sich bequem zurück. »Das und noch viel mehr? Und was soll ich alles getan haben?«
Rasmus überlegte eine Weile und legte sich die Worte zurecht. »Ihr habt diesen Teufelswahn über die Stadt gebracht. Ihr, Euer Vater, Euer Bruder und Eure Helfer. Das alles, um den Dänen in die Hand zu spielen, damit sie leichteres Spiel haben, Hamburg unter ihrer Herrschaft zu behalten. Dafür habt Ihr falsche Beweise und Gerüchte in die Welt gesetzt und Euer Vater hat Stimmung im Rat gemacht. Arme Frauen habt Ihr verführt und ihnen ein besseres Leben versprochen, wenn sie sich von Gott abkehren. Dann habt Ihr sie mit irgendeinem Mittel in einen Rausch versetzt und unter Euren Einflüsterungen haben sie dann grausame Taten vollbracht, die sie und andere das Leben gekostet haben. Ihr handelt auch mit Arzneien aus fernen Ländern, ich denke, daher habt Ihr das Teufelszeug. Auch mich habt Ihr vergiftet, weil Ihr erfahren habt, dass ich versucht habe den Tod meines Vaters aufzuklären. Vielleicht auch einfach nur, weil Euch die Idee gefiel. Der Sohn des Selbstmörders und Wiedergängers läuft vom Teufel besessen Amok in Jakobi. Das hätte fein ins Bild gepasst, nur

wurde ich dabei nicht gefasst. Nachdem der Funke erst einmal entzündet war, haben die braven Bürger sicher auch das eine oder andere ohne Euer Zutun vorangetrieben. Angst und Schuldzuweisung sind relativ zuverlässige Verbündete.«

Lorenz schüttelte lachend den Kopf. »Das ist einfach absurd, aber bitte rede weiter. Ein Badergeselle und Henkersknecht als Prätor ist vermutlich die beste Unterhaltung, die ich hier erhalten kann.«

Rasmus griff zum Krug des Gefangenen und bediente sich mit einem tiefen Schluck, bevor er fortfuhr. »Ich denke, Eure Männer sind wegen einer Verletzung zu meinem Vater gekommen. Kurz zuvor hatte die Stadtwache einen Dämon verletzt. Ich denke, Eure Männer haben bemerkt, dass Vater etwas geahnt hat. Da haben sie ihn nach der Behandlung beseitigt und es als Selbstmord getarnt. Dann habt ihr Angst und Schrecken mit seinem Gesicht verbreiten lassen.«

»Und kannst du auch irgendwas davon vor Gericht beweisen?«, fragte Lorenz mit erhobener Augenbraue und feinem Lächeln.

Rasmus zuckte die Schulter. »Es gibt viele Hinweise, allein schon, dass Ihr des Nachts auf der Flucht neben Eurem erschlagenen Vater gestanden habt.«

»Niemand kann wirklich bezeugen, dass ich mich eines Verbrechens schuldig gemacht habe«, beharrte Lorenz.

»Das ist richtig. Aber ich denke, es könnten genug Beweise sein, dass Eure Befragung unter Folter angeordnet wird«, meinte Rasmus.

Kurz zuckte Lorenz zusammen, hatte sich aber schnell wieder im Griff. Er wusste, dass dieses Damoklesschwert über ihm schwebte. Es gab keine Augenzeugen für seine Verbrechen, die eigentlich für ein Urteil notwendig waren. Aber es gab genug belastende Beweise, sodass eine peinliche Befragung gerechtfertigt werden könnte.

»Wir werden sehen«, antwortete Lorenz kühl. »Aber falls deine Geschichte wirklich so vom Gericht geglaubt würde, würden sie mit einem Urteilsspruch auch Christian IV. beschuldigen. Ohne Beweise könnte das ein ernstzunehmendes diplomatisches Problem werden, meint Ihr nicht, ›Herr Prätor‹?«
»Da habt ihr wohl Recht, das meint zumindest auch Herr Beckmann«, gab Rasmus zu.
»Beckmann?«, fragte Lorenz naserümpfend. »Was hat der mit der Sache zu schaffen? Ich kann mir einen fähigen Verteidiger leisten und brauche keinen Dilettanten als Pflichtverteidiger von der Stadt.«
»Herr Beckmann war in der Sache sehr involviert. Das Gericht und der Rat haben ihn in dieser heiklen Sache wohl als Berater hinzugezogen«, erklärte Rasmus.
»Und das willst du wissen? Der Badergeselle und Henkersknecht?«, lachte Lorenz.
»Ja«, erwiderte Rasmus knapp. »Ich weiß auch, dass er und die Prätoren Euch in Kürze ein Angebot machen werden.«
»Soso und was für ein Angebot soll das sein?«, fragte Lorenz amüsiert.
»Ihr gebt Euren Pakt mit dem Teufel zu und gesteht, die bisher Hingerichteten verführt zu haben. Ihr versichert, dass es keine weiteren Teufelsdiener gibt. Damit endet alles. Als Gegenleistung erhaltet Ihr eine schmerzlose Hinrichtung mit dem Schwert.«
Lorenz stutzte kurz, dann lachte er laut auf. »Nehmt es mir nicht übel, ›Herr Prätor‹, aber dieser Handel scheint nicht zu meinem Vorteil zu sein.«
Rasmus zuckte die Schultern. »Wie Ihr wünscht, aber die Alternative wird schmerzhafter und Euch weniger gefallen.«
»Wir werden sehen, ob die Anklage wegen Hexerei oder gar Verschwörung, wie ihr es meint, wirklich Aussicht auf Erfolg hat.

Ich habe einen vorzüglichen Verteidiger«, meinte der Sohn des Ratsherrn.
»Nun, wegen Hexerei oder Verschwörung vielleicht nicht ...«
Lorenz zog die Stirn kraus. »Was wollt Ihr mir denn noch alles vorwerfen, ›Herr Prätor‹?«
»Man hat diese Münzen bei Euch gefunden und bei der Durchsuchung auch den Prägestock. Herr Beckmann hat angeregt Euch wegen Falschmünzerei anzuklagen. Das bringt auch weniger diplomatische Verwicklungen mit sich«, meinte Rasmus trocken.
Lorenz stutzte kurz. »Das ist absurd«, sagte er und setzte sich stocksteif auf.
»Ich denke nicht. Neben der Folter droht Euch die Hinrichtung im kochenden Säurebad. Die Obrigkeit hatte schon immer ein besonderes Augenmerk auf Münzfälscher.«
»Solche barbarischen Strafen gibt es in Hamburg schon seit Ewigkeiten nicht mehr«, behauptete Lorenz.
»Das ist richtig, aber die Gesetze lassen es immer noch zu. Ich glaube, Rat und Gericht haben in diesem Fall ein besonderes Interesse an der Strafverfolgung«, behauptete Rasmus.
Blass und ungläubig blickte Lorenz den Badergesellen an.
»Ich bin gespannt auf Eure Wahl. Wie gesagt, ich wollte Euch nur noch einmal vorher sehen«, sagte Rasmus und verließ die Zelle.

Kapitel 32

15. Dezember 1618

Ein Ratsherr, der Frohn, ein Badergeselle und die Frau eines Baumeisters waren eine ungewöhnliche Zusammenkunft, die sich an der Kaimauer des Hafens eingefunden hatte. Alle einte nicht nur das Frösteln in der Kälte des Dezembertags, sondern auch das beklommene Gefühl des Abschieds.

Zum wiederholten Male winkte Rasmus von der Reling aus seiner Schwester zu. Die Zeit im Winserbaum und die Sorge vor dem Prozess hatten ihre Spuren hinterlassen. Sie sah blass und ein wenig hohlwangig aus, doch das Niedergericht hatte sie von allen Anschuldigungen freigesprochen.

Wie auch Catharina, die eng neben Rasmus an der Reling stand und den kleinen Ulrich, wie sie das Kind nach Rasmus' Vater getauft hatte, an sich drückte. Erst gestern hatten sie in einer kleinen Kapelle das Kind getauft, direkt nachdem sie den Bund der Ehe eingegangen waren.

Auch Grave hob erneut lächelnd die Hand, als ihre Blicke sich trafen. Rasmus schluckte. Mit ähnlicher Geste hatte er vorgestern den Kopf von Lorenz Gröündorp der Menge präsentiert. Nur gelächelt hatte er dabei nicht. Es war die erste Hinrichtung, der Rasmus beigewohnt hatte, und er wollte, dass es auch die letzte blieb.

Selbst Beckmann hatte sich am Hafen eingefunden, um Rasmus zu verabschieden. Rasmus nickte ihm dankend zu. Ohne den Ratsherrn und Defensor wären die letzten Monate für viele der Anwesenden vermutlich anders gelaufen. Auch war es seiner Fürsprache zu verdanken, dass Catharina nach den Vorfällen nicht weiter belangt wurde.

Wie nicht anders zu erwarten wollte der Rat, dass wieder Ruhe einkehrte. Vermutlich war ihnen auch aus politischen Gründen

nicht daran gelegen, eine weitere Aufarbeitung der Hintergründe der Teufelsprozesse zu betreiben. In diesem Zuge war es dem Rat nur genehm, dass Catharina und Rasmus der Hansestadt in aller Stille vorerst den Rücken kehrten. Unter Beckmanns Einfluss hatten sie auf diese Entscheidung mit einer großzügigen Abfindung für das Inventar der Baderei und einigen wohlwollenden Empfehlungsschreiben eingewirkt.
Zusammen mit dem Erbe seines Vaters war es genug für Rasmus und Catharina, um in einer anderen Stadt Fuß zu fassen und das Medizinstudium wieder aufnehmen zu können.
Noch war die Elbe eisfrei und daher das Schiff die einfachste Wahl, die Stadt mit ihrer Habe zu verlassen. Ihr Weg würde sie zunächst nach Amsterdam führen, doch wollten sie von dort aus weiter in das nicht weit entfernte Leiden, dessen Universität einen vorzüglichen Ruf genoss.
Die Carolina in Prag und Böhmen im Allgemeinen schienen indes momentan kein sicheres Pflaster zu sein. In den letzten Wochen trafen immer mehr Nachrichten über kriegerische Auseinandersetzungen zwischen den Aufständischen und dem Kaiser ein. Im November schienen die aufständischen Böhmen unter Graf Mansfeld auf dem Vormarsch zu sein. Sie schlugen die Kaiserlichen in der Schlacht bei Lomnitz und nahmen nach zweimonatiger Belagerung sogar die habsburgtreue Stadt Pilsen ein. Aber es war sicher, dass Kaiser Matthias und König Ferdinant II. von Böhmen damit ihre Herrschaftsansprüche nicht aufgeben würden.
Etwas wehmütig betrachtete Rasmus das geschäftige Treiben im Hamburger Hafen, auch wenn er nach den Geschehnissen der letzten Monate über etwas Abstand zu seiner Geburtsstadt nicht unglücklich war. Vielleicht würde er eines Tages als studierter Arzt oder gar Physikus in die Stadt zurückkehren. Dann würde er seine Patienten hoffentlich zur weiteren Behandlung an Casper

überweisen können. Den alten Freund gleich wieder aus den Augen zu verlieren, schmerzte ihn am meisten. Aber auch Casper würde bald die Stadt verlassen und auf Wanderschaft gehen. Wenn er zurückkam, konnte er die Meisterprüfung ablegen und die Stadt würde ihm die Badestube überlassen. Gute Bader waren in einer wachsenden Stadt wie Hamburg stets begehrt.
Doch bis dahin würde noch viel Wasser die Elbe hinabfließen. Vermutlich hätte Hamburg dann bereits mit den neuen Wallanlagen ein anderes Erscheinungsbild. Wenn Rasmus an die letzten Monate dachte, konnte die Stadtbefestigung vermutlich gar nicht schnell genug errichtet werden.

ENDE

ANHANG

Dankeschön!

Liebe Leserin, lieber Leser,

vielen Dank, dass Du diese Geschichte bis zu ihrem Ende verfolgt hast!
Applaus ist das Brot des Künstlers. Wenn Dir dieses Buch also gefallen hat, würde ich mich sehr über eine Bewertung bei Deinem Shop von Dir freuen.
Hast Du Fragen, Anmerkungen oder Kritik? Dann schreibe mir gerne eine Mail an Albrecht.Sommerfeldt@googlemail.com

Ein paar Körnchen Wahrheit

Grundsätzlich handelte es sich um eine fiktive Geschichte. Es gibt keinerlei Hinweise auf eine dänische Teufels-Verschwörung in Hamburg.

Richtig ist, dass Christian IV., der Hamburg weiterhin als Teil Holsteins sah, das Urteil des Reichskammergerichts zur Reichsunmittelbarkeit von Hamburg nicht anerkannte. Es folgte eine Auseinandersetzung, die außer mit juristischen und politischen Mitteln auch mit militärischen Aktionen geführt wurde. Der Konflikt sollte erst 150 Jahre später mit dem Gottorper Vertrag von 1768 enden, in dem Dänemark Hamburgs Reichsunmittelbarkeit und damit seine Unabhängigkeit anerkannte.

Im Jahr 1617 erließ Christian IV. neue Gesetze zur Bekämpfung von Hexerei und Schadzaubern, die zu einer verstärkten Hexenverfolgung im dänischen Hoheitsgebiet führten. Auch wenn Hamburg von dieser Gesetzeslage nicht betroffen war, berichtete die Berliner Zeitung von 1618, dass in Hamburg vierzehn »böse Weiber« und ein Mann mit dem Schwert gerichtet wurden und noch fünfzig weitere Personen in Haft waren. Es fiel das Stichwort »Hexerei«.

Die Hinrichtungen wurden auf dem Köppelberg vorgenommen, für den der beschriebene Aufbau überliefert ist. Eine zweite Hinrichtungsstätte am Graßbrook war für Piraten vorbehalten. Vorgenommen wurden die Hinrichtungen von Max Grave, der von 1612 bis 1621 Frohn in der Hansestadt war. Grave galt als gutmütig und soll stets versucht haben, die Gefangenen bei der Tortur oder Hinrichtung aufzumuntern. Grave hatte den Ruf eines hervorragenden Heilers und Chirurgen. Wie andere Frohne auch hatte er die Aufgabe, die Gemarterten schnellstmöglich wieder gesund zu pflegen. Er soll sich zudem auf die Pflege geistig verwirrter Menschen verstanden haben. 1618 wurde er daher von der Waisenhausverwaltung mit der Kur zweier geisteskranker Mädchen betraut, denen bereits teuflische Besessenheit unterstellt wurde.

Im Übrigen tat Rasmus gut daran, sich nicht für die Fortsetzungen seines Studiums im Carolinum zu entscheiden. Der Prager Fenstersturz leitete mit dem dreißigjährigen Krieg die wohl blutigste Auseinandersetzung in der Geschichte des Reichs ein. Bald fraß sich der Krieg von Böhmen aus in das ganze Land. Hunger, Seuchen und Kanonendonner sollten das Reich bis zum Westfälischen Frieden von 1648 überziehen und bis zu 40% der Bevölkerung dahinraffen.

Vermutlich wurde zur Korrespondenz zwischen den Heeren auch die Vigenère-Chiffre verwendet, die zur damaligen Zeit als nicht zu entschlüsseln galt. Hierzu wird unter die Buchstaben des Quelltextes wiederholt ein Schlüsselwort geschrieben, bis jedem Buchstaben des Quelltextes ein Buchstabe des Schlüsselwortes zugeordnet ist. Der Buchstabe des Quelltextes bestimmt die Zeile des Vigenère-Quadrats und der Buchstabe des Schlüsselworts die Spalte des Quadrats. Der Kreuzungspunkt ist dann der Buchstabe der Chiffre. Zum Entschlüsseln wird genau umgekehrt vorgegangen.

Der Satz »Aller Anfang ist schwer« mit dem Schlüsselwort »Hamburg« wird so wie folgt chiffriert:

A	l	l	e	r	**A**	n	f	a	n	g	**I**	s	t	**S**	c	h	w	e	r
H	a	m	b	u	r	g	H	a	m	b	u	r	g	H	a	m	b	u	r
H	L	X	F	L	R	T	M	A	Z	H	C	J	Z	Z	C	T	X	Y	I

Vigenère-Quadrat:

A	*B*	*C*	*D*	*E*	*F*	*G*	*H*	*I*	*J*	*K*	*L*	*M*	*N*	*O*	*P*	*Q*	*R*	*S*	*T*	*U*	*V*	*W*	*X*	*Y*	*Z*
B	C	D	E	F	G	H	I	J	K	L	M	N	O	P	Q	R	S	T	U	V	W	X	Y	Z	A
C	D	E	F	G	H	I	J	K	L	M	N	O	P	Q	R	S	T	U	V	W	X	Y	Z	A	B
D	E	F	G	H	I	J	K	L	M	N	O	P	Q	R	S	T	U	V	W	X	Y	Z	A	B	C
E	F	G	H	I	J	K	L	M	N	O	P	Q	R	S	T	U	V	W	X	Y	Z	A	B	C	D
F	G	H	I	J	K	L	M	N	O	P	Q	R	S	T	U	V	W	X	Y	Z	A	B	C	D	E
G	H	I	J	K	L	M	N	O	P	Q	R	S	T	U	V	W	X	Y	Z	A	B	C	D	E	F
H	I	J	K	L	M	N	O	P	Q	R	S	T	U	V	W	X	Y	Z	A	B	C	D	E	F	G
I	J	K	L	M	N	O	P	Q	R	S	T	U	V	W	X	Y	Z	A	B	C	D	E	F	G	H
J	K	L	M	N	O	P	Q	R	S	T	U	V	W	X	Y	Z	A	B	C	D	E	F	G	H	I
K	L	M	N	O	P	Q	R	S	T	U	V	W	X	Y	Z	A	B	C	D	E	F	G	H	I	J
L	M	N	O	P	Q	R	S	T	U	V	W	X	Y	Z	A	B	C	D	E	F	G	H	I	J	K
M	N	O	P	Q	R	S	T	U	V	W	X	Y	Z	A	B	C	D	E	F	G	H	I	J	K	L
N	O	P	Q	R	S	T	U	V	W	X	Y	Z	A	B	C	D	E	F	G	H	I	J	K	L	M
O	P	Q	R	S	T	U	V	W	X	Y	Z	A	B	C	D	E	F	G	H	I	J	K	L	M	N
P	Q	R	S	T	U	V	W	X	Y	Z	A	B	C	D	E	F	G	H	I	J	K	L	M	N	O
Q	R	S	T	U	V	W	X	Y	Z	A	B	C	D	E	F	G	H	I	J	K	L	M	N	O	P
R	S	T	U	V	W	X	Y	Z	A	B	C	D	E	F	G	H	I	J	K	L	M	N	O	P	Q
S	T	U	V	W	X	Y	Z	A	B	C	D	E	F	G	H	I	J	K	L	M	N	O	P	Q	R
T	U	V	W	X	Y	Z	A	B	C	D	E	F	G	H	I	J	K	L	M	N	O	P	Q	R	S
U	V	W	X	Y	Z	A	B	C	D	E	F	G	H	I	J	K	L	M	N	O	P	Q	R	S	T
V	W	X	Y	Z	A	B	C	D	E	F	G	H	I	J	K	L	M	N	O	P	Q	R	S	T	U
W	X	Y	Z	A	B	C	D	E	F	G	H	I	J	K	L	M	N	O	P	Q	R	S	T	U	V
X	Y	Z	A	B	C	D	E	F	G	H	I	J	K	L	M	N	O	P	Q	R	S	T	U	V	W
Y	Z	A	B	C	D	E	F	G	H	I	J	K	L	M	N	O	P	Q	R	S	T	U	V	W	X
Z	A	B	C	D	E	F	G	H	I	J	K	L	M	N	O	P	Q	R	S	T	U	V	W	X	Y

Bereits veröffentlicht

Hamburg 1617, Kirchspiel um St. Jakobi.

Dunkle, enge Twieten, die vor Unrat starrten. Ortsfremde Bettler, die aus Angst vor Staupenschlag und Vertreibung nur verstohlen ihre Schüssel aus den Schatten zur Straße hielten. Strichkatzen, die mit gehobenen Röcken versuchten Freier für ein schnelles Geschäft in eine Gasse zu locken. Ärmliche Kammern voll von Hungerleidern und Habenichtsen. ›Glunterschratzen‹, also Hurenkinder, wurden sie im Rotwelsch, der Geheimsprache der Vagabunden und Diebe, abfällig genannt.

Abseits der großen Handelshäuser bot das Stadtviertel der ärmlichen Handwerker, Gauner und Landarbeiter nur wenig vom sonstigen Glanz der aufblühenden Hansestadt.

Doch dieser Pfuhl aus Dreck und krummen Geschäften war das vertraute Zuhause des knorrigen Veteranen und Tagelöhners Johann Gabelschlag.

Eigentlich gingen seine Geschäfte gerade gut genug, dass er sich kaum Sorgen um den anstehenden Winter machte. Wäre da nicht diese beunruhigende Geschichte gewesen, die von Tag zu Tag längere und düstere Schatten warf. Denn wahrlich nicht jeder, den die schmutzigen Gassen verschluckten, wurde vermisst oder gar betrauert.

Quellenangaben

Titelbild:

Death and the miser. Oil painting by Frans II van Francken

Quelle: Wikipedia; public domain / gemeinfrei

Vigenere Square:

Quelle: Wikipedia; public domain / gemeinfrei

Rückseite:

Georg Braun, Historische Karte Hamburg 1588;

Quelle: Wikipedia; public domain / gemeinfrei

Printed in Poland
by Amazon Fulfillment
Poland Sp. z o.o., Wrocław

78371178R00190